みかづき

森　絵都

集英社文庫

目次

主な登場人物

大島吾郎　小学校の用務員を経て、学習塾教師・経営者に。
大島千明（旧姓・赤坂）　学習塾教師・経営者。
大島蕗子　大島家の長女。吾郎と血のつながりはない。
　　蘭　大島家の次女。
　菜々美　大島家の三女。
　一郎　蕗子の息子。
　　杏　蕗子の娘。
赤坂頼子　千明の母。大島三姉妹の祖母。

みかづき

第一章　瞳の法則

冴(さ)えた目をした子だ。

最初のひと目から、吾郎(ごろう)は蕗子(ふきこ)に引きつけられた。知の萌芽をほのめかす大人びた風情に、ほかの子どもとはちがう光の暈(かさ)を見た思いがしたのだ。

昭和三十六年、大島(おおしま)吾郎が千葉県習志野(ならしの)市立野瀬(のせ)小学校に勤めて三年目のことだった。

明治の末に建てられた野瀬小学校は、増築につぐ増築により、目下、三棟の木造校舎を連ねている。そのもっとも古い棟の一階北端にあてがわれた吾郎の仕事場兼住居は、用務員室という正式の名称があるにもかかわらず、一部の学童から「大島教室」と呼ばれていた。

　学校の教員たちよりも年若の吾郎は、そのぶん子どもたちとの垣根が低かったのだろう。吾郎さん、吾郎さんと慕ってくる子たちと遊んでいるうちに、ある日、一人の男子から「勉強がわからない」と泣きつかれた。放っておけずに勉強を見てやったのが事の始まりだ。吾郎さんに教わるとよくわかる。そんな噂(うわさ)がみるみる広まり、ぼくも、私もと子どもたちが用務員室へ集まってくるようになった。今では連日二十人近くが押しよせるため、卓袱台一つの六畳一間は常にぎゅうぎゅうづめである。

「吾郎さん、宿題ができません」

「授業についていけません」

「今日一日、先生が何を言ってるのか、ひと言もわかりませんでした」

放課後、五十余名がひしめく鮨づめの学級からようやく解放され、這々の体で用務員室へやってくる個々の訴えは十人十色ながらも、共通しているのは皆が一様に瞳をきょろきょろとさまよわせていることだった。

勉強ができない子は集中力がない。集中力がない子は瞳に落ちつきがない。この〈瞳の法則〉を見出して以来、吾郎はまず何よりも彼らの視線を一点にすえさせることに腐心した。

わからない勉強をわからなければならない、という焦りでいっぱいの心を落ちつかせる。それが最初の一歩だ。急ぐことはない。あれこれといっぺんにつめこむ必要もない。まずは神経を鎮め、考える力のすべてを目の前の一問へそそぐこと。その一歩さえ踏みだすことができれば、多くの子はおのずから歩みだす。吸収力に富んだ彼らはいったん集中のこつをつかむとすぐに化け、中にはたった数回で大島教室を卒業していく者もいる。吾郎さん、ありがとう。笑顔で去っていく彼らの瞳はもはやきょろきょろしていない。

だからこそ、まだ一年生の蕗子が初めて用務員室へあらわれたとき、その視線のゆらぎのなさに吾郎は虚を衝かれたのだった。

勉強ができない子の目ではなかった。

実際、蕗子に教えを請われた算数の計算問題を説明しているあいだも、吾郎には違和感がつきまとった。それまでわからなかったことがわかった瞬間、子どもたちはぽんと音が鳴るような「わかった顔」をするものだ。が、蕗子にはそれがなかった。かといって理解していないわけでもなく、与えた問題はどれも難なく解いてみせる。

教える前からこの子はわかっていたのではないか。いや、しかし、だったらなぜここへ？

「吾郎さん」

吾郎の混乱に輪をかけるように、蕗子は突如、算数とは無縁の問いを放った。

「吾郎さんは、用務員さんなのに、どうして勉強を教えてくださるんですか。学校からお手当をもらっているのですか」

臆することのない直球に吾郎は面食らった。

「いや、そんなものはもらえないよ。これは、ぼくが好きでやってることだから」

「好き？」

「君たちといると楽しいし、勉強ができるようになっていく姿を見るのもうれしい」

「じゃあ、どうして、学校の先生にならなかったんですか」

これまた痛いところを衝かれた。ふだんならば適当にごまかすところだが、どこまでもまっすぐな蕗子の目に吾郎は嘘を返したくなかった。

「ぼくが高校生のとき、おやじが商っていた問屋がつぶれてしまって、ぼくも働くことになってね。職業を選んでいる余裕はなかったんだ」

それまでゆらぎのなかった蕗子の瞳が初めて波立った。知だけではなく情もある子だ。吾郎はほほえみ、そのおかっぱ頭に手をのせた。

「大丈夫。ぼくは今の仕事に満足してるよ。漠然と、人の役に立つことがしたかったんだ」

神妙にうなずいてみせた蕗子は、その日以降、定期的に用務員室を訪れる常連の一人となった。大抵は算数か理科の教科書を胸に抱えて来る。しかし、何をどう教えても、吾郎には彼女が本気で助けを求めているとは思えないのだった。

懇意にしている教員の矢津文彦に頼み、一年九組の学級内における蕗子の学習状況を調べてもらったのは、考えあぐねた末のことだ。予感は的中。予想外だったのは、申しぶんのない成績とともに告げられた彼女の家庭環境だった。

「赤坂蕗子は少々複雑な家の子みたいですね。母親は結婚せずに独り身のまま彼女を生んでいます。今は、祖母と母親と、女の三人暮らしのようですよ」

そんな内幕を知って以来、吾郎はいよいよ蕗子のことが気になりだしたのだが、たとえ事情を抱えた家庭であるとしても、赤坂家の暮らしむきがそう悪いようには見えなかった。蕗子はいつも清潔なシャツとスカートを身につけているし、セルロイドの筆入れももっている。児童の大半がアルミ缶やビニール製の筆入れに鉛筆を入れている今日日、高級品のセルロイド製は垂涎の的である。

無論、金銭的にこまっていないにしても、今の暮らしに満たされているとはかぎらない。ひょっとして、蕗子はぼくに父親のぬくもりを求めているのか。嘘をついてまで用務員室へ通うのはそのためか。吾郎はそんな深読みさえしかけたが、しかし、蕗子はけっしてべたべたと甘えてくるような子ではなかった。常に一定の距離をへだてた先からそそがれる視線には、父を求める子というよりも、慎み深い観察者の鋭利さがあった。

胸のもやつきが晴れないままに季節は流れ、用務員室を灼熱地獄に変えた夏を脱したころ、ついに決定的な事件が起こった。

毎夕、小一時間ほど子どもたちの勉強につきあうのが日課の吾郎だったが、そのあいだにもちょこちょこと雑用に追われることはある。その放課後も、学校の校庭に野良犬が出たとの報を受け、しばし大島教室を中座した。犬を追いはらった彼が戻ってきたとき、蕗子は同級生の女児に算数を教えてやっていた。

吾郎があっけにとられたのは、そこで教授されていた問題こそ、まさにその日、彼が蕗子から教えてほしいと請われたものだったからだ。

しかも、蕗子はお姉さん然としてかまえ、「ここだけ見て」「これだけ考えて」と吾郎の口ぐせを連発している。「順番に、一つずつよ」。まるで吾郎二世だ。

「蕗ちゃん。吾郎さんが……」

周囲の忍び声にはたとふりむいた蕗子の頬が真っ赤に染まった。初めて目にした子どもらしい反応に、瞬時、吾郎の腹からせりあがってきたのは爆発的な笑いだった。

仕事場では抑えているものの、本来、彼は大変な笑い上戸なのである。何がおかしいのかわからないと人が首をかしげるところでも、自分のつぼにさえはまればいくらでも笑う。蕗子の「吾郎面」はまさしくつぼで、子どもたちの当惑を前にしても、よじれた腹の痙攣は治まるところをしらない。

蕗子のすすり泣きに気づいたのは、笑いの発作が引いてからだった。しまった、と我に返るも、もう遅い。

「吾郎さんが蕗ちゃんを泣かした」

「笑いすぎて泣かした。いけないんだ」

上級生たちが囃すほどに泣き声は高まり、ついに蕗子は駆け足で用務員室を飛びだした。皆に自習を言いつけ、吾郎もあわててそのあとを追った。

西日に赤らむ校庭には今日も所せましとはねまわる子どもたちの影が点々としていた。校舎増築のたびに目減りする土を奪いあうように、メンコやベーゴマ、鬼ごっこなどに興じている。はしゃぎ声の渦をいくつもかいくぐり、吾郎は蕗子を捕まえた。

「ごめんよ。笑って悪かった。ただ、うれしかったんだ。本当の君を見られて」

「え」

「君がわかってるのは、わかってたから」

蕗子の嗚咽が止まった。そろりと吾郎を見上げたその顔には、ばつの悪さと安堵の色が同居している。

「吾郎さん。嘘をついてて、ごめんなさい」

「理由があるんだよね。君は、大人をからかって楽しむような子じゃない」

その言葉に、花を湿らす朝露みたいな涙がほろりと頰を伝うのを見て、吾郎は無性に蕗子がいとおしくなった。

「どうしてわからないふりを？　怒らないから、教えてくれないか」

「お母さんのことも怒らない？」

「お母さん？」

「お母さんに言われたんです。吾郎さんが、どんなふうにお勉強を教えてるのか見てきなさいって」

「どうして、お母さんはそんなことを？」

「わかりません」

蕗子のお母さん。未婚の母であるというその人が娘を用務員室へ送りこんだというのか。なんのために？　謎は深まるばかりだが、吾郎はそれ以上の追及をひかえた。代わりに、そこにのしかかっていた重責を払うように、蕗子の肩に手を置いた。

「帰ったら、お母さんに伝えてくれるかな。何か知りたいことがあるのなら直接会いにきてください、と。蕗ちゃんも、また用務員室に来たくなったら、いつでも助手として歓迎するよ。ちょうど思ってたところなんだ、ぼくがもう一人いればいいのになって」

ようやく蕗子がほほえんだのを見て、吾郎はほっと胸をなでおろした。

蕗子の母、赤坂千明が大島教室の見学を所望したのは、その翌日のことだった。


集中力と緊張感は親密な間柄にある。常日頃、一点集中を主義としている吾郎だったが、緊張感のない環境下でのそれには得てして時間がかかる。そして、複数の子どもたちが集う空間に緊張感をもたらすのは容易なことではない。とりわけ、せまい畳の上に大勢がひしめく大島教室のような場では、土俵で大鵬を倒すくらいにむずかしい。

にもかかわらず、その日の用務員室は洟をすする音も聞こえないほどの緊張感に満ちていた。私語もなく、身じろぎもせず、らくがきもせず、一心に鉛筆を走らせる子どもたち。そんな姿を吾郎はついぞ見たことがなかった。

理由は明々白々だ。戸口の前に黙然とたたずみ、彼らの一挙一動に目をこらしている蕗子の母、千明の存在である。

異例の見学者をむかえた子どもたちは、そのすらりとした姿態の美しさにまず息を呑んだ。ハイカラな欧風のスーツ姿にも目を瞬いた。とどめに、誤字の一字も見逃さぬような眼光の鋭さにすっかり威圧されてしまったのだった。

毎回だらだらと浪費している「集中までの時間」をはぶき、最初から教科書とがっぷり四つに組めば、いやが応でも勉強ははかどる。平素の彼らとは見ちがえるような速度でノートが埋められていくのを見て、吾郎はその日、通常よりも早く教室を閉じた。

「よし、ここまで。今日はみんなよくがんばったから、残りの時間は校庭で遊ぼう」

短時間で集中すれば短時間で解放される。その実感を彼らに植えつけたかったのはもとより、彼自身もまた解放を求めていた。切れ長の目、色白の肌、細いあご——竹久夢二の絵を洋風に味つけしたかのような女の眼光は吾郎までも射すくめていたのである。

その千明と二人きりでむかいあったのは、子どもたちとの相撲ごっこで砂にまみれた吾郎が用務員室へ戻ってからだった。

「先生。いつも蕗子が大変お世話になっております」

「いえ、ぼくは用務員です。先生じゃありません」

瞳に落ちつきのありすぎる年上の女が、正直、吾郎は怖い。その目におのれの平常心を吸いとられるように、たちまち落ちつきを失ってしまう。

卓袱台をへだてた女を正視できないまま、吾郎はまず「先生」をやめさせるのに腐心し、続いて、さしだされた手土産の辞退に骨を折った。

「そのようなものをいただくわけにいきません。おもち帰りください」

「そうおっしゃらずに。気持ちばかりのお礼です」

「お気持ちだけで十分です」

「それでは私の気がすみません」

「そう言われても、受けとれません」

「受けとってくださらなくても、私、置いていきますわ」

「置いていかれてもいただけません」

「頑固な方ね。しょうがないわ。じゃあ、まずは私がいただきましょう」

「え」

　押し問答の末、業を煮やした女は卓上の丸い缶を引きよせ、その蓋を開けた。中に重なる菓子の一枚を華奢(きゃしゃ)な指先がつまみあげる。彼女のてのひらよりも大きく、紙のように薄い円状の焼き菓子。せんべいにしてはハイカラなそれを白い前歯がぱりんと割った。続けざまにばりばりと噛みくだいていく。

　最後のひと口までたいらげた女は、あっけにとられていた吾郎に「さあ」と缶をすべらせた。

「私だけを不作法な女にしないでくださいませね」

　顔に似合わず強引な人だ。あきれながらも吾郎は負けを認めた。

「いただきましょう」

　ため息まじりに手をのばし、未知なる菓子の一枚を口に運ぶと、ほのかに甘いそれは噛んだ拍子に二枚へ分裂した。生地と生地のあいだからは風味うるわしいクリームがのぞいている。いつからこの国にはこんな上等の嗜好品(しこうひん)が出まわるようになったのか。感動半分、やけくそ半分で吾郎は一気に呑みくだし、口もとのかすをぬぐいながら女にむきなおった。

「これで気がすんだなら、ここへ来た目的を教えてください。娘さんに偵察じみた真似をさせた理由も」

この投げかけにも女の瞳は乱れなかった。

「偵察じみた真似ではなく、偵察です。大島教室で勉強を教わってらっしゃいと、たしかに私が言いつけました。用務員室の守り神というのは、いったい、どんな方なのか知りたくて」

「守り神？」

「あら、ご存知じゃなかったんですか。大島さん、一部の母親のあいだではそう呼ばれているんですよ」

「そんな、なぜ」

「伝播（でんぱ）しているる数々の神話のせいでしょう。勉強の成績が学級で五十五位だった子が、大島さんのおかげで十位まであがった。テストで三十点もとれなかった子が、八十点、九十点をもらえるまでになった。そんな話はしょっちゅうですよ」

「ちょっと待ってください」

吾郎はとまどいを隠せなかった。

「多分に尾ひれがついているようです。ぼくは子どもたちの自習を手伝ってるだけですから」

「いいえ。今日、見学をさせていただいて、私にはわかりました。同じ教科書を使っていても、大島さんに教わると子どもたちは変わる。それは、あなたに待つ力があるからです」

「待つ力？」

「子どもたちが自ら答えを導きだすまで、あなたはよけいな口出しをせずにじっと待つことができる。簡単なようでいて、多くの教員にはこれができません」

「勘弁してください」

この人は自分をからかっているのか。妙に確信的な女の物言いに、吾郎はいよいよ困惑した。

「何度も言いますが、ぼくは先生じゃありません。高校中退の身で、教員免許だってもっていない。そんなに買いかぶられちゃこまります」

「教員免許がなんだって言うんです」

女はぴしゃりと言い返した。

「私は教員免許をもっていますけど、だからって、あなたみたいな教え方ができるわけじゃないわ」

吾郎はまじまじと女を見返した。

「学校の先生だったんですか」

「いいえ、免許をもっているだけのこと。大学を卒業したころには、私、すっかり翻意をしていましたから」

「翻意？」

「大島さん。公立学校って、怖いところだと思いませんか」

質問の意図がつかめず吾郎は返事に窮した。

二人の声がとだえた部屋に窓ガラスをゆさぶる風のうなりが響く。窓の外が暗むほどに、薄い座布団ごしの床から秋の冷気が這いあがってくる。

「大島さん。私、小学校へ通ったことがないんです」

女は吾郎の返事を待たずにしゃべりだした。

「昭和九年生まれの悲劇ですわ。私たちの学年が入学した年に、この国の小学校は国民学校へと名称を変えました。そして私たちが卒業した年、再び小学校へ戻ったんです。大島さんは国民学校をご存じですか」

再び問われた吾郎がまたも言葉をつまらせたのは、頭でべつのことを考えていたせいだ。

昭和九年生まれということは、女は現在二十七歳。吾郎よりも五つ年上にあたる。

「あ、ええ、国民学校ですね。一年だけ通っています。まだ幼かったもので、あまり記憶に残っていませんが」

「それは幸いでしたね。六年通うと一生忘れられません」

少国民としてお国への忠誠心を植えつけられた六年間。一言一句の誤りも許されなかった教育勅語の暗唱。戦局の傾きとともに激化した教員たちの鉄拳制裁。神風とは科学的にどのような仕組みで発生するのかと担任にたずね、「不敬なことを」と殴られた過去などを、ぽつり、ぽつりと女は語った。

「でも、何より耐えがたかったのは、それほど軍事教育を徹底していた先生方が、終戦をさかいにころりとてのひらを返したことでした。鬼畜米英打倒と叫んでいた先生が、同じ口で平和を唱えはじめた。正義のものさしをいとも簡単にすりかえたんです。学校は怖い。教育は信用ならない。当時の私は骨の髄までそれを思い知らされました」

淡々とした口調の底に怒りをたたえた女の前で、吾郎はのそりとあぐらの足を組みかえた。

言いたいことはわかる。この種の怨嗟はこれまでも目上の人間からよく聞かされてきた。が、終戦当時まだ幼かった吾郎には実感としての共感に乏しい。

むしろ女の矛盾が気になった。

「しかし、あなたは学校を恐れながらも、教員の道へ進もうとしたわけでしょう」

「ええ、日本は神の国ではなくなって、軍事教育もまた民主主義教育へとってかわられましたから。自分のような犠牲を二度と生まないためにも、その新しい教育を担う一人になれればと考えたんです」

でも、と言った先から女は冷笑した。

「甘い見つもりだったと今は思います。そんなに簡単にこの国は変わらない」

「どういうことでしょう」

「大島さん。私、この日本という国の深いところには、どうしようもなく石頭の万歳太郎が棲んでいるように思えてならないんです」

「万歳太郎？」

「世の中が平らかになると飽きたらなくなるのか、『日本万歳』『日本万歳』と、どすどす四股を踏んで暴れだすんです。時には、『神風よ吹け』『神風よ吹け』と、お調子者の神風次郎も一緒になって騒ぎます」

「神風次郎……」

突飛なたとえ話に絶句しながらも、吾郎にはその意が読めないでもなかった。米国からの独立をはたした昭和二十七年以降、この国が再び国家主義へ傾いているのは周知の事実である。

「私が大学一年生の年に学校教育法が改定されて、教科書の検定権が文部大臣の手に渡りました。翌年には教育二法による日教組への弾圧が始まって、その翌々年には公選制であった教育委員会が任命制に変わった。意味するところは一つ、文部省の権限拡大です。大学を卒業するころ、私はすっかり公務員になる気を失っていたんです。国に仕える身となれば、また世の中が乱れたとき、太郎や次郎の囃しに合わせて踊らされるはめになりますから」

「それで教員の道を捨てたと？」

未練も見せずに翻意の内幕を語る女に、吾郎は変わった人だと興味を抱くのと同時に、一種の反発をおぼえた。大学まで出られる身分にありながら、この人は簡単にその道を捨ててしまったのか。

「僭越ながら、惜しい気もします。教育の怖さを知るあなただからこそ、何がなんでも教員になって、国から子どもたちを守ろうとは思わなかったのですか。太郎や次郎と対決するくらいの気概があってもよかったのではないですか」

つい声を力ませ、ハッと我に返った。

「すみません。生意気を言って」

「いいえ。たしかに大島さんがおっしゃる道もあったかと思います。けれど、私の心はべつの方向をむいていました。太郎や次郎と戦うのではなく、彼らの囃しが届かない場所で、自分なりに教育と関わっていく道です」

「囃しが届かない場所？」

「私、数年前から家庭教師をやっているんです」

「家庭教師……」

「こんな田舎ではまだあまり知られていない仕事ですし、教え子だって数えるほどですけど、やっぱり私、なんらかの形で子どもの教育に携わりたくて。国の監視のもとではなく、もっと風通しのいい自由な土壌で、未来を担う子どもたちの知力を育てたいんです」

子どもたちの知力を育てたい。そう語った瞬間、女の瞳がカッと火を噴いた。思わず吾郎が見惚れるほどの意力がそこには爆ぜていた。

「正義や美徳は時代の波にさらわれ、ほかの何ものかに置きかえられたとしても、知力は誰にも奪えない。そうじゃありませんか。十分な知識さえ授けておけば、いつかまた物騒な時代が訪れたときにも、何が義であり何が不義なのか、子どもたちは自分の頭で判断することができる。そうじゃありませんか」

そうじゃありませんかと迫られるたび、吾郎は女の熱に炙られる思いがした。危険な匂いがした。この人に近づきすぎてはいけない。本能が告げる一方で、持参した洋菓子をばりばりと噛みくだいた同じ口で子どもの教育を語る、この特異な女に我知らず引きよせられてもいた。

いけない――。

吾郎は女から目をそらした。

「話を戻しますと、つまり、あなたは家庭教師という仕事柄、ぼくが子どもたちにどんな教え方をしているのか気になった。そこで蕗子ちゃんに偵察を頼んだ。そういうことでしょうか」

「ええ。ただし、今日、大島教室を見学させていただいて、それだけではなくなりました。改まって、大島さんにお願いごとがございます」

そう言いながら女が正座の足を後ろへ引いた。その美しいあごの線がささくれ立った畳の上へ沈んでいく。

「どうか、私の道連れになってください」

「はい？」

「大島さんに、ぜひ、私が立ちあげる塾に来ていただきたいんです」

いつまでも女は頭をあげず、いつまでも吾郎は声を出せずに呆（ほう）けていた。

返答しようにも「ジュク」の意味を知らなかったのだ。

ひれふす女と、かたまる男と——切り絵のように凝然とむきあう二人を天井からの裸電球が淡々（あわあわ）と照らしていた。


「ジュク？」

野瀬小学校で六年生を教える矢津文彦の下宿を吾郎が訪ねたのは、その翌週のことだ。

「それは、なんですか」

「ああ、やっぱり矢津先生もご存じない」

「ジュク……」

「どうも、近ごろじゃ勉強教室のことをそう呼んだりもするそうで」

「はあ、なるほど、勉強教室ですか」

四十路（よそじ）に入って間もないわりには白髪の多い頭をこくこくとうなずかせながらも、矢津はマジックインキをにぎる右手を休めようとしない。絶えず動きつづける底なしの持久力のせいか、あるいは年じゅう背中を丸めているせいか、矢津は会うたび吾郎にひとこぶらくだを思わせる。

「ってことは、君、そのお母さんと勉強教室を始めるんですか」

「始めません。もちろん丁重にお断りしましたよ。そしたら、何日か前に、今度は手紙が来まして」

「手紙？」

「気が変わったらいつでも訪ねてくれと、自宅の住所が綴られていました」

「なるほど。それはまた、やけに気に入られたものですね」

矢津が目尻に皺を刻み、ますますらくだに近くなる。

「しかし、その塾というのは、普通のお母さんがそんなに簡単に始められるものなんですか」

「普通のお母さんかどうかはさておいて、彼女が言うには、教室を開く場所さえあればさほど資金はいらないそうです」

「場所はあると？」

「八千代町のあたりに一軒家を借りるつもりのようで」

八千代町、と矢津はその町名を口の中で転がした。

「たしかに、団地が建ってからあのへんは急に変わって人が増えたし、今後もにぎわっていくのでしょう。だが、転居となればやはりそれなりに先立つものも要るんじゃないですか」

「じつは、その、蕗ちゃんの家庭、やっぱりいろいろあるようでして」

矢津の口のかたさを信じ、吾郎はあの日、千明から聞いた赤坂家の事情を打ちあけた。

千明いわく、現在同居している彼女の母は貧しい商家に生まれ育った苦労人で、戦前には大久保のカフェーで女給をやっていた。軍郷とも呼ばれた当時の習志野一帯には軍事施設がひしめき、休日には軍人たちもよく店を訪れていたらしい。やがて千明の母は一人の将校に見初められ、結婚。男の両親は武蔵野に広大な土地をもつ名家であり、最初こそ玉の輿にのったと皆にうらやまれるも、彼女はまもなく自分が招かれざる嫁であるのを知った。女給をいやしむ親族からのいびりが絶えなかったのだ。あげくに開戦後、幼かった千明を遺して夫が戦死すると、ただちに舅姑は彼女へ親戚関係の解消を迫った。その見返りとして渡されたのが多額の手切れ金だった。

「その金で細々暮らしてきたが、まだ多少は残っていると。それを塾の支度金に当てるつもりのようです」

「細々と言っても、女手一つで娘さんを大学までやったのでしょう。たいしたお母さんですよ」

思案顔の矢津が煙草をくわえるのを見て、吾郎はマッチの火をつけた。

「あげく、娘は父親のいない子を作って、教員にもならずじまいですか」

「はい。母娘二代にわたって女手一つの子育てをすることになったと、千明さん、笑ってました」

「なんというか、女性はたくましい」

「異議なし」

一服どうかと煙草をさしだされ、吾郎は一本頂戴した。二人分の紫煙がたゆたう矢津の部屋には、東西南北、どちらをむいても書物がうずたかく積みあげられている。その密度と埃臭さとで息がつまりそうだが、長居するほどに妙な安らぎがわいてくるのがふしぎなところである。

「矢津先生はどう思われますか」

吾郎は話を戻した。

「塾なんて、そんなものがうまくいくんでしょうか。本当にそんな時代が来るんでしょうか」

「時代？」

「今年度から学習指導要領が新しくなって、義務教育の指導項目が増えましたよね。高校や大学への進学率も年々あがってきているし、これからは競争の時代になるって千明さんは言うんです。授業中の勉強だけではついていけない子どもたちが、学校の外に助けを求めはじめると」

たしかに、と矢津は丸眼鏡の奥にある目を細めた。

「戦後のベビーブームで子どもの数が激増したわりに、学校の増設は追いついていない。かぎりある椅子を奪いあうように、親たちは勉強勉強と子どもをせっついて、このぶんだと行きつく先は学力偏重社会です。今のうちに手を打たないとえらいことになるのに、文部省は反対のことをしてくれる」

言いながら煙草をマジックインキにもちかえ、机上の厚紙に仕あげの感嘆符を書きつける。

『学力テスト反対！』

文部省が全国の中学二、三年生を対象に強行しようとしている学力テストをめぐり、日教組が全国規模の反対運動を展開してひさしい。学力テストは教育基本法の精神に反する。子どもを序列化し、生徒間や学校間の競争を煽動する。そんな危惧のもとに断固撤回を求める一方で、約五年前から続く勤務評定への抗議活動も今なお盛んであり、野瀬小学校教員の八割を占める組合員たちは忙しい。

『文部省から民主教育を守れ！』

新たな厚紙にそう記した矢津は、ペンを置くなり「ああ」とのびをし、ごきごき首を鳴らした。

「今さらながら、公務員のストライキを用意周到に禁じた地方公務員法がうらめしいですよ。この国の教育はいったいどうなっていくんだか」

苦い顔とは裏腹に、矢津の声色はおだやかだ。戦時中、激しい葛藤のもとで教え子たちに聖戦遂行を説いてきた彼は、戦後にいったん神経の不調をきたして入院し、以降、何があっても声を荒らげない人間になったと言われている。

「しかしね、吾郎くん。矛盾して聞こえるかもしれませんが、私は文部省の政策すべてを否定してるわけじゃないんです。とりわけ戦後の奮闘は評価もしています」

「評価……できるんですか」

「できますとも。あの凄惨（せいさん）な戦争のあと、この国はがんばったんです。貧しくて何もなかった焼け野原の時代に、教育の復興にだけは金と力を惜しまず注（つ）ぎこんだ。だからこそ、敗戦の翌々年に六・三制を成立させるなんて芸当をやってのけることができたんです。欧州の戦勝国にさえまだ中学校までの義務教育なんてなかった時代ですよ。そりゃあＧＨＱの意向もありましたけど、六・三制は日本の要請です。軍事教育のおろかしさを骨身に刻めばこそ、この国は死にものぐるいで民主教育の礎（いしずえ）を築いたんです」

　ただし、と矢津は声をかげらせた。

「どういうわけか、我々日本人というのは、喉もとをすぎると忘れてしまうんですね。すぐにまた国家主義の気運が立ちこめて、子どもの教育までもが標的にされてしまう」

「ああ、太郎と次郎が……」

「はい？」

「その、千明さんがこんな話を」

　例の説を吾郎が語ってきかせると、矢津は二本目の煙草をくわえた唇を愉快そうにニヤつかせた。

「おもしろい。私にはない発想です」

「もちろん、ぼくだってそんな、万歳太郎と神風次郎だなんて」

「そうではなくて、その太郎や次郎と袂を分かとうという発想のことです」

「ああ」

「我々のように団結して戦うのではなく、独力で新たな地平を切り拓く。なるほど、それが彼女にとっての塾ってわけですか。興味深いです。吾郎くん、やってみたらどうですか」

「え、ぼくがですか」

止めてくれるものと思っていた矢津から逆に勧められ、吾郎は声を裏返した。

「そんな正体の知れない話にのれと、先生、本気でおっしゃるんですか」

「新しい道はいつだって、歩いてみるまで正体が知れないものですよ」

「しかし……」

「まずは自分で一歩を踏みだし、たしかめてみたらいい。君はまだ二十二歳と若く、無限の可能性を秘めている。このまま用務員室の守り神でいさせるのはもったいないと、内心、私も考えていたんです」

「いいえ、ぼくは今の仕事に満足しています。用務員室に来る子どもたちが、わからなかった勉強をわかるようになってくれたら、それでいいんです」

「しかし、君がよくても……」

矢津の声がくぐもった。隣室の住人を案ずるように壁を見つめたあと、彼はおもむろに腰を浮かし、そこまで送っていこうと吾郎をうながした。

おだやかならない話を聞いたのは、刈り入れの始まった田を左右にながめながら、猛々しい雑草のはびこるあぜ道を歩いていたときだ。

「吾郎くん。うちの教員の中には大島教室のことを快く思っていない者もいる。それは君も知っているね」

「ああ、はい。それは」

「子どもたちが君を慕えば慕うほど、自尊心を傷つけられる者もいれば、生意気だとカッカする者もいる。おもしろくないのでしょう」

「すみません」

「謝ることはないですよ。ただ、そうした連中に足を引っぱられないように、重々注意をしたほうがいい」

最近の例として、矢津は野良犬の一件をあげた。近ごろ、野瀬小学校の校門付近に繁くあらわれる茶色い雑種犬だ。

「君、あの犬を追いはらえと言われて、何度か餌で釣ったでしょう」

「はい。給食のパンで誘導して、学校から離れた場所まで連れていきました」

「ここ数日、毎日のようにあの犬が来ているのはなぜだと思いますか」

吾郎の顔が赤らんだ。

「パン目当てですね」

「おそらく。おとなしい犬なので問題はないと思いますけど、教員の中には保健所へ引き渡したほうがいいと主張する者もいます。中には、君に責任をもって保健所へ連れていかせるべきだ、などと息巻く声もあって」

吾郎は血相を変えた。

「そんなことはできません」

「ええ、私もそんなことはさせませんけど、とにかく、今後は気をつけなさい。君をやっかむ者たちに、わざわざ攻撃材料をくれてやることはありません」

「わかりました。申しわけありません」

矢津と別れて一人になるなり、吾郎は悄然（しょうぜん）と肩を落とした。まさか、茶々丸（ちゃちゃまる）のことがそれほど問題になっていただなんて。矢津の忠言を思い返すほどに、不安が喉もとからせりあがってくる。あの犬が保健所で殺されるなんて耐えられない。あんなに陽気で人懐こい犬なのに。よく人の目を見て、さかんに尾をふり、飼い主がいなくてもけなげに生きているのに。

たった一頭で放浪している茶々丸に、吾郎はどこかで我が身を重ねていた。空襲で母と妹を失い、家業が破綻（はたん）して以降は父ともほぼ絶縁状態にある自分。高校中退後は日雇い仕事を転々とし、知人の紹介でようやく安定した今の職を得た。が、これも所詮は仮の宿にすぎないのか。遅かれ早かれ用務員室を追われる日が来るのか。

あぜ道のまんなかで吾郎は足を止めた。戦後の農地改革が生んだ一面の水田は冷たく湿った暮色の底に眠り、唯一の光源である三日月も西の空へと沈みかけている。その円やかな曲線に見入る吾郎の脳裏に、あの日、千明が別れぎわに残した言葉がふとよみがえった。

「大島さん。私、学校教育が太陽だとしたら、塾は月のような存在になると思うんです。太陽の光を十分に吸収できない子どもたちを、暗がりの中で静かに照らす月。今はまだはかなげな三日月にすぎないけれど、かならず、満ちていきますわ」

太陽と月。はたして教育という宇宙に二つの光源が必要なのだろうか。

いぶかりながらも、吾郎の耳には自信に満ちた女の声が張りついて離れないのだった。

翌々日の月曜日、吾郎は朝から落ちつかなかった。焼却炉でゴミを燃しているあいだも、入金のため農協へ出むいているあいだも、今ごろ茶々丸が校門のあたりをうろついているのではないかと思うと気が気でない。とはいえ、教員たちの手前、仕事中に様子を見にいくのもままならない。

「大島くん」

教頭がめずらしく用務員室へ顔を見せたのは、やきもきしながらむかえたその日の昼休みだ。

「すぐ来てほしい。校長先生がお呼びだ」

その口調のいかめしさにとまどう吾郎を待っていたのは、さらにいかめしい校長の顔だった。

　職員室から仕切り一枚をへだてた机の前に立たされた吾郎に、定年間近の老いた校長は一通の封筒を突きつけた。

「こんな手紙が郵便受けに入ってたよ」

　手紙？　怪訝(けげん)に思いながら手にとると、そこには切手もなければさしだし人の名もなく、ただ宛名として校長の名だけが見事な楷書(かいしょ)で記されていた。その達筆がよけい不気味にも映る。

「読みなさい」

　命じられ、恐るおそる中の便箋を広げた吾郎はたちまち凍りついた。そこに綴られていたのは彼の素行に関する密告文だった。

『貴校で用務員をしている大島吾郎は聖なる学舎(まなびや)に相応(ふさわ)しからぬ人物である。彼は現在、貴校に通う学童の母親と密通している。過去にも別の母親と関係していたとの噂もある。かくも破廉恥(はれんち)な人物を雇っている学校に安心して我が子を預けることはできない。』

　その文面に目を通した吾郎は、一瞬にして観念した。ここまでだ。

「君、これは事実なのか」

　詮(せん)のない言いわけはすまい。そう腹をくくって「はい」と認めた吾郎に、色を失ったのは校長と教頭のほうだった。

「はいって、君、どういうことかね。どういうつもりかね」

「そこに書かれてあるがままです。すべて私の落ち度です」

「そんな……落ち度ですむか。君、なんてことをしてくれたんだ」

「大変申しわけありません」

深く低頭しながらも、吾郎の声はしっかりしていた。最悪の窮地に立たされている自覚はあるも、じつのところ、彼の胸にさほどのやましさはなかったのだ。

学童や教員たちがいなくなった放課後、広い校舎に一人残された吾郎のもとを、ときおり訪ねてくる母親たちがいた。その多くは「おかげさまで娘の成績があがりました」「うちの子、どうすれば家でもっと勉強するようになりますか」などとひとしきり子どもの話をして帰っていくだけだが、ごく稀に、夫への不満や姑の悪口をならべたてたあげく、露骨に吾郎を誘惑してくる女たちもいた。うまくかわしたこともあれば、かわしきれずに囚われたこともある。ただそれだけのことだった。

先の見えている刹那的な逢瀬。うさばらしの相手を求める母親たちとの関係がそれ以上の深刻さをおびたことはなかった。幾度か肌を重ねた末、彼女たちは満ちたりて家庭へ戻っていく。守るものがある女たちは潮時を知っている。吾郎の中に情がめばえはじめたのを悟るなり、あなたのおかげで夫に優しくなれた、姑に寛大になれたと感謝の言葉を残し、いともしなやかに一過性の火遊びをしめくくるのだった。

吾郎にしてみれば、自分に捧げることのできる何かを惜しみなく捧げて感謝されるという点で、大島教室を卒業する子どもたちを見送る心境と大差はなかったのだが、そんなことを校長や教頭に語ったところで馬鹿野郎に輪をかけるだけだろう。

「大島くん、君には失望させられたよ。学舎に間男はいらない。教育委員会に知れて大事になる前に、今すぐ荷物をまとめて出ていってくれ」

さんざん叱咤されたあげく、吾郎は住居と仕事を一挙に失った。

失うときは失うもんだ。あまりの急転に呆然としながら、吾郎はわずかばかりの衣類と書物を黙々と鞄へつめこんだ。大島教室を疎んでいる教員にまんまと足を引っぱられたわけか。卑怯なやつだとは思うも、犯人を探す気は起こらなかった。誰のしわざにせよ、おのれの非は明らかであり、組合に訴えたところでますます怒られるだけだろう。それよりも、今日も教科書を抱えて集まってくるであろう子どもたちが自分の不在をどう受けとめるのか、それを思うと胸が疼く。

二年半をすごした部屋を隅々まで掃除したあと、野瀬小学校を去った吾郎が日暮れまで校門付近をうろついていたのは、職場への未練からではなく、茶々丸を探していたからだ。自分がいなくなったらあの犬はどうなるのか。遠からず保健所へ入れられてしまうのか。宿なしの身で犬の面倒など見られるわけもないが、せめて教員の手が及ばない安全圏まで連れていってやりたかった。

が、そんな日にかぎって茶々丸はとんと姿を見せず、陽は刻々と傾いていく。

今日は帰って、明日、出直すか。あきらめ、足を踏みだした吾郎ははたと停止し、その場にうずくまって笑いだした。どこへ帰る？ 仕事も住処も失った自分がどこへ行こうというのだ。その笑えない身の上がつぼにはまった。

とりあえず、今夜一晩だけは矢津の下宿に泊めてもらうとするか。

吾郎にとって頼みの綱は矢津だけだった。ほかに行くあてはない――いや。

ふっと、一通の手紙が脳裏に去来した。吾郎は鞄から手帳代わりの大学ノートを出し、そこにはさんでいた封筒をぬいた。

三つ折りの便箋を開くと、そこには見事な楷書が綴られていた。


「まあ、まあ、あなたが大島吾郎さん？　よくぞいらっしゃいました。孫と娘が本当にお世話になっております。さ、どうぞおあがりください。ご遠慮なく、さ、さ、どうぞ」

数十分後、肩で息をしながら赤坂家の木戸を叩いた吾郎をむかえいれたのは、蕗子の祖母だった。

「ちょうどよろしゅうございましたわ。もうじき夕食の時間です。よろしかったらぜひ、吾郎さんもめしあがっていってくださいな。まあ、まあ、そうおっしゃらずに、ぜひ。蕗子も喜びますわ」

祖母とは言っても、若くして千明を生んだ彼女――赤坂頼子（よりこ）はまだ四十代の後半で、その声にも艶（つや）とハリがある。千明とは趣の異なる丸顔のふんわりとした美人で、一昔前はさぞ華のある女給だったのだろうと思わせた。どちらかといえば蕗子は千明よりもこの祖母に似ている。

「ええ、ええ、娘にお話がおありですのよね。どうぞごゆっくりなさっていってくださ い。さ、さ、こちらのお部屋です。ああ、せまくてお恥ずかしいわ」

接客に慣れた頼子に案内された居間には、とうの昔からそこで吾郎を待っていたかのように、座卓の前でかしこまっている千明の姿があった。

実際、待っていたのだろう。

「すぐにお茶をおもちしますわ。あら、そうおっしゃらずに……わかりました。じゃあ、本当に夕食はめしあがっていってくださいね。約束ですよ」

小花を撒くように愛想をふりまいて頼子が台所へ去ると、調度品が少なく簡素ながらも品のあるその和室で、吾郎と千明は二人きりむきあった。

千明はまばたき一つせずに言った。

「お見えになると思っていました」

この人は、こんなときですら、こんなにも堂々とぼくを直視できるのか。千明の沈着さに吾郎は戦慄せずにいられなかった。

「校長先生に手紙を書いたのは、あなたですね」

「ええ、私です」

「それは、ぼくに用務員をやめさせ、あなたの塾を手伝わせるためですか」

正面から挑んでもなお、千明は視線をそらそうとしない。

「たしかにそれもあります。でも、母親として、あなたのしたことが許せなかったのも事実です」

　むしろ冷然と千明は返した。

「大島さん、あまり女をなめるものではありませんよ。とくに母親という人種を。遅かれ早かれ、あなたのしたことは露顕し、母親たちのつるしあげをくっていたことでしょう。その前に事がすんでよかったのです」

「よかったって、そんな」

「たしかに、あなたは用務員室の守り神として崇められていました。でも一方で、最近はその名を穢(けが)す噂も広まりはじめていた。守り神は誘惑に弱い、と」

「人の噂だけであなたはぼくを軽蔑し、校長に手紙を書いたと言うのですか」

「いいえ、噂が事実であるのを確信したためです」

　障子ごしの庭から聞こえる犬の鳴き声にふと首を傾けたあと、千明は一段と眼光を鋭くして吾郎をにらんだ。

「先日、うちの娘がお友達の昭子(しょうこ)ちゃんのお宅で、めずらしい洋菓子をごちそうになったそうです。大きくて、丸くて、中にクリームがはさまっていたと」

「あ」

「私が持参したあれを、大島さん、昭子ちゃんのお母さんにさしあげたのですね」

「あ……」

「噂は本当だった。そう直感したとき、私は無性に昭子ちゃんがかわいそうになりました。何も知らずに喜んでお菓子を食べている子どものことを、あなたは少しでも考えたことがあるのですか」

「う……」

「大島さん、あなたに理性はないのですか。母親と関係をもつなんて、それは、あなたを信じている子どもたちへの裏切りではないですか」

完全に劣勢へまわった吾郎は、しどろもどろに「あ」や「う」を連発しながら自問した。自分に理性はあるのか。それを考えるにはまず理性の定義づけが必要だ。いや——定義？　こうして自分は不都合な現実から目をそらしつづけてきたのではないか。

「すみません。その」

自己嫌悪と恥辱と自暴自棄と、そのすべてが入り乱れた胸に手を当て、吾郎は情けない声をしぼりだした。

「どうやら、ぼくの深いところには、救いがたく不謹慎な助平吾郎が棲んでいるようです」

「学校の職員にはむいていませんね」

千明は言下に返した。

「でもね、大島さん。さきほど私、母親として許せないと申しあげたけど、塾を経営する立場としては、今もあなたを買っているんです。あなたには子どもの心と脳を引きつける力がある。類いまれな素質です。もちろん素行には重々注意をさせてもらいますけど、せっかくのその才、ぜひともうちのＧＯＲＯ塾で発揮していただきたいと今も思っています」

「吾郎……塾？」

「ローマ字でＧＯＲＯですよ、大島さん。これからは横文字の時代です」

ようやく千明が唇を笑ませた。瞬間、吾郎はぞくりとし、反射的に腰を引いていた。まずい。いつもの展開だ。瞳に落ちつきのありすぎる女たちは、したたかに男を操作し、支配するすべをわきまえている。涼しい顔で男を引くに引けない袋小路へ追いこんでいく。年上の女の〈瞳の法則〉——。

帰ろう。うかうかしているとのっぴきならないことになる。そんな焦燥にかられた吾郎がそそくさ立ちあがったのと、戸口から弾むように頼子が入ってきたのと、ほぼ同時だった。

「ごめんなさいねえ、お待たせしちゃって。お約束の夕食が調いましたから、こちらにお運びしますわ。牛鍋、吾郎さんはお好きかしら。今夜は奮発をして上等なお肉を仕入れましたのよ。たんとめしあがっていってくださいね。なんといっても、今日は吾郎さんの歓迎会ですもの」

「歓迎会……」

嬉々としたその声に再びぞくりとし、人生最大の危機にあるのを意識しながら、吾郎は両手に荷物をつかんだ。帰らなければ。今すぐ。事は一刻を争う。

絵に描いたような逃げ足で玄関へむかいかけたそのとき、しかし、今度はその進路とは逆の方向から少女の叫声と犬の鳴き声が響いた。

「お座りよ、ブラウニー。お座り！　そう、ごはんがほしかったら、ちゃんと集中なさい」

吾郎のよく知る声。蕗子だ。そう認めたとたん、先ほどからする犬の声までが急に耳なじみのあるものに聞こえてきた。

吾郎はハッときびすを返した。両手の鞄を投げだし、声を追って障子を開け放つ。と、その奥にある掃きだし窓をへだてた裏庭の小暗がりで、蕗子と一頭の犬が額を突きあわせていた。

夜陰に巻かれて全体像は見えない。が、この丸い尾っぽはたしかに……。

「茶々丸！」

勢いこんで窓を開け、縁側へ飛びだした。蕗子と犬が同時にふりむく。ああ、やっぱり茶々丸だ。吾郎に気づいて尾をふりかけた茶々丸は、しかし、蕗子に「よし」と言われたとたん、一転して目の前の餌をむさぼりはじめた。

茶々丸。そうか、無事だったのか。腹がへってるのか。緊張から解き放たれたせいか、実際にはまだ解き放たれていなかったせいか、吾郎は危うく泣きそうになりながら縁側にへたりこんだ。

「ブラウニーは集中力があって、頭のいい子です」

気がつくと、隣に蕗子が座っていた。

「もうお座りをおぼえました。すごいでしょ」

あどけない声で告げられ、ふと我に返ると、なぜ茶々丸がここでブラウニーと呼ばれているのか、当然の疑問がわいてくる。

「蕗ちゃん。この犬は？」

「みんなで探して、連れてきたんです。一人ぼっちになっちゃうから」

「一人ぼっち？」

「吾郎さん、学校をやめるのでしょう」

「え」

「それで、お母さんと塾をやるのでしょう。私、うれしくて、うれしくて」

あっという間に皿を空にした茶々丸が蕗子の足にじゃれつき、甘え声とともに鼻先をこすりつけた。その頭をなでる蕗子の目には涙が光っている。

「吾郎さん、私、お勉強がんばります。お母さんと約束したんです。ブラウニーをうちの子にする代わりに、吾郎さんの塾で一生懸命、お勉強しますって。私、がんばります。だって、吾郎さんと、ブラウニーと、ずっと一緒にいられると思うと、うれしくて、うれしくて、うれしくて……」

その可憐(かれん)な涙から逃げられず、かといってどう返せばいいのかもわからずに、吾郎は幾重（いくえ）もの罠にはまった思いで沈黙した。ふりむくまでもなく、背後の部屋からは千明の焼きつくような視線が自分にそそがれているのがわかる。開け放ったままの掃きだし窓からは、なんともこうばしい牛肉の匂いと、頼子の上機嫌な鼻歌がもれてくる。帰らなければ。とりかえしのつかない深みへはまる前に、早く。頭ではわかっている。が、蕗子と茶々丸は理屈ぬきでいとおしく、かつて〈瞳の法則〉から逃れられた例（ためし）もなく、そして——茶々丸に負けずおとらず、吾郎も腹がへっていた。

くらくらしながら仰ぎ見た空に、今宵（こよい）の三日月はなおも冴え冴えしく、それはまるで彼の未来へ突きつけられた刃物のようにも映った。

第二章　月光と暗雲

霜解けの道は手強い。下駄の歯でぬかるみをどう避けても、抗いがたく足袋の先は冷たい泥水に染められていく。一歩一歩、慎重に進む吾郎の先を行く茶色い脚がふいに止まり、左右にふられていた尾がたれた。

足もとに気をとられていた吾郎がふと視線をあげると、ブラウニーの遊び場であった空き地が柵で囲まれ、その奥には土を掘りおこす重機の影がある。

「また、始まったか」

はたして今度は何戸の分譲か。どれだけの世帯が子連れでこの町へ移り住んでくるのか。千明が知ったらまた目を輝かせるだろうと思いめぐらせながら、吾郎はしゅんとしているブラウニーの背をさすった。

住宅団地の先がけと言われる土地へ移って約二年、京成八千代台駅を中心とした一帯の開発は今も勢い衰えず、松林を切り拓いた平野に立ちのぼる人煙がみるみる勢いを増していく。「八千代都民」なる呼称が広まるほどに、この地は東京のベッドタウンとして変貌した。来年には駅のむこうに新しい小学校が開校する。近隣の花見川にも大型団地ができる。そんな景気のいい話を聞くにつけ、吾郎はこの町に目をつけた千明の慧眼に感心する。

「さて。我々も新たな遊び場を開発するとしますか」

ブラウニーをうながし、きびすを返した吾郎の目に、午後の陽が射す道の先からやってくる人影が映った。

豪快に泥をはねとばしながら歩いてくる七、八人の男児集団。うちの半数がオーバーコートの上からランドセルを背負い、半数が風呂敷で教科書をくるんでいる。風呂敷組の一人は吾郎の知った顔だった。

塾生の小川武だ。

吾郎が国語と算数を教えている武はひょうきんなお調子者で、小学生クラスでは最年少の四年生ながらも、毎日、大声をはりあげて目立っている。つい先日も、雑記帳の誤答を消しゴムでこすっていたのを吾郎に見とがめられ、「わかっちゃいるけどやめられねぇ！」と植木等を真似て皆の笑いを誘った。

けれど今、級友たちと歩いてくる武の顔にその朗らかさはない。彼もまた吾郎の姿を認めているのだ。その証拠に、頑として吾郎をとらえようとしない武の視線は、二人の距離が縮まるほどに下へ下へとさがっていく。

武の心中を察した吾郎は声をかけずにすれちがった。子どもたちのはしゃぎ声が遠く背後へ去ったあとも、その胸には苦いものが沁みるように残った。

肌をなぶる北風がなお冷たい。

昭和三十九年二月。吾郎が千明とともに「八千代塾」を開塾して二年が経とうとしていた。犬の名前は譲歩した吾郎も、塾名ばかりはその意を通し、住宅地と団地の境界に借りた民家にその看板を掲げたのが一昨年の春である。

掲げたといっても、表札の横に塾名を墨書きした木札をぶらさげただけで、それ以外は見たところ普通の一軒家だ。宣伝や営業のすべも知らず、地道にやっていくしかないと気長にかまえていたのだが、二人の予想に反して、開塾の半年後には小・中学生ともに月曜から金曜までの定員がのきなみ埋まっていた。その後も入塾希望者はあとを絶たず、二年目からは土曜日も授業を展開。日曜日も返上すると言いだした千明をどうにか思いとどまらせて今に至っている。

時代が塾を求めていた。そう、これもまた千明の読みが当たったのだ。

教育をめぐるここ数年の趨勢(すうせい)はめざましく変わった。戦後のベビーブーマーが高校受験の年齢に達し、「十五の春は泣かせない」を標語とした高校全入運動が過熱。経済界は国際競争力強化のためのエリート育成を文部省へ要請し、高度経済成長によって懐に余裕のできた家庭は子どもの教育へ投資を始めるなど、さまざまな要素が合わさり、人々の関心は塾へむかいはじめたのだ。

全国的に、急進的に塾は増えつづけた。ありやなしやのほのかな一筋であった月光は、日一日とその輪郭をふくらませていった。

予想外だったのは、月が光を増すほどに、それをかげらす雲もまた色を濃くしていったことだ。

「ただいま」

犬の散歩から帰った吾郎が一階居間のふすまを開くと、こたつを囲んでいた女三人がいっせいにふりむいた。

「お帰りなさい、お父さん」

「お帰り」

「お帰りなさい」

蕗子は学校の宿題をしている手を、頼子は編み棒をにぎる手を休ませてほほえんだのに対し、千明だけがガリ版印刷機のローラーを止めようとしない。この時刻には毎度の光景ながらも、今日の彼女はいつにも増してぴりぴりした気配を放っている。

つわりの時期は去ったはずだが。いやな予感を胸にこたつの一角へ加わった吾郎は、座布団の脇に投げだされた新聞に目を奪われた。

蔣介石（しょうかいせき）と握手をする吉田茂（よしだしげる）の写真。これは今日の朝刊だ。古新聞置き場の一番下に押しこんでおいたはずが、なぜ？

「読んだのか」

こわごわ千明をうかがうも、その横顔は氷の無表情を崩さない。

否定しないということは、読んだのだろう。万事休すと吾郎はがっくり背をこごめた。読んでしまったか。〈じゅくは〝必要悪〟〉なる見出しが躍るあのコラムを。

月を覆う雲――その実体は、世間の白い目だった。雨後の筍さながらに増殖する塾に対して、日増しに高まっていく批判の大音声だ。

「塾は子どもを食いものにする悪徳商売だ」

「塾は受験競争を煽る受験屋だ」

「塾は実のない教育界の徒花だ」

あらゆる雑言が飛び交う中、満を持して仕上げにかかるがごとく、この一月、ある大手新聞が開始したのが〈二つの学校〉なるコラムの連載だった。

〈塾は大みそかの日までぶっとおしで子どもに勉強をさせ、正月の三が日しか休ませない〉

〈夜の塾通いをしているうちに、誘惑にひっかかったり、非行化したりする恐れがある〉

〈塾は親の干渉からのがれる絶好の安全地帯。見せかけの勉強をしているだけの子どもには実力がつかない〉

〈家族利己主義の現れが、学習塾ブームのような異常現象を巻きおこしている〉

毎日のように極論が紙面を飾る。匿名の筆者は学校と塾を対比し、両者の可否を論ずる体裁をとりながらも、こと塾については「否」以外の見地に立とうとしない。

今日のコラムはとりわけ底意地が悪く、こんなものを読んだら千明の胎教によろしくないと、吾郎がこっそり隠しておいたのだ。が、どうやら無駄だったらしい。

「言わせておけばいいんです」

畳の新聞から目が離せない吾郎に、千明が黙々と作業を続けながら言った。

「私はそんなもの、これっぽっちも気にしちゃいません。むしろ感謝したいくらいだわ。その連載が始まって以来、入塾希望者がまた増えているのだから」

「増えている？」

「塾はけしからん。でも、そんなに流行（はや）っているのなら、自分の子だけは通わせたい。それが親というものです」

泰然たる物言いとは裏腹に、抑揚を殺したその声からはただならぬ憤懣（ふんまん）が伝わってくる。そもそも、本当に気にしていないのならば、隠したものをわざわざ探して読まないだろう。

「本当なのよ、吾郎さん」

妻の真意をはかりかねる吾郎に、このような間合いの常として、義母の頼子が割って入った。

「今日もね、六年生の親御さんからお電話をいただいて、教室の空きはないかって泣きつかれたばかりなの。近ごろは船橋（ふなばし）や佐倉（さくら）からもお問い合わせが来るのよ。塾生の親御さんからも、四月からの授業はどうなるんですかって、毎日みたいにお電話をいただいて、ありがたいやら、申しわけないやら」

塾一辺倒の妻に代わって家を守ってくれている義母は、八千代塾に子どもを通わせている母親たちとの窓口役も担っている。休む間もないその手が編んでいる乳児用の靴下を一瞥し、吾郎は「すみません」と頭をたれた。

「本来は、もうとっくに来期の予定を立てなきゃならない時期なんですけど」

「うちがダメなら、早いところほかの塾に申しこみたいって方もいて」

「すみません。塾生たちにもせっつかれているんですけど、授業の時間割が決まらないうちは、なんとも」

「もう決まってるじゃないですか」

とがった声をあげたのは千明だ。

「来期も今期と同様です。授業は月曜日から土曜日までの二時限ずつ」

「いや、しかし、子どもが生まれてからのことを思うと……」

「ご心配なく。赤んぼうを負ぶってでも授業はしてみせます。家のことは、お母さんや蕗子が協力してくれますし」

「そこまで家族に負担をかけるのはどうだろう。理科と社会は比較的希望者が少ないのだから、来期はのぞいて、君は中学英語だけに専念を……」

「理科と社会も受験の必須科目です。そりゃあ、三教科ほど希望者は多くないけど、現に定員は埋まっているじゃないですか」

千明の声が険をおび、また始まったとばかりに蕗子がこたつへもぐりこむ。

「私は授業をへらすことには反対です。毎日のように同業者が増えていくこのご時世、今は看板一つで子どもたちが集まってくるけど、じきに淘汰が始まるのは目に見えているわ。ここで後手にまわるわけにはいかないんです」

「長期的に続けていくのなら、無理はしないことだよ。子育てが一段落するまでのあいだ、授業の齣を少しばかりへらしたところで、経済的にもさほどの負ではない」

「お金ではなく、これは覚悟の問題です。うちに通っている八十人、私は一人たりとも手放す気はないわ。むしろクラスの定員を拡大したいくらいよ」

「定員は二十人が限界だ。むしろ多すぎるくらいだよ」

らちのあかない言い合いを横目に、「さて」と頼子が編み棒を置いた。「夕食の支度、夕食の支度」。わざわざ二度声に出し、畳を埋めるプリントをまたいで台所へ去っていく。「お手伝い、お手伝い」と蕗子もいそいそとあとを追う。

残された吾郎は嘆息し、柱のポッポ時計へ目をやった。午後四時十分。もうじき表からはにぎにぎしい声が響きだし、授業の前にちょっとだけテレビを観せてほしいと塾生たちが駆けこんでくるだろう。結局、今日も決着がつかなかった。

開塾から二年。時代の波に押された八千代塾は首尾よく軌道にのり、その収入は大卒会社員の初任給をはるかに上まわるものとなったが、金銭的な不安から解き放たれる一方で、吾郎は妻との齟齬に日々神経をすりへらしていた。塾教師としての千明の熱意には頭がさがる。とうていかなわないと思う。一方で、妻として、母としての役割をもっと重んじてほしいとの思いもぬぐえない。

　そもそも、恋愛というほどの蜜月もないままずるずると関係を続けた自分と、彼女はなぜ結婚を望んだのだろう。吾郎の胸には本質的な疑問が根を張っていた。一時の気まぐれによるものか。蕗子が父親をほしがったせいか。それとも、入籍によって終身雇用の塾教師を確保するためか。

「吾郎さん」

　冷めた茶を力なくすする吾郎の横で、必要以上の力をこめてローラーを転がしていた千明がようやく顔をあげた。授業で配布する二十枚を刷りおえたようだ。

「子どもが生まれたら、生まれたらと言いますけど、あなたこそ、生まれてくる子どもの人生を本気で考えているんですか」

　視線を受けた吾郎の顔に緊張が走った。妊娠が発覚して以来、千明からこの手の質問を投げられたのは三度目だ。これまで「のびのび育ってほしい」「強く、明るく、美しく」などと答えるたび、あたかも落第生を見るような目で射られてきた。

　今度こそ、しくじれない。いずまいを正して吾郎は言った。

「ええ、考えてますよ。まず、一ヶ月目のお宮参りは菊田神社でどうでしょう」

　はたして返ってきたのは体毛も霜枯れるような冷眼であり、額に大きなバツをつけられた気分の吾郎はいたたまれずに腰をあげ、「授業、授業」と今日もまた逃げだすことになるのだった。

悩める吾郎を癒やしてくれるのは、もうじき小学四年生になる蕗子との時間だ。

「お父さん。血のお仕事は、体の中をぐるぐるまわって、酸素や栄養を運ぶことでしょう」

来期の授業日程も保留のまま三月に入ったある日の午後、ブラウニーの散歩についてきた蕗子がふとそんなことを口にした。通りかかった休耕畑につくしを見つけ、二人で夕食のおかず増量にはげんでいたときだった。

「ん？　ああ、主にね」

なぜ急にそんな話を？　とまどいながらもうなずくと、蕗子はいよいよ吾郎に似てきた講義口調で語りだした。

「脳のお仕事は、ものを考えたり、創りだしたりすることでしょう。私、酸素や栄養を運ぶ血よりも、ものを考える脳のほうが、ずっと大事だと思います」

「うーん。でも、生命維持に直結する血液も軽んじられないけどね」

「脳だって、命にかかわるでしょう。脳がなければ人間は死んでしまうでしょう」

「うん。それはそうだ」

「ものを考えたり、創ったりすることは、ただ酸素や栄養を運ぶよりも大事で、だから、脳は、脳は……」

残雪がまだら模様を描く土の上にしゃがんだまま、蕗子はもどかしげに吾郎をふりむいた。

「お父さん。お勉強や、いろいろなことを教わるっていうのは、脳を受けつぐってことでしょう」

「脳を受けつぐ？」

「私、そういうことだと思う」

「なるほど。そういう考え方もあるかな」

その年齢によらず、女たちはときどき吾郎の理解をこえたことを言う。義娘の真意がつかめないまま吾郎があいまいな返事をすると、それを肯定と受けとめた蕗子は満足げにうなずき、再びつくしを摘みはじめた。春の息吹を含んだ旋風がおかっぱ頭を傘のようにふくらませている。

「ね、お父さん。脳を受けつぐって、いいことだけど、ちょっと怖いね」

「どうして」

「お母さんは、小学校へ通えなかったって、よく言うでしょう。国民学校ってところでへんな教育を受けて、それがすごくいやで、だから今でも学校やお国を信じられないって」

「うん。よくうらみごとを言ってるね」

「へんな教育って、子どもを強い兵隊さんにするための？」

「そうだね。軍国主義と言って、戦争に勝つことを最優先とする精神を植えつけるための教育かな」

「お母さんは、そんな教えは信じなかったって言うけど、でも……」

「でも？」

「お母さんが兵隊さんみたいに強い人になったのは、やっぱり、その教育のせいなんじゃないの」

虚を衝かれた一拍のあと、吾郎はぶはっと吹きだした。「兵隊さんみたい」の一語が効いた。例によって、いったんつぼに入るとなかなかぬけられない。

「お父さん、私、まじめにお話ししてるのに」

「ごめん、ごめん。たしかに、お母さんの反骨精神を育んだって点では、戦中の教育は大変な功績をもたらしたかもしれない」

「私、国民学校をうらみます。お母さんを、あんなふうにしちゃって」

「あんなふう？」

「かわいげがないって、おばあちゃんがいつもこぼしてる」

一瞬またも笑いかけ、吾郎はどうにか留まった。どうやら娘の目に、千明は軍国主義教育の落とし子のように映っているらしい。

「蕗ちゃん。人間は、自分をとりまくいろんなことから影響を受けて育つんだ。家族とか、学校とか、まわりの環境とかね。お母さんの場合、たしかに学校教育の影響は大きかったかもしれないけど、それだけってわけではないよ」

「はい」

「それに、お母さんは、昔の教育をただうらんでるだけじゃない。それをばねにして、今、彼女なりに一生懸命、教育に携わっているよね。そんな君のお母さんは、けっして、かわいげのない人ではないよ」

「ほんと？」

「うん。だって、あんなにがむしゃらな人はいない。ときどき、二階で居残り授業を受けてた生徒が帰っていったあと、お母さんがばたばたと階段を駆けおりて、厠(かわや)へ飛びこんでいくだろう。あの足音を聞くたびに、ぼくは、お母さんをかわいい人だと思う」

　蕗子は聡(さと)い目で吾郎を見つめ、「はい」と大きくうなずいた。胸のつかえを出してすっきりしたのか、その表情は晴れている。

「ね。お父さん、白鷺(しらさぎ)、見たくない？」

　威勢よく立ちあがった蕗子のつくしをにぎる手が背後の松林を示した。開発前をしのばせる木立のあいだから、野うさぎを追いまわすブラウニーの影が見え隠れしている。

「白鷺がいるのか」

「うん、ときどきいるの、あの奥の池に。ね、お父さん、見に行こうよ」

　吾郎の返事も待たずに走りだす。最近めっきり背がのびたその後ろ姿が、父の目にはまぶしい。

蕗子はどんどん賢くなる。頭脳もさることながら心の成長がいちじるしい。春先のつくしのようでもあるその姿に、吾郎は日々、ほかのなにものからも得難い活力をもらっている。

無論、義父となって間もないころにはそれなりの苦労もあった。女の子のあつかいがわからずにとまどうこともあれば、いらだつこともあった。父親には威厳が求められるとの強迫観念にとりつかれ、必要以上に厳しく接したかと思えば、翌日には一転して猫なで声を出してみたりと、一貫性のないダメな親の典型を演じたこともある。が、蕗子は何があっても新米の父を責めず、自ら歩みよろうとしてくれた。子どもというのはこんなにも懐が深いものなのか、それとも蕗子が特別なのか、吾郎はいまだ判然としない。

「よし、決めた。今日という今日は、どうしたってお母さんを説得して、来期からの授業をへらしてもらおう」

蕗子と手をつないでの帰り道、吾郎は自らを鼓舞するように宣言した。

「蕗ちゃんだって、もっと家族団欒(だんらん)の時間をもちたいだろ。そういえば、谷津(やつ)遊園に行きたいって言ってたな。行こう。ジェットコースターに挑戦だ。なあに、ちゃんと話せばお母さんだってわかってくれるさ」

人間の脳とは謎めいたもので、他者へむかって「千明はかわいい」と声にすると、本当に自分がかわいい女と連れそっている気分になってくる。無事に第二子が誕生し、千明に母としての自覚が強まれば、おのずと万事解決するかのような。

しかし、蕗子は冷静だった。

「お父さん。お母さんに、油断は禁物だと思います」

そのひと言で我に返った吾郎はとっさに空を仰いだ。たなびく雲の切れ間から、不吉に青ざめた月影がのぞいている。

「蕗ちゃん。油断って字、書ける？」

「書けます。練習したから」

「さすがだ」

お母さんに油断は禁物。その忠告の正しさを、吾郎は早くも数分ののちに思い知らされることになった。

散歩から戻った二人を、不動明王に負けじと眉をつりあげた千明が待っていたのだ。

「蕗子、あなた、明日からはもう学校なんか通わなくていいわ。あんな教員の教えを受けたところで、害こそあれ、利など一つもありません」

居間のふすまを開けるが早いか飛んできた金切り声に、吾郎と蕗子は同時に一歩後ずさった。

はたして何があったのか。

「蕗子の担任の先生から、さっき、お電話があったのよ」

問答無用とばかりにガリ版印刷の原紙へむきなおり、再びがりがりと鉄筆で削りはじめた千明に代わって、台所から顔をのぞかせた頼子が説明した。

「蕗子が同級生を八千代塾へ勧誘してるって苦情の電話だったの。風紀が乱れるからやめてくれって言われたらしいんだけど、蕗子、本当？」

問われた蕗子はきょとんとした。

「お父さん、カンユウって何？」

「うちの塾に入りませんかって誘うこと」

「えーっ、私、そんなことしてないよう。そうじゃなくって……」

いわく、蕗子は昨日、いつも彼女を「塾子」「塾子」とからかう男子たちから、学校の宿題も塾で教わっているんだろうと難くせをつけられた。小三の自分はまだ八千代塾に入れないし、そもそもうちの塾では宿題の答えなど教えない。いくらそう言っても信じてもらえないため、ならば一度、自分たちの目でたしかめに来ればいいと促したのだという。

「なるほど。蕗ちゃん、それは、勧誘じゃなくて、提案だ」

まさか悪がきどもから塾子などと揶揄（やゆ）されていたとは。心ひそかに動揺しつつも、吾郎は蕗子の頭をなでた。

「また一つ言葉を学んだね。このことは、ぼくから担任の先生にお話ししておこう」

「何を言っても豆腐に鎹（かすがい）です」

間髪（かんはつ）をいれずにさらなる難語が飛んでくる。

「あの教員はもともと塾を蔑視してるんです。保護者会のときだって、私がどれだけねちねちと嫌みを言われたことか。塾に通っている子どもは授業を聞かないだの、学校の勉強をなめてかかるだの……なめられるような授業をしているおのれも省みずに！」

「まあ、まあ」

「そもそもあの先生、組合にも入ってないそうじゃないの。近ごろの教員はどうなっちゃってるのかしら。勤評ごときで腰ぬけになってるような人間に、子どもたちの教育を担う資格はありません」

　ぷりぷりしながらも鉄筆を動かしていた右手が急に止まった。どうやら書き損じたらしい。いらだちをあらわに修正液の刷毛を誤字へ這わせた千明は、幾度か同じ所作をくりかえしたのち、いまいましげに膝を立てた。

「修正液が切れたわ」

「買ってこようか」

　この場を離れたい一心で吾郎が申しでるも、

「買いおきがあります」

　千明は押入れへ直進し、その中にある木箱へ手をかけた。

　あっと吾郎は思わず声にした。まずい。この状況でそれはまずすぎる。

　息を殺す吾郎の目の先で、千明は授業用の備品を保管する木箱の蓋を開け、瞬時にあるものを発見した。

「あ」

本日付けの朝刊である。例のコラムがいつにも増して辛辣だったため、吾郎が前回とはちがう場所に隠しておいたのだった。

ただでさえつむじを曲げている千明があれを読んだらどうなるのか。めまいをおぼえる吾郎をよそに、千明が逸る手で新聞をめくっていく。

〈塾経営者には前職をやめた過去の事情などから、暗い性格のもちぬしを見かける〉

〈教育界の日陰者という自意識の過剰から、ひねくれた人生観をいだいている人もいて、学校教育への悪意に満ちた言葉を吐いたりする〉

吾郎の記憶にあるだけでも、その筆致は千明を激昂させるに足る。

ところが、全文を読むのに十分な時間が流れても、千明は新聞から顔をあげようとしなかった。前のめりに両手を畳へついたまま微動だにしない。その表情も凍りついたように動かず、そりかえった指先だけがみるみる色をなくしていく。

長い無言の末、ようやくその唇が開かれたとき、吾郎は千明がコラム以外の頁に釘づけになっていたのを知った。

「あなた。これを読みましたか」

「これ？」

「清新学院の」

「ああ……」

　吾郎も記憶していたそれは、名立たる大手塾の快進撃を伝える記事だった。ここ数年、郊外への進出がめざましい清新学院は、開塾先でつぎつぎと商売敵の個人塾を経営破綻へ追いこみ、そのえげつないまでの繁殖力から「私塾界のセイタカアワダチソウ」と呼ばれている。その清新学院が、次なる教場の候補地として、船橋、松戸とともに八千代の名をあげたと報じられていたのだった。

「まさか、清新学院が八千代に白羽の矢を立てるなんて」

「まだ候補の一つってだけで、決まったわけじゃないよ。船橋や松戸とくらべたら、八千代はまだまだこれからの町だし、もし来るとしてもまだ数年先の……」

　吾郎のなだめ声が止まった。ただならぬ形相の千明が皆まで聞かずに突として立ちあがったのだ。

「決めたわ」

「え」

「少々留守にします。すみませんが、二限目の社会は代わってください」

　この熱血教師が人に代講を頼むとはよほどのことである。いったい何を決めたのか。それを問う隙も与えず、血眼の千明は鞄ももたずに家を飛びだした。授業があるので追っていくわけにもいかず、気をもみながら帰りを待ちわびた吾郎が再び妻の顔を見たのは、その夜の遅い時刻だった。

「どこへ行ってたんだ」

「私、負けないわ」

くたびれた乱れ髪の千明は、吾郎に何を問われても答えず、ただ妙に爛々とした瞳で「負けない」「負けるもんですか」と唱えるばかりだった。

「君も、君に疲れるだろう」

熱情とも商魂ともつかない火の玉をその痩身に擁し、夫を、家族を、誰よりも自分自身をふりまわしている妻に対して、吾郎にはただ身重の体をいたわるくらいしかできなかった。

勝見正明なる人物が八千代塾を訪ねてきたのは、その二日後のことだ。

「ごめんください」

三軒先まで届きそうな腹式の発声。長身で恰幅のいい体。えらのはった四角い顔には探究心の強そうな黒目がぎらついていた。

「授業の見学をさせていただきたく、おじゃましました」

「見学？　ああ、親御さんですか」

「や、今日は親としてではなく、同業の輩として、勉強させてもらいに参りました」

「同業？」

「申し遅れましたが、私、大和田で勝見塾なる教室を開いている勝見正明と申します」

大和田の勝見塾。隣駅にあるその塾の名は吾郎も知っていた。いや、知っているどころか前の年、千明は蕗子を勝見塾へ内偵として送りこもうと画策していたほどだった。八千代塾をやめた生徒の数人が、その後、勝見塾へ通っていた事実にいたく自尊心を傷つけられたようだが、「小三で塾はまだ早い。外で遊ばせたほうがいい」とあっさり断られて終わった。

いわば八千代塾のライバルである勝見塾の塾長が、なぜうちへ？

「勝見先生、よくぞおこしくださいました。どうぞ、教室は上になります」

奥の部屋からバタバタと千明があらわれ、勝見を拉致するごとく二階へ連れさるに至って、吾郎はいよいよ困惑した。千明が勝見を招いたのか。

ただごとならぬ剣幕の千明が家を飛びだしたあの夜以来、近々、何かが起こるのではないかと案じてはいた。ひょっとすると、あの日、千明は勝見のもとを訪ねていたのではないか。しかし、なぜ？

胸を騒がせながらも、五時に始まった小学生クラスの授業中、吾郎は教室の密度をいや増しに高める勝見の影をなるべく視界に入れず、子どもたちへ意識を集中しようと努めた。

和室二間の仕切りをぶちぬいた教室にならべた長机には、今日も、小学四年生から六年生までの多彩な顔ぶれがある。当然ながら、学年がちがえば学習範囲もちがう。その一人一人に手作りのプリントを与えて自習をさせ、こまったときにのみ助け船を出す。それが吾郎の指導法だ。

大人数での集団授業に慣れ、勉強に対して受動的になっている子どもたちも、教える側が先まわりをしてあれこれと世話を焼きすぎなければ、おのずと頭を使いだす。わからないこと、ふしぎなことは「知の種」だ。なぜだろうと首をひねった瞬間、彼らの中には知的好奇心の芽がのびる。子どもを勉強に親しませる最善の道は、その芽を大事に育ててやることだと吾郎は思っている。

入塾当初は億劫そうに爪を噛んでいた子も、自ら謎を解きあかす喜びに触れれば、四十五分間の授業を短く感じるようになる。未練顔でなかなか帰り支度をしない、そんな子どもたちの姿を見るのが吾郎の至福のときだった。

「先生、ありがとうございました」

「先生、また来週テレビ観せてくれる？」

「はい、どうぞ」

「先生、あのね、うちのお父さんのいとこね、開会式の入場券が当たったんだよ」

「わ、東京オリンピック？」

「へえ、それはすごいね」

「いいなあ。お父さんのいとこ」

「すごいなあ」

「ちっともすごかないよ。うちの父ちゃんのはとこなんか、オリンピックに出るんだぜ」

「嘘だあ」

「ほんとだ」

「嘘八百だ」

「ほんと九百だ」

「じゃあ、なんの種目に出るのか言ってみろよ」

「竹馬」

「みんな、帰ろうぜ」

毎度のひと騒ぎを経て小学生たちが帰っていくと、次なる中学生クラスのために吾郎は床のごみを拾い、長机の位置を直してまわる。教室の後ろであぐらをかいていた勝見が鼻息荒くむかってきたのは、その最中だった。

「大島先生。ちょいと、お聞きしてもよろしいですか」

「はい？」

「今日、生徒たちに配られていた問題用紙って、一人一人、内容がちがってましたよね。あれ、もしかして先生の手書きですか」

「ええ、そうですよ」

にじりよる勝見に吾郎はおっとり返した。

「千明先生は学年ごとに問題を刷ってますけど、ぼくは個別に作ってます」

「なるほど。それは、生徒によって学習の進度が異なるせいですか」

「それもありますが、たとえ同じ単元を学習していても、理解のほどには開きがありますよね。ぼくは、どんな子も八十点とれる問題をめざしてるんです」

「八十点？」

「いい点をとると、子どもたちは喜んで、もっとやろうって気になるんですよ。しかも、落とした二十点がくやしいから、今度は百点をとろうと奮いたつ」

「や、なるほど。しかし、個々に合わせた出題となると、大変な手間がかかりますよね」

「はい。ですから一クラス二十人が限度なんです」

割れたあごに手を当ててふむふむとうなずきながら、「あ、それから」と勝見は矢継ぎ早に次なる問いを口にした。その目には子どものようにまっすぐな好奇心がきらめいている。

「八千代塾では消しゴム禁止だそうですけど、それは、何か意味が？」

「いえ、単純に、消しゴムで消したら誤答が消えてしまうからです」

「はい？」

「誤答が消えたら、子どもたちは弱点を忘れてしまう。自分がどこでつまずいたのかを省みるすべがなくなる。実際、消しゴムを多用する生徒ほど似たような問題に何度もひっかかるものです」

「なるほどー」

いつのまにか教室の机を埋めていた中学生たちの視線に気づくと、勝見はようやく吾郎を解放した。

「や、や、ほんとに、ありがとうございました。吾郎先生、次はぜひ、うちの塾へも遊びに来てください。ぜひ！」

なんというか、平熱の高そうな男だ。研究熱心な姿勢は認めるが、はたして目的はなんなのか。

想像だにしなかった妻のもくろみを吾郎が知ったのは、その夜の夕餉の席だった。

千明が二限目を担当する日の夕餉は遅い。授業の終了後も、進度のはかばかしくない生徒を相手に、延々と補習をするためだ。短期集中を標榜する吾郎でさえ、時に、心配した親が迎えにくるまで生徒を引きとめる妻の徹底ぶりには脱帽する。反面、空腹も尿意も忘れて打ちこむ女であればこそ、二人目が生まれてからの三教科担当は過酷にも思う。

「いただきます！」

八時をまわってようやく皆で食卓を囲み、腹の虫をもてあましていた蕗子が頼子の手料理を夢中でむさぼるのを見るにつけ、家業の犠牲を強いられた身空に吾郎の胸は痛む。

しかし、今夜の千明には、娘どころか皿の料理が目に入っているのかも怪しかった。

「勝見先生は、前むきに検討してくださるとのことです」

心ここにあらずの面もちで彼女がつぶやいた瞬間、家族の皆がいっせいに箸の動きを止めた。

「え」

何を？　夫と母、娘の「問う目」を一身に受けとめ、千明がすっと背筋をのばす。

「塾の共同経営です」

「は？」

「私がもちかけたんです。八千代塾と勝見塾の合併。それによって双方の土台を盤石にし、今後の生存競争に備えませんか、と」

その先端に豚肉のつけ焼きをはさんだまま、吾郎は箸を皿へおろした。

聞きちがいではないか。いくら千明でも、こんな重大事を自分に相談一つせず決めるわけがないではないか。息を殺して見すえるも、宙の一点に固定された千明の瞳は吾郎を見返そうとしない。

重苦しい沈黙が降りつのる中、急速に食欲を失っていく吾郎の脳裏に、あの日の警鐘がよみがえった。

——お母さんに、油断は禁物だと思います。

☽

千明の言いぶんは、こうだった。

教育への関心が急速に高まりだした昨今、清新学院のみならず、大手塾の多くが都内から郊外への進出を画策している。ただでさえ塾叩きの痛手を負っている中小の個人塾にとって、それは命とりにもなりかねない。塾がうさん臭いものであるならば、せめて名のあるところに子どもを預けたい。それが親の心情であるためだ。

「そもそも、日本人は大勢の流れに弱いんです。大手塾がはびこるほどに、おそらく今後、うちのような個人塾はどんどん淘汰されていく。勝見先生もやはりそれを案じてらしたのか、私の話に本気で耳を傾けてくださいました。今日の授業を見学したあとには、真剣に検討したいとまで言ってくださったんです。うちとしても、組むならば勝見先生以上の逸材はいません。なにせ、勝見塾にはうちの塾生を奪われてきたくらいですから」

千明の中ではこの合併話がすでに決定事項となっているようだった。相談でも説得でもなく、説明口調で共同経営の利を唱える。一つの方向を示したら、てこでもその目を動かさない。そんな妻に吾郎は何を言うのもむなしく感じられたが、かといって、今回ばかりは黙っていられなかった。

「うちの塾では、大手にたやすく生徒をとられるような授業はしていませんよ。ぼくも、君も。現に、今年の受験生もほぼ全員が志望校に合格しています。仮に大手の台頭で一時的な打撃を受けることがあっても、辛抱強く続けていれば、きっと生徒は戻ってくる」

「その前に経営が立ちゆかなくなったら？」

「貯えがあります。他塾よりも月謝を低めに設定しながらも、この二年間でぼくらは十分すぎる利益をあげさせてもらった」

「その貯えを、私は新しい教場の資金にしたいんです。今みたいに自宅で教えるのには限界があるでしょう。独立した教場をもてば、もっと多くの生徒を受けいれられるし、塾の評判も高まるわ」

「千明さん。塾の存続に必要なのは生徒の数や名声じゃない。良質な授業、それだけが命綱だとぼくは思っていますよ」

そこだけは譲らない吾郎と、千明の上昇志向がぶつかりあうのは、これが初めてのことではなかった。

「あなたはいつも正論を言う。でも、現実の世界では良質の授業をしている個人塾がひとたまりもなく大手に倒されていく。いいえ、私たちを倒そうとしてるのは大手塾だけじゃない。真なる敵は、あの手この手で塾の足を引っぱる文部省よ」

「文部省？」

「塾のせいみたいに言われている学力偏重も、受験競争も、もとを正せば学習指導要領の改訂や学力テストが招いた弊害でしょう。文部省は落ちこぼれの救済よりもエリートの育成を絶えず優先させてきた。なのに、そこから生じた教育のゆがみが、なぜだかすべて塾の非のようにされている。世論操作に長じた官僚たちの目に、塾は格好の人柱として映っているんでしょうね」

文部省が世論をあやつり、教育頽廃の責任を塾に転嫁しているというのか。

まさか、と喉まで出かけた声を吾郎は呑みこんだ。大の文部省嫌いが言うことをうのみにはできないにしても、ない話でもないかもしれない。塾のことなど口にするだけでも沽券にかかわるとばかりに、表むきは無視を決めこみながら、その裏で情報操作に精を出すとは、いかにも官僚のやりそうなことではある。

「文部省が保身のために塾を利用していると？」

「ええ。ただし、塾にとってはむしろ好機だと私は思ってるわ。文部省が本質的な問題から目を背けているかぎり、この国にまともな教育は育たない。現に、公立学校の落ちこぼれ問題は年々ひどくなる一方じゃない。大衆はバカじゃない。じきに公教育に見切りをつけて私学へ走る日が来るでしょう」

闘志みなぎるその声に、吾郎はもはや返す言葉も見つからなかった。

「私はかならず公教育の外に、学校よりもたしかな知力を育む第二の教育現場を築きあげてみせるわ。大手塾にも文部省にも世間の悪評にも負けないくらい、八千代塾を堅牢な学舎に育ててあげてみせる」

宙の一点を見すえた千明の目が光る。

吾郎は畏れにも似た衝撃をおぼえて戦慄した。

月が、太陽に勝とうというのか――。

千明が強引な女であるのは先刻承知のことだった。結婚前も、その後も、大島家の実質的な牽引者は常に千明であり、吾郎もそれに不服はなかった。赤の他人であった女三人と、突然、家族になったのだ。年下の夫が背のびをして主導権を負うよりも、負っている妻についていくほうが万事円滑に運ぶし、吾郎自身も楽である。いかなる障害にも敢然と立ちむかう背中を一歩後ろから見守ることに、吾郎はむしろ一種の快さをもおぼえていた。

しかし、今回ばかりはついていくのをためらった。

もうじき二十五になる吾郎に確たる八千代塾の展望はなく、彼にとってはその日そのとき、目の前にいる生徒がすべてである。自分がさしだせる精一杯を一人一人にさしだす。そのためには、塾の規模は小さいにこしたことはない。

無論、八千代塾が吾郎の私物でないかぎり、組織力の強化に力点を置く相方の主張も無視はできないが、今回の一件に関しては、そもそも先に彼を無視したのは千明のほうである。

ともに塾を営んできた吾郎にひと言の断りもなく、彼女は合併という一大事を勝見へもちかけた。

夫としては、当然、おもしろくない。

そう、吾郎はめずらしくへそを曲げたのだった。

合併をめぐって決裂したあの夜以来、吾郎と千明のあいだには冷たい溝が横たわった。不興顔を隠さない夫に対して、うまく立ちまわって事を運ぶほど千明は器用な女ではない。もとより、彼女は彼女で、吾郎のこぢんまりとした保守志向への不満がある。よって、吾郎が黙れば千明も黙る。夫婦が黙れば子も黙る。頼子だけがこのだんまり合戦に参戦せず、ぶつぶつと聞こえよがしな小言をこぼしていた。

「あんな大事なことを一人で決めようとして」

「少しは旦那さんのことも考えなさい」

日ごろは夫婦の問題に立ち入らない頼子が、今回にかぎって千明への立腹をあらわにし、婿(むこ)の側についたのだ。吾郎はそこに義母の気づかいを感じたが、結果的に、頼子の小言によって家庭内の空気はさらに険悪化した。

ちょっとした事件が起こったのは、冷戦開始から四日目の午後だった。

ブラウニーを散歩に連れだした蕗子が何時になっても帰らない。空が暗むにつれて落ちつきをなくした吾郎が心あたりを訪ねてまわると、蕗子は友達の家にいた。

「蕗ちゃん。何も言わずにこんな時間まで帰らないなんて、心配するじゃないか」

いつになくきつい口調でとがめた吾郎に、蕗子もいつになくかたい目をむけた。

「ごめんなさい。でも、帰りたくなかったの。家にいると、あたし、茹(ゆ)だっちゃうから」

「茹だる？」

「おこたの中から出られなくって」

か細い声に打ちあけられた瞬間、大人たちのいさかいがいかに子どもを追いつめるのかを吾郎は思い知ったのだった。

「ぼくのほうこそ、ごめんよ、蕗ちゃん。君には塾のことでいやな思いばかりさせてしまって」

手と手をつないでの帰り道、肩を落として詫びる吾郎に、蕗子は同情のまなざしをむけた。

「お父さんのせいじゃないです。悪いのは、お母さんだから」

「いや、どっちが悪いというんではなくて、お互いに、大事にしたいものがちがうだけなんだ」

言ったそばから、本来はまず一番に家族を大事にすべきなのだろうと吾郎は苦く思う。

「とにかく、塾の問題を家庭にもちこんで悪かったよ。これからは塾は塾、家庭は家庭でわけて考えないとな」

「わける？　家の中に塾があるのに？」

「むずかしいかな」

「要は、メリハリだと思います」

「なるほど、メリハリか。たとえば、一階では絶対に塾の話をしないとか？」

「うん。したら罰金とか」

「ほほう」

「あとね、たまにはみんなでお出かけするとか」

「そうか。お出かけか」

「うん。日曜日に、普通の家族みたいに。普通の家族みたいに」

普通の家族みたいに。遠い空を見やる蕗子のなにげない一語にずきっとし、吾郎は瞬時に奮いたった。

「よし、出かけよう。谷津遊園に」

「え」

「思いたったが吉日だ。行こうよ、次の日曜日にでも」

「ほんとに？」

「うん。約束だ」

その重みを探るような数秒間ののち、蕗子は「きゃーっ」と大きく跳びはね、一歩先を行くブラウニーをぎょっとさせた。

大正末期に開園した谷津遊園は、もとは一面の塩田だったという。大正六年の大暴風でそれが壊滅したのち、京成電鉄が土地を買いとり、娯楽施設の造成にのりだした。暴風になにもかも吹き飛ばされた土地に、まずは勧業銀行本店の社屋を移築した楽天府が出現した。海水プール。馬場。野球場。ラジウム温泉。バラ園。広大な土地が年々彩られていくその様は、戦火に炙(あぶ)られた焼け野原に人煙が立ちのぼり、ベビーブーマーたちの声がさんざめきはじめた光景と似ていたかもしれない。

そして、戦後約二十年を経た今、そのベビーブーマーたちが学歴を求めて高校へ殺到しているように、谷津遊園の遊戯施設には生活に刺激を求めはじめた人々が長い列をなしていた。

「えらいもんだなあ。これだけの人間が、いったいどこから集まってきたんだか」

「お父さん、こっち、こっち!」

念願の外出に足どりも軽い蕗子がまずめざしたのは、日本一の規模を誇る海上ジェットコースター、サーフジェットだった。一番人気のそれは一時間半待ちの大混雑で、早くも園内の人いきれにあてられ気味の吾郎を当惑させた。

授業二齣分の時間を棒にふるほどの代物か。蕗子には問えない問いを喉の奥へ封じこむ。人為的な恐怖体験をこぞって欲する人々の姿は、吾郎の目にはある面、平和の象徴とも映る。

が、千明と頼子の目にはたんなる物好きの群れとしか映らないようである。

「ああ、怖い、怖い。あんなのりもの、とてもじゃないわ。見てるだけでクラクラしそう」

「私はべつに怖くもないけど、妊婦はのってはいけないのでしょう」

「そりゃそうよ。蕗子、吾郎さんと二人でのってらっしゃい」

というわけで、長蛇の列には吾郎一人が伴うことになった。

「私たちはそのへんをぶらついてるわ。バラ園のバラはまだ早いかしら」

「咲いてなかったらトラでも見てればいいわ」

「まあ、バラとトラでは大ちがいよ。怖い、怖い」

快晴の空から一気に春が舞いおりてきたかのような日曜の午後、園内は見渡すかぎり家族連れや学生、アベックの姿でわいている。肩をならべてその人混みにまぎれていく妻と義母を、吾郎は安堵の思いで見送った。

谷津遊園へ行こうとの提案に、出不精の千明は当初、いい反応をしなかったのである。とうに安定期を迎えているにもかかわらず、身重を理由に渋り、ガリ版のインク臭の中から引っぱりだすのに苦心した。

ひとたび行楽の地へ着けば、しかし、外の空気はやはり人間を解放する。とりわけ濃厚な潮風が吹きわたる遊園地では、しんねりむっつりしているほうがむずかしい。冷戦も一時休戦とばかりに千明と頼子にも自然な会話が戻り、お気に入りの白いワンピースでしゃれこんだ蕗子の表情も明るい。

思えば、開塾からこのかた物理的にも精神的にも常に追われていて、一家で楽しむ休日からは縁遠かった。塾に始まり塾に終わる日々。その繁忙が、蕗子のみならず千明や頼子にも鬱積を与えていたのかもしれない。

メリハリを欠いた日々を反省しつつ、蕗子とのしりとりで待ち時間をつぶしていた吾郎の胸がにわかにざわつきだしたのは、ようやく二人の順番が近づいてきたころだった。

「うわー!」

「ぎゃー!」

「助けてー!」

新たな客をのせたコースターが動きだすたび、頭上からは無数の悲鳴が降りそそぐ。自分とは無関係の効果音のようにそれを聞き流していた吾郎は、列の先が縮まっていくにつれ、体の節々に常にないこわばりをおぼえはじめた。ついに順番が訪れ、いかにも安っぽい座席に蕗子とよりそったときには、いやな汗をかいていた。

この機械は本当に安全なのか。どこのどいつがこんなものを設計したのか。

「ね、お父さん」

汗ばんだ手で鉄の棒をしかとにぎりしめる吾郎に、そのとき、蕗子が妙にまったりと語りかけてきた。

「お父さんは、うちの塾が大きくなったら、いや?」

なぜ今? この状況で? 疑問符を頭にちりばめながらも、喉がからからの吾郎は何も返せない。

「私は、お父さんの味方です。絶対、悪いのはお母さんだって思うけど、でも、でも、塾が大きくなったらいいなって、ときどき、ちょっと思うかも」

安全ベルトの確認を終えた係員が去り、コースターがゆっくりと動きだす。高度と速度が増すにつれ、未知なる領域へ彼らを導くレールのむこうには海の青が開けていく。

「だって、うちの塾が大きくなったら、もっともっと、たくさんの子が通うようになるでしょう。もっともっとたくさんの子が通うようになったら、そうしたら、そうしたら……」

もしや蕗子はこの究極のどさくさにまぎれて、ふだんは言えないことを言おうとしているのではないか。吾郎がそこへ思い至った直後、すとんと底がぬけたような衝撃が襲い、流れる景色が風になった。

「そしたら、そしたら、私……」

爆音さながらの悲鳴。風の音。機械の音。すべての音が競いあうように耳へなだれこんでくる中、ふしぎと吾郎には娘の声をかくも鮮明にとらえることができた。

「もう塾子って呼ばれなくなるでしょう！」

哀れなる娘の魂の叫びを聞いたその日、結果的に、吾郎は妻と義母の胸奥にも触れることになった。

頼子の思いを知ったのは、四人でビックリハウスや観覧車を楽しんだあと、手洗いへ連れだった千明と蕗子をともに待っていたときだった。

「吾郎さんには本当に感謝してるのよ。あんな身勝手な娘をもらってくれて、蕗子のこともかわいがってくれて」

二人がならんだベンチの正面には巨大プールがあり、その水をへだてた対岸には海賊の城が白くかすんでいる。徐々にたれこめてきた雲に溶けいりそうな塔を見上げて、頼子は深々と息をついた。

「心苦しくも思ってるわ。まだ若いあなたに苦労ばかりかけて。本当の話、あなた、逃げだしたいって思わない？」

「三日に一度は思います」

「まあ」

「嘘です。幸い、のんきな性分ですからご心配には及びませんよ。千明さんの目には、ときどき、のんきすぎるように映るようですけど」

吾郎が冗談ごかして笑っても、赤い紅をさした頼子の唇は笑わない。

「吾郎さん。一度、話しておかなきゃと思っていたんだけど、千明が塾の合併にこだわるのは、たぶん、私のせいでもあるのよ」

「お義母(かあ)さんの？」

「戦死した夫が名家の出だったことは、あなたも聞いているでしょう。夫が戦場にいるあいだ、私と千明は疎開もかねて、その実家でお世話になっていたの。そこで、さんざんいびられてね。私がカフェーで女給をしていたことが、舅や姑にはどうしても受けいれられなかったらしくて、いかがわしい商売の女だの、息子をたぶらかしただのってねちねちやられてね。千明までがほかの孫たちと差別されて、つらい思いをさせちゃったの」

だから、と頼子はうっすらうるんだ目を細めた。

「だから、千明はよく知ってるのよ。親の職業が、いかに子どもの人生を左右するかって」

園内の喧噪に膜がかかったように、刹那、吾郎の頭が真っ白になった。その白々とした中にまず浮かんだのは、蕗子の顔である。続いて、千明の胎内で刻々と成長している命。

「まさか、子どもに勉強を教える塾がカフェーなみに白い目で見られるだなんて、始めるまでは考えもしなかったじゃない。いつまで肩身のせまい日が続くのか、内心、千明は焦ってるんじゃないかしら。こんなはずではなかったと」

「ああ……」

「娘をかばうわけじゃないけど、親の職業のことで子どもにみじめな思いをさせるのは、本当に情けないものよ」

いつもほがらかな義母の憂い顔に、吾郎は彼女がしのいできた苦難を思い、それから今の千明が背負っている苦難へ思いを馳せた。本来ならば自分が半分負うべきであったその重荷へ。

「すみません。やっぱりぼく、まだまだぜんぜん、父親としてダメですね」

「いいのよ。吾郎さんのそののんきさに私たちは救われてるんだから」

「やっぱり、お義母さんものんきとお思いでしたか」

「ふふ」

「あの、この際だからうかがいますけど、勝見塾との共同経営の話、お義母さんはどうお考えですか。子どもたちのことを第一に考えるなら、やっぱり進めるべきなのでしょうか」

「八千代塾がここまでやってこられたのは、吾郎さん、あなたがまず何よりも塾生のことを第一に考えてきたからだと私は思いますよ」

間髪をいれずに返したあと、頼子は「ただ」と言いそえた。

「蕗子がもっと大きくなったときのことを考えると、いずれは、自宅と塾をべつにしてあげたほうがいいかもしれないわね」

「そうか。蕗ちゃんも年ごろになるんですよね」

「そういえばこの前、蕗子がこっそり教えてくれたのよ。将来の夢」

「夢?」

「大きくなったら、八千代塾の先生になって、お父さんの一番の助手になるんですって」

人の波をすりぬけて蕗子が駆けもどってきたため、その話はそこで中断された。が、このとき頼子に告げられた娘の小さな夢は、その後、長きにわたって吾郎の胸に輝く一番星となった。

「教育」という茫漠(ぼうばく)とした宇宙で、月も太陽も見失いかけたとき、常に内側から吾郎を照らしてくれる一点の濁りなき光。

三年前、初めて用務員室の戸を開けた聡い瞳の少女。

あの子が教える側に立つ。自分と同じ学舎の教師になる。

それまで漠としていた未来図に、胸震えるような具体像を描きつけた吾郎は、そのとき初めて、八千代塾と家族の運命が絶ちがたい鎖でつながれているのを実感として受けとめたのだった。


「一度、勝見塾の見学に行ってみようと思ってる」

吾郎が千明に胸の決意を告げたのは、その夜、居間にならべた布団に入ってからだった。

「まずは勝見先生の授業を拝見して、じっくり話をして、先のことはそれから考えてみるよ」

八千代台へ越してきて以来、蕗子は頼子の部屋で寝るようになり、床についているあいだが唯一の夫婦の時間となっていた。

吾郎を背中に息をひそめていた千明は、夫の言葉を検証するような数秒間をはさんで、くるりと首をふりむかせた。

「無理をしなければ君の夫でいられない」

遊園地のにぎわいを離れて二人きりになれば、やはり吾郎の声にはまだ険がある。

「本音を言えば、合併の話、まずは最初にぼくに相談してほしかった」

「最初に相談すれば、あなたは反対したでしょう」

「最初だろうと最後だろうと、反対するときはするさ。あとになるほど、その上、厄介な感情がからんでくる。今回のやり方は、君にしては賢くなかった」

豆電球の薄明かりの下、千明がめずらしく殊勝に目を伏せる。やせて筋張ったその首筋には日々の疲れが如実に刻みこまれている。

「吾郎さん」

「ん？」

「もしも共同経営が実現したら、私、担当する授業数をへらすつもりです」

唐突な宣言に吾郎は耳を疑った。

「なんだって」

「あなたが言うとおり、今後は英語だけの指導に専念しようと思うの。そうすれば、家族のための時間も作れるし、塾の裏仕事も手伝っていけるし」

「裏仕事？」

「今はお母さんに任せっぱなしだけど、もっと規模が大きくなったら、そうもいかなくなるでしょう」

「だが、君は授業の齣数を削りたくないと、あんなにも……」

「私が授業をへらしても、代わりの先生がいてくれたら、塾全体の齣数はへらないわ」

「それはそうだが」

もち齣をへらせと言いつづけてきた張本人ながらも、いざ千明の口からそれを聞かされると、吾郎はまごついた。

「本当にいいのか。理科だって社会だって、これまで君は熱心に教えてきたのに」

「あれほど熱心に教えて、居残り授業もあんなにやってきて、なのに、私はあなたの半分も生徒たちの力になれなかった」

「そんなことはないさ」

「そうなのよ。私、生徒のお母さんたちからよく言われてたの。子どもが、吾郎先生の授業のほうがよくわかるって言っているとか、吾郎先生に教わる科目のほうが成績がのびているとか。この二年間、あなたは居残り授業はおろか、子どもたちに宿題さえも出さなかったっていうのに」

「そんな……」

「いいの。自分に教師としての際だった素質がないことは、家庭教師のころからうすうすわかっていたの。だからこそ、あなたを必死で引っぱりこんだもの。私は、大島吾郎という才能に夢を託したのよ」

夢。奇しくも蕗子の夢を知った同じ日に聞かされたその一語は、吾郎の胸を照らすよりもむしろ重くふさがせた。

「勝見先生もそうよ。これからの八千代塾に必要な人材として、私は、私よりも彼を選んだ。それだけのことよ」

「千明……」

吾郎の指が千明の白い頬へのびる。触れてはじめて、その薄い唇が小刻みに震えているのを知った。

「だって、そうでしょう。熱意と実力はまたべつの問題でしょう。私よりも勝見先生のほうが子どもたちの力になれる。事務や経理だって重要な役割だし、私が裏であなたたちを支えることができたら、それはそれで、それだって十分、子どもたちの教育に寄与することに……」

「千明。もういいよ」

その口を封じるように、その震えを吸いこむように、吾郎は千明に身を重ねた。

「君のやりたいようにやればいい。君が信じる道を行けばいい。ぼくは、ついていくよ」

勝見塾への道行きには少々手こずった。

その日、一限目の授業を終えた吾郎は、七時に始まる勝見の授業に間にあうようにと家を出た。勝見塾のある大和田は八千代台の隣駅で、通常ならば楽にたどりつけるものを、朝からの雨で通りが泥沼と化していたため思わぬ時間をとられた。

ようやくその家へ到着しても、吾郎はすぐには安堵できなかった。

本当にここなのか。これが勝見の住居をかねた教室なのか。

しきりに首をひねりつつ、牛乳の空きビンをいただく郵便受けと、手もとの住所を何度も見くらべた。「勝見塾」の札がかかっていてもなお、にわかにそれを信じられなかったのは、その平屋建てがあまりにもおんぼろだったからだ。

窓という窓には補修の粘着テープが貼られ、屋根の瓦ははがれ、板が反りかえった外壁にはびっしりと蔓草がからまりついている。その枯れ色一つを見ても、とても人が住んでいるとは思えない。まして入塾待ちの多さで知られる人気の塾であろうとは。

学ラン姿の男子が「こんにちは」と建てつけの悪い玄関の引き戸を蹴倒す勢いでくぐっていかなければ、吾郎は延々とそこに立ちつくしていたかもしれない。

恐るおそる、男子に続いて戸口をまたぐ。と、そこはすでに勝見家の居間だった。形ばかりの土間をはさんでささくれ立った畳が広がっている。

雑多なものにあふれ、生活臭のむんむんとした部屋でうどんをすすっていた勝見は、吾郎をおおいに歓迎した。

「やや、吾郎先生、よくぞいらっしゃいました。こんなぼろぼろのむさっくるしい借家に。ええ、ええ、謙遜にもならんのは百も承知です。この家、うちが入る前は廃屋だったんですけど、なにせ開塾当初は私、裸一貫どころか、借金抱えてたもんですから」

この日も、勝見は腹から鳴りわたる大声でよくしゃべった。

「この究極の安普請のおかげで、開塾当初は苦労したんですよ。お母さんたちが見学に来ても、こんなぼろ屋に子どもを預けられるかって、まわれ右して帰っちゃうんです。だもんで、問い合わせの電話をもらうたび、私のほうから一軒一軒、ご挨拶にまわってました。そこで信頼を勝ちえれば、お母さんたち、この家を見て呆然となっても、まわれ右はしなくなるもんです」

まわれ右をしたい気持ちを抑え、勝見にうながされるまま吾郎は家の中へ進んだ。玄関のたたきにあふれかえった靴の上に下駄を重ねて敷居をまたぎ、乳児を抱いた勝見の妻に一礼をして、奥の部屋へと続く。ふすまのむこうにあらわれた教室は、八畳足らずの和室だった。あちこち軋む床の上には二台の卓袱台があり、各六人ずつの中学生がその上で雑記帳を広げている。当然ながら教壇もなく、勝見は土壁に立てかけた黒板の前にあぐらをかいた。

やや離れて膝を折った吾郎はどうにも落ちつかない。風が吹くたびにがたつく継ぎはぎだらけの窓。床のバケツを叩く雨漏り。ふすまごしに響く赤んぼうのむずかり。こんな騒々しいところで生徒たちは集中できるのか。

それが杞憂であるのを認めるのに時間はかからなかった。

ひとたび授業が始まるやいなや、生徒たちはおろか吾郎までもがみるみる勝見の話術へ引きこまれていったのだ。

「今日は歴史の授業だが、その前に、恒例の五分間豆知識！　歴史ってのは教科書の中だけじゃなく、この世界の至るところに息づいている。たとえば、我々の町に隣り合わせた習志野市の歴史を知ってる者、ハイ、手をあげて！」

呼びかけられた十二人のうち、挙手をしたのは三人だった。八千代台同様、新興住宅の多い大和田近辺には他県からの移住者が多い。

「はい、木村」

勝見に指された一人が「はいっ」と背筋をのばした。

「戦争が終わるまで、あのあたりは軍都と呼ばれる兵隊さんの町でした。兵隊さんを訓練する軍事施設が数々ありました」

「正解。明治六年に陸軍の演習所として選ばれたのをかわきりに、どんどん軍事訓練施設が増えていったわけだな。今、習志野にあるでかい建物は、おおかた、もとは軍事施設として建てられたもんだ。順天堂大学も、千葉工大も、郵便局も、習志野病院もな」

へえ、と顔を見合わせる生徒たちの目には早くも好奇心が灯（とも）っている。

「ま、ここまでは、知ってる者は知ってる話だな。今日はもういっちょ歴史をさかのぼるぞ。軍都として開拓される前の習志野はどんなところだったのか。知ってる者！」

生徒たちの手はあがらない。勝見はにんまりと口角をもちあげ、黒板に『馬』の一字を書きつけた。

「何を隠そうその昔、あの一帯は小金牧と呼ばれる放牧場の一部だったんだ。そこいら中をぱっかぱっかと馬が駆けまわってたわけだ」

「へーっ」

「しかも、小金牧は数々の名馬を生んだ有数の産地。とりわけ有名なのが鎌倉時代の初めに活躍した優駿『いけづき』で、世にも名高いかの合戦、宇治川の戦いにあって、このいけづきは一躍名を馳せたのであった」

講談口調で語りだした勝見に「なんで」「なんで」と続きをうながす声が飛ぶ。

「よくぞ聞いてくれました。時は寿永三年、京の都で狼藉を働いていた木曾義仲を成敗すべく、源義経は二万五千の兵を率いて攻めいった。ところがどっこい、そこには宇治川の急流が横たわり、そいつを渡らぬことには木曾討伐はかなわない。馬にこんな川が渡れるものか。雪解け水で増水し、立つ霧も色濃い川のほとりに誰もが立ちつくしたそのとき、我こそはと名のりでた武将が二人、その名も佐々木高綱と梶原景季。かくなる上はいの一番に宇治川を越えて名をあげん。二人は競って愛馬へまたがり、果敢に川面へ飛びこんだ。高綱は景季に、景季は高綱に負けじと、必死で馬を奮わせる。鬼気迫る先陣争いを制し、先に対岸の土を踏んだのは、佐々木高綱だ。命も惜しまぬ奮闘で喝采を浴びたその高綱が馬こそ、驚くなかれ、君たちがいるここから目と鼻の先にあるかの地で育った『いけづき』だったのである」

「おーっ」

生徒たちの興奮がいや増す中、興にのった勝見は五分をゆうにこえて語りつづけたが、吾郎はそれを無駄な脱線とは思わなかった。

「豆知識はここまで。じゃ、教科書開いて」

声色を転じた勝見が両手を打ち鳴らしたとき、名馬の話で高まっていた集中力をすっと流しこむように教科書とむきあった生徒たちの瞳は、ロマンあふれる歴史への興味で爛々としていたからだ。

勝見の授業はまるで舞台のようだった。巧みな話術と腹からの発声で聴衆を引きつけ、最後の一瞬まで手綱をゆるめない。吾郎の指導法が「静」ならば、勝見のそれはまさしく「動」だ。生徒の内的な目覚めを待つ吾郎に対して、勝見は攻めて攻めまくる。

おもしろい。そんなにも正反対の勝見に、あるいは正反対だからこそ、吾郎は心惹かれた。自分にはないものをもつ同業者との、それは胸わく出会いであった。

「じつは私、以前は証券会社に勤めてたんですよ」

その夜、生徒たちが去った教室の卓袱台で二人、勝見の妻が供する煮物や魚肉ソーセージの炒めものなどを肴に酒をくみかわしながら、勝見は意外な過去を語った。

「見えないでしょう？　いやまったく、あれほど性に合わない商売だとは自分でも思いませんでしたよ。そりゃあ給料はよかったし、あのころは贅沢もしたもんですけど、いつもどこかに厭世観がありました。なんたって、会う人会う人、お客さんはみんな筋金入りの拝金主義者ですから。寝ても覚めても金、金、金、喜びも悲しみも金が運んでくる世界です。金持ちをもっと金持ちにするために生きているのかと思うとむなしくて、ノルマもきつくて、私、体を壊してしまいまして。入院中に青臭いことを考えたんです。金より大事なものってなんだろうって」

どうせ一度の人生ならば、金より価値のある何かのために自分を使いたい。転職を頭によぎらせた勝見は、大学時代、勉強教室で非常勤教師をしていたことを思いだしたのだと言う。

「それまでの人生をふりかえって、あのころが私、一番充実してたなって。教壇に立つのが楽しくて、毎回なにかしらの手ごたえがあって、生徒たちからも勉強が楽しくなったのと言われて、ますますその気になって。塾教師の役目って、私、その気になればいくらでものびていく子どもたちの火つけ役になることだと思うんです。つまりはマッチですね。頭こすって、こすって、最後は自分が燃えつきて灰になったとしても、縁あって出会った子たちの中に意義ある炎を残すことができたなら、それはすばらしく価値のある人生じゃないかって。もう私、すっかりカーッとなっちゃったわけです。入院が長引いて金がかかったもんで、とんだ安普請からの出発になりましたけどね」

「なるほど。価値のある人生、ですか」

女三人にからめとられ、運命の急流に抗うすべなく今に至る吾郎には、自らの意志でここまで漕ぎつけた勝見がひどくまぶしくも感じられた。

「しかし、世間は塾について懐疑的ですよね。むしろ、受験競争の煽り屋みたいに言われて、うちの奥さんなんかは年中きりきりしていますけど」

「言わせておきゃあいいんです。私はね、受験競争を誰が煽ったとか、そんな議論自体がナンセンスだと思ってるんですよ」

　酒が進むにつれて勝見はますます雄弁になった。

「いずれこうなることは、学制が敷かれたときからわかりきってたんです」

「学制？」

「邑に不学の戸なく家に不学の人なからしめん事を期す。明治五年に学制が発布されるまで、日本人は厳格な身分制度のもとに暮らしていたわけですよね。原則的に男は父親の職を継ぎ、女は父親と同じ職の男に嫁いだ。産道をぬけたときには社会的地位が決まっていた。学制は、そのくびきからの解放であったからこそ画期的だったわけです。教育を受ければ誰でもいい職につける。自らの手で人生を切り拓いていける。そこで初めて庶民は自由なるものを手中にした。誰もが横一列の出発点に立ったら、そりゃあ、競争が始まるのは必至です。究極、受験競争がけしからんと言うのなら、明治五年以前の封建社会に戻るしかない」

「たしかに。努力次第で変えられる序列なら、そりゃあ、誰しも努力して、いい暮らしをしたいと願いますよね」

「掃除機をほしがるなと、世の奥さん方に言えますか？　そこに、手をのばせば届く高等教育があるのに、求めるなと誰が言えますか。どんだけきれいごとをならべたところで、貧乏暮らしからぬけだすには、まずは勉強するしかないんです。だとしたらせめて、私は彼らに意味のある勉強をさせてやりたい。試験対策をつめこむだけの授業に可燃性はありません。火ですよ、火。彼らの向学心を永久不変に燃えあがらせる、それぞ自分の使命と私は思っとります」

その言いきりのさわやかさに吾郎は胸を熱くした。吾郎のそれとは一風ちがうながらも、勝見には確固たる独自の教育観がある。千明同様、借りものではない自分自身の信念をもっている。それを上下の別なく語りあえる平らかな場こそが塾なのだとしたら、そこにはたしかに無限の可能性がひそんでいるのではないか。

「吾郎先生、どうです、一つ一緒に組んでみませんか。吾郎先生の授業を見学して、私は自分にないものを感じました」

「いやいや、ぼくのほうこそおおいに感銘を受けました」

「正直、今後も一人きりでやっていくには不安もあったんです。また病気にでもなったらハイそこまで、誰も代わっちゃくれませんから」

「そりゃあ、勝見先生に代われる先生はそうそういないでしょうね」

「またまた何をおっしゃる！」

酔いがまわるにつれて二人はすっかり打ちとけ、互いに互いをもちあげながら調子にのりつづけ、勝見の妻が補充を求めて酒屋へ走るころには、しかと肩を組みあわせて勝見自作の塾歌を熱唱していた。

学べや　学べ　八千代の里
倒壊寸前の　我が学舎で
高々　てのひら　天へと掲げ
知識をつかめ　明日へ羽ばたく
でかでか　鼻の穴　ふくらませ
知恵を吸いとれ　未来を照らす

ようやく暇乞い(いとまご)をしたころには雨もあがっていた。酔いざましもかねて、吾郎は勝見に借りた懐中電灯を頼りに約四十分の道のりを歩いて帰ることにした。気分が高揚しているせいか、足袋がみるみる水たまりに染まっていくのも気にならない。

月も星もない空の下、一人ふんふんと鼻歌を歌いながら、吾郎は勝見と語りあった理想の私塾像を幾度となく頭によみがえらせた。冷静な第三者が聞いていたならば、吾郎が語ったそれと勝見のそれは共通項をもたなかったかもしれない。が、よりよい授業への志や信念においては十分な一致があり、吾郎は矢津以来の頼れる兄貴分を得た思いがした。

「あの人とやってみるか」

吉と出るか凶と出るかはわからない。が、矢津ならばきっとやれと言うだろう。君はまだ若い、と。

今も組合活動に身を捧げているであろう矢津を懐かしみながら歩を速めた吾郎は、八千代台に入ってややしたところで、はたと足を止めた。

ある民家の庭先で、ぼうず頭の少年が縄をたぐり、井戸の水をくみあげている。吾郎の住む駅の北側よりも開発が遅れている東側にはまだ水道が通っておらず、町の成長に公共事業が追いついていない。これが時代の限界かとながめていると、懐中電灯の明かりに少年がふりむいた。

「あ、吾郎先生」

「え、ああ、君か」

見知った顔に吾郎が目を瞬（しばたた）いた。塾生の小川武だ。

「ここに住んでたのか」

言いながら武へ歩みより、つるべを引きあげ、バケツへ水を移すのを手伝った。一度では満杯にならず、空になったつるべを再び井戸の深みへ沈めていく。

「えらいな。家のお手伝いか」

「………」

「こういう力仕事を、ぼくも昔はよくやらされたもんだよ」

「………」

「骨だけど、今から思えば結構、これが体の鍛錬になる」

武は口をつぐんだまま暗い井戸の底を見下ろしている。そういえば、教室でも近ごろの彼からは快活な声が聞かれない。

何かあったのか。いぶかる吾郎に、二杯目のつるべを土へ降ろした武がようやくつぶやいた。

「先生。こないだ、堪忍な」

「え」

「道で会うたとき、しらんぷりしたやろ、俺」

「なんだ。そんなことはいいよ」

吾郎は一瞬きょとんとし、すぐに白い歯をのぞかせた。

「君だけじゃない、みんなそうだよ。塾に通ってること、学校の友達に知られたくなかったんだろ」

その問いには答えず、武はてかてかに光らせた鼻の下をこすった。

「先生、俺、来期からはもう八千代塾に通えへんねん」

「え、どうして」

「オリンピックがすんだら、おとんの仕事の受注がへってまうねんて。稼ぎもようけへるさかい、もう通わせられへんって、おかんが」

「…………」

吾郎は臓腑にさしこむような疼きをおぼえて絶句した。

「学校の友達にはよう言わへんかったけど、俺、ほんまは好きやってん、八千代塾。おもろかったし、勉強もようわかるようになったし、吾郎先生も好きやった。そやけど、もう通えへん。四月からは通えへんねん」

頑として目を合わせようとしない武が切なく、縄をにぎる吾郎の手から力がぬけていく。

四月からは通えへんねん――厳然たる現実を前に一気に酔いが遠のく。高ぶっていた胸の熱も急激に失せていく。

大事な教え子にかける言葉も見つからないまま、助けを請うように夜空を仰いだ吾郎の目に、探せども、探せども月光は映らなかった。

第三章　青　い　嵐

菜々美を抱いてくぐった玄関先に、制服のスカーフをひらめかせた蕗子の影を見たとき、吾郎は一瞬、異次元の門でも開けてしまったような錯覚にとらわれた。太陽の位置はまだ高い。高校にいるはずの長女がここにいるということは、時空になんらかの操作がほどこされた証ではあるまいか。

無論、そんなわけはなく、突飛な発想はまだ頭の芯に棲みついているアルコールのしわざであるのを吾郎は間もなく認めた。ごしごしと目をこすってよく見るに、そこはたしかに雑草生いしげる大島家であり、そこにいるのもまた正真正銘の蕗子である。

「やっぱりお父さん、忘れてた」

肩までのびた髪を熱い風になびかせた蕗子が、困惑顔の吾郎に先まわりをして笑う。

「今日と明日は期末試験だから、学校、午前中だけって言ってあったでしょ」

「ああ、そっか。そうだった」

バツの悪さをとりつくろうように吾郎は額をぴしゃりと打った。

「試験、どうだった？　ま、蕗ちゃんなら心配無用だろうが」

「うーん。国語はだいたい七十点、数学は五十点、世界史は三十点ってところかな」

「なに？」

「出題がね」

一瞬、まばたきを止めた吾郎に、蕗子がぺろりと舌を出す。

「お父さんだったら、もっと、ずっといい問題を出したと思う」

「蕗ちゃん。先生が苦労して作った試験問題の出来を採点するのは、いい趣味ではないよ」

笑いをこらえて諭すと、蕗子は素直に「はい」とはにかみ、吾郎の腕に抱かれた菜々美の頭をなでた。

「菜々ちゃん、今日は、お父さんと一緒？」

「うん」

「お仕事場では、いい子にね。あっこ、あっこって、いろんな先生に言わないこと」

もうじき二歳になる菜々美が「ふわーい」とあくび混じりの声を出し、蕗子が吾郎へむきなおる。

「私もあとから行きます。今日はお母さんもおばあちゃんも忙しそうだから、私が軽食係なの」

「なんだ、うちじゃ試験中の娘にそんなことをさせるのか」

「大丈夫。大島家の娘ですから」

頼もしい一語に吾郎が口もとをゆるませ、「じゃあ」と足を踏みだした直後、背後から蕗子の声が追ってきた。

「お父さん、今夜はあんまり飲みすぎちゃダメよ！」

吾郎は気まずく背を丸め、後ろ手にひらひらと手をふった。蕗子の目はごまかせない。このところ毎日のように二日酔いの気だるい朝をむかえているのを見ぬかれている。

「あっこ、や。お肩」

だっこよりも肩車がいいと菜々美が甘えてくると、教室までの道のりはなお遠い。日に日に重くなる三女を肩に実感しながら、吾郎は一歩一歩、舗装された路面に硬質な靴の音を刻んでいく。

塾と家庭を分離した当初は十分程度だった通勤時間は、昭和四十六年の今では十五分に延長されていた。この七年間で見ちがえるほどに団地や戸建ての密度が増し、町が活況を呈していったのと比例して、近道に使える路地や空き地がふさがれていったせいだ。無限大に未来を拓いていくかのような開発がもたらす開放感は、ある段階をさかいに閉塞感へと転ずる。林立する建物に視界を覆われ、わずかに残った松林にももはや白鷺の影はない。郷愁にひたる暇もないほどに、しかし、吾郎自身も変化の激しい日々の最中にあった。

「や、吾郎くん、いよいよ今晩だな。四限目、ほんとに大丈夫か？　はっきり言って俺にゃ自信がない。生徒たち、おおいに暴れるぞ」

「吾郎先生、孝一くんがさっきからお待ちですよ」

七年前、勝見と共有名義で買いとった古民家を改築して『八千代進塾』の看板を掲げた一軒家へあがり、二間続きの教員室へ踏み入ったとたん、勝見と千明の二人から同時に声が飛んできた。

「いや、でも、なんとかするしか……」と勝見に言いかけ、吾郎はその首を横へひねった。部屋の中央に六台合わせた事務机の一角に、川上孝一の顔がある。

「孝一くんか！」

元教え子との再会に吾郎の声が弾んだ。

「なんだ、ちょっと見ないあいだに立派になったなあ。大学生か」

菜々美を肩から降ろし、大股に歩みよりながら言うも、よくよく見るに、孝一の印象は八千代進塾を卒業した中三のころからあまり変わっていない。逆三角形の顔の中、一文字の太い眉だけが色濃い存在感を放ち、残りの部位は全体的にぼうっとしている。

「ごぶさたしてます、先生」

「いやあ、君には驚かされたよ。開成でがんばってるのは聞いてたけど、まさか東大生になるとはなあ。『八角』を『はっさく』と読みちがえて、クラス全員から『はっさく』と呼ばれてたころが嘘みたいだ」

「先生方のご指導のおかげです。はっさくのことは忘れてください」

「いやいや、忘れませんよ。今日はよく来てくれた。ここじゃ落ちつかないから、隣の部屋で」

「第三教室は母が使用中です」

　孝一を隣室へ促しかけた吾郎に、菜々美を膝に抱いた千明が告げた。

「小五Bクラスの芳子(よしこ)ちゃん、急に塾をやめたいって言いだしたって、お母さんが相談にいらしてて」

「頼子さんのよろず悩み相談室ですか。芳子ちゃん、どうしちゃったのかな」

「最近、勉強に行きづまってる子が多いんですよ。とくに小五、小六」

「そらあ、学校がいかんとですよ。あげん教科書、とうてい、一年で消化できるもんじゃなか。関数や集合を小学生のうちから教えるなんち、殺生(せっしょう)ちゅうもんですたい」

　教材に埋もれた斜め前の席から元小学校教員の杉(すぎ)が意見し、さらにその横から「吾郎くん」と勝見が声をかぶせる。

「ほんとに四限、どうすっかなあ。そりゃ俺だって教師だ、教えろって言われりゃ教えるけど、生徒たち、おとなしく聞いちゃくれんぞ。今夜のあいつらに勉強させるのは、猿山の猿にラジオ体操をさせるに等しい大仕事だ」

「でも、芳子ちゃんの場合は、お友達も一因かもしれませんよ。一緒に通ってた由美(ゆみ)ちゃん、先月、東京へお引っこししちゃったでしょう」

「ああ、お友達。女子はそれが多かとです」

「じゃ、ちょっと話をしてきますので」

ばらばらに言いたいことを言いだした教師たちを背に、吾郎は孝一を従えて階段を上り、床張りに改装した第二教室の戸を開けた。窓を全開にして部屋にこもった熱を逃がし、生徒用の長机をはさんでむかいあう。

「いや、じつはね、電話でざっと話したとおり、教師の増員を考えてるところなんだ。今、うちにいるのは五人だけど、そのうち二人は非常勤だし、塾生の頭数からして十分とは言えない。というか、毎日、てんやわんやで」

「生徒さん、またどんどん増えてるみたいですね」

「ああ。ここ数年、塾業界はあまり景気がよくないんだけど、幸い、うちは入塾希望者が増える一方でね。もっと定員枠を広げろってせっつかれてるんだ。と言っても、問題はやっぱり教える側で、なかなかいないもんなんだよ、うちのむんむんした感じについてこられる先生ってのが。で、いっそうちの卒業生に頼んでみてはどうだろうってことで、君に白羽の矢が立ったわけだ」

「でもぼく、教わる側の経験しかないんですけど」

「わかってる。もちろん研修は受けてもらうけど、君なら大丈夫だ。君は最初からできる生徒じゃなくて、できるまでやりぬく子だったからね。立派な大学生になった先輩から教えてもらったら、きっと塾生たちのはげみにもなるだろうよ」

「なれればいいんですけど」

ぼうっとした顔を引きしめ、よろしくお願いしますと孝一が一礼する。

「お役に立てるか自信はありませんが、正直、家計が助かると母も喜んでますし、ご恩返しのつもりで精一杯やらせていただきます」

「恩返し？」

「今のぼくがあるのも、吾郎先生が授業料の分割払い制度を作ってくださったおかげですから」

「いやいや、そんなのはこっちの勝手な気慰みだよ。必死で払ってくださったご両親に感謝しなさい」

　吾郎ははにかみ、話のむきを変えた。

「君も知ってのとおり、うちの理念は『自主性を育む』だ。近ごろ流行りのスパルタ塾とはちがって、知識のつめこみよりも子どもたちの知的探求心を引きだすほうに重きを置いている。言うほど簡単じゃないけど、やり甲斐はあるよ。塾の教師はね、はまる仕事なんだ」

「はまる？」

「ま、いずれわかるだろう。とりあえず、今日は授業を見学して、先生方それぞれの指導法に触れてみるといい」

「はい」

「何か質問があるなら今のうちだよ。子どもたちが来たら、あっというまにここは戦場になる」

「それでは、一つ。中教審が答申した例の基本的施策について、ぜひ吾郎先生のご見解をうかがいたいのですが」

吾郎の予想に反して、孝一はいかにも秀才らしい問いをよこした。

「目下の六・三・三制と並行して、四・四・六制の公立学校も併設を開始する。そんなことが実現可能なのでしょうか」

中教審と来たか。しばしあっけにとられたあと、吾郎はこほんと咳払いをし、おもむろに身をのりだした。

「可能かどうかはべつとして、文教族はおおいにのり気だと思いますよ。エリートを育てたくてしょうがない連中の大一番だからね、四・四・六制は」

「しかし、就学年齢を二歳も引きさげるとなったら、四つの子どもが学校に通うことになるわけですよね。正直、ぼくには想像がつかないんですけど」

「たしかに、四歳児ではまだ満足にランドセルも背負えない。いの一番にランドセルメーカーから抗議の声があがるのは避けられそうにないな」

実際のところ、現時点で四・四・六制にもっとも激しく抵抗しているのは小学校長会や私立幼稚園の団体である。が、吾郎は例によって自分だけを笑わせる冗談に満悦し、肩を上下にゆすって「くくくく」と奇妙な声を立てている。吾郎先生、あいかわらずだ。そんな目をした孝一を前に、三十をすぎて急にぽっこりしてきた腹を抱えてひとしきり笑い、再び上体を立てなおした。

「個人的には、ぼくは、早期教育には百害あって一利なしだと考えてます。むしろ小さいうちは遊べるだけ遊んでおいたほうが元気な脳の醸成につながる。笑ってる場合じゃないよ、はっさくくん」

「笑っていたのは吾郎先生です」

「ま、今後のことは文部省の出方次第だろうけど、この問題に関しては、ぼくは役人の現行至上主義に期待してるんだ、千明先生とちがって」

吾郎がその名を口にした直後、ノックの音とともに扉が開かれ、「吾郎先生」と千明が顔をのぞかせた。

「上田先生から電話がありました。今日の授業に間に合わないかもしれないと」

「え、上田くんが、また？」

「急なデモが入ったそうで。なるべく早めにぬけてくるって言ってましたけど、どうかしら。上田先生、このあいだも同じようなこと言ってて、警察へ連れていかれちゃったし」

「こまったなあ。ま、しかし、反戦ならばしょうがない。なんとかしよう」

「ええ。上田先生の授業、今日は二限と三限ですけど、二限は勝見先生が代わってくださるそうです。吾郎先生、三限はアキでしたよね」

「わかった。上田くんが間に合わなかったときには、ぼくが三限を代わろう」

息の合った会話の直後、「ああ、いた、いた」と千明の背後からまたべつの声がして、菜々美を腕に抱いた杉が階段を上ってきた。

「吾郎先生、お電話です。それから千明先生、入塾希望のお母さんがお見えになっとるとです」

「あら、いけない。面談の時間」

無造作に結いあげた髪の後れ毛をひらめかせ、千明がばたばたと階段を駆けおりていく。

「孝一くん、すまん。せっかく来てくれたのにあわただしくて申しわけないけど、うちは万年この調子なんだ。まるで嵐のように毎日が……」

孝一に詫びて吾郎が教員室へ戻ると、はたして、電話の主は蕗子であった。

「もしもし、お父さん？」

第一声からして吾郎は悪い予感がした。声がいやに低い。

「蕗ちゃん？　どうした」

「お母さん、そこにいる？」

「いや」

「よかった。今ね、蘭の担任の先生からお電話があって」

「ああ……」

言われる前から吾郎は額を押さえた。ついにこの日が来たか。

「呼びだされたんだね」

「はい」

「わかった。すぐ行こう」

何も聞かずに引きうけた。頭は痛いが、驚きはない。時間の問題だったのだ。

「いいかい。とりあえず、このことはお母さんには黙っておこう」

「はい。でもお父さん、塾のほうは」

「心配いらない。準備はすんでるし、授業まではまだ時間もある」

言った先から、そうだ、三限目に穴が空いた際の代講準備も必要なのだと気づくも、口には出さずに呑みこんだ。まずは小学校へ駆けつけるのが先決だろう。

「ともあれ、連絡ありがとう。あとのことはぼくに任せて、蕗ちゃんは試験勉強に集中しなさい」

電話を切るなり、吾郎は二階の孝一に急用ができたと告げに行き、靴の踵を踏んだまま教場を飛びだした。昼食の弁当を食べそこなった腹がすかすかしていたが、胸にはずんと重たいものが痼っていた。

十五年前は五割程度だった高校進学率がすでに八割をこえていたこの年、昭和四十六年。依然やまない世間の塾叩きに加え、子どもの数の減少が塾業界に暗い影を投げる中、いわゆる勝ち組として快進撃を続けていた吾郎は、その裏でよもやの悩みを抱えていた。

若いころは想像だにしなかった種類の頭痛の種、子育てである。

八千代進塾と同年生まれの次女蘭が、徐々にその自我を発揮しだしたころからそれは続いている。蕗子が手のかからない子だったため、子どもとは元来天使なのだ、大人には及びもつかない心の清廉を保っているのだと吾郎がすっかり油断していたところ、その幻影をことごとく打ちくだきながら成長したのが大島家の台風娘、蘭だったのである。

賢いという点では、蘭も蕗子に引けをとらない。いや、その場その場に応じて機敏に反応する頭の回転においては、むしろ蕗子よりも秀でているとも言える。決定的にちがうのは、常に周囲を気づかう姉に対して、蘭はその力をどこまでも利己的に用いる点だ。その上、手がつけられないほど我が強く、自分本位な正しさに固執する。

たとえば、去年まで通っていた幼稚園で遊戯を習ったときのこと。その齢にして早くも完璧主義者の片鱗をのぞかせていた蘭は、納得のいくまで何度も家でふりつけの練習をくりかえした。が、いざ園の皆と合わせると、ほかの子たちは踊れない。そこで、先生がふりつけをやさしくする。蘭にはそれが許せないのである。練習を怠る園児たちの甘えに怒り、先生たちの妥協を憎み、癇癪を起こす。

「こらえ性がない」

「わがまま」

「和を乱す」

「強情すぎる」

幼稚園の先生たちから吾郎はどれだけ苦情を訴えられたかわからない。

なぜ吾郎に訴えるのかといえば、母の千明が耳を貸そうとしなかったからだ。千明はなぜだか蘭に甘く、周囲と溶けあわない次女の個性をむしろ買っている気配すらあった。チョココロネの中身を吸いつくし、べたべたになった口で「最初からチョコがなかった」と製造元のせいにする娘を前に、この子の行く末やいかにと暗然とする吾郎の横で、千明はその面の皮の厚さをおもしろがっているのである。

結果、蘭はますます調子にのって、怖いもの知らずの小学一年生が誕生したのだった。

「親御さんが塾を経営されているだけあって、たしかに、蘭さんは勉強ができます。ええ、それは認めますよ。しかし、だからといって学校の授業を見下したり、反抗的な態度をとったりするのはいかがなものでしょう」

がらんとした放課後の教室で、吾郎は一年九組を担任する女教師の怒りを一身に受けとめた。

「誠に申しわけございません」

「一度や二度のことではないんですよ。しょせん六つの子ども、まともにとりあうのも大人げないと、私がこれまでどれだけ目をつぶってきたことか」

くやし涙を浮かべた女教師はまだ三十をすぎたばかりと聞くが、その顔にはすでに経験を積んだ教育者としての矜持(きょうじ)と、そして、塾への不信感が強くにじんでいる。教育畑の新参者である塾に敵意をむきだす学校教員は少なくない。この手の輩(やから)と千明がひとたびぶつかりあったが最後、泥仕合は必至だ。やはり自分が来て正解だったと吾郎は改めて胸をなでおろす。

「今日という今日は、さすがに私も堪忍袋の緒が切れました。蘭さんの傍若無人ぶりは、子どもだからといって看過できる域をこえています」

「あの、蘭がいったい何を」

「国語の時間のことです。蘭さんは例によって、ちっとも授業を聞かずに、ずっと雑記帳にらくがきをしていました。ついには教科書にまでいたずら書きをする始末で、さすがの私も見かねて注意したんです。お国から無料でいただいた教科書を粗末にするとは何事ですか、と。そうしたら、蘭さん、なんて言いかえしたと思います？」

いやな汗をにじませる吾郎の横で、仏頂面の蘭が自ら答えを口にした。

「ただより高いものはない」

吾郎は女教師の顔を見ることができずに頭を抱えこんだ。

「蘭、なんてことを」

「ええ、本当に、なんて言いぐさでしょう。教師をバカにするにもほどがあります」

「先生、誠にあいすみません」

鼻息の荒い女教師に、吾郎は平身低頭して詫びた。

「娘が大変失礼を申しました。しかし、それはけっして先生への侮辱ではなく、おそらくは……」

言いかけて、ためらう。ただより高いものはない。蘭の暴言はあきらかに千明の影響だった。

　全国の公立小学校で教科書の無償配布が始まったのは、約八年前。世の親たちに歓迎されたその施策の裏で、時を同じくして、学校教員の教科書を選ぶ権利が奪われ、教育委員会の手に渡っていた。教育現場の自由がまた一つ制限されたのである。それをしばしばあてこする千明の口ぐせを、蘭は深い考えもなしに真似てみせたにちがいない。が、この場でそんなことを言ったところで、カッカしている女教師をますます刺激するだけだろう。

「蘭。教科書にらくがきをしたことを、先生にお詫びしなさい。それから、失礼な口答えをしたことも」

　吾郎に命じられた蘭が口をへの字にし、膝こぞうのかさぶたをいじる。ここはどう出るのがもっとも得策か、忙しく計算をめぐらせている目つきだ。

　謝るのは癪である。らくがき意欲をそそるほど退屈な授業をしていた教師が悪い。とはいえ、ここで意地を張りとおせば、吾郎だけでは話がすまず、次は千明が出てくるかもしれない。女教師との正面対決によって母が機嫌を損なえば、その立腹はただちに家庭へはねかえり、日々の安穏がおびやかされることになる。そんな心の葛藤(かっとう)が吾郎には透けて見えるようだった。

「すみませんでした」

　結局、蘭はあっさりと折れた。必要とあらば見栄より実益を選ぶところもこの次女らしい。

「これからは、お国からいただいた教科書を大切にします」

棒読み口調で誓った直後にぺろりと舌を出すふてぶてしさに、吾郎はため息を禁じえなかった。

怒りさめやらない女教師の小言はその後も続き、吾郎は平謝りに謝りつづけた。ようやく解放されて教室をあとにしたときには腹の脂肪が一気に削げた思いがした。

「蘭。まだ小一だし、あまりがみがみは言いたくないけど、子どもだからって何をしても許されるわけじゃない。最低限、相手にいやな思いをさせないように、君もそろそろ人とのつきあい方を学んだほうがいい。まずは相手の気持ちを思いやることから……」

校庭の脇道をぬけていくあいだ、渋面で蘭を戒めながらも、吾郎には無力感がつきまとった。蘭は父の説教などどこ吹く風で、回旋塔に群がる同級生にあかんべーをしたり、地面の蟻(あり)を踏んづけたりと忙しい。かつてこの子は一度でもまともに父の言うことを聞いたことがあったろうか。塾生の学力をのばすことができても、我が子にものの道理一つ説くことができなければ、大人として落第ではないか。

「お父さん!」

悶々(もんもん)たる自省を胸に校門をくぐりぬける吾郎の耳を、清(さや)かな風のような乙女の声がかすめた。

見ると、校門の柱のかげから蕗子が手をふっている。

「蕗ちゃん」

門をくぐると、蕗子がいる。この日、二度目の現象に、吾郎はまたも時空のゆがみを疑ったが、そこにいるのはやはりどう見ても本物の蕗子である。

「どうした、こんなところで」

「待ってたの」

「誰を」

「お父さんに決まってるじゃない」

午後の陽射しに汗を光らせた蕗子が笑う。

「塾の授業に間にあうか心配で、来ちゃった。先生とのお話がこじれて長引いたときには、私が蘭を連れて帰って、お父さんにはまっすぐ塾へ行ってもらおうと思って」

蕗子の気転に感心するのと同時に、吾郎がやはり自省の念を強くするのは、こんなときだ。千葉でも有数の私立高校へ通っている蕗子だが、家族のために割くこの労力の半分でも彼女自身のために確保しておけば、さらに上の学校をめざすこともできたにちがいない。あるいは、常に塾生のことを気にかけている両親が、その関心を彼女一人にそそいでやっていたなら。

「いつも悪いね。君には負担をかけてばかりで」

「ううん、ぜんぜん。そんなことより、蘭の先生、なんて?」

大声で『巨人の星』の主題歌を歌いだした蘭を追いながら、吾郎が浮かない声で教科書の一件を語ると、蕗子はあきれ顔で苦笑した。

「ただより高いものはない、か。蘭ってば、本当にお母さんの分身みたい」

「おっ、蕗ちゃんもそう思うか」

「うん。国民学校へ通わされたわけでもないのに、なんでこうなっちゃったんだろうね」

「お母さんが軍国主義教育の落とし子だとしたら、蘭は孫ってことか」

「遺伝？　やだな。でも、お母さんは蘭のそんなところ、気に入ってるよね」

「おおっ、蕗ちゃんもやっぱりそう思うか」

「うん。きっと蘭みたいな子が、大きくなってからお母さんの期待にこたえてあげるんだろうなって」

「期待？」

吾郎が首をひねった。刹那(せつな)、蕗子が「あ」と足を止めた。大きく見開かれた目は青々と澄んだ空の一点を見すえている。

「月」

「え」

「昼間の」

その視線を追った吾郎の目に、ほのかに白い半円形の輪郭が映る。

「ね、お父さん。あそこに人類が立ったなんて、信じられないね」

ますます頼子に似てきたアーモンド形の瞳をまぶしげにすぼめ、蕗子がほうっと息を吐く。

「人間ってすごいね。でも、おかげで月のうさぎはいなくなっちゃったし、かぐや姫も帰る場所をなくしちゃったけど」

「かぐや姫？」

「世にも美しいかぐや姫が、あんなニキビだらけみたいなでこぼこの星へ帰れないでしょう。そういうこと思っちゃうと、人類が宇宙にまでどんどん進出していくのって、いいのか悪いのかわかんないね」

どうやらロマンの崩壊を憂えているらしい蕗子の横で、吾郎は吾郎でこのとき、べつの方位へ思いを馳せていた。

こんなふうに立ちどまり、のんびりと月を仰いだのはいつ以来だろう。

全力で走ってきた。私教育という道なき道を、ただがむしゃらに、闇雲に。常に数歩先を疾走している千明の背中を見失わぬようにと、脇目もふらずに駆けぬけてきた。大手の清新学院がついに八千代台へ進出したのが約三年前、それ以降もどうにか生徒の流出をふせいではいるものの、清新以外にも大小さまざまの塾が近隣に開業し、子どもの奪いあいは年々激化していく。塾を商売と割りきる異業種からの参入組に負けてはならじと、懸命に授業の質を高め、子どもたちとの関係を密にし、保護者にも気を配り、片時も気が安まることはなかった。

立ちどまるのを恐れていたのかもしれない。ほんのり霞んだ空の青さが目に沁みだすと、吾郎の胸にはふっとそんなかげりも忍びこんだ。

嵐のように通りすぎていく毎日の中で、たとえば月を仰ぎ見るひとときのように、知らず知らず失っているものがあるような気がする。

結婚から九年、授業の数をへらしたのちも千明は塾の事務方に忙しく、結果的に家族団欒の時間が増えることはなかった。夫婦の関係は落ちついているものの、もはや二人のあいだに塾以外の話題が上ることは少ない。ましてや、最後に交わったのはいつの夜だったか――。

「おとう、おねえ、早く!」

前を行く蘭にせかされたのと、背後で自動車のクラクションが鳴ったのと、ほぼ同時だった。吾郎は蕗子を守るように路肩へ引きよせた。

マツダの白いファミリアが肩で風を切る勢いで走りぬけていく。

「やれやれ。のんびり月を見るのもままならない、物騒な世の中になったもんだ」

ぼやきながら吾郎が再び歩きだし、蘭が今度は『アタック№1』のテーマを大声で歌いだす。ここに菜々美が加われば、さらにけたたましい二重唱がくりひろげられることだろう。育ちざかりの三人姉妹がいる家庭に感傷は似合わない。そうだ、立ちどまっている場合ではないのだと、吾郎がおのれに活を入れた、そのときだった。

「お父さん」

一歩後ろからついてきた蕗子がにわかに声を落とした。

「じつは私、折りいって、相談したいことがあって」

「相談？」

「進路のこと。前から、お父さんには話しておきたかったの」

「そうか。蕗ちゃんも、もうそんな時期か」

「うん。私、再来年はもう大学生だもの」

「ああ、早いものだね」

現役で大学に入るものと決めてかかっている蕗子に、吾郎の頰がゆるむ。が、次の瞬間にその笑みは軋んだ。

「大学は、教育学部に行きたいと思ってるの」

「教育学部？」

「私、学校の先生になりたいんです」

学校の先生になりたい。理性がそれを受けとめるよりも早く、吾郎は視界が暗むようなショックをおぼえて絶句した。

とっさに、胸に手を当てる。一番星。「大きくなったら、八千代塾の先生になって、お父さんの一番の助手になるんですって」。頼子から蕗子の夢を告げられて以来、いつの日もこの胸を照らしつづけてきたあの星が消えた？

「あ……」

その残光を追うように瞳をさまよわせ、吾郎は蕗子にかけるべき言葉を探す。どうにか平静を装い、足を速めた蕗子に続いて調子外れの歌声を追いながらも、一歩ごとに彼の中にはひりつくような闇が広がっていく。

それは、青年期をすぎた人間が多かれ少なかれ負わねばならない孤独の、最初の兆しであったかもしれない。

☽

吾郎にとって蕗子は運命の少女だった。

蕗子なくして、吾郎は千明と出会わなかった。結婚して家庭をもつことも、塾の教師になることもなく、今でも野瀬小学校で用務員を続けていたかもしれない。あるいは、遅かれ早かれ不徳が露顕していたという千明の読みが正しければ、どこかで路頭に迷っていたかもしれない。

おのれの人生に抗いがたいうねりをもたらした蕗子は、吾郎にとってある意味、千明以上に特別な存在だった。蕗子が八千代進塾を継ぐことで、そのうねりがぐるりと旋回し、一つの輪として完結する。そんな像をも内に秘めていた吾郎にとって、突然の「学校の先生になりたい」宣言は、その輪を千々（ちぢ）に引き裂く嵐の序章とも映ったのだった。

そう——白昼の路上で呆（ほう）けていた吾郎は、徐々に理性をとりもどすにつれ、現実的な問題へと立ち返っていった。蕗子の宣言に自分以上のショックを受けるにちがいない人物がいることへ。

「しかし、お母さんが……」

文部省への反骨精神をばねに孤軍奮闘してきた母、千明。彼女が蕗子の決意を知ったらどうなるのか。

「わかってます。きっと、お母さんは鬼のようになって反対するでしょうね」

続く吾郎の言葉を待たずに蕗子は言った。

「あの人にとって、公立学校は敵だもの。どんな手段を使っても、きっと私を止めようとするわ。でも、そんな母のもとに育ったからこそ、私は、この道へ進むしかないんです」

覚悟のこもったその声に、ピュルリと笛の音がかぶる。二人のことなど我関せずと前を行く蘭が丸めた葦の葉を吹き鳴らしている。

「私、蘭とはちがって、小さいころからお母さんが苦手だったの。いびつな、でも強靭な意志の力をもって、我が道を行くあの人が怖かった。とくに学校や文部省へのヒステリックな競争心……一緒にいると自分まで染まってしまいそうな気がして。私は冷静でいよう、私は私でいようって言いきかせて、できるだけお母さんの脳を受けつがないようにして。でも、どれだけ必死で逃れようとしても、やっぱり足もとにはいつだってあの人の影がある。逃げても、逃げても、追ってくるの」

桜色につやめく唇を噛みしめ、蕗子が足もとの薄い影に見入る。

「でも、さすがに学校の教室までは追ってこないでしょう」

「それで学校の先生に？」

「昔から教育関係の仕事がしたいとは考えていたんです。やっぱり、お父さんやお母さんを見て育ったから。でも、塾じゃダメ。塾じゃお母さんから逃げられない。毎日毎日考えて、ふと思ったの。いっそ、お母さんが選ばなかった公教育の世界へ飛びこんでみてはどうかしらって」

「蕗ちゃん……」

「お母さんが敵視しているものの真の姿を、自分自身の目でたしかめたい。そんな思いもあるんです。お母さんとの決戦が始まる前に、それだけは、伝えておきたくて。味方になってとは言わないけど、お父さんにはわかってほしかったの」

一人考えぬいた末の答えなのだろう。蕗子がその決断に至った心の葛藤を思うと痛ましく、吾郎は何も知らずに彼女が塾を継ぐものと決めつけていた自分の愚かさを呪った。

小さいころから聡明だった蕗子。絶えず周囲を気にかけるその心を、千明が吐きだす学校批判や教師への悪態がどれだけ傷つけてきたことか。どれほどの苦悩がこの娘を母とは正反対の道へ駆りたてたのか。

「話してくれてありがとう、蕗ちゃん」

今の吾郎にできることは、一つ。一番星をなくした胸の暗黒をひた隠し、娘の新たな夢によりそうことだった。

「一緒に、時間をかけてお母さんを説得していこう。初めて君が用務員室の戸を開けたときから、ぼくは、ずっと君の味方だよ」

力みの解けた蕗子の瞳にじわりと涙があふれ、たまらず吾郎は目をそらす。すっかり二日酔いのさめた頭をそらして、今一度、昼間の月を探す。陽を妨げていた薄雲が遠のいたせいか、その白い印はさっきよりも淡い。はかない。太陽のもとに月はなんと頼りないものかと吾郎は目を細める。


蘭を預けた蕗子と別れて塾へ戻る前、「五分だけ」と決めて古本屋へ立ちよったのは、心の空虚さをどうにも処理することができなかったためだ。

金輪（きんりん）書房は八千代進塾と大島家の中間地点にある。初老の店主は隣り合わせた文房具屋も一手に経営し、古本屋のほうは娘の一枝（かずえ）に店番をまかせていた。

「ごめんください」

「あら、吾郎さん。いらっしゃい」

建てつけの悪い引き戸を苦労して開いたとたん、いつもながら艶（あで）な笑顔で一枝にむかえられた。

「どうしたの。こんな時間に、めずらしいじゃない」

「ええ、ちょっと、娘のことで学校へ」

「あら、いいお父さんですこと」

「いえいえ、父親として今日は幾重にも挫折させられたところです」

「あら、まあ、それはそれは」

常時和服を身につけ、きれいに化粧をほどこしているせいか、一枝は吾郎より年長でありながらも、その年齢を感じさせないほどつやっぽい。若いころに「ミス落花生」に選ばれたというだけあって、ゆで落花生を思わせる色白のふくよかな姿態には、匂いたつような色気がある。

「それはそうと、このまえ薦めてくださった数学の指南書、じつにいい本でした。おおいに参考になりましたよ」

自然と吾郎の声も張る。

「あら、ほんと？　よかったあ」

「さすが遠山啓先生、読み手の知的好奇心を巧みにくすぐる名文で、何度も目からうろこが落ちました。さっそく授業でもとりいれてみたら、子どもたちの反応も上々です。一枝さんのおかげですよ」

「いやだ、私なんかまったくの門外漢で、ちっとも教育のことなんかわかっちゃいないのよ。吾郎さんこそ、いつも勉強熱心で頭がさがるわ」

「いえ、ぼくは上の教育を受けていないぶん、自分でなんとかしなけりゃと焦ってるだけで」

「それを勉強熱心と言うのでしょう。学校の先生方だって、吾郎さんほど教育関係の本を買っていかれる方はいませんよ。近ごろじゃ私まで、古本市へ行ってもその手の本ばっかり気になっちゃって。これは吾郎さんにどうかしら、なんて、自然と顔が浮かんできちゃうのよね」

どきっとするような一語のあと、一枚は「そうだ」と踵をもちあげ、レジ台にうずたかく積み重なっている本の一冊を手にとった。

「吾郎さん、これ、読んでみない？」

手渡されたその本は、見るからにまだ新しい。題名は『教育の仕事――まごころを子どもたちに捧げる』、著者の名は吾郎が初めて目にするものである。

「スホムリンスキー？」

「ソ連の教育者ですって。これ、まだ出たばかりの新刊なんだけど、なんだか気になって読んでみたら、いいのよねえ」

「ほほう」

「好きだわ、私、この人の考え方」

好きだわ。そのひと言にまたもどきっとし、吾郎はこめかみの汗をぬぐう。

「ぜひ読ませてください。こんなに新しい本を売っていただくのはかたじけないですが」

「ううん。売るんじゃなくて、さしあげます。自分の趣味で買ったんだもの」

「いえ、それはいけません。こんな高価な本をいただくわけには」

「私こそ、勝手に押しつけた本のお代をいただくわけには参りません」

「ダメです。代金を受けとっていただけないなら、この本はお返しします」

「いったんさしあげた本を引っこめられませんわ」

「お返しします」

「いりません」

むんと蒸した古書の園には埃臭さと香水臭がせめぎあい、その相容れない両者の混濁が、吾郎を妙な気分にさせる。吾郎が本をさしだし、一枝が押しもどし——幾度となくそれをくりかえすうちに、二人の頬はほのかな赤みをおびてきた。

吾郎が自分に許した五分はとうに超過している。

「わかりました」

二人の動きが鈍重になったのを機に、この攻防に決着をつけたのは一枝だった。「いいわ」と一つうなずいてみせるなり、彼女は胸もとへ引きよせた本の表紙をめくり、その見開きにマジックペンで大島吾郎の名を書きつけたのだ。

「一枝さん、なんてことを!」

「さ、これでこの本は吾郎さんのものです。吾郎さん以外のどなたにも売ることはできませんから、受けとっていただく以外ないわ」

この強引さは誰かに似ている。吾郎の脳裏に十年前、ばりばりと洋菓子を噛みくだいていた若き女の面影が去来する。吾郎を見すえる一枝のゆらぎなき瞳も、あの日の千明に引けをとらない。一番星を失ったばかりの胸に怪しい火が灯り、それを恐れた吾郎は一歩後ずさった。

「すみません。では、この本はありがたく頂戴します。失敬」

深々と腰を折り、本を抱えて逃げるように店をあとにしてからも、吾郎の鼓動はいっこうに鎮静しなかった。出戻りと聞いているけれど、なぜ一枝さんは実家へ帰ってきたのだろう。なぜこんなにもぼくに親切にしてくれるのか。

一枝の白い肌を思うと再び頰がカッとなる。へその下から頭をもたげる助平吾郎をふりきるように、吾郎は湿った風を裂いて駆けだした。

「吾郎くん、まずいよ。なんだか俺までそわそわしてきた。やっぱり四限は自信がない」

「吾郎さん、どうしましょ。長く入塾待ちをされてるお母さんから、今日、これから直談判に行きますって電話がかかってきて。五時に見えるそうなんだけど、一限は教室の空きがないのよ」

より道が長引いたせいで、塾へ戻ったときには一限目の開始まで四十分足らずと迫っていた。急ぎ上田の代講準備にかかろうと吾郎が教員室の戸を開けると、勝見と頼子の声が同時に飛んできた。

吾郎は「まあ、まあ」と勝見をかわし、菜々美を膝にのせた頼子のもとへ急いだ。

「お義母さん、すみません。菜々美、重いのに」

「平気よ、さっきまでは勝見先生が肩車をしてくださっていたから。それより、面談のことだけど」

「ここを使ってください。ご遠慮なく」

「いいの？　皆さんのくつろぎの場なのに」

「一限は千明先生以外みんな出払っているから、問題ないですよ。お義母さんこそ、いつも面倒を押しつけてすみません。面談、今日は三人目ですよね」

もちまえの社交性が人気を呼び、塾生の母親たちからすっかり頼られている頼子だったが、還暦もそう遠くない義母をこき使っているようで、吾郎は心苦しくもある。と同時に、さっきまで一枝の店にいたことも、やはりどこかで後ろめたい。

「いいの、いいの。じっくりお子さんの話を聞いてさしあげるだけで、満足して帰っていかれるお母さん方も多いんだから。人様のお役に立ててるうちが華ですよ。それより、吾郎さんこそ何かあったの」

「はい？」

「なんだか、いつもとちがうみたい」

「いえいえ、いつものぼくですよ」

「そうかしら。ほんとは吾郎さんもそわそわしてるんじゃないの。四限目、ちゃんと務まるのかしら」

　からかう頼子に「ご心配なく」ときまじめな一礼を返し、吾郎は自分の席へ戻った。とたん、右横の席にいた孝一が身をのりだしてきた。

「吾郎先生。あのう、これ」

「ん？」

「暇だったんで、ちょっと、作ってみたんですけど」

　ぼうっとさしだされた紙を手にとると、鉛筆書きの太い字で、なにやら数字の羅列がある。

「中一数学の問題です。吾郎先生が代講される単元、自分だったらどんな出題をするかなって、見よう見真似で考えてみたんですけど」

　おお、と吾郎は手中の紙に顔を押しつけた。

「孝一くん、これだよ、この自主性！　いいぞ。問題作りが好きな教師ってのは、この道にはまるもんなんだ」

　言ったそばから、問題作りが好きな二人が「なんだ」「なんだ」とよってきた。

「ほう、孝一くんの初仕事ですか。正負の計算、しんどかところですね。中一の胸突き八丁、ここで数学につまずく生徒が多かとですよねえ」

「初めてにしてはなかなかいい線いってんじゃないか。ただし、負から負を引く基礎の部分は、もっと設問を増やして徹底的にやったほうがいい」

「ここで負の概念ばあいまいにしとっと、中二、中三で地獄ば見るとよ」

「いいか、孝一。負の数値、すなわち『ないもの』の概念をわかりやすく説くには、まずは『あるもの』から数を引いていくという手順をもうけてだな……」

指導術について語りはじめると止まらない。ああでもない、こうでもないと議論を交わす勝見と杉は、孝一の問題を肴に一杯やりはじめそうな勢いだったが、なにぶんまだ授業前である。

「ともあれ、ありがとう、孝一くん。おおいに参考にさせてもらうよ」

机へむきなおった吾郎はさっそく代講の準備にとりかかった。

準備と言っても、もともと算数・数学と国語を担当している吾郎にとって、中一の数学指導そのものは手慣れたものである。問題は、ふだんから受けもっていない生徒が相手では、各自の学習進度や理解度が把握できないことだ。相手を知らずして授業をするのは、素材の味を知らずして煮炊きをするのに等しい。幸い、時間にルーズな上田も記録のたぐいはまめにつけているため、その帳面から各生徒の情報を頭に叩きこんだ。

授業開始まで十分を切ると、にわかに庭先がざわめき、徒歩や自転車で集まってきた小学生たちの声が響きだす。自宅と教室をかねていたころには、三十分も前に来て遊んでいる子どもの姿も少なくなかったものの、移転後は近隣住民からの要請で時間制限をもうけざるをえなくなった。町ぐるみで子どもたちの成長を見守るようなのどかさは失われつつある。

そういえば、以前はよく子どもたちとキャッチボールをしたっけ。

懐かしさを胸に、吾郎は午後の陽に色めく窓の外を見やる。

重なりあう屋根に視界をふさがれて、もはや入日を待っている地平線は望めない。似たような住宅がひしめく一帯にはキャッチボールを楽しむ空き地もない。

――いかん。時間がない。

郷愁に蓋をし、吾郎は上田の記録帳へ目を戻した。

知らず知らず失っているものがある。ここにも。あそこにも。

しかし、立ちどまっていては前へ進めない。

結局のところ、吾郎が一日の中でもっとも充実し、何ものからも解放された自分自身でいられるのは、授業の最中なのだった。年を経て、肩の荷物が増えていくほどに、何もかも忘れて一つのことに没頭できる時間の得難さを思う。

目の前の一人一人に自分がさしだせる精一杯をさしだす。塾の規模が変わっても、吾郎の基本姿勢は昔から変わらない。

基本以外では、しかし、変わらざるをえないところも増えた。たとえば、授業で用いるプリント。受けもちの生徒数が倍増した段階で、一人一人の進度に合わせた手書きの問題を全員に用意するのは実質不可能となった。代わりに、吾郎は各学年の単元ごとに理解度別のプリント（教員室では「吾郎ドリル」と呼ばれている）を何十通りも作成し、その中から個々の水準に合わせたものを選ぶという次善の策を用いた。

一クラスの定員も二十人から二十五人へ増員した。吾郎がぎりぎり譲歩したその人数ならば、教室の右端にいる生徒に指導をしながらも、左端の子がどうしているのか目のはしでうかがえる。子どもたちにも「うかがわれている」自覚を与え、一定の緊張感を維持することができる。

ところが、この日は例外だった。勝見の案ずる四限目を待たずして、しょっぱなの一限目から生徒たちが騒ぎだし、授業に集中するどころではなかったのである。

「みんな、今日はどうかしてるぞ」

「私語は慎むこと。横の子に話しかけない！」

いくら注意をしても、はしゃぎ声や内緒話は止まらない。一人の高揚が横の一人へ感染し、そわついた空気が教室全体を侵していく。こうなると収拾は至難のわざで、二限目も終始浮き足立ったまま終わり、孝一に平素の授業風景を見せたかった吾郎を落胆させた。

「すまん、孝一くん。よりによって、最悪の日に呼びつけてしまったようだ」

授業と授業のあいだには、毎回、十五分間の休憩時間がある。前半の一、二限目を終えて小学生たちを帰したあとは、教員室で軽い腹ごしらえをするのが教師たちの常だ。

この日の軽食は蕗子が届けてくれた五目いなりずしで、日に日に料理の腕をあげる娘に感心しながらも、三、四限の中学生クラスをひかえた吾郎の気は重かった。

「悪いが、またべつの日に仕切りなおしたほうがよさそうだな」

「わかりました。またおじゃまします」

「せっかく足を運んでもらったのにかたじけない」

「いえ、そんな。でも、なんで生徒さんたち、今日にかぎって？」

昼に飯粒をつけた孝一が問いかけた直後、

「先生！」

教員室の戸がガラリと開かれ、中一男子の三人組が飛びこんできた。

「吾郎先生とハッスル先生にお頼み申す！」

「申す！」

「申す！」

あっけにとられる教師たちにむかい、三人がそろっていがぐり頭をたれる。

「今日の四限はテレビ観させてください！」

「頼みます。俺ら、インタビューされたから、絶対、映るはずなんです」

「そうだ。人生初のテレビ出演なんだ。見逃すわけにいかねんだ」

「甘い！」

彼らの訴えを一蹴（いっしゅう）したのは、生徒たちからハッスル先生と呼ばれている勝見だ。

「ここをどこだと思ってる。塾だぞ、塾。親が汗水たらして稼いだ金で、おまえら勉強させてもらってんだ。その大事な授業中にテレビなんざ観させられっかい！」

「ハッスル先生、そりゃ殺生だよ。俺ら、これがきっかけでスカウトされて芸能人になっちゃうかもしんないのに」

「そうだよ。小柳(こやなぎ)ルミ子と共演して結婚しちゃうかもしんないのに」

「できるもんならやってみろ！」

がたいのいい勝見が「帰った、帰った」と三人を廊下へ追いだすと、その様子をぼうっとながめていた孝一が吾郎へ首を傾けた。

「あのう、テレビって？」

「いや、じつはこの前、うちの塾、テレビ局から取材を受けたんですよ。戦後教育の特集を組むってことで」

「え、八千代進塾がテレビに出るんですか」

「出ます。今夜の八時のニュースに」

「八時って……あ、四限目」

「見事に重なったわけです」

「教師とは因果な商売ですなあ。顔で怒って、心で泣いて。や、実際、俺にはわかるよ、あいつらの無念が」

残ったいなりずしに手をのばしながら、聞こえよがしな大声をあげたのは勝見だ。

「そりゃ俺だって観たいのは山々さ。なんたって、あの撮影のために塾歌の二部合唱、生徒たちに居残りまでさせて特訓したんだ。連中の歌声が日本列島津々浦々、全国のお茶の間に鳴りわたるのを、できることならぜひ見届けたかった」

「たしかに、どげん特集になったか気になるとですね。ちなみに、私は教育の多様化について、元学校教員の見地から警鐘ば鳴らさせてもらったとです」

「そんなこむずかしい話を？　カットされなきゃいいですな」

「なん言うとんばい！」

「そういや千明先生もインタビュー、受けられてましたよね」

水をむけられた千明は表情を変えず、そろばんを弾く指だけを静止した。

「もちろん、断る手はありませんから。公共の電波を使って文部省にもの申す絶好の機会ですもの」

「千明先生、なんば申したとですか」

「能力主義を是とする新学習指導要領への、三十八ヶ条の提言です」

「三十八ヶ条……」

「まちがいなくカットされるとでしょうなあ」

千明の顔色が変わる。その指がそろばんの珠を親の仇さながらに激しく弾きだすと、杉と勝見はそそくさと席を立ち、三限目の教室へ逃げだした。面倒な事務仕事を引きうけ、塾運営の屋台骨を支えている千明には誰もさからえない。

撮影の前夜、千明が寝ずに提言の原稿を書いていたのを知る吾郎は、せめて三十八ヶ条のうちの一、二でも採用されてくれればと願わずにいられなかった。一方、彼自身の発言については、いっそばっさりカットしてほしかった。子どもの誰もがもって生まれる潜在能力について説くつもりが、緊張のあまりひどく早口になってしまい、自分でも何を言っているのかわからず、レポーターに失笑される始末だったのだ。吾郎が今夜の放送に拘泥しないのはそのせいでもある。

「あれー、吾郎先生だ」

「なんで。上田先生は？」

午後七時。三限目の始まりと同時に吾郎が第二教室の戸を開くと、さっそく生徒たちの声が飛んできた。

「今日はぼくが代講します。上田先生は一身上……いや、全人類上の問題で遅れていますので」

「また反戦？」

「上田先生、よくやるなあ」

「世の中、どうせ変わんないんでしょ」

無気力、無関心、無責任。世に言われる若者の三無主義を反映してか、近ごろは大人を見る子どもたちの目も醒めている。

「それより、四限目はテレビ観せてよ」

「そうだ、テレビ、テレビ」

気もそぞろな二十五人との一戦が始まった。テレビ。テレビ。テレビ。ひっきりなしの訴えを無視して吾郎が授業を始めるも、誰一人、まともに聞く耳をもとうとしない。日々の変化に飢えている彼らにとって、テレビ出演は千載一遇の大事件なのである。

「八時のニュース観たい」

「私も観たい」

「観せてくんないならボイコットだ」

「そうだ、四限目はボイコットだ」

八時が近づくほどに声は高まり、三限目を終えたころには、実際にボイコットも起こりかねない様相を呈してきた。

「観・た・い！」

「観・た・い！」

「観・た・い！」

鳴りやまぬ抗議に手を焼く吾郎の耳に、隣の教室からも似たような喧噪が聞こえてくる。どうやら勝見も苦戦を強いられているようだ。このぶんでは一階も推して知るべしだろう。

「案のごとくのありさまだ。吾郎先生、どうします？」

ついに勝見が相談に来た。

「この調子だと、四限にゃ暴動が起きますよ。テレビ観せるっきゃないかなあ」

「しかし、テレビは教員室に一台あるきりだし」

「そうだよなあ」

「教員室には千明先生がいますし」

「そこだよなあ」

弱った顔を突きあわせる二人に、生徒たちの声はますます甲高い。

「観・せ・ろ！」

「観・せ・ろ！」

「観・せ・ろ！」

教場をゆるがすほどの大合唱をぴたりと止めたのは、階段を駆けのぼってきた千明の一喝だった。

「何をやっているのです！」

鶴のひと声。このことわざを教えるなら今しかないというほどに、図にのっていた生徒たちは瞬時に縮みあがった。怒ると完全に目がすわる千明を恐れているのは教師たちだけではなかった。時が止まったような無言（しじま）の中、その場の全員が凍りつく。

次なる千明の一声がそれを氷解させた。

「ぐずぐずしてないで、さっさと教員室へ集まりなさい。ニュースが始まりますよ」

大歓声とともに椅子を引く音が古家いっぱいに鳴りわたった。

「こんばんは。八時のニュースです」

木棚の一角に置かれたテレビの画面にアナウンサーの姿があらわれるなり、プールの芋洗いさながらの教員室は拍手の嵐にうもれた。三クラス分の中学生をつめこんだそこは、まさに押しあいへしあいの大混雑。ロッカーの上から開け放たれた掃除用具入れの中に至るまで、隙間なく生徒の影がある。この騒ぎでは近所からの苦情が目に見えているため、暑くても窓は開けられない。

「ではまず、本日の主な出来事です」

人いきれと汗の臭気でむせかえる中、今か今かと特集を待ちわびる生徒たちをじらすかのように、アナウンサーはつぎつぎと今日のニュースを読みあげていく。ソ連政府が初めて発表したソユーズ十一号の事故原因。参院議長選をめぐる与野党の動き。仁保事件さしもどし審の第一回公判。

新たなニュースが報じられるたび、「まだ?」とため息のさざ波が広がる。ようやく本日の出来事が終わったと思えば、今度は「消えゆく農地——房総のこれから」なるコーナーが始まり、生徒たちのいらだちは最高潮に達していた。

「早く塾の特集やれ!」

「俺らを映せ!」

「う・つ・せ!」

「う・つ・せ!」

再び彼らが荒れだしたそのとき、その叫声に負けじと入口の戸が荒々しい音を立て、頭に鉢巻きをしめた巨漢が教員室へ駆けこんできた。

「すみません、遅くなりました」

「あ、上田先生」

「お、テレビやってるな」

特集がまだ終わっていないのを知った上田は「よしっ」と白い歯をのぞかせた。

「間に合った！」

「授業に間に合っとらん！」

勝見の怒号が響くのと、千明がひとさし指をすっと唇に当てるのと、ほぼ同時だった。

「しっ」

なぜだか怒号よりも千明のささやきがその場を支配する。「しっ」に従った皆がテレビへ目を戻すと、その画面には待ちに待った『特集』の二文字。

「では、本日の特集です」

拍手と歓声がうずまいたあとには、一転して水を打ったような静けさが立ちこめた。

誰もがかたずを呑む中で始まったその特集は、しかし、彼らが予期したものとは似ても似つかぬ内容だった。

「特集〈よるべなき教育ママたち〉。今回、我々は教育爆発時代と呼ばれる現代日本の申し子、教育ママたちの実態に迫りました。彼女たちは何を求めて我が子を受験戦争の最前線へ駆りたてるのでしょうか」

　テレビ画面に食いいるすべての瞳をうつろにさせたその特集には、勝見の塾歌も、杉の持論も、吾郎の早口も映しだされはしなかった。いわんや千明の三十八ヶ条をや、である。

　番組はまず戦後の高度経済成長を背景にした受験競争の実態を解説したのち、「教育ママ」と呼ばれる母親たちに焦点を当て、その内面に迫るという構成をとっていた。待てど暮らせど、八千代進塾の出番はない。

「なにこれ」

「俺ら、いつ出んの」

　放送日をまちがえたのかと皆が疑いはじめたころ、ようやく見覚えのある顔が画面に登場した。八千代進塾の取材に訪れた七・三分けの現場レポーターだ。

「しかしながら、教育ママたちの心中は複雑です。本当にこれでいいのか、受験のための詰めこみ勉強が真に子どものためになるのか。いまだかつて日本人が経験したことのない高等教育の椅子とりゲームに粉骨砕身しながらも、核家族化の進む現代社会に生きる彼女たちには、頼れる相談相手もいません。学校をあてにしようにも、最大四十五人もの生徒を抱えた担任教師は忙しい。さまよえる孤独な教育ママ、そんな彼女たちが助言を求めて駆けこむ現代の寺子屋こそが、そう、学習塾なのです」

　そこで画面が切りかわり、ついに、八千代進塾の全景が映った。

「わーっ！」

いっせいに身をのりだした一同の目に、次の瞬間、飛びこんできたのは頼子の艶笑(えんしょう)だ。

「……え？」

八千代進塾の庭先で、菜々美を腕に抱いた頼子がマイクをむけられている。いつもよりも色濃い唇の紅。バラ色に上気した頰。カメラをちらちら気にしながらも、その表情は臆するところがなく、むしろ嬉々(きき)として見える。

「相談に見えるお母さん方？　ええ、ええ、そりゃあたくさんいらっしゃいますよ。あら、いやだ、ご意見番だなんておこがましい、私はただの聞き役ですよ。ええ、塾生一人一人のおばあちゃんになった気持ちで聞かせてもらってます。今、家におばあちゃんがいない子、多いでしょう。鍵っ子で、学校から帰っても誰も家にいないって、それが理由で塾に来てる子もいるんですよ。お母さん方だって、そりゃあやっぱり、頼れる年よりの一人もいたほうがいいじゃない。教育ママがいて、教育パパがいないのは、それだけ母親が孤軍奮闘してるってことだもの。殿方たちは仕事仕事、経済経済で、家庭どころじゃないのよねえ。しょうがないから私みたいな年よりがしゃしゃり出て……あら、教育ババ？　おもしろいことをおっしゃるわねえ、ホホホホホ！」

頼子の高笑いがこだました直後、「以上、八千代進塾でひっぱりだこの相談役、赤坂頼子さんの談でした」とレポーターが一礼し、テレビ画面は再びスタジオへ切りかわった。

「塾ブームのかげに核家族化あり、ですね。それでは、また明日の特集もご期待ください」

アナウンサーがしたり顔でまとめ、画面の中央に無慈悲な一語が映しだされる。

『終』。

「……………」

「……………」

「……………」

「……………」

「……………」

無数の石像を敷きつめたような教員室に、「あら、やだ、アップはよしてって言ったのに！」と、まんざらでもなげに身をよじる頼子の声だけがむなしく響きわたった。

「ちくしょう、バカにしやがって。俺はもう二度とテレビなんか信用しねーぞ」

「ま、マスコミちゅうんは、そげんもんですたい。踊らされた私らが愚かだったとですよ」

「いっちょ角棒かついでテレビ局へのりこみますか」

「上田くん、物騒なこと言わないで。それよりもう一杯」

「くーっ、今日は飲むぞ」

「というか、今日も飲むぞ」

仕事帰りに勝見と連れ立ち、近所の屋台で一杯やる。いつしかそれが吾郎の日課と化していた。授業中に溜めこんだ内側の熱を吐きだすように酒を飲み、ああでもない、こうでもないと教育論議に耽る。子どもたちのエネルギーと対峙した頭と体はそれ相応に消耗しているのに、話をしだすと止まらない。

この日はそこに「今夜はしらふじゃ帰れない」と杉や上田も参戦し、輪をかけてにぎやかな酒盛りとなった。

「頼子さんには、そりゃ感謝してますよ。いい人ですよ、頼子さん。もう、頼子さま、頼子さまですよ。けどね、我々教師を総カットって、あんた……」

「教育ママちゅうんは、本当にそげん増えとっとですかねえ。教育熱心な親の比率は、昔から変わらん気もするけんね」

「マスコミの自作自演ってところもあるんじゃないですか。まずは言葉ありき。教育ママって言葉が流行れば、人はそれを使いたくなる」

「たしかに、受験戦争だの受験地獄だのって騒ぎだしたのも、もともとマスコミの連中ですもんね」

「戦争ば知っちょる者からしたら、簡単に戦争なんて言われたくなかですよ」

「子どもたちにもよくないっす。やつら、すぐその気になりますもん。戦争って言われりゃ戦争してる気に、地獄って言われりゃ地獄にいる気に」

「くっそー、俺は生き生き楽しく塾に通ってる子どもらの姿を、全国のお茶の間に見せつけてやりたかった！」

「まあ、まあ、勝見先生。しょせん塾のあつかいなんざこんなもんですよ」

「こんなもんだろうとどんなもんだろうと、俺はぜってえ負けねえぞ！」

もう一本、と屋台主に銚子(ちょうし)を突きだし、勝見がすっくと立ちあがった。

「マスコミにも負けず、文部省にも世間の悪評にも負けぬ丈夫な心をもち、欲はなく、ときどきしか怒らず、いつも教えることを楽しんでいる、そんな教師に俺はなりたい！」

「おーっ！」

こぶしを突きあげる勝見につられ、酔いのまわった吾郎ら三人も起立する。

「ぼくもなりたい！」

「私もなりたかと！」

「ベトナム戦争反対！」

勢いまかせにがなりたて、汗でべとついた肩と肩を組みあわせて塾歌を熱唱するうちに、吾郎は無性におかしくなってきた。日々、世間の偏見や蔑視(べっし)にさらされながらも、この仕事にはまり、情熱を燃やさずにはいられない男たち。手漕(てこ)ぎボートで果てなき大海へ挑むような一日一日が、この一刻一刻が、たまらなくいとおしい。「出た、吾郎くんの一人笑い」と指さされながらも、一人くつくつと笑う吾郎の肩の震えは止まらない。

今、この時をなんと呼べばいいのか。酔った頭で吾郎は思う。焦げつくようなこの毎日を、どんな言葉で表現すればいいのか。

青春——遠いのちに吾郎がそのころを回顧し、これしかないという二字をあてがったとき、もはやそれはそこになかった。吾郎の中からも、彼らの中からも、名づけようのなかった熱い息吹(いぶき)は失われていた。

第四章　星々が沈む時間

「では続きまして、新郎の勤務先である千葉進塾の大島吾郎塾長より、ひと言、ご挨拶を頂戴します」

司会者がその名を口にするなり、ひな壇へそそがれていた満場の視線がいっせいに動いた。円卓のあちこちから黄色い風が吹きつけるような感触に、吾郎はたまらず胸のハンカチをこめかみに当てる。

「皆さまもご存じのとおり、大島塾長は目下、千葉県内に四つの教場を擁する学習塾を経営するかたわら、近年ではご著書の出版や講演活動などにも精力的にとりくみ、テレビや雑誌などでもしばしばそのお姿を……」

紹介の文句が長引くほどに、吾郎のハンカチは湿り気をおびていく。

吾郎にとって、塾生の視線と世間一般のそれとは、似て非なるものだ。知的好奇心に富んだ子どもたちの瞳が吾郎を奮起させるのに対して、好奇心に色めく大人たちのそれは逆に萎縮（いしゅく）を起こさせる。ようやく呼ばれてマイクの前に立ち、授業中とは別人のようにすべりの悪い舌でひとしきり新郎をもちあげたあとには、一刻も早く逃げて帰りたい衝動だけが残された。

無論、そうは問屋がおろさず、乾杯をはさんで歓談の時間が始まると、吾郎はたちまち囚(とら)われの身となった。

「大島先生、私、横浜のご講演にうかがいましたのよ。すばらしいお話でしたわ。学習塾にもあなたみたいな方がいらっしゃるなんてねえ」

「やあやあ、先週のラジオ、よかったですよ。いったい全体、日本の教育はどうなっちゃってんだかね。なんとかしてくださいよ、大島さん」

「うちの母が大島先生の大ファンなんです。サインください」

いくら経験を重ねても、吾郎は塾以外の場で先生と呼ばれることになじめない。無性に体がむずむずし、掻(か)けないところがかゆくなる。助けを請うように隣席の千明を見やるも、逆に「しっかり」とにらまれた。

「もっと笑顔で、ファンサービスを。塾長は千葉進塾の看板ですよ」

耳もとで諭され、吾郎はやむなく引きつった作り笑いをこしらえる。

ようやく人が引き、乾いた口をビールで湿らせたところで、千明とは逆の方向から「ふんむ」と勝見の鼻息がした。

「じっと我慢の子であった、か。や、有名人も楽じゃねえなあ。吾郎くんが遠い人になっちまって、いやあ、俺はさびしいよ」

大仰なセリフながらも、目を見るといつもの軽口だ。

「遠い人になるのは勝見先生のほうでしょう。ＪＣＳ、ついに関西へ進出するそうじゃないですか」

「はは、お耳が早いことで」

「大阪、行くんですか」

「なに、最初の下ごしらえだけさ。戸別訪問とチラシで生徒集めて、ご近所に頭さげてまわって、その反応から地元の祭りにつるす提灯(ちょうちん)の数を計算する」

から笑いとともに勝見が吾郎のグラスに酌をする。

「ま、それはさておき、俺はしみじみ感慨深いよ。よもやこんな晴れの席で、君が堂々、塾の長として紹介される日が来るとはさ」

たしかに、と吾郎はうなずいた。

「昔の披露宴じゃ、我々の職業、禁句あつかいでしたもんね」

「若い教師が結婚するたび、塾に勤めてるなんて体裁が悪いから内緒にしてくれって、親族から泣きつかれてなあ。ありゃ心底情けなかった」

「時代が変わったってことですかね」

「や、大島吾郎が個人的に認められたってことさ」

同じ円卓で二人の会話に耳を傾けながらも、千明は一人、黙々と皿の料理を口へ運んでいる。ひさびさの再会でありながら、その目が頑(かたく)なに勝見を拒んでいるのは一目瞭然(いちもくりょうぜん)だ。

共同経営者の勝見が八千代進塾を去ったのは、今をさかのぼること四年前の昭和五十年、「乱塾時代」なる流行語すら生まれた塾ブームの絶頂期だった。生徒たちから辞めないでほしいとの大コールを受けながらも、彼は「四十をすぎたら教師は老兵だ」との持論をつらぬき、現役教師を引退。同時に、四校まで広げた教場の経営権を吾郎へ一任し、近年台頭の著しいチェーン塾「ＪＣＳアカデミー」に経営幹部として移籍したのだった。

「吾郎くん、一つの塾に二人の塾長はいらんよ。千葉進塾は、家族ぐるみで大島家が支えてきた学舎だ。今後もそうしていけばいい」

相棒の転身に体の一部をもがれたような喪失感をおぼえながらも、吾郎が勝見を止められなかったのは、去りぎわに告げられたその言葉に偽りがないのを見たからだ。もとは一軒の古家から始まった彼らの学舎は、次第に個人塾とは言えない規模へと成長し、それにつれてツートップの運営体制には無理も生じてきた。年々表面化する教育観の齟齬。経営方針の相違。将来的に起こりうる金銭上のトラブル。勝見はそれらを見こした上で新天地での再出発を自らに課したにちがいない。

吾郎はその決意を尊重した。一方で、千明は激昂した。「商売敵の大手に身売りをするなんて！」。裏切り者は許さじとばかりに出資金の精算をめぐってすったもんだをくりひろげた遺恨は、今も彼女の胸に爛れ残っているらしい。

「変わったといやあ、近ごろの塾生も変わったもんだよな。誰も彼もが大手をふって堂々と塾に通ってる。四谷大塚の連中なんか鼻高々だぜ」

ありがたいのは、少なくとも表面上、勝見がけろりとふるまってくれていることだ。

「なんたって通塾率二十パーセントですからね」

「ああ、昔の俺らが聞いたら泡吹くぞ。はたして塾の地位があがったのか、はたまた学校の地位がさがったのかわからんが」

薄くなりかけた髪をポマードでかため、以前はしていなかった派手なネクタイで決めている勝見だが、率直な物言いは今も昔も変わらない。

「学校も学校で大変な時代だと思いますよ。いまや学習指導だけじゃなく、子どもの人間形成まで職務に加えられて、何か問題が起こるたびにやれテストのせいだ、受験のせいだとマスコミからはスケープゴートにされて」

「たしかに、今じゃ塾も学校も目くそ鼻くそ、教育総批判って勢いだもんなあ。吾郎くんの本も売れるわけだよ」

「はい？」

「読んだよ、『スホムリンスキーを追いかけて』。まさしく今の時代にうってつけの評伝だった。や、ほんとに感心した」

スホムリンスキー。その響きにぎくっとし、反射的に吾郎は横目を使う。深皿のポタージュスープを口に運ぶ千明のスプーンが止まっている。

「そりゃ、俺もスホムリンスキーには一目置いてたけど、まさか世間一般からここまでウケるとはなあ。さすがは大島吾郎だ」

急激に胃が縮み、吾郎はナイフとフォークを置いた。

「勝見先生、そのネクタイはどちらで」

「津田沼パルコだけど、なんで」

「いえ、その、いい柄だなと。ぜひぼくも一つ」

「へ。吾郎くんが赤白水玉のネクタイを？」

挙動不審の吾郎に、そのとき、新たな刺客が忍びよった。

「あの、すみません」

背後からの声にふりむくと、和服姿の娘三人がしなを作っている。

「スホムリンスキーの大島吾郎さんですよね」

「今日は大島さんがいらっしゃるって聞いて、私たち、スホムリンスキーの本をまわし読みしてきたんです」

「私もスホムリンスキーや大島さんみたいな先生に教わりたかったです。握手してください」

またもハンカチを湿らせる吾郎の横で、千明がすっと椅子を引く。

「ちょっと、お化粧室へ」

低くささやき、円卓を離れていくその後ろ姿を、吾郎は暗鬱な目で追った。

「千明さんは変わらんな。しかし、老けた」

悪気のない勝見のひと言が痛い。

ワシリー・アレクサンドロヴィチ・スホムリンスキーはウクライナ出身の教育者。ソビエト連邦での三十五年間にわたる教員生活から独自の教育理念を生みだし、それを多数の著作に遺した。邦訳されたうちの一冊を金輪書房の一枝から薦(すす)められ、吾郎が初めて手にとったのは、忘れもしない八年前、昭和四十六年の夏だ。

最初の一冊から吾郎はすっかりスホムリンスキーに心酔した。子どもに対する寛容と信頼。授業への情熱。教育者としてのゆるぎない信念。そこには吾郎が理想とする教育の実践があり、おおげさに言うならば、彼は生まれてはじめて人生の師を得たかのような魂の高ぶりをおぼえたのだった。

その傾倒ぶりに突き動かされたとみえる一枝がとりよせてくれた英訳本も含めて、以降、吾郎は彼の著書を読みあさった。

〈子どもは生まれつき知識欲の旺盛な探検家であり、世界の発見者である〉

〈私の深く信じるところでは、自分自身に対する教育をうながす教育こそが、真の教育である〉

〈罰するよりも許すことのほうが、より激しい良心のさざめきを引き起こす事例も多々ある〉

〈もしも君が、教え子たちの内面に、ゆるぎなき良心や何ものにも屈しない精神を植え

こむことができたなら、君の教え子は、君の戦友となり、同朋となるだろう。そして、君の教師にもなり得る。怯まずに進め！〉

　黒板に板書したくなるような格言の数々に触れるにつけ、次第に、吾郎はそれをほかの皆にも知ってほしくなった。教育界でこそ名の通っているスホムリンスキーだが、一般的にはまだまだ知られていない。それは彼の精神の根底にある共産主義思想が日本人にはとっつきにくいせいかもしれず、吾郎はウオッカをソーダ割りにするようなひと工夫をほどこすことによって、その教育理念に親和性をもたらすことができるのではないかと考えたのだった。

「ぜひやるべきよ、吾郎さん。学歴、学歴の社会で縮こまっちゃってる日本人に、スホムリンスキーの教えをぜひ広めてちょうだい。あなた自身の経験も生かして彼の人生を綴ったら、きっとすばらしい評伝になるわ」

一枚にのせられて執筆に着手したのは、約六年前。高校を中退するまでは文学青年だったこともあり、吾郎はもともとものを書くのが嫌いではなかった。塾長業務の合間をぬっての一進一退には三年の年月を要したものの、脱稿後は一枚に紹介された編集者の力添えによってとんとん拍子に出版が決まり、二年前にめでたく上梓した。

　タイミングにも恵まれた。折りしもその年、小中学校では四回目となる学習指導要領の改訂が行われ、教育問題が世の耳目を引いていた。児童生徒のおよそ半数が授業に遅れをとっている現状を受け、二十年来、詰めこみ教育で子どもたちの尻を叩きつづけてきた文部省が、ここへ来て初めて方向を転換。ゆとり志向による学習内容の一割減を公表したのである。

　のびのびとした教育を標榜（ひょうぼう）するスホムリンスキーの評伝は、この「ゆとり」と幸運な共時性をもって日本社会へ送りだされたのだった。

　結果、吾郎の処女作は教育本としては異例の売れゆきを記録した。受験戦争、登校拒否、自殺――子どもをめぐる殺伐としたニュースに食傷していた日本人は、外国人の説く牧歌的な教育風景に救いを求めたのかもしれない。

　しかしながら、予想だにしなかった本のヒットは、かならずしも吾郎自身の救いにはつながらなかった。一躍時の人となった彼のもとには、連日、取材や講演の依頼が殺到。体が悲鳴をあげるほどの過密スケジュールに加え、なによりも一番の誤算は、本の出版が妻、千明との関係に亀裂をもたらしたことだった。

　披露宴で疲労困憊（ひろうこんぱい）したその夜、吾郎の食欲がいっこうに回復しなかったのは、慣れない洋食でまだ胃がもたれていたせいだけではなかった。勝見と別れての帰路、気むずかしげに口を閉ざしていた千明のことが心にかかっていた。

　心にかかるといえば――。

　箸の進まない夕食の席で、吾郎はともにテーブルを囲む四人を順にながめた。千明、蕗子、菜々美、そして二年前から下宿中の上田。こうして皆が顔をそろえるのは塾が休みの日曜日くらいだが、今日は蘭の姿がない。その空席もさることながら、吾郎の意識はむかいの席にいる蕗子へ吸いよせられていく。

　蕗子の口数がめっきりへったのは、今年の春先、桜の時期だったろうか。二十四歳。まさに満開の美しいさかりにあった花が、にわかにその香(か)をひそませた。常に家族を照らしていた笑顔が失われた。その目が赤く腫(は)れているのを見たのも一度や二度ではない。しかし、吾郎が理由をたずねても、蕗子は「何も」と作り笑いを返すばかりで本心を明かそうとしない。

　はたして何が蕗子を苦しめているのか、思いあたる節がないこともまた吾郎を惑わせた。

　念願の学校教員となり、習志野市内の小学校に勤務して三年目。このところようやく仕事に慣れてきたと蕗子は言っていたし、担任する三年二組に問題児童がいる風もない。一時期、娘の進路に反対する母と派手に散らしあった火花も、連日の激論から冷ややかな沈黙への推移を経て、今では戦後の焼け野原にたゆたう黒煙程度の残滓(ざんし)に落ちついていた。「文部省の犬になるのか」と逆上する母に対し、「公教育にしかできない子どもの守り方もある」と、おそるべき根気で正論をつらぬきとおした蕗子と、それを支持した家族の粘り勝ちだった。さすがの千明も今ではあきらめの体(てい)を見せている。

　となると、蕗子はいったい何を悩んでいるのか。
自分にも話せないことなのか。

もしや――恋愛問題？

無論、適齢期ともなれば思い人の一人や二人はいたっておかしくないだろう。いや、かえっていないほうがおかしい。そうは思っても、やはり吾郎は心中おだやかでない。

蕗子が嫁に行く。大島家を去る。遠からぬ将来に訪れるであろうその日を想像するだけで、吾郎はまるで太陽も月も星もない宇宙をたゆたうような寂寞(せきばく)に胸をふさがれるのだった。

「ほんっとに出たんだよ。アキちゃんのお友達のお友達がね、公園の水飲み場で水を飲んでたら、とんとんって、後ろから背中を叩かれてね。ふりむいたらでっかいマスクつけた女の人が……」

「風邪(かぜ)っぴきか」

「ちがう！　そのマスクの女に聞かれたんだって。私、きれい？　って」

「マスクしてたらわからん」

「だ、か、ら、ちがーう！」

このところ蕗子も千明も黙りがちな食卓で、今夜は吾郎までも口数が少なく、聞こえてくるのはもっぱら菜々美と上田の声だけだった。

「そう聞かれたらね、おせじでもきれいって言わなきゃいけないの。そしたら、その女が急にマスクを外して、耳まで裂けた口をがばっと開いて、『これでもかーっ』って！」

「その友達、食われちゃったのか」

「大丈夫。ポマード、ポマード、ポマードって三回唱えたから。その女の弱みなんだって」

「ようし、菜々っぺ。明日からはポマードでばっちりリーゼント決めて、学校行け！」

「やだー、誰か上田の兄ちゃんをなんとかしてーっ」

ばたばたと床を踏み鳴らす菜々美は、十歳になってもまだあどけなく、その無邪気さに吾郎は救われる思いがする。三女の気楽さ故か、幼いころに誰彼かまわず膝にのってきたせいか、菜々美は人懐こい快活な少女へ成長した。お調子者の一面もあるが、次女の蘭を思えばそれもご愛嬌だ。

「そういえば、蘭は」

まだ帰ってこないのか、と吾郎が口にしかけた矢先、バタンと威勢よくリビングの戸が開かれ、だっぽりとしたトレーナーにパンツルックの蘭があらわれた。

「おかえり。遅かったじゃない」

訳知り顔で声をかけたのは千明だ。

「今日はどこまで行ってたの」

「稲毛(いなげ)の青葉スクール。オリジナル教材と面倒みのよさを売りにしてるところ」

「で、実態は？」

「オリジナル教材はクズ、教師はアルバイトの学生ばっかり。生徒に山ほど宿題を出すのが面倒みのよさだと勘ちがいしてる。立地[illegible]悪で自転車置き場もないから、絶対、近所ともめるはず。賭けてもいいけど二年以内にはつぶれてる。千葉進塾の敵じゃありません」

勝ちほこった顔でピースサインを突きだし、くるりとまわれ右をする。

「忘れないうちに記録つけてくる」

軽快に立ち去る後ろ姿を呆然と見送る一同を代表し、上田が「うーむ」と両腕を組みあわせた。

「さすが体験入学アラシでござるなあ」


蕗子が日に日にやせていく。肌の色が悪い。瞳も日増しに影を深めていく。

吾郎の懸念はその後も解消されることなく、よほど千明に心当たりはないかと聞いてみようかと思ったが、仕事以外の相談となるとどうにも腰が引けた。そもそも、蕗子があの母に悩みを打ちあけているわけもない。かねてよりそれは自分の役割なのだと自負しながらも、日々の業務に追われる吾郎には蕗子の内面へ踏みこむ余裕もきっかけもなく、危うい闇を食卓の下にはらんだまま時が流れていく。

事実、吾郎は忙しかった。数年前から受けもちの授業をへらし、塾生よりも教師の育成に注力してはいたものの、本の出版以降は新人教師の研修を部下にまかせる日も増えた。

厄介なのは、千明がスホムリンスキーの評伝に屈折した反応を示しながらも、吾郎のマスコミ露出それ自体に関しては、支持こそすれ反対はしていなかったことだ。広告費をかけずして千葉進塾の宣伝ができる。理由はそれに尽きるだろう。温厚で適度にとぼけたところもある吾郎の好感度は高く、その名が広く知られて以来、入塾説明会の日には保護者の行列がテナントビルを幾重にもとりまく現象が続いている。

世間の注目や塾の人気は、しかし、かならずしも日々の充実感に直結しない。どれだけ講演会で拍手を浴びようと、入塾希望者のファイルが厚みを増そうと、吾郎は子どもたちと対峙した授業のあとのような心地いい余熱を味わうことはできなかった。

四十歳。勝見ではないが、塾教師としてはもはや老兵だ。若いころの無尽蔵な体力はない。張りのある声も出ない。そろそろ現場を退いて管理職に徹したらどうかと周囲からもほのめかされている。それでもなお、吾郎はいまだ週二回の授業を手放すことができずにいた。

やりたいこととやるべきことの溝。

心身ともに消耗するマスコミ露出。

薄氷を踏むような妻との関係。

近ごろ何を考えているのかわからない蕗子に、昔から何を考えているのかわからない蘭。

人間、誰しも年を追うごとに抱えるものが増えていく。若く身軽だったころには、じっとしていても風が波をうねらせ、未来への潮流を象ってくれた。運命が自分を運ぶ。

そんな感触をたしかに吾郎もおぼえていた。

あの凪はいつ止まったのか。どこが分岐点だったのか。あるいは、ただ自分の荷が重くなりすぎただけなのか――。


新たな風の一陣が吹きぬけたのは、その年の秋、庭の桔梗(ききょう)がいっせいに薄紫の花びらを広げたころだった。

ただし、それは逆風であった。のちのちふりかえるに、吾郎を悲境へ陥れる最初のひと吹きであったかもしれない。

本来ならば良き日となるべき一日だったのだ。

「今日は絶対、六時半ね。絶対だよ。それまでに全員、絶対帰ってくること！」

菜々美が朝から「絶対」を連呼していたのは、その夜、八千代台の家で祖母の誕生会を催すことになっていたからだ。

約二年前、大島家が津田沼の新居へ移転したのちも、住みなれた土地を離れたくないと一人、八千代台の家に残った頼子。さびしがりやの菜々美は今も祖母が恋しくてならないようだった。

「いい？　蘭ねえも、今日は絶対、塾の体験教室、行っちゃダメだからね」

「行かないよ。来週、中間試験だし。おばあちゃんちも行かないで勉強してたいくらいだよ」

「うわ、出た、冷血人間」

「塾んちの娘に生まれた宿命だよ。学年一位の座を誰にも譲るわけにはいかねえ」

「くわー、ちょっとかっこいい。蘭ねえ、ファイト!」

「あんたも塾んちの娘なんだけど」

都内有数の私立中学へ進学した蘭と、地元の公立中学に通う気でいる菜々美とでは、同じ姉妹でもまるでタイプがちがう。毎度ちぐはぐな二人の会話を背に、吾郎は六時半には帰ると約束して家を出た。


どこか心が浮きたっていたのは、夜になれば懐かしの古巣を拝めるためかもしれない。交通の利便性から津田沼へ移りはしたものの、吾郎にとって思い入れが深いのは、やはり塾揺籃期(ようらんき)の熱を焼きつけた八千代台の地だ。還暦を機に千葉進塾から手を引いた頼子と顔を合わせるのもひさしぶりである。

そうだ、お義母(かあ)さんなら蕗子のことで何か知っているかもしれない。そんな期待も胸に秘めつつ、その朝、吾郎はいつもどおり千葉進塾の津田沼校へ出勤した。千葉進塾の本拠であるそこは、ほかの三教場よりもフロア面積の広いテナントビルの三階にあり、事務室や会議室も備えている。

その事務室で、まずは一日のスケジュールを確認。続いて机に山積した書類をチェックし、緊急性の高い順に必要な措置をほどこしていく。あっという間に外出の時間が迫ると、後ろ髪を引かれながらも教場を飛びだし、駅へ着くなり上りの快速電車へのりこむ。市川(いちかわ)でいったん途中下車し、新教場の候補地を視察したのち、再び電車をのりついで東池袋の教材会社へ。新学習指導要領にもとづく新教材の説明会に出席後、立ち食いスタンドでざるそばを空(す)きっ腹(ぱら)につめこみ、その後は神保町(じんぼうちょう)の出版社で『スホムリンスキーを追いかけて』の絵本化打ち合わせ。続いて三時からは渋谷のテレビ局にて教育評論家と「本当に落ちこぼれはいなくなるのか」と題した対談を収録。汗まみれのドーランを落として局をあとにしたのは日も暮れかけたころだった。

通常ならばその後も仕事がらみの会合やら会食やらが入っているところだが、今日は頼子の誕生会があるため、以降の予定は入れていない。

ほっと肩の力みがぬけた。とたんに煙草が吸いたくなった。

十分だけ。吾郎は目についた喫茶店へ立ちより、セブンスターに火をつけた。喉を気づかってひかえていた煙草だが、教壇に立つ回数がへるほどに、再び本数が増してきた。一本では体がよけいに気(け)だるくなって終わる。二本吸ってようやく神経の疲れがやわらぎ、再び動きだそうという気になれる。

が、その前に、店内のあるものが目に留まった。赤電話だ。反射的に腰を浮かした吾郎はその赤へ引きよせられるように歩みよった。

小銭入れに十円玉を常備しておく習慣がついてひさしい。

「はい、富士(ふじ)文庫でございます」

番号をまわしてすぐに一枝の声がした。

「もしもし」

「あ、吾郎さん」

「今、平気？　お客さんは？」

「平気、平気。閑古鳥の鳴き声、聞こえるでしょ」

一枝は五年前、父親の死を契機に八千代台の店を畳み、西船橋にマンションの一室を購入。今はそこに一人住まいをしながら錦糸町の古本屋で雇われ店長をしていた。

「朗報。絵本化の話、どうやら実現しそうだよ」

「あら、よかったじゃない」

「問題は画家さんなんだけど、人によっては絵をもらうのに時間がかかるから、早いうちに候補をしぼってほしいって。君、誰か描いてほしい人はいる？」

「そんな、私ごときがしゃしゃり出るところじゃないわよ。プロの皆さんにおまかせするわ。でも、優しい絵がいいわね」

「ああ、うん、そうだね。優しい絵がいい」

「スホムリンスキーの精神の、その、形にならない部分も大事にすくいあげてくれるような」

「わかった。編集の方に伝えておくよ」

ひととおり用件をすませたあとには、いつも一瞬の静寂が訪れる。残りの十円玉は刻々とへっていくのに、それをにぎるてのひらは重くなっていく。

「悪いね。なかなか会いにいけなくて」

「なに言ってんのよ。二十歳やそこいらの小娘相手じゃあるまいし」

　例によって一枝は笑い飛ばした。

「吾郎先生、大忙しの巻。道草食ってる場合じゃないんでしょ。がんばって」

「ありがとう。近いうちにかならず時間を作るよ」

「はい、はい。期待しないで待ってます。じゃ、またね」

　毎回、自分から電話を切ってくれる一枝の気遣いに救われる。それでいて、実際、受話器からその声が聞こえなくなるなり、またすぐに十円玉を投入口へ放りこみたい衝動に駆られる。こんな葛藤をくりかえして早何年になるだろうか——。


　きっかけは、やはり、スホムリンスキーだった。そう、皮肉にも吾郎の人生初の師が、彼を妻以外の女へ走らせた。

　最初から下心があったわけではない。一枝を女として意識しはじめてからも、吾郎は劣情を抑え、評伝執筆のよき相談相手として彼女を頼っていた。吾郎に負けじとスホムリンスキーに傾倒していた一枝は、「私なんかが助言なんて」と謙遜しながらも、吾郎の中でからまっている糸をほぐすのがうまかった。問題点を丹念に話し合うことで頭が整理され、靄に巻かれていた道筋が見えてくる。

　一章進むごとに吾郎は一枝の意見を求めた。書きあげた原稿の束が厚みを増すほどに、二人の親密さも深まっていった。

吾郎をゆさぶる事件があったのは、最終章にあたる八章にとりくんでいたころだ。長く音信不通だった彼の父親が、突然、「元気そうだな」と連絡をよこしてきた。人づてに息子の塾が評判になっているのを知ったらしく、会いたいと言われて会いにいったところ、金の無心をされた。

戦後の焼け野原で生きのびることに皆が必死だったころ、吾郎に何をしてくれるでもなかった父だった。が、今から思えば、戦争で妻と娘を亡くした彼は、自分一人を立てなおすのに精一杯だったのかもしれない。自らも家族をもった今、生活に困窮している父を無下にもできず、吾郎は言われるままの額を用意した。

ひと月後、再度呼びだされて金の無心をされた。金額が倍に増えていた。吾郎が表情を険しくしたのを見て、父はふんと唇をゆがめた。

「塾でたっぷり儲けてんだろ。子どもの教育は金のなる木って言うじゃないか」

似たようなことは世間やマスコミからさんざん言われてきた。最近では吾郎をやっかむ同業者から、千葉進塾があたかも不当な荒稼ぎをしているかのようなデマを流されることもある。今さら落ちこむ吾郎ではなかったが、相手は実の親である。

その日、吾郎は初めて約束もなしに一枝の部屋を訪ねた。原稿も携えずにふらりとあらわれた吾郎を、一枝は覚悟のまなざしで受けいれた。ふるまわれるまま酒をしこたま飲んだあと、吾郎は勢いにまかせて父の一件を吐露。一枝も初めて元亭主と別れた理由

――アブノーマルな男の性癖を涙ながらに告白した。わけのわからない気分になったその夜、吾郎は一枝と交わった。

若いさかりの色恋ではない。三十代と四十代の大人同士、一枝は精神的にも経済的にも自立した女である。ほどよい距離感を保った二人の関係は、けっして誰にも気どられはしない。誰も傷つけない。吾郎はそう信じていた。完成した評伝『スホムリンスキーを追いかけて』に千明がけっして手を触れない、という事実に気がつくまでは。


「ただいま」

テナントビルの地下に車を停めている吾郎は、津田沼校に明かりが灯っている時刻であれば、かならず事務室へ立ちよることにしている。自宅ではすれちがいも多い昨今、千明の口から「お帰りなさい」の声を聞くのは、もっぱらその職場である。

しかし、この日、目を血走らせて駆けよってきた妻にその一語はなかった。

「あなた、船橋校が大変なことに」

彼女が職場で夫を「あなた」と呼ぶのはめずらしい。吾郎はすぐにそのわけを知った。

「四人の教師がそろって辞表を出しました」

「四人？」

「清新学院に引きぬかれたんです」

「清新……」

来たか、と吾郎はあえてゆっくり息をした。一昨年、千葉進塾の船橋校からわずか五十メートルの距離に開塾した清新学院。私塾界のセイタカアワダチソウにして、そのなりふりかまわぬ生存本能は今も猛々(たけだけ)しく、これまでもあの手この手で同業者への妨害行為をくりかえしていた。

「ついに、うちもやられたか」

「いかにもやつらのやり口ですよ」

千明の横から吐きすてたのは、この緊急事態を受けて駆けつけた上田だ。

「金にものを言わせて教師をさらい、商売敵の足を引っぱる。塾長、こいつは宣戦布告ですよ。受けてたちましょうとも！ やれと言われりゃこの上田、角棒担いで清新へ殴りこむのも辞しません」

今では八千代台校の教室長を務めている上田がカッカするほどに、しかし、吾郎は冷静さをとりもどしていく。

「いや、やめておこう。今は清新学院と遊んでいる場合じゃない」

「塾長、これはけっして遊びじゃ……」

「上田くん。君も見たことがあるだろうけど、清新が社運をかけて開発したって教材、あれは、子どもの遊びレベルだよ」

室内の耳目を意識しながら、吾郎は努めて沈着を装う。

「教材の開発には多くの塾が下心を出して痛い目にあってるけど、清新もご多分にもれず、あれで経営が傾いたって説もある。はびこりすぎた植物はどこかで自家中毒を起こす。他塾の妨害に金と労力をそそいでいるようじゃ、放っておいても自滅は遠くないだろう」

「それは、まあ、たしかに」

「むしろ我々は清新に感謝すべきかもしれない。教え子を平気で放りだすような教師を、四人もまとめて引きとってもらって」

上田の鼻息が弱まったのを見て、吾郎は千明へむきなおった。

「今、大事なのは四人のぬけた穴を埋めることだ。今夜の彼らの……」

皆まで聞かずに千明は言った。

「代講でしたら、一人はもともと授業のない日だったので、必要な代講教師の数は三名。うちの二名はすでに非常勤教師の中から手配ずみです」

「あと一人か。教科は？」

「中二の数国」

「私が行こう」

「よろしくお願いします」

「早急に生徒たちの名簿を……あ」

そういえば、今夜は。はたと思いだした吾郎に、再び千明が先手を打つ。

「母と子どもたちには、私のほうからよく事情を説明しておきますので、ご心配なく」

互いの心はわかりあえないのに、呼吸だけは読める。そんな相方に「頼む」とうなずき、吾郎はきびすを返した。エレベーターも待たずに小走りで階段を駆けおり、国鉄船橋駅に近い雑居ビル四階の船橋校へと急ぐ。

古くから交通の要衝として栄えていた船橋は、千葉市に次ぐ人口の多さ故か、塾同士の生存競争がもっとも過酷な地区の一つだ。駅周辺の中心地ではゆうに百をこえる学習塾が子どもを奪いあっている。その激戦区をゆだねる船橋校の教室長に、まだ二十六歳の佐和田研一（さわだけんいち）を推したのは千明だった。

「塾長、すみません。私が注意を怠ったばかりに、こんなことに」

吾郎が船橋校へ到着したとき、その佐和田は見るも哀れにうなだれていた。

「あの四人を採用したのは私だ。君の責任じゃないよ」

まずは佐和田を落ちつかせ、急ぎ代講の準備にかかる。教え子を裏切った教師たちへの憤りはここでも胸の奥にねじこんでおく。

平静を装っていた吾郎が初めて色を失ったのは、佐和田に指導単元の確認をしていた最中だった。

「『言葉と思考』？」

テキストの落丁でも見つけたような目つきで吾郎は聞きとがめた。

「なぜ、十月に渡辺実を教えているんだ」

「はい？」

「いくらなんでも早すぎる。本来ならば、三好達治や谷川俊太郎をやっている時期じゃないか」

今度は佐和田が色を失う番だった。

「え、あの、でも、その件に関しては、塾長のご了承もいただいていると」

「なに？」

「その、千明先生が……」

消えいりそうな佐和田の声に、ざわりと、吾郎の中で不穏な風が騒いだ。


宴は幕を閉じていた。外の闇を流しこむように家の戸を開けた吾郎が聞いたのは、居間からもれるテレビの音だけだった。

午後十時。もはや誕生会の時間ではない。子どもたちはとうにバースデーソングを歌い、頼子へプレゼントを渡し、ごちそうをたいらげ、締めのケーキも腹に収めて、手もちぶさたにテレビでもながめているのだろう。

吾郎が十五年の歳月を刻んだ八千代台の古巣。柱の傷も懐かしい居間の敷居をまたぐと、眠たげな顔がそろってふりむいた。

「あ、パパりん、やっと来た」

「お父さん、お疲れさま」

菜々美と蕗子が声を合わせる。蘭の姿はない。菜々美はいじけているものと思いきや、寝そべっていた畳からぴょんと跳び起き、吾郎に腕をからめてきた。

「ね、ね、パパりん、お腹すいた？　パパりんのケーキも残してあるよ。ちょうど六分の一ね。けど、もし大きすぎるなら十二分の一にして、菜々美が残りの十二分の一を食べてあげてもいいよ。菜々美の計算、合ってる？」

屈託のない声で甘えられ、よけいに約束を守れなかったやましさが募る。

「ぜんぶお食べよ」

菜々美の頭をなで、吾郎は卓袱台で緑茶をすすっている頼子に低頭した。

「お義母さん、すみません。せっかくのお誕生会に」

「なに言ってんの、還暦もすぎてお誕生会もないもんだわ。それより、船橋校のこと、大変だったわね。お腹すいたでしょ、ささ、ケーキよりもお寿司をお食べなさい」

のっそり腰をあげて台所へむかう。いつもの頼子だ。かわいい子どもたちと優しい義母。今はこの場を大事にしよう。大島家の父に徹しよう。そう自分を律していた吾郎だった。が、しかし――。

「船橋校の件ですけど、明日の一時から津田沼校で緊急会議を開く旨、幹部の皆さんに連絡しておきました。あなたもお願いしますね」

頼子の横で従業員名簿を広げていた千明から告げられた瞬間、いとも涼やかなその口ぶりに、自制心が決壊した。

「なぜ、黙っていた」

声を荒らげはしなかった。なのに、最初のひと声から菜々美の体がすっと離れていくのを感じた。

「なぜって、一刻も早い対処が必要だったからです」

「そのことじゃないよ。この四月から、船橋校では通常の授業より三ヶ月も先の単元を教えていたそうじゃないか。学校の先まわりをして教える、それは進学塾のやり方だろう。うちみたいな補習塾の指導法じゃない」

千明は目をそらさなかった。むしろ挑むように吾郎をにらむ。そうだ、この女はいつもこうだった。その眼光にかつて狂気と紙一重の熱情を見たこともあったが、今では中年女のふてぶてしさしか探せない。

「君が許可したんだろう。なぜ、ぼくに黙って」

「ご存じのとおり、船橋は塾の激戦区です。あのあたりの塾は、すでにおおかたが進学塾型の指導に切りかえていて、学校の授業よりも先を、先をと教えている。復習一本槍の補習塾では生き残っていけません」

「そう君が佐和田くんを焚きつけたのか」

「佐和田先生も同様の考えをおもちでした。千葉進塾のモデルケースとして、まずは船橋校で先どり授業を試みてみたいと」

「そんな勝手が許されるか」

つい大きな声が出る。その場に緊張が走る中、蕗子がそろりと歩みよってテレビの音を消した。

「千葉進塾は受験のための進学塾じゃない。学校の授業だけでは事足りない子どもたちを補佐して、真に役立つ学力を培う。それがぼくらの領分だろう。最初に君が言ったんだ。太陽が照らしきれない子どもたちを照らす月、それが塾だと」

抑えきれない怒りを吐きだした次の瞬間、吾郎は自分を見すえる瞳の冷たさにぞくっとした。まるで闇の中に光る鈍色の鎌のような。

「いったい、あなたはいつまで月だの太陽だのと言っているんです。最初に私が言った？　ええ、言ったかもしれません。でも、いつの話？　塾が小学校の数を上まわったこのご時世に、太陽も月もあるものですか。あなたがそうやって空を仰ぎながらきれいごとを言っているあいだに、私は税金対策やら同業者対策やらに駆けずりまわってきたんです」

時が止まった。いや、自分たちの時間はとうに止まっていたのか。眉間の皺に鬱憤を刻んだ千明から顔をそむけ、放心の体で吾郎は目を落とした。

抗いがたい痛みに襲われたのは、古畳を汚す一点のインク染みをとらえたときだった。髪をふりみだしてガリ版と格闘していた新妻。彼女はどこへ行ったのか。一緒に塾を開こう、第二の学舎を築こうと迫った、暑苦しくも美しいあの女はどこへ？

「君は、変わった」

長く喉もとに痼っていた一語が、我知らず吾郎の口からこぼれた。

「君は変わってしまった」

「時代が変わったのよ。あなたが変わらないなら、ほかの誰かが変わっていくしかないわ。この乱塾時代を生きのびるには、それ相応の妥協や適応が……」

「いいや、進学塾への宗旨がえは妥協なんかじゃない。堕落だ。教育を商売と割りきる連中と同じ土俵へ堕ちるってことだ」

「いいえ、世間の需要に合わせるってことよ。今の子どもたちは復習よりも予習を求めてる。進学塾の台頭がその証拠です。あなたは現実から目をそらしているだけよ」

「君こそ野心に目がくらんでるだけじゃないのか」

つつがなき日常の地盤が砕けた。容赦のない応酬で互いを否定しあいながら、吾郎は自分たち夫婦がもはや引きかえすことのできない奈落へ足を踏み外したのを知った。

　蕗子が怒鳴り声をあげたのは、そのときだ。

「いいかげんにして！」

とっさに、誰の声かと疑った。蕗子の怒声などかつて聞いたことがなかったからだ。

「お父さんも、お母さんも、ひどい。おばあちゃんのお誕生日なのに。菜々ちゃんが、ずっと楽しみにしてたのに」

たちまち吾郎は我に返った。卓袱台へ伏した菜々美のしゃくり泣き。乾いていく寿司をながめる頼子の暗いまなざし。自分はなんてことをしてしまったのかと青ざめた彼に、とどめの一矢を放ったのは蘭だった。

「あんたらみんな、うるさいっ」

　二階の部屋にこもっていた蘭は、どかどかと荒い足音で階段を駆けおりてくるなり、居間まで届く大声をあげたのだ。

「こんなところじゃ勉強できない。首席卒業できなかったらあんたらのせいだ。いいかげんにしろ！」

　一瞬の間。続いて、力まかせに玄関の戸を叩きつける音。どうやら表へ飛びだしていったようだ。

　癇癪（かんしゃく）もちの蘭が家を飛びだすのはめずらしいことではない。放っておけばじきにしやらりと帰ってくる。とはいえ、時間が時間だった。

「蘭！」

　まっさきに蕗子が玄関へ走り、呆（ほう）けていた吾郎も一寸遅れてそれに続いた。気持ちは焦るも体が追いつかず、足に力が入らない。玄関をくぐり、秋の涼風に頰をはたかれたときには、表の道に蘭はおろか蕗子の影ももうなかった。どっちだ？　左右を見まわし、勘にまかせてその一方へ走りだしながら、はたして自分は蘭を追っているのか蕗子を追っているのかと吾郎は思い惑う。誰のために走っているのか。なんのために走っているのか。これまで全力で駆けぬけてきた日々はなんだったのか。

　暗い夜空を戴（いただ）く今になって、あの刃（やいば）が深く彼の胸をえぐる。太陽も月もあるものですか。太陽も月もあるものですか。太陽も月も――。ぼくたちはいつのまにかちがう空の下にいた。非は自分にある。勇み足で邁進する妻の背中をいつしか遠くに見ていた。一人歩きの所在なさに負けてほかの女へよろめいた。家族を軽んじ、ついには蕗子をも見失ってしまった。

　アスファルトを蹴る靴の音が勢いをなくす。息があがる。ふらつく吾郎の足もとを一匹のねずみが横切っていく。いったいここはどこなのか。行けども行けども似たような家並みが続くため、どこへも行った気がしない。その輪郭をあぶりだす街灯の明かりもまた記号のような均一ぶりである。

　かつてこの町へ越してきたころ、光源のない夜は完全なる闇の支配下にあった。故にその暗がりには何がひそんでいるのかわからず、その恐れとさびしさが彼を家々の窓明かりへ引きつけた。画一的な人工灯は人をどこへいざなうのか。夜が明るくなるほどに、人間は帰る場所を探し惑うのではないか。

　ふいに不吉な音が耳を衝いたのは、力尽きはてた吾郎の足がついに止まったときだった。

　夜の静寂に放たれた刺客のような音律。無視をするにはあまりにも禍々しすぎるうなり――まさか。

　唇から喉もとへ、そして心臓へと怖気が駆けおりる。どうか空耳であってくれ。祈りもむなしく、音は刻々と確かさを増して迫ってくる。まさか、まさか、まさか。

　それが救急車のサイレンであるのを認めざるをえなくなった瞬間、吾郎は我を忘れてその音源へと駆けだしていた。

☽

人は一夜にして老いる。夜間救急病院の待合室でうなだれる吾郎の姿は、あたかもその証明のようだった。顔が青い。目が赤い。唇には色がない。長椅子に深く沈みこんだその体は、老境どころか幽界の一歩手前をたゆたっているようにさえ見えた。

「お父さん、もういいじゃない。そんなに落ちこまないで」

むかいの椅子から蕗子が声をかけると、蘭も横から「そうだよ」と口をとがらせた。

「まるであたしが死んだみたいじゃん」

額に白いガーゼを貼りつけた蘭は、ぼやきながらも英単語帳から目を離そうとしない。たった今、三針縫ってきた。なのになぜ、この子は勉強などしていられるのかと吾郎は理解に苦しむ。サイレンの音源へ急いだ先で、顔面血まみれの蘭を見たときの戦慄が去らず、今も自分は生きた心地がしていないというのに。

「どうした、蘭。車か。何があったんだ」

同乗した救急車内で事の顚末を知らされたときには、いろいろな意味で言葉を失った。

夜空の下で吾郎が蘭を探しまわっていたころ、当の本人は街灯に照らされたバス停のベンチで英単語帳をめくっていたらしい。夜の十時半。バスも走らない時刻に女の子が一人で何をしているのかと不審に思ったのだろう、通りがかりの主婦が歩みより、「どうしたの」と呼びかけた。蘭はぎょっとし、とっさに走って逃げようとした。とたん、地面のでっぱりに足をとられて転倒、額を強打したのだという。

「すみませんねえ、私が驚かしちゃったせいで」

責任を感じた主婦は病院まで同行してくれたが、話を聞けば聞くほどに、彼女は何も悪くない。風邪気味らしく、マスクの下から苦しげな咳をもらしていたため、慇懃に礼を言ってお引きとり願った。

病院へ駆けつけた千明、蕗子と三人で、傷の縫合を終えた医師の説明を受けたのは、そのあとのことだ。

「蘭のこと、お父さんのせいじゃないから」

会計窓口で支払いをする千明を待つあいだ、黙念として口を開かない吾郎に蕗子が言葉を重ねた。

「誰のせいでもないんだから」

「いや、ぼくの責任だ。あんなことがなければ、蘭は家を飛びだすことも、怪我をすることもなかったし、顔に一生残るような傷も……」

吾郎の声がかすれる。蘭の顔に傷が残る。それを思うとたまらない。

「お父さん、しっかりして。先生はこうおっしゃったのよ。額の傷は残るかもしれないし、消えるかもしれないって。それに、残るとしても一、二センチの傷がうっすらよ」

「しかし、女の子の顔だ」

「蘭は気にしてないわ」

「年ごろになればちがってくる」

「大丈夫。あの位置だったら、前髪やお化粧で上手に隠せるから」

その声に、蘭が「イエス、アイ、ウィル」と同意のピースサインをよこすも、何を言われても吾郎の気は晴れない。

空恐ろしいほど肝がすわった次女。三姉妹の中で一番頑丈そうだった蘭が、よもやの傷を負った。まさか、この子が夜道で声をかけられたくらいで動転するなんて。こう見えて内面はもろいのか。だとしたらなおのこと、自分はもっと死にもの狂いで蘭を探しまわり、あの主婦より先に見つけだしてやらねばならなかったのではないか。

吾郎は自分が許せなかった。家庭に塾をもちこみ、夫婦喧嘩の末に子どもを傷つけた。それを悔やめば悔やむほど、一方の妻が顔色一つ変えずにいるのが不可解にも思える。医師との対話も、その後の手続きも首尾よくこなした千明に心の乱れは見られなかった。

「おまたせ。タクシーを呼んでもらったから、玄関で待ちましょう」

八千代台の古巣へ帰りついたころには深夜零時をまわっていた。

長い一日だった。菜々美はとうに眠りについており、蘭を案じていた頼子に傷の説明をしたのち、吾郎たちもそれぞれの床についた。くたくたであったにもかかわらず、吾郎がなかなか寝つかれなかったのは、いまだ鳴りやまない脳内のサイレン音に加えて、布団を隣り合わせた千明の寝息が耳についていたからだ。

津田沼の自宅で夫婦が寝室をべつにしてから長い月日が流れていた。


翌日、目覚めると午前十時だった。

慢性的な睡眠不足のせいか、日曜日はつい寝すぎてしまう。無理がきいた若い時分とはちがい、今では週に一度の寝溜(ねだ)めが欠かせない。

それにしても、あんな騒動の翌朝に義母宅で寝坊とは。自分にあきれながら身支度を整え、気まずく居間へ足をむけた吾郎は、千明がとうに出勤したことを頼子から知らされた。

「朝ごはんも食べずに行っちゃったわ。緊急会議の前に片づけておきたいことがあるんですって」

毎度ながら、四十路(よそじ)も半ばにさしかかった妻の労働意欲に、吾郎は恐れいらずにはいられない。と同時に、昨夜(ゆうべ)のわだかまりを残した相手と顔を突きあわせずにすんだことにどこかでほっとしていた。

千明のいない空間では時の流れが弛緩(しかん)する。その午前中、頼子は庭の家庭菜園に入りびたり、野菜を収穫したり新たな畝(うね)をこしらえたりと、趣味の土いじりに耽(ふけ)っていた。畑仕事がめずらしいのか、蕗子と菜々美も祖母にくっつきまわって離れようとしない。おかげで吾郎は頼子に蕗子の件を相談する機会を逸したものの、今日ばかりは蘭のことを最優先に考えてやりたくもあった。

額の傷を心配してはいやがられ、試験勉強を見てやろうとしてはいやがられ、やることなすこといやがられながらも、その日、吾郎は時間の許すかぎりを蘭のそばですごした。そして、午後になると、後ろ髪を引かれながらも職場へ赴いた。

「おはようございます、塾長」

「まずいことになりましたね」

国鉄津田沼駅の北口から徒歩十分の教場へ集った幹部たちの表情は一様に険しかった。

「教師を四人も引きぬかれるなんて、前代未聞じゃないですか。船橋校の存続にかかわる一大事ですよ」

「四人の欠員をどう埋めるんですか。新人をとるにしたって、研修はどうするんです」

千葉進塾の各教場——船橋校、津田沼校、八千代台校、勝田台校の教室長四人と、事務室長の宮本、そして千明が外資系の企業から引きぬいた財務担当者の石橋。皆の口ぶりに濃厚な焦りは、しかし、会議冒頭の千明の談で早くも軽減された。

「教師の補充については目処が立っています。以前、うちに在籍していた先生方に片っぱしから連絡したところ、条件次第では復帰してもいいとの返事を三名からいただきました。残る一名の穴は、当面、非常勤教師のもちまわりで埋めていけるでしょう。もちろん、早急に新人の募集も開始します」

なるほど、そのために朝から動いていたわけか。逆境に猛る千明の行動力には吾郎も素直に感心するしかなかった。

「では、急場はしのげそうなんですね」

「さすが千明さん、対処が早い」

幹部たちが声色を変えるも、千明は厳しい表情を崩そうとしない。

「とはいえ、今回のことは千葉進塾の信用に関わる大問題です。佐和田先生には生徒と保護者を動揺させないための最大限の配慮を、そして、皆さんには再発防止のための徹底的な議論をお願いします」

生き残りを賭けた塾同士の足の引っぱりあいは年々えげつなくなっていく。同業者の妨害からいかにして社を守るのか。二度と教師を引きぬかれないためにはどうすればいいか。飛び交う意見を耳に、吾郎は塾の存続について少々ちがった角度から危惧を抱いていた。

たしかに同業者対策は必須だろう。が、それが一番の優先事項とはかぎらない。千葉進塾の評判が保たれ、入塾希望者の列が絶えないうちは、外部からちょっとやそっとの攻撃を受けても組織はぐらつかない。懸念すべきは、むしろ内部から組織の質がおびやかされていくことなのではないか。

その恐れを具現するかのように、教師とのコミュニケーション強化や待遇改善等の対策案がひとしきり出そろったところで、

「あの、別途少々ご相談したいことが」

勝田台校の鈴木が新たな問題を提起した。

「じつはですね、うちの中学生クラスに学校を登校拒否している男子がいるんですけど、そのことで塾生の保護者たちから苦情がよせられていまして」

「苦情？」

「学校へ通っていない生徒というのは、やはり学力に難がある。その一人に先生が手こずって、授業を停滞させるのはいかがなものか、と」

なんだよそれ、と目をむいたのは上田だ。

「学力に難があるからこそ塾を頼ってきてるんだろうが」

「ですけど、やはり親御さんとしましてはですね、せっかく子どもを塾にやっているのに、よそんちの子にじゃまをされては割に合わない、月謝を返せとなるわけでして」

「じゃ、登校拒否の子は塾でも勉強すんなってか。自分の子だけよけりゃいいのかよ」

上田のぼやきが吾郎の胸に刺さる。自分の子だけよければいい。この傾向は今に始まったものではなかった。教育が万人の権利として定着するほどに、我が子の権利のみを主張する親も増えていく。

どうしたものかと憂う吾郎をなおも暗然とさせたのは、会議室に居並ぶ幹部たちの口から上田への共鳴があがらなかったことだ。

「しかし、実際問題、登校拒否の子がクラスにいると授業が遅れますよね。空気もぎくしゃくするっていうか、ほかの生徒たちもいい顔はしませんよ。学校へ通えない子どもというのは、やっぱり、それなりの問題があるわけですし」

津田沼校の東（ひがし）が口火を切ったのに続き、船橋校の佐和田も本音を口にした。

「じつは私、学校の先生から抗議を受けたことがあるんです。登校拒否の生徒に塾で勉強を教えてやったら、彼らはいつまでたっても学校へ通う必要に迫られない、と。まるで我々が登校拒否を助長しているみたいな言い方で、そのときはむっとしましたけど、今になって思えば、それはそれで一理あるような」

「登校拒否の助長はまずいでしょう。それこそ企業イメージにかかわります」

「こう言ったらアレですけどね、合格実績をあげるために秀才以外を門前払いしてる大手さんを思ったら、登校拒否児の入塾をお断りするくらいはかわいいもんじゃないですかね」

　ついには財務担当者や事務室長までが加勢するに至り、吾郎よりも先に堪忍袋の緒を切らしたのは上田だった。

「おい、じゃあなにか、学校へ行けずにこまってる子どもを塾も見捨てるってのか。最後の砦（とりで）からほっぽりだせってのか。じゃあ、なんのための塾なんだよ」

　机に両手を打ちつけた上田の剣幕に一同がしんとなる。

　教室長の肩書きは同じでも、三十代の上田と、まだ二十代の三人とのあいだには目に見えない壁がある。学生運動で企業への就職を棒にふった世代と、石油ショックの余波で就職難の憂（う）き目にあった世代の差だろうか。

「塾長、いかがですか」

吾郎の発言をうながしたのは千明だ。

「登校拒否児への対応について、塾長としてのお考えは？」

吾郎は大きく息を吸い、長くゆっくり吐きだした。それから、殺伐とした気を払うように、あえて軽い調子で言った。

「あ、もちろん受けいれますよ」

たちまち棘のある視線が集中するも、吾郎はひるまなかった。

「これだけ誰も彼もが教育、教育と躍起になって、猫も杓子もこぞって学歴の争奪戦を始めたら、そりゃあ、ついていけずにつまずく子だって出てきて当然です。先頭を走っていける子ではなく、転んだ子どもによりそう。それが我々の務めでしょう」

盛大な拍手が響いた。それは上田のてのひらの厚さのみを物語る切ない音だった。

上田以外のしらけた顔を見まわしながら、吾郎はこのとき、四人の教師が同時に塾を去った一件の意味するところをべつの方位から見直し、塾長になって初めて心の芯から危機感をおぼえた。

うちの塾はすでに内部から崩壊を始めているのではないか——。

「ちょっと、残ってくれないか」

吾郎が千明を呼びとめたのは会議の終了直後だった。

浮かした腰を宙に留めた千明は警戒をあらわに先手を打った。

「船橋校のことでしたら、塾長がどうお考えでも、年度の途中で補習塾路線へ戻すわけにはいきませんから」

「いや、そのことじゃない。無論、それについても改めて話し合わなきゃならないが、今はそれよりも……」

シミの増えた頰を掻きながら吾郎が口にしたのは蘭の名だ。

「じつは、卒業生の武くんが大阪の大学病院にいるのをふと思いだしてね。額の傷のことを電話で相談してみたんだが、腕のいい外科医ならきれいに治せるんじゃないかって言うんだ。いい先生を紹介してくれるそうだから、一度、蘭を連れていってみないか」

塾と家庭は別問題。そう割りきって物腰やわらかにもちかけるも、かたく殻で覆われたような千明の表情は動かない。

「そこまでする必要があるかしら。蘭はけろっとしてますよ」

「しかし、年ごろになればわからない」

「年ごろになってもあの子は気にしない。蘭はそういう子です」

「そういう子だと、君が思いたいんじゃないのか」

「はい？」

「蕗子は賢いから、蘭は強いから、菜々美は誰にでもなつくから。そう言って、ぼくらはうちの子たちを放ったらかしてきた」

夫婦のあいだにひんやりとした沈黙が降りる。いきりたつかと思いきや、千明は唇に冷笑をのせた。

「ちがうわ。私たちが放ったらかしてきたから、蕗子は賢く、蘭は強く、菜々美は誰にでもなつくように育ったのよ。近ごろの子どもたちが軟弱なのは、親があれこれと世話を焼きすぎるせいです」

意表をつかれた吾郎は絶句し、ゆらりと足もとへ目を伏せた。そこに横たわる絶望的に深い谷間をのぞきこむように。

「蘭をお医者さんに診せたいなら、本人に言ってくださいな。もう十五歳。自分のことは自分で決められる年です」

戸口へ足をむける千明を、吾郎は「待て」と呼びとめた。

「まだ十五歳だぞ。君はそれでも母親か」

返事はない。足早に離れていく妻の背中を、吾郎はむきになって追いかけた。

「待て」

廊下で追いついた千明の腕をつかむ。その肉の薄さにびくっとした吾郎を、ふりむきざまに千明が睨めつける。その目は赤くうるんでいた。

「ええ、母親です。もちろん私は母親ですよ。あなた、自分だけがあの子たちのことを考えているとでも思ってるの？　何も知らないくせに」

「なに？」

「何も知らないからそんな顔をしてられるのよ。本当にきついところを何も引きうけていないから、一、二センチの傷くらいでぎゃあぎゃあ騒いでいられるのよ。世間からちやほやされて、あなたが忙しくなればなるほど、家族があなたに遠慮してるのをわからないの？」

日ごろ感情を乱すことのない妻のうわずり声が、吾郎をいよいよ混乱させた。

「それは、どういうことだ」

「………」

「教えてくれ。いったい、ぼくが何を知らないと？」

嗚咽を押し殺している千明を間近でながめ、吾郎はここでようやく自分のうかつさに思い至った。この数ヶ月、身を窶れさせるほどの悩みを負っていたのは、蕗子だけではなかったのだと。

窓から西日が射しこむ居間で、蕗子は洗濯物を畳んでいた。

蕗子が手をかけた洗濯物は一目でわかる。どんな服も皺一つ残さず丹念にのばされ、整然と折り重なっているからだ。菜々美の畳み方は遥かに雑で、蘭はそもそも家事を手伝わない。

長年にわたってその恩恵に浴しながらも、こんなふうにしげしげと、蕗子が洗濯物を畳む姿をながめたことはなかった。自分はこれまで何を見てきたのか。家族の何をわかったつもりでいたのか。そうおのれに質した瞬間、吾郎の口からは「うっ」とあえぐような音がこぼれた。

その響きにはたと顔をあげた蕗子が、柱の前で顔をゆがめた吾郎をふりかえる。

「お父さん？」

勘のいい蕗子はひと目で父の異変を悟った。

「どうしたの」

「蕗ちゃん。ぼくは……ぼくは、君にとって、そんなに頼りない父親だろうか」

「え」

「君がそんなに、食べるものも食べられなくなるほど心配していたおばあちゃんの一大事を、相談一つできないほどの、そんなにも、ぼくはダメな父親だろうか」

声が震える。肩がわななく。娘に涙は見せられないと柱に頭を押しつける吾郎は、千明から聞いた冷酷な現実を今も信じきれずにいた。

頼子の内臓に悪性の腫瘍がある。来月にも手術が迫っている。本人の口からそれを知らされて以来、千明と蕗子はほかの家族に悟られることなく、二人だけの秘密として胸に留めてきた。

「蕗ちゃん、君が言ったそうだね。ぼくにも隠しておこうと」

「お父さん、聞いて。ちがうの」

「おばあちゃんが大変なときに、ぼくは、仕事にかまけて不義理を重ね、誕生会すら顔を出さず……」

「それはお父さんのせいじゃない。ね、お願い。聞いて、お父さん」

膝の洗濯物をひらめかせて駆けよった蕗子が、今にも崩れそうな吾郎の背中に手をかける。

「頼りないからじゃない。ただでさえ心配性のお父さんに、これ以上の負担をかけたくなかったの。それだけ」

「負担？」

「お父さん、今、大変なときでしょう。慣れないお仕事をして、テレビもラジオも講演も、ほんとは苦手なのに、無理して、がんばってやってるんでしょう。スホムリンスキーの教えを広めたくて。広めることで、誰かの助けになりたくて」

「蕗ちゃん……」

「がんばってほしかったの。苦手でも、無理してでも、お父さんに負けないでほしかったの。だって、私もあの本に助けられた一人だから」

血のつながらない娘のてのひらの熱が、吾郎の深部へ沁みていく。

あの評伝の話はしない。夫婦間の微妙な空気を察してか、そんな暗黙の了解が成りたっていた大島家で、蕗子の口からスホムリンスキーの名が出たのは初めてだった。

「私、教員になったこと、ほんとは後悔しかかってたのよ。家では言えなかったけど、今の子どもたち、なんだかおかしなことになっていて。私の子どものころとはちがうの。

すぐに暴力をふるったり、自分よりも弱い子をいじめたり。それでいて、何かに強く怒ってるわけでもなくて、すごく醒めた目をしてる。何を考えてるのかわからなくて、強く叱って自殺されちゃうのも怖くて、私、いつもこわごわ子どもたちと接してた。同じことで悩んでる教員、きっと、たくさんいると思う」

陽が落ちたのか、雲に隠れたのか、畳にのびていた茜色が知らないうちに引いている。柱から体を遠ざけ、吾郎は蕗子をふりむいた。家庭に仕事をもちこんだことのなかった蕗子が、今、初めて一人の教員としてそこにいた。

「そんなときにね、私、お父さんが書いた評伝を読んで、救われたの。ほんとよ。大学の教職課程にはなかった教えがそこにはあったから。とくに子どもの心の深いところを説いた『表むきの無関心』の話にはすごく胸を打たれて、ああ、そういうことだったのかって、視界がパッと開けた感じがした。私もスホムリンスキーみたいな先生になりたくて、ちょっとでも近づけるように心がけてみたら、少しずつ、子どもたちも変わってきて。前より心を開いてくれるようになって、だんだん距離が縮まって、私、やっと今、教員としてのスタートラインに立てた気がしてる」

スホムリンスキーのおかげでのりこえられた。だからこそ、吾郎にはこれからも彼の理念を広め、悩める教員たちをはげましつづけてほしい。祖母のことでよけいな心労は負わず、まっすぐ仕事に打ちこんでほしい。

蕗子の切なる告白を前に、吾郎はすぐには言葉が見つからなかった。

自分が薫陶を受けた教育者の教えに、娘もまた同じ感銘をおぼえてくれた。あの書が蕗子のためになった。それだけで万事報われた思いのする一方で、評伝の執筆を支えてもらった一枝のことがどこか疚しくもある。

ゆらめく。ゆれる。ゆりもどされる——つい数時間前、吾郎は千明との別離を心に決めていた。親の病すらともに背負うことのできない夫になんの価値があるものか。自分たち夫婦のためにも、子どもたちのためにも、こんな関係をこれ以上続けるべきではない。その決意が早くもぐらつきはじめている。

千明とそりの合わない蕗子を残して自分はこの家を去れるのか。塾の揺籃期を支えてくれた義母が大病を患っているこんな時期に？　蘭と菜々美は？　自分が三姉妹を引きとると言ったら、千明はどう出るだろう。夫婦別れしたのちの千葉進塾はどうなるのか。

考えるほどに頭が痛む。その痛みが吾郎を鎮静させた。

「蕗ちゃん、ありがとう。あの本が君の役に立ったのなら、こんなにうれしいことはないよ。でも、これから先、君につらいことがあったときには、かならずぼくに相談してほしい。おばあちゃんのことも、これからは隠さずに話してくれ。君の大事なおばあちゃんは、ぼくの大事なお義母さんでもあるんだ。君が……」

君がぼくの大事な娘であるように。

そう口に出しかけた矢先、どかどかと大音量の足音が鳴りわたり、その場の湿気が霧散した。

二階で遊んでいた菜々美と友人たちが階段を駆けおりてきたのだ。

「わーっ、大島吾郎だ」

「ほんとに大島吾郎がいる！」

「本物だ。すげえ。握手してください」

「サインしてください」

「一人笑いしてください」

「タンマ！　パパりんは一人なんだから、ちゃんとならんで、順番に一人ずつ。一列！」

その騒々しさにあきれつつ、吾郎は瞬時にスイッチを入れかえ、「大島吾郎」の顔になる。塾長であること。父親であること。夫であること。一人の男であること。自ら複雑化させた人生を思い噛みしめながら。

ふしぎにも、千明との別離が現実味をおびてきたのと時を同じくして、これまであえて頓着（とんちゃく）せずにきた血縁というものが、いやが応でも吾郎の思考にまとわりついてくるようになった。

実の子であろうとなかろうと、蕗子は自分の娘だ。蘭や菜々美と変わらない。ずっとそう思っていた。血のつながりがどれほどのものか、と。たとえ蘭の食の好みが驚くほど自分と一致していても、菜々美がこのところ一人笑いをするようになっても、妙なところに顔をのぞかせるその遺伝子の継承が、親と子の通いあいに一役買うというわけでもない。血縁のむなしさは自分と父親の例一つをとっても証明されている。これまで一貫していたその自説に、突如、気泡のような空隙（くうげき）が生じた。

妻と別れても子どもは子どもだ。親子の絆は変わらない。蘭と菜々美については躊躇（ちゅうちょ）なしにそう言える。しかし、蕗子は？　離れて暮らすようになっても蕗子は自分の娘でいてくれるのか。自分を父と慕いつづけてくれるのか。

蕗子のことだ。急に態度を変えたりはしないだろう。が、流れる時はじわじわと二人の距離をへだてていくのではないか。そうしていったん遠ざかったが最後、実の親子ならば自然に埋められるその距離が、自分と蕗子には埋めがたいものとなってしまうのではないか――。

考えるほどに未来が暗くかげっていく。

そもそも、自分はなぜここまで蕗子に拘泥（こうでい）するのか。それこそ実の親でないが故の潜在的なおびえ、心許（こころもと）なさの表出ではないか。

答えのない自問をくりかえす中、吾郎は日増しに反抗的になっていく蘭を、逆にある種の余裕をもって見られるようにもなった。これも実の子なればこその甘え、あるいは怠慢の証（あかし）か、と。

とはいえ、病院へ行こうといくら誘っても、うんと言わない強情さには閉口した。

「蘭。頼むから一度、専門の先生に診てもらおう」

「やだよ、めんどくさい。こんな傷どうでもいいから、もう言わないでってば」
「君はよくても、将来、君が出会う男は気にするかもしれない」
「そんな男はこっちから願いさげだ。ブルドッキングヘッドロックでやっつけてやる！」

人生をプロレスリングか何かのようにとらえている節のある蘭は、年々、母の千明と似てくる。その顔立ちも、声色も、こうと決めたら引かない烈しさも。

そのことへの漠たる不安を、はからずも吾郎とわかちあったのは、義母の頼子だった。病のことを知って以来、吾郎は夜の予定をへらし、週に一度は仕事帰りに八千代台の古巣へ立ちよるようになっていた。津田沼校から車で十分ほどのより道はさほどの労ではなく、むしろ口をきかない妻がいる自宅へ戻るよりも気が楽だった。

「吾郎さん、いいのに。忙しいんでしょう。あなたのほうが倒れちゃうわよ」

いまだ自覚症状の少ない頼子は逆に吾郎を気づかっていたものの、手術の予定日が近づくにつれ、その口からは多少の感傷もこぼれるようになった。

「正直、いまだにへんな夢でも見てるみたいなのよ。行きつけの病院の院長さん、私の園芸仲間でもあるんだけど、定期検診の結果を聞きにいったとき、どうも様子がおかしくてね。あなた嘘ついてるんじゃない、嘘ついてるでしょ、嘘って顔に書いてあるってほっぺたつねってやったら、急に泣きだして……。あの髭もじゃの正直者が、私が泣かせた最後の男になっちゃうのかしらねえ」

ついにそんな弱音を吐いたのは、手術入院を翌日にひかえた前夜のことだ。

「なにを言うんですか、お義母さん」

「べつに、私自身の人生に未練はないのよ。とくに中年以降は、おかげさまで、充実していたもの。吾郎さんと千明と、たった二人で始めた塾がどんどん大きくなって、それをずっとそばで見られて、本当に楽しかったわ。ただ、孫たちのことを思うとねえ」

「孫？」

「蕗子は心配いらないわ。あの子は人を許せる子だから、きっと幸せになれるでしょう。菜々美も大丈夫。おおらかというか、鈍感というか、あの子は、もともと人を裁かないから。ただ、蘭がねえ」

「やっぱり？」

「あの子は人を裁いて、許さない。あの子、幸せになれるのかしら」

人を裁いて、許さない。的を射ているその語を嚙みしめ、吾郎は声を落とした。

「お義母さん。父親として、ぼくはどうすべきなんでしょうね」

「どんな子であれ、親がすべきは一つよ。人生は生きる価値があるってことを、自分の人生をもって教えるだけ」

つぶやくなり、頼子は老いても病んでもなお華のある顔をほころばせた。

「ねえ、吾郎さん。あなたはこれまで本当によくやってくれた。塾のためにも、家族のためにもね。そろそろ、あなた自身の人生を生きてもいいころじゃないかしら。あなたが真に求める人生を歩んで、生き生きしている姿を見せてあげたなら、それが何より子どもたちのためになるんじゃないのかしら」

まっすぐに婿を見つめる凪いだ瞳。見透かされていた。吾郎は鼓動を速めながらもその含意に気づかぬふりをした。

「お義母さんがよくなったら、またみんなで谷津遊園へ行きましょう。いや、温泉のほうがいいかな。伊香保にいい宿があるらしいんです。調べておきますよ」

努めて明るくふるまいながら「もう一杯、お茶を」と立ちあがったとき、頼子の助言とは裏腹に、吾郎の胸には一つの覚悟が生まれていた。

もしも頼子の手術がうまくいったら、一枝と別れ、千明との関係修復はむずかしいにしても、家族のためにこれまで以上に力を尽くそう。そして、もしも頼子の身に万一のことがあったなら、やはり一枝と別れ、深い悲しみに暮れるであろう家族のために、よりいっそうの力を尽くそう。

いずれにしてもそれが採るべき道だと、吾郎は思い定めたのだ。

頼子の手術はものの十分で終了した。転移が見つかり、もはや手のほどこしようがないと宣告されたのだった。

熟柿が枝を離れて土へ戻るように、その後の経過はあっけなかった。ひとたび自覚症状があらわれだすなり、病魔はたちどころに頼子の全身を蝕み、その猛威は誰にも止められなかった。痛みの緩和を主とした入院生活ののち、最後は本人の望みどおりに八千代台の自宅で息を引きとった。

享年六十四歳。昭和五十五年の初夏だった。

不幸中の幸いは、頼子の最期(さいご)を家族全員で看(み)とれたこと、そして、過酷な闘病から解放されたその死に顔が安らかであったことだ。「美しい仏さんですね」と寺の住職に告げられた瞬間、たまらず両目から噴きだした涙を吾郎はこぶしで懸命にぬぐった。涙は女たちが盛大に流していた。

今こそ家長としての正念場だと、吾郎は全力で家族を支えようとした。終始気丈だった千明と蘭はさておき、菜々美と蕗子が気がかりだった。おばあちゃんっ子の菜々美はその死をどう受けとめているのか、あるいは受けとめられずにいるのか、あきらかに情緒を狂わせていて、泣いたり怒ったりと忙しい。通夜の晩、線香を絶やさぬよう霊前によりそいながらも参考書を開いていた蘭に激怒し、仏前の果実を投げつけたのも彼女らしくなかった。

一方、自宅療養中の頼子を手厚く看護してきた蕗子は、葬儀がすんだとたんにへたっとなって寝こんでしまい、見るも哀れに憔悴(しょうすい)した。風邪をひこうと、熱があろうと、二重にマスクをしてまで通勤していた彼女が三日も学校を休んだ。

見まがいようもなく、頼子の死は大島家にとって大きな試練だった。吾郎は娘たちの一挙一動に注意を払って会話の時間をもち、ペットがほしいと菜々美がねだれば、知人宅から子猫をもらってきた。あの日、自分自身に誓ったとおり、精一杯の力で家族を守ろうとした。

一枝とはとうに切れていた。頼子の病を吾郎が打ちあけた時点で、皆まで言うなとばかりに彼女は自ら身を引いたのだ。もう連絡をしないでほしいと言われ、無様にうろたえたのはむしろ吾郎のほうだった。

今も未練がないと言ったら嘘になる。不在者ばかりが吾郎の胸を満たす。満ちているのに、むなしい。

——そろそろ、あなた自身の人生を生きてもいいころじゃないかしら。

ときおり、頼子の遺した一語が頭をかすめるも、吾郎は聞こえぬふりをした。

「塾長、ご相談が」

千明から改まって話をもちかけられたのは、頼子の四十九日という区切りをまたいだ翌日の夕刻だった。

津田沼校の事務室で夏期講習の報告書に目を通していた吾郎は、千明にうながされて会議室へと移動するなり、怪訝な顔で小鼻をひくつかせた。きな臭い。

会議机の奥に、なぜだか財務担当の石橋がいる。三十五歳の童顔に似合わぬ「鉄の男」なる異名をとる彼の前には、書類が山と積まれている。しかも、その石橋の横へ腰をすべらせる前、千明は出入り口の戸に施錠をした。

いったいなんの相談か。不審をあらわに二人と対座した吾郎は、千明の口からその目的を聞いた瞬間、とっさに意味を呑みこめなかった。

「津田沼に、自社ビルを建設する予定でいます」

千明は抑揚のない声で告げ、書類の一部を吾郎へさしだした。

土地の登記簿謄本だった。

「すでに土地は確保済みです。津田沼校へ事務室を移したばかりのころ、業者から税金対策をかねた土地の購入を勧められて、石橋さんと相談しながら話を進めました。津田沼がここまで発展した今となっては、つくづく、あの時点で買っておいて正解だったと思います」

誇らかに言われても、吾郎には困惑以外の何もない。

「しかし、そんなことは……ぼくは、何も聞いてなかった」

「塾長はつねづね、税金対策は私に一任するとおっしゃってましたから」

たしかに、塾の立ちあげから今日に至るまで、経営に関して吾郎はいっさい無頓着で、金のことは千明に任せっぱなしだった。しかし、だからといって巨額の土地を黙って購入し、報告もせずにいるものか。

怒る気力もないほどに吾郎はあきれて言葉を失った。これだったのか、と思う。近ごろの千明は残業に次ぐ残業で、深夜の帰宅が常態化していた。頼子の死後、できるかぎり家族のもとにいようと努めてきた吾郎に対して、ますます家に居着かなくなった妻。

仕事に打ちこむことで喪失感を埋めているのか、あるいは、夫のいる家にいたくないのか。吾郎にはもはやどうでもよく思えていたのだった。が、これだったのか——。

「そんなに自社ビルがほしいのか」

虚脱の中でつぶやく。我ながら、老人のように疲れた声が出た。

「必要なんです。これからの時代、自社ビルの一つもなければ大手塾の仲間入りはできません。そもそも、今のここはテナント料が高いわりに駅から離れています。自社ビルの建設予定地は国鉄駅の南口から徒歩四分。あんな至近距離に百五十坪の土地なんて、今じゃ絶対、手に入らないわ」

「百五十坪……」

「四、五階建ての教場には十分でしょう。教室の数が増えれば、中学受験を主としたコースも新設できます」

「中学受験？　君はまだそんなことを言ってるのか」

「ええ、何度でも、ご理解いただけるまで」

なぜ、この人はわからないのか。同量の倦(う)みといらだちを宿した二人の目と目がぶつかりあう。

「塾長、現実を見てください。この津田沼や船橋は、もはや千葉にして千葉にあらずの土地です。この界隈(かいわい)に住んでいる野心家の親は、県内の公立中学なんて目もくれていない。狙っているのは都内の有名私立校です。とりわけ団塊(だんかい)の世代は教育熱心だから、もうじき就学年齢に達する彼らの二世を名門校へ送りこもうと躍起になるのは目に見えています。となれば、同業者のあいだで団塊ジュニアの獲得合戦が起こるのは必至。勝ち残るのは補習塾ではなく、中学受験のノウハウに長けた進学塾だわ」

船橋校をモデルケースにしようとしたのも、そんな背景があればこそだと千明は弁を熱くした。

「結果は、塾長もご覧になりましたね。アンケート調査の結果、船橋校に通う八割以上の親と子が、進学塾路線の授業に満足しています。塾長はこれをどうお考えですか」

「ぼくらが考えるべきは、満足しなかった二割の理由だ。そもそも、たった一年で授業の結果は出ない」

「一年で結果を出すのが私たちの責務です。その年々の評判や受験合格率によって、塾生の数はめまぐるしく増減する。毎年毎年が勝負なんです。そして、勝ちつづけるには、時として思いきった賭けも必要になる」

本領発揮とばかりに千明は強引な結論づけをした。

「自社ビルの新設は、千葉進塾が進学塾として生まれかわる絶好の転機となるでしょう。すでに上田先生をのぞいた教室長たちの賛同も得ています。若い社員たちはこの勢いで東京へも進出しようと燃えている。わかりますか。親も、子も、社員も、みんなが進学塾への路線変更を望んでいるんですよ」

ひと息に畳みこむなり、塾長、と千明はすごんだ。

「どうか、自社ビルの新設および路線変更へのご承認をお願いします」

「何かを思いたったとき、君はいつも威勢よく旗をふりかざす。その旗が大きければ大きいほど、そこには死角が生まれる。慎重に見きわめる時間がほしい」

冷静にかわした吾郎の顔が、次の瞬間、色を失った。

「いいえ、私たちはもう待ちくたびれました。もしここで同意をいただけないなら、残念ですが、あなたには塾長の座から退いていただくしかありません」

退いていただく。涼しく発せられた一語が脳まで達した刹那(せつな)、吾郎の目の前は真っ白でも真っ黒でもなく、鮮明な赤に血塗られた。そこにいながらにして自分を失っていくような墜落感。しかし、なぜだか驚きはない。痛みもない。鋭く光る刃物で一斬(ひときり)りにされる、この瞬間を自分はずっとどこかで待っていたかのような。

「私のほうからご説明を」

千明から話を引きとった石橋が塾長解任の根拠を語りだしたとき、その声はすでに遥けき彼方(かなた)にあった。六年前、千葉進塾を法人化した際の株の配分。勝見の退職後、彼の持ち株が誰の手に渡っていたのか。塾設立時の資金提供者である頼子の死後、その持ち株はどうなったか。目下の株式配分率により、いかなる手続きを経て吾郎の取締役解任が正当となるのか。

流暢(りゅうちょう)に論じつづける声を吾郎はもはや聞いていなかった。ぼんやりと窓の外へ目をむけたのは、石橋の横で微動だにしない妻を見たくなかったからだ。千明がどんな顔をしているのかは想像がつく。不動の瞳。ゆるぎない信念をもってして、彼女は求めるすべてを手に入れ、今も求めつづけている。

八月の空は夕日に焼かれていた。滴(したた)るような紅(くれない)を頭からかぶり、表の通りを無数の人影が行き交っている。駅の方角から鞄をさげてくる男子は、おそらく、うちの生徒だろう。中学生クラス開始の時刻が近い。通りの角から、また一人。あそこにも。塾生とおぼしき子どもの影を吾郎は執拗(しつよう)に目で追った。誰か、一人でもいいから顔をあげてくれないか。うつろな心で願う。彼らの表情が見たい。塾が特別な場ではなくなった今、恥じいるように背中を丸めて通ってくる子はもういない。菜々美を「塾美」とからかう悪がきもいない。いまだ鳴りやまない批判の声にさらされながらも、塾は教育機関としての確固たる市民権を得た。が、はたしてこれでよかったのだろうか。塾を大きくすることで、自分は本当により多くの子どもたちの役に立ってきたのか。ふりかざす旗が大きければ大きいほど——今しがた千明へむけた警句が我が身へはねかえる。より多くの子どもたちに月光をそそぐことは、塾に通えない事情を抱えた子どもたちに、より濃い影を落とすことにもつながるのではないか——。

今に生まれた疑問ではない。が、かつてこれほどまっこうから見つめたことはなかった。見つめることができなかった。大いなる矛盾。深すぎる闇。机の上で組み合わせた吾郎の手が白み、指の関節が音を立てる。

と、次の瞬間、表の通りをやってくる塾生の一人がようやく顔をあげた。

一瞬、視線が交わったかと思うも、錯覚だった。彼は何も見ていなかった。穴のような無表情。まるで満員電車にゆられてきたサラリーマンのように、これからの二時間をすごす学舎をただ物憂げにふりあおいでいた。

自らの肉を噛む吾郎の指先から力がぬけていく。

「わかりました」

千明でも石橋でもなく、宙にむかって吾郎は言った。

「塾長を退きましょう」

うるんだ空に月はなかった。

第五章　津田沼戦争

いったい全体、いつから日本人は、あの赤服の髭面とねんごろになったのだろう。トナカイ橇で師走の空を駆ける進物好きの外人。その素性もろくすっぽ知らず、そもそも聖夜の意味さえ怪しいまま、西洋の祝祭をなぞらえては浮かれ騒ぐ。十二月の街を彩るネオンは年ごとに仰々しくなっていく。

「結局さあ、絵に描いた餅っていうか、机上の空論っていうか、から騒ぎで終わってく気がするんだよね、実体がないまんま」

テーブルに灯る蠟燭をはさんだ半田の声に、窓下の銀座マロニエ通りをながめていた千明ははたと目を戻した。

「から騒ぎ？」

「だから、第三の教育改革ですよ」

「ああ」

千明の唇から苦笑がもれる。

「一瞬、クリスマスのことかと思ってしまって」

「クリスマスか。なるほど」

血の滴る肉片を裂いていたナイフを休め、半田が店内を見渡した。巨大なクリスマスツリーの電飾が瞬くそのフロアでは、値の張りそうな一張羅でめかしこんだ人々が聖夜の晩餐を楽しんでいる。ビフテキの老舗で知られたこの高級レストランを所望したのは半田だ。

「たしかに、から騒ぎって点じゃ、クリスマスも教育改革もどっこいどっこいかな」

「えー、なんですかあ、それ」

半田の横から松村美代子が甘えた声をあげた。

「わかるように言ってくれなきゃわかんなーい」

「いや、だから結局、行きあたりばったりなんだよ、うちの国。これまでもいろんな連中が教育を変えようとしてきたけど、大抵、低空飛行のまんま不時着して終わってる」

「ふうん。じゃあ、どうすればちゃんと飛ぶんですかあ」

真っ赤なニットドレスで胸のラインを強調した美代子が、そのふくらみを半田に近づける。化学反応のように中年男の鼻の下がのびる。

「そりゃ、まずは文部省がその気になって起動しないことにはね」

「文部省？」

「と言っても、文部官僚も今じゃすっかり文教族の尻に敷かれちまって、エンジンかけたくてもかけられないってとこなんだろうな。中曾根さんにはメンツまるつぶれの臨教審なんか設置されちゃうし、その上……」

「その上？」

「迷走中の機体には四方から風が吹きつけている」

風。問わずとも、千明には昨今の教育をとりまくあまたの烈風を描くことができた。エリート育成を要請しつづけて早三十年の経済界。いかなる教育政策にも反対する日教組。いかなる教育問題も選挙に利用しようとする政治家たち。単純に文部省のみを糾弾していた時代が懐かしいほどに、日本の「教育周辺」は今や混沌とした様相を呈していた。

「けど、半田先生は、べつに教育改革が成功しなくてもいいんじゃないですかあ」

皿を空にし、爪楊枝を奥歯にくわえた半田に、美代子が媚びたまなざしをむける。

「だって、このまんま公立学校が荒廃してくれたほうが、聖星学院の人気があがるもの。公立が荒れてるおかげで志願者が増えたって、私立の先生方はみんなウハウハじゃないですか」

「ハハ、美代ちゃん、それは言わぬが花でしょう」

「聖星学院の競争率だってうなぎのぼりでしょ。採点する先生方もご苦労ですよね」

「いや、ここだけの話、うちは試験だけじゃないんだよ。ほんの数年前までは経営不振で青息吐息だったくせに、志願者が増えたとたんに学院長、急に強気になっちゃって。面接を重視するだの、俺の眼鏡にかなわない親は容赦なく落とすだの、やけに鼻息が荒いんだ」

「あら、たとえば？」

きれいにカールした美代子のまつげが動きを止めた。

「どんな親なら学院長先生のお眼鏡にかなうのかしら」

「まあ、それは、その、当校の教育理念に準じてというか」

「具体的には？」

「それは……」

半田が言葉を濁す。

高級店で二百五十グラムの肉をたいらげておきながら、何を今さらもったいつけているのやら。鼻白みながらも千明はウエイターに手をあげた。

「すみません、こちらの先生に赤ワインをもう一杯。それから、何かデザートを頂戴できるかしら」

腹が満ちるほどに口を軽くする半田から聞きたいことを聞きだし、店をあとにしたのは夜の九時すぎだった。もう一軒行こうと美代子を誘う半田をタクシーへ押しこみ、津田沼駅へ戻ったのは午後十時二十分。美代子はその足で二軒目の接待へむかうと言って千明を驚かせた。

「イヴの晩にどうしても会いたいって言われちゃいまして。毎度いろいろ口をすべらせてくれる先生ですし、軽く一杯だけおつきあいしてきます」

さっきまで半田にしなだれていた女とは別人の声だった。さすが営業部きっての接待部員はちがう。感心しつつも、千明は釘を刺すのを忘れなかった。

「わかってると思うけど、一線はこえないこと。女の武器も使い方を誤ると、自分の首をしめることになりますよ」

「わかってます」

「まさか部屋へ行ったりはしないわよね」

「まさか。近くのカフェバーですよ」

それなら、と千明は声をひそめた。

「まわりの目や耳にはくれぐれも気をつけて」

まわりの耳目に気をつけろ。それはたんに会話の内容に注意をうながすだけでなく、彼女が塾関係者であること自体を気どられるなとの意を含んでいた。

津田沼の居酒屋で宴会中、某塾の社員たちが暴力団組員に襲われる、というセンセーショナルな事件が業界を震撼させたのは、今をさかのぼること約一年前。襲撃を依頼したのは同じエリアで商うライバル塾の幹部だった。以降、この周辺では酒の席ですら気をぬくことができなくなっている。

「はい、塾長。承知しております」

ミニスカートの足を寒風に震わせながらも、美代子はおどけたしぐさで敬礼してみせた。

「当地はただいま戦時中ですから」

真っ赤なベレー帽にそぐわないセリフはまんざら冗談でもなかった。

団塊ジュニアが中学受験ブームに火をつけて間もない昭和五十九年。交通アクセスのいい津田沼にこぞって看板を掲げる塾同士の生存競争は熾烈をきわめ、俗に、業界内でそれは「津田沼戦争」と呼ばれていた。

津田沼駅南口の夜はさびしい。パルコや丸井、イトーヨーカドーなどの客でにぎわう北口とくらべてビルもネオンの数も少なく、唯一の大型商業施設であるサンペデックの閉店後には一気に人の影がへる。裏を返せば学舎の立地に適した静かな環境とも言える。

その南口から徒歩四分の距離にある鉄筋五階建ての校舎を仰ぐたび、津田沼戦争の勃発に先がけてこの地に自社ビルをかまえておいたのは正解だったと、千明は一人、悦に入る。

夜十時半。周辺の塾がつぎつぎと夜陰へ没していく中で、千葉進塾だけがまだその窓に煌々と明かりを灯しているのも誇らしい。当塾はとことん生徒の面倒を見ます。わからなければわかるまでつきあいます。どれほどの謳い文句を広告に掲げたところで、この窓明かりほど道行く人々の目に強く焼きつくものはない。玉石混淆でせめぎあう昨今、いかにして他塾に差をつけるかは必須課題の一つだ。

レベル別クラス編成。教師の能力給制度。日曜テスト。バス十台を借りきっての合宿。

約四年前に補習塾から進学塾へ転身した千葉進塾の長を継いで以来、千明は攻めの姿勢で数々の方策を打ちだし、着実に結果を出してきた。中学生の通塾率が五割に迫る時代の恩恵も被り、今では首都圏に計二十二の教場をかまえる中堅どころに成長。塾生の総数は約四千人、社員の数も三百人をこえた。

その総本山と言える津田沼本校の一階ロビーには、師走も聖夜もどこ吹く風とばかりに、今夜も塾生の母親たちが肩をよせあっていた。

子どもの送迎をする保護者専用の待合室。本校設立の際、他塾にはないこのスペースの確保を提案したのも千明である。とりわけ冬場はありがたいと評判は上々だが、真の狙いは女たちの井戸端会議が招く近隣トラブルを未然に防ぐことだった。

「お疲れさまです」

正面玄関をくぐった千明は、通りすがりざまソファに居ならぶ母親たちに声をかけた。いつもなら、母親たちもいっせいに丁重な会釈を返してくる。が、この日は何かがちがった。動きのにぶい何人かがその場に凝固したまま、いわくありげな視線で千明を刺したのだった。

数歩先からふりむくと、粘つくような目がまだ追ってきている。

何かある。違和感がいや増したのは、エレベーターで五階へあがったときだった。繁忙時には丑三(うしみ)つどきまで人が出入りをしている教員室に対し、夜の事務室には通常、人がいない。はずが、この日は複数の声や足音が廊下にもれていた。

その理由を入室と同時に千明は知った。

「塾長、やられました！」

彼女の帰りを待ちわびていた事務室長の宮本が飛んできたのだ。

「いやがらせのビラです」

悪い予感は的中した。

今日の午後七時前――千明が巨大なビフテキを前に胃腸の心配をしていたころ、津田沼本校の表通りでは何者かが誹謗中傷のビラをまいていた。小学生と中学生が入れかわる時間帯を狙ってのことだ。社員が気づいたときにはもう遅く、無邪気にビラをもち帰った小学生たちは、授業のプリントを見せる調子でそれを母親へ手渡した。結果、ほかの教場に籍を置く塾生の親たちにまであっという間に噂が伝播し、事務室の電話が鳴りやまない事態に陥っていたのだという。

「九時ごろに一度は落ちついたんですけど、父親が帰宅する時刻になって、また」

そう言うそばからデスクの方々で電話のベルが鳴る。

「はい、千葉進塾でございます。は、いえいえ、あれはまったくの事実無根でして」

「悪質ないたずらです。ええ、事実関係はいっさいございません」

対処に追われる社員たちを見すえながら、ついにうちもやられたのかと千明は唇を噛みしめた。誹謗ビラ。怪文書。デマ情報の捏造。津田沼における同業者同士の泥仕合は、昨今、グロテスクなまでに卑劣をきわめている。

「で、そのビラはどこ？」

千明に問われた宮本の目が泳いだ。

「え、あの」

「見せて」

「それが、その」

「見せてちょうだい」

じりじりと後ずさる宮本の背後から、そのとき、「どうぞ」と骨張った手が一枚の紙をさしだした。指輪の一つもつけたことのない中性的な指。顔をたしかめるまでもなく、それはこの事務室でアルバイトを始めて三年目になる蘭だった。

「これが、問題のビラです」

「いや、しかし蘭さん、塾長にお見せするのは……」

「いいじゃない。どうせいつかはわかるんだから」

その意を探るように千明はビラへ目を走らせた。ガリ版刷りのB５判。書きなぐられた文字はつたなく、内容もまた輪をかけて稚拙なものだった。

『千葉進塾に子女を通わせている保護者諸君へ告ぐ！

善く善くご覧あれ。諸君の子女を預かる女塾長は人に非ず、その正体はメスカマキリにして油断大敵。極悪非道な手口で亭主を失脚せしめ、塾長の座を乗っ取った奸物。己の学歴を鼻に掛け、男を見下す高慢女の悪名も高し。子供の成績を上げる為なれば体罰も厭わぬ暴君の本性は、驚くなかれ、私生児を生んだ筋金入りの淫乱女。斯くの如き毒婦に諸君の子女が悪しき感化を受けぬことを祈る』

千明は乾いた表情を乱すことなく目を通した。心ない誹謗中傷は今に始まったことではなく、これしきで血を流していては津田沼戦争を闘えない。塾業界では異色の女経営者という一事をとっても、千明はただでさえ十分、隙あらば足を引っぱろうとする男たちの悪意にさらされていた。

「保護者から、いったいどんな電話が？」

逃げるように姿をくらました宮本に代わって、千明はやむなく蘭にたずねた。通常、職場ではほとんど言葉を交わさない。

「ビラの文面は事実なのかと、もっぱらその問い合わせです。一番多いのは、体罰のくだり。体罰をよしとするような塾には子どもを預けられないってカッカしている親もいて、営業妨害の怪文書だと説明しても、なかなか信じてもらえません」

「どう見ても元運動家の文体じゃないの。国民学校で教師の暴力を経験してる私が、子どもの体罰をよしとするわけがないでしょう」

「でも、保護者はその過去を……というか、国民学校自体を知らないかもしれませんから」

皮肉な物言いに千明の眉がひくつくも、蘭は気にせず「それより」と続けた。

「事務室長は、以前の噂がまだくすぶっていて、それでよけいに保護者が疑心暗鬼になっているんじゃないかと心配されています」

「以前？」

「四年前にもあったのでしょう」

千明は瞳を力ませた。四年前、塾長交代の内幕についてあることないこと飛び交った噂。その後、吾郎信奉者の母親たちから続々とよせられた退塾届の束が脳裏によみがえる。

噂は育つ。見えないところで胡乱にふくらみ、派手に実る。七十五日も放っておいたら新たな森さえ生まれている。

「すぐに手を」

「打ちました」

「え」

「とりあえず、ならしの私塾会の富永会長にご相談を」

蘭は淡々と報告した。

「富永会長の富永塾も今年、同様の被害に遭ってるんです。非常にご立腹で、先日の会合でもその話ばかりしてました。そのとき、ビラの現物も見せてもらったんですけど、私の記憶の通りなら、その文体と筆跡、今回うちがまかれたビラと一致します。それさえ証明できれば、うちの保護者たちにもあれがデマだって納得してもらえると思いまして」

よどみなく語る声に動揺の色はない。母親をメスカマキリ呼ばわりされながら、この腹のすわり具合はたいしたものだと感心する一方で、千明は何事にも動じないこの次女の心中を読みあぐねてもいた。

　昔から勝気で突っぱっていた蘭は、二十歳になった今も丸くはならず、かえって鋭角をきわめていく。近ごろではボブと呼ばれるおかっぱ頭も、黒ずくめの服も、妙齢の娘らしからぬ硬質さをいっそう強調させていた。

「電話で事情をお伝えしたところ、富永会長、快く協力を申し出てくださって。それで今、富永塾の誹謗ビラを黒木部長がとりにむかっているんです」

「黒木さんが富永さんのお宅へ？　こんな夜分に？」

「今夜中に手に入れば、明日にはそれを保護者に見せられますから。事務室長の了承も得ています」

「だからって……」

　蘭に塾長不在時の代理を頼んだおぼえはない。不用意な独断は新たなトラブルをの種にもなると千明がたしなめかけたそのとき、「蘭さん！」と、手前のデスクから電話の受話器をにぎった社員の一人が叫んだ。

「黒木部長です。富永塾のビラ、百パーセント、うちのと同じ筆跡だそうです。富永会長も見まがいようがないとおっしゃっていると」

　耳をそばだてていた社員たちがいっせいに安堵の息を吐く。

「すぐに、問い合わせのあった保護者をリストアップして、明日には営業部総出で家庭訪問の準備を」

間髪を容れずに次なる指示を飛ばしたのは、蘭だ。

「一両日中に説明会も開いて、富永会長からもひと言いただきましょう。もちろん被害届も出すわ。やられっぱなしで黙っちゃいられない。犯人が見つかったら総出で討ち入りよ！」

「いいっすね」

「やってやりましょう」

室内のムードが一転した。陰から陽へ。どこかでこの津田沼戦争を楽しんでいる節すらある蘭と、それに同調する若い社員たちが勇ましい雄叫びをあげる。

言いようのない居心地の悪さをおぼえた千明はふらりとその場を離れた。誰も追ってはこなかった。

一日の疲れがどっと押しよせてくる中、千明が回顧していたのは二年前、まだ高校生だった蘭に頼みこまれて事務見習いに雇ったころのことだ。当時の事務室には塾長の娘を煙たがる社員たちの白い目があった。聞こえよがしないやみもあった。今でもあるにはある。一方で、逆に蘭を担ごうとする者たちも目につきはじめている。

「いやあ、蘭ちゃんにはかなわへん。今夜中にビラを渡したったら、次の新年会には若手のきれいどころ率いて裏仕事の手伝いにあがるちゅうて、ええとこついてくるんやもんねえ。女だてらに一橋へ行っとるわりには話のわかる子や。さすがは最強のお世継ぎやな」

間仕切りをはさんだ塾長のデスクから礼の電話を入れた千明に、富永会長は皮肉とも本気ともつかない口ぶりで言った。

「奥さん、あんたもうかうかしとられへんな」

「はい？」

「浮気で始まった関係は浮気で終わるちゅうけど、身内から奪った塾長の座、身内に奪われんよう、せいぜい気いつけや」

鉄の鎧でガードしていても、少し気をぬくと不意打ちをくらう。戦争の恐ろしさは、敵と味方の組分けが一筋縄ではいかなくなることでもある。


――ただいま。今日もいろいろあったわ。

西船橋で一人暮らしをしている蘭を終電で帰したあと、千明が職場から徒歩十分の自宅へ帰りついたころには、すでに日付をまたいでいた。どれだけ体がきつくても、布団へ倒れこむ前に仏壇の前で手を合わせ、母の頼子に一日の報告をする。いつからかそれが千明の日課となっていた。

生前もさほど会話があったわけではないのに、あの世の親に私は何を今さら語りかけているんだか。物音一つしない部屋で自問し、家族の皆がそろっていたころが嘘のような静けさこそがその理由かもしれないと自答する。

――最近、やっと、お母さんが蘭を心配してたわけがわかってきたわ。あの子を千葉進塾へ迎えたのは正解だったのかしら。あの子、千葉進塾を継ぐ気でいるのかしら。日ごろは胸に押しこめている不安も、死者にならば躊躇なくさらすことができる。

遺影の頼子は今にもホホホと笑いだしそうなほどにほがらかだった。黄色のアロハシャツに花のレイ。塾から退いた晩年の彼女は、地元の園芸愛好会でその社交性を遺憾なく発揮し、やれハワイだやれオーストラリアだと遊びまわっていた。当時の一枚とおぼしき遺影には、どこかで老熟を拒みつづけたあの母らしさがよくにじんでいる。

頼子は逝く寸前まで心に若さを飼っていた。人前に出るのが好きで、進んで人と交わり、人を愛し、それでいて人に多くを望まず、だからこそ人からも愛された。頼子と目鼻立ちがよく似た蕗子はそんな性質も少なからず受けついだようだ。が、蘭にはその血が微塵もうかがえない。

――ね、お母さんも思うでしょ。蘭に経営者としての資質があったとしても、教育者としてのそれは見つからない。

そこが問題なのだと心でつぶやいた。ふいに静寂が壊されたのはそのときだった。玄関の戸が開け放たれる音がし、立てつづけにバタンと閉まる音がした。

こんな時間に、誰が？

警戒をあらわに玄関へ急ぐ千明を、部屋のどこかに身をひそめていたらしい白猫のシロウが追いぬいていった。

底冷えの厳しい玄関のあがりがまちでシロウを抱きあげたのは、菜々美だ。

「菜々美。あなた、出かけてたの」

千明は目を疑った。

「てっきり寝てるものと思ったら。いま何時よ。こんな時間までどこへ行ってたの」

きつい口調でとがめるも、ポニーテールの赤毛に水玉のリボンを巻きつけた菜々美はどこ吹く風である。

「どこって、聞く？　お母さん、そんなやぼなこと聞いちゃう？　十二月二十四日ときたら、そりゃ、クリスマスパーティーに決まってんじゃん」

「こんな時間まで？　もう一時よ。中学生が帰ってくる時間じゃないでしょう」

「あれ。千葉進塾じゃ、十一時とかまで中学生を勉強させてるんじゃなかったっけ」

「十一時まで勉強するのと一時まで遊び歩くのとはわけがちがいます」

「お母さん、パーティーは社会勉強の場だよ。塾じゃ教えてくれない人間関係の機微を学びに行くんだよ」

ああ言えばこう言う。ご多分にもれず校内暴力のはびこっている地元の公立中学へ通いだしたころから、菜々美は徐々に素行を乱し、不良じみた友達とつきあうようになった。みるみるくるぶしへ近づいていく制服のスカート丈や、日増しに赤茶けていく髪の色を見るにつけ、千明は流行(はや)りの「積木くずし」なる言葉を彷彿(ほうふつ)としてぞっとなる。

「蘭が言ってたわよ。賢い子は中二で不良を卒業する、中三になっても仲間とつるんでいるのは、おつむの弱い子だけだって」

「おつむ弱くてもいい、いい、蘭ねえみたいに友達一人もいないよりは。っていうか、あたし、べつに不良じゃないからね。やりたいことをやってるだけ」

「そういうことはやるべきことをやってから言いなさい。とにかく、今は受験勉強でしょう」

「あたし、受験しないかもしんないし」

「どういう意味？」

「やっぱ高校、行かないかも」

足首までの靴ひもをほどいてバスケットシューズをぬぎ、猫の毛で胸もとをあたためながら二階へむかう後ろ姿を、千明は焦り声で呼びとめた。

「待ちなさい。菜々美、あなた、また何を言いだすのよ」

「時間の無駄って気がするんだよね。どうせ勉強嫌いだし、無理して高校を出なくたって、あたしなりに楽しく生きてく道はあると思うし」

「なに言ってるの。どうせまた真紀ちゃんと英美ちゃんでしょ。高校に行くなって言われたの？　あの子たちとは距離を置きなさいって言ったじゃない」

階上まで追っていった千明に、菜々美は醒めた声を返した。

「真紀も英美もいい子だよ。勉強できないけど、クラスで一番優しいし。高校へ行かないっていうのは、自分で考えて決めたこと。悪い？」

「悪いもなにも」

「お母さんが言ったんじゃん」

「私？」

「お母さん、前はよく言ってたじゃん。人の言うことに惑わされないで、自分の頭でものを考えろって。だから、あたし考えたの。そしたら、考えれば考えるほど、高校に行く意味がわかんなくなっちゃって」

おとなしく抱かれているシロウに頬をすりよせ、菜々美が声をかげらせる。

「がつがつ勉強して、いい大学に入って、いいところに就職して、お金をいっぱい稼ぐため？　ほかのみんなに勝って幸せになるため？　そんなせちがらい競争で人生つぶしてる段階で、もうみんな、全員が負けなんじゃないの」

「…………」

「ほら、何も言えない。だいたいさ、お母さん、放任主義なら放任主義って、最後まで一本筋を通してよ。土壇場になっておろおろするなんて、お母さんらしくないし、かっこ悪い」

千明の鼻先でぴしゃりと戸を閉め、菜々美が自室の中へ去る。

「まだ話は終わってないわよ」

一人、廊下に残された千明は声だけで菜々美を追いかけた。なぜ私は強引に戸を開け、全身で娘を追わないのだろうと自分に落胆しながら。疲れているのか。いつしか五十をむかえていた年齢のせいか。それとも、自信がないためか。

お母さんは菜々美に甘い。耳をよぎる蘭の口ぐせを千明は否定できない。昔から家庭内でいさかいがあるたびに泣きじゃくり、幼い心を痛めてきた末っ子に、千明はどこかで気おくれをおぼえていた。蕗子や蘭ならばひっぱたいてでも不良仲間と縁を切らせていたはずなのに、菜々美にはそれができなかった。

とは言え、受験のことはさすがに放っておけない。どうすればいいのか。自分に何ができるのか。菜々美の言葉に痛いところをつかれた千明はいつになく心を乱していた。考えたくないと思いつつ、こんなとき、どうしても考えずにはいられない。

ここにあの人がいたらどうしていただろう？

波一つない湖面のような舞台を、音が、すっと横切る。風のような、葉音のような、鳥声のような笛の音色。続いて、鼓が縦に鳴る。縦横無尽に音は転がり、からまり、もつれあって空気を攪乱する。

後座から流れる調べが幽玄世界の幕開けを告げる、このゆるやかなひとときが千明は好きだ。自分をとりまく日常が溶け、今いるここがここではなくなっていく。どこでもないどこかへ連れさられ、自分自身から解き放たれていく。

ワキの能役者が音もなく舞台へ進みでると、千明はその旅装束をながめ、今日の演目が『松風』であるのを思いだした。『松風』は有名な曲だ。が、それはさしたる問題ではない。千明は話の筋を追うことに熱心な観客ではなかったし、ましてや役者の一言一句を理解しようなどと大それたことは考えもしなかった。ただ、見えるものを見えるままに見る。聞こえるものを聞こえるままに聞く。体ごと異界の住人になる。

能楽堂は千明にとって唯一の無になれる場所だった。塾以外の居場所をもたなかった彼女が三十代の終わりに見つけた逃避場。よって、自分を空にするという目的にさえかなえば演目は問わないのだが、それでもひいきのジャンルはあり、好んでよく観たのは世阿弥(ぜあみ)が完成させたと言われる〈夢幻能〉に属する曲だった。

生者と死者が舞台上で交わり、その魂を擦りあう夢幻の物語。生と死、現在と過去の錯綜(さくそう)に身をひたしていると、思うほどにあの世とこの世は遠くないようにも感じられ、気がつくと、千明は死んだ父親のことをぼんやり考えていたりもした。顧みる余裕もなかった過去を懐かしむようになったのも、能通いを始めてからだった。

亡き男を恋い慕う海女(あま)たちがしめやかに舞う中、この日、千明がいつにも増して父の思い出にとらわれていたのは、菜々美との悶着(もんちゃく)をまだ引きずっていたせいかもしれない。

とりわけ深く胸に沈殿していたのは、あの一語だった。

「お母さん、前はよく言ってたじゃん。人の言うことに惑わされないで、自分の頭でものを考えろって」

そう、たしかにかつて千明はよく言っていた。自分の頭で考えなさい。塾生にも、娘たちにも、しばしばそう迫った。もとを正せば、それは千明自身が子どものころに父から受けた訓示でもあった。

今も忘れない。国民学校に通いはじめて五年目、不条理をきわめた教育にたまりかねた千明が、なかばやけくそで父にたずねたときのことだ。

「お父さん、本当に日本は神の国なの？　日本だけが？　いざってときには神風が吹くって本当？　アメリカ人は鬼なの？　先生たちは本気で言ってるの？」

学校の教師に聞けばこぶしが飛んでくるだろう。無意識に奥歯を噛みしめた千明に、しかし、父は拍子ぬけするほど軽々と言った。

「神風か。吹くのかなあ。うーん、吹かないだろうなあ」

「吹かないの？」

「ああ、だって、風は風だからね。純粋な自然現象だ。特定の国だけに都合よくは吹くまい」

「じゃあ、やっぱり先生たちは嘘つきなのね」

「いや、きっと先生方もそう信じこまされているんだろうよ」

先生方をうらんではいけない。父は千明のおかっぱ髪をなでながらそう諭した。外ではいかめしい軍人の威を保っていても、家の中では至極柔和な父だった。もの静かで、お人好(ひとよ)しで、腹をすかせた犬などを見ると放っておけずによく家へ連れて帰り、「人間だって食べるのに必死なのに」と母をこまらせては頭を掻いていた。

「千明、戦争は集団の狂気だ。ぼくらは狂った時代にいる。あてになるのは自分自身の冷静な知性だけだが、今の教育は子どもたちからそれをとりあげようとしている。考える力を奪い、国の随意にあやつれる兵隊ロボットを量産するための教育だ。みすみす自分を明け渡すんじゃないぞ、千明。考えろ」

考えろ。かつてないほど厳しい目つきで、そのとき、父は言ったのだ。

「誰の言葉にも惑わされずに、自分の頭で考えつづけるんだ。考えて、考えて、考えて、人が言うまやかしの正義ではなく、君だけの真実の道を行け」

その翌々月、出征先のフィリピンで戦死した父の遺言となったその言葉を、千明は一語余さず脳へ彫りこむほどに記憶し、けっして忘れることはなかった。

千明は考えた。日本が戦争に負けたとき、なぜこんなことになってしまったのかと考えた。反省を連呼しながらも大人たちはなぜ「敗戦」ではなく「終戦」と言うのか考えた。GHQの支配下で新制中学校がスタートした際、まさに解毒剤のような民主主義教育の実践に感動しながらも、ついこのあいだまでは大日本帝国万歳と合唱していた先生たちがなぜこうもけろりと転身できたのだろうと考えた。考えに考えたあげく、彼らも子どものころにまともな教育を受けることができなかったのではないかと結論した。

教育とはなんと肝心なものだろう。そして、なんと危険なものだろう。その両者について、あれほど深く考えつづけなければ、米国支配から独立した日本が再び国家主義へと傾きだしたのちも、千明は学校教員となる道を歩んでいたかもしれない。

考えぬいた末に塾という茨の道へ踏みだしたときも、まず第一に掲げたのは「自分の頭でものを考える力を育む」教育だった。いつか再び狂気の時代が訪れたとき、知の力をもってして、子どもたちが自分を守れるように。真実の道へ進めるように。が、しかし――。


いつ、どこで、何が狂ってしまったのだろう。

乱れ狂うような謡曲の旋律が時空を軋ませる。千明がはたと現実へ立ちかえったとき、舞台はすでに大詰めをむかえ、板の上では恋しい男の装束をまとった海女が悠然と舞っていた。この世ならぬ女の情念の舞い。闇に霞む松の木を故人と信じて疑わないその姿には、人間の哀しい盲目性が映しだされている。

いつから見えなくなったのか――。

夢と現が溶けあう舞台さながらに、千明の中でも過去と現在が入り乱れ、囃子の妖しい音律がその境界をいっそうおぼろにしていた。忙しすぎたのか。必死すぎたのか。世間の塾叩きに負けじと躍起になりすぎたのか。盲点だったのは保護者という名の刺客だ。敵は四方に散在した。文部省、マスコミ、学校教員、同業者。考える力、知の種を子どもたちに植えつけたいとあがいていた千明に、母親たちが求めてきたのは目に見える成果のみだった。

「すぐに成績がのびないなら塾を変えます」

「せめて月謝分は偏差値をあげていただかないと」

「考える力？　それがいつ試験に出るんですか」

千明も最初は反駁(はんばく)した。話せばわかると熱弁もふるった。しかし、むきになるほどに相手は鼻白み、千明をうとんじて事務方の頼子を慕うようになる。日々の挫折感(ざせつかん)に理想を蝕(むしば)まれていくのにさしたる時間はかからなかった。

いつからだろう。保護者たちから嫌われ、子どもたちからも吾郎ほど好かれず、教師としての自分自身に見切りをつけたころか。塾の悪評が娘たちの人生を害するのではないかとの恐れに囚われはじめたころか。金に無頓着な吾郎に代わって金勘定を担い、子どもたちの点数よりも決算の数字に一喜一憂しはじめたころか。いつしか初心は野心に変わり、塾を大きくすること、いっぱしの組織として認知されることが最大の目的になりかわっていた。それを堕落と呼ぶのなら、とうの昔に自分は堕(お)ちるところまで堕ちていたのかもしれない。

そうだ、蘭のことを言えた義理ではなかった。自分もまた教育者としてとうに死んでいた。

舞台を支配する亡霊たちの澄みわたるような哀感を前に、千明ははたと我が身をかえりみて、嗤(わら)った。

能楽堂を出たとき、日はもうとっぷりと暮れていた。師走の荒ぶる風に吹かれて、千い家をめざす。

明は現実に立ちかえる。夢と現のあわいにたゆたう人々と別れ、一人、誰が待つでもな

暗い空からはらはらと雪が舞いおりてきたのは、渋谷駅へ続く瀟洒(しょうしゃ)な住宅地をぬけていたときだった。まだ自分にも小さな幸運が残っているのをたしかめるように、千明はバッグへ忍ばせていた折りたたみの傘を開いた。

駅前通りが近づくほどに歩行者の影は密になっていく。その大半は傘をささずに白いものを頭や肩にのせている。地面の雪に足をすべらせぬよう視線を落としていた千明は、商店がちらつきはじめた通りを行くあいだ、一軒の古本屋の前でふと足を止めた。その目はあるものをとらえていた。

店先で雪をかぶりはじめた叩き売りコーナー。「オール十円！」と立て札のあるダンボール箱の中、くたびれきった古本の数々が寒々しく背表紙をよせあっている。千明の目を釘づけにしたのはその一冊、『スホムリンスキーを追いかけて』のタイトルだった。

スホムリンスキー――見まがいようもない。あの本だ。

無名の塾長であった吾郎を一躍有名にし、千葉進塾の名を世に知らしめ、そして、結果的には夫婦別れの一因ともなった評伝。つららのように体をかたくし、千明はまじまじとその褪色(たいしょく)したカバーに見入った。

どれだけの時が流れただろう。いや、時間にすればほんの数十秒にすぎなかったかもしれない。

激しい葛藤がその胸を駆けぬけたあと、千明がおもむろに黒革の手袋を外して箱の中へと手をさしのべたのは、ひとえに雪のせいだった。天気がよければ迷うことなく通りすぎていた。そう自分に言いきかせながら、千明は手にした一冊の雪を払った。

「雪が……本が、ぬれてしまいますよ」

店のガラス戸を開いて呼びかけると、中にいた店主は「そりゃいけねえ」と急ぎ防水のビニールシートをかけに走り、戻ってくるなり千明の手にあるものに気づいて目をすぼめた。

「ほう、スホムリンスキーとは懐かしい。いっときはよく出まわってたけど、今じゃすっかりシュタイナーにお株を奪われちまったねえ。ま、つまるところ、日本人はゆるっとした母性よりバシッとした父性を求めているわけですかいな」

そんなごたくを聞きたいわけじゃない。千明は無言で十円玉をさしだし、隠すようにその本をバッグの中へ収めた。一刻も早くその場から立ち去りたい一心で身をひるがえす。

雪に曇ったガラス戸が音を立てて開かれたのは、その直後だった。

「ごめんください。ああ、寒い、寒い。おじさん、こないだ電話でお願いした例の本だけど……」

ほがらかな声とともに入ってきた和服の女と千明の目が合った。

同時に、どちらも息を止めた。数歩の距離を置いたまま、この世ならぬ幽鬼とでも出くわしたかのように呆然と見つめあう。

そんな。まさか。こんなところで——。

これぞ夢か幻にちがいないと千明はまぶたを震わせた。

信じがたい邂逅。しかし、錯覚ではなかった。

目の前にいるのはあの一枚だった。

☽

心音が乱れる。息がつまる。流れる血までが凝固したように指の先がかたくなる。

居間のサイドボード上で黒光りしている電話を前に、千明はダイヤルをまわすことのできない自分に焦り、いらだちながら壁の時計を見た。

午後三時。早くしなければ、大晦日の街をほっつき歩いている菜々美がいつ帰ってくるかわからない。このまま悶々と新しい年をむかえるなんてまっぴらだ。さあ、早く。なにをぐずぐずしてるのよ。

自分を叱咤し、やっとのことで手をのばした。電話番号のメモを見ながら指先をダイヤルの穴へ引っかける。最初の番号をまわす。止まるまで進めて指を離すと、それはもとの位置へゆっくりと戻っていく。そのあいだにゆらぎだす心と闘い、再び次の番号をまわす。まわしては惑い、離してはまた奮う。

最後の番号まで行きついたときにはひどく疲れていた。やはり日を改めるべきか。受話器を戻しかけたところで呼びだし音が止まり、千明はハッと身がまえた。

「もしもし、上田です」

聞こえてきたのは期待していた声ではなかった。野太い男の声。ある時期は毎日のように触れていた。千明の胸に、同量の落胆と安堵が渦を巻く。

「おひさしぶりです、上田先生。お元気?」

「はい?」

「私です」

「あの?」

「大島千明です」

まごついている相手に低声で告げる。

たちまち、二人をつなぐ回線が死んだように沈黙した。

「あ……あ……」

上田がどうにかしぼりだしたのは言葉にならない息だけだった。周章狼狽(しゅうしょうろうばい)いちじるしいその反応は千明に一つの確信をもたらした。やはり一枝から聞いた話は嘘ではなかったのだ、と。

最初はとうてい信じられなかった。いや、渋谷の古本屋で一枝とばったり鉢合わせしたこと自体が、まるでこの世ならぬ夢幻のひと齣のようだった。

かつて八千代台で古本屋を営んでいた一枝。客あしらいの上手な彼女は八千代進塾の教師たちからも慕われ、そのせまい店舗は彼らの憩いの場として重宝されていた。千明も何度か本を探しに立ちよったことがあったが、いかにも男好きのしそうな女店主に妙な気おくれをおぼえ、声をかけられる前にそそくさと退散した記憶がある。あるいは、あれは何かの予感だったのか。

隠しごとの下手な吾郎と一枝の関係を察したのは、例の評伝が完成して間もないころだったろうか。夜の街で吾郎先生と古本屋のおばさんが一緒にいるのを見たと、無邪気な密告で千明を凝らせたのは塾の生徒だった。

忌わしいあの記憶からもう七、八年が流れているのに、一枝は今もその歳月を忘れさせるほど肌つやがよく、ふっくらとした若々しさを保っていた。雪のように白い襟首から仄香る色気も、店先でマドンナ然と笑っていたころと変わらない。

「どうも、ごぶさたしています」

ひりつく沈黙を千明自ら破ったのは、プライドのなせるわざだ。白髪を染める時間を惜しんできたのを悔やみつつ、千明は平常心を装った。

「あいかわらず、お元気そうでなにより」

一枝は何も返さなかった。返そうにも声が出ないのか。かすかに震えているようにも見える喉もとをながめ、やはり、と千明は合点した。私が気づいていたことをこの人は気づいていたのだ、と。

みじめさと自嘲が交錯する。それでいて、今、目の前にいる夫の愛人に直情的な憎しみがわかないことに千明はとまどいをおぼえてもいた。いつかこんなときが来たらと何度も思い描いてきたのに、現実は想像よりもはるかに淡い。夫と離れてすごした四年間のせいか。どこかで凍った心が今も凍りつづけているのか。判断がつかずにいるうちに、ようやく一枝の声がした。

「その節は……」

かすれ声でささやき、深々と低頭する。

その節は。その一語に万感をこめながらも、一枝はそれ以上を語らなかった。

千明はますます当惑した。その節は。それは、「今」ではない「いつか」を指し示す語だ。彼女が通りぬけてきた「以前」や「過去」、その彼方(かなた)へむけて一枝は頭をさげた。懺悔(ざんげ)の念をにじませながらも、どこか透きとおったまなざしで。

ということは――吾郎とこの人はすでに切れている？

音信不通の夫は一枝のもとにいるものと思いこんでいた千明をさらに混乱させたのは、彼女の次なるひと言だ。

「あの、蕗子さんのこと、おめでとうございます」

当たり障りのない話題へ逃げるように、青白い顔に精一杯の作り笑いをたたえて一枝は言ったのだ。

「蕗子?」

「さぞやかわいい赤ちゃんでしょうね。上田先生、今も律儀に年賀状をくださるんですけど、今年のお筆はとりわけ弾んでいましたもの」

「赤ちゃん……」

「上田先生のことですから、きっといいパパになりますわね」

蕗子。赤ちゃん。上田。パパ。ちぐはぐに響きあうそれらの単語が脳内で一つの像を結ぶと、千明は目をむいて絶句した。

約四年前、末娘の菜々美が嫁ぐまで籍は残しておこうと約束して吾郎が家を出たのち、そのあとを追うように行方をくらました長女。以来、音沙汰(おとさた)のなかった娘が、まさか、あの上田と?

それこそ信じがたい。が、吾郎の塾長退任と時を同じくして、上田も千葉進塾を去っているのもまた事実だった。

「蕗子、上田先生と一緒になったんですか」

気がつくと千明は肩をのめらせ、一枝に迫っていた。

「今、どこにいるんです」

「え」

「教えて。ねえ、蕗子は今、どこに?」

なぜ母のあなたがそれを知らない?　一枝はねじれにねじれた大島家の闇を垣間見(かいまみ)た

ようにぎくりとし、両手で口をふさいで見せるも、遅かった。

覆水盆に返らず。しかも、相手は元愛人の妻である。執拗(しつよう)に蕗子の居場所を追及された一枝は、過去の負い目も手伝い、しらを切りとおすことができなかった。

「一枝さんから聞きました。蕗子と一緒になったんですってね。驚いたわ」

受話器ごしの息づかいに耳をそばだてながら、千明はあえて軽い口ぶりを演じた。

「蕗子は昔からものわかりのいい子で、でも、ここ一番ってときに、あっと驚くことをやってくれるのも、あの子だったわ。やぶからぼうに学校教員になりたいだなんて言いだしたり……そういえば、あのときはあなたも、あの子に加勢してやってたわね」

上田の反応はにぶい。まだ動揺が去らないのだろう。

「今は、あなたの故郷で暮らしてるんですって？」

「え、ええ。秋田です」

「そちらで塾を？」

「いえ、農協でおやじの仕事を手伝ってます」

「じゃあ、もう教壇には……」

「いっさい縁を切りました」

「そう。今は、蕗子はまだ教員を続けているの？」

「いいえ、今は、その」

ああ、と千明はたった今、思いだしたふうを装った。

「そういえば、子どもが生まれたそうね。おめでとう」

胸にうねる情動を隠そうと努めれば、かえってひどくそっけなく響く。

「すみません。本来ならば、きちんとご挨拶にうかがうべきところを」

「いいのよ。あの子が……蕗子が連絡するなって言ったのでしょう」

「いえ、その」

あいかわらず正直な男だ。心の色がそのまま声に出る。気まずい沈黙の中、千明は蕗子が家を出る間際に残した一語を頭によみがえらせていた。「お母さんがお父さんにしたこと、私は絶対に許さない」。鬼を射るような嫌悪の目。

にもかかわらず、あたかもそんなことなど放念したかのように、受話器にむかって言った。

「蕗子、いる？　ちょっと声を聞かせてもらえるかしら」

続く沈黙も長かった。逃げの文句を探しあぐねたのか、上田は「少々、お待ちを」と言いおいて気配を消した。蕗子にうかがいを立てているのか。

千明は待った。息を殺して、母となった娘の声を想像しながら。

しかし、長すぎる数分間ののちに再び聞こえてきたのは、やはり上田の声だった。

「すみません、その、今、蕗子はあの、ちょっとその、留守にしてましてて」

本当に、バカがつくほど正直な男。蕗子はきっと幸せな家庭生活を送っているのだろう。そこに希望を見出（みいだ）すことで、千明は自分をなぐさめた。

「わかりました。じゃあ、また今度にするわ。あわただしい日に悪かったわね」

「いえ、こちらこそ」

「体に気をつけて、どうぞよいお年を」

受話器を戻しかけたその手をはたと止めた。一瞬、赤んぼうの泣き声が耳をかすめた気がした。

「待って。一つだけ教えて」

「はい？」

「赤ちゃんの名前」

「一郎（いちろう）です」

通話を終えてもなお、凝然と受話器をにぎりしめて立ちつくしていた千明は、その指が痺（しび）れだしたころ、背中からの視線を感じてようやく体をひねった。目に映ったのは、出窓の上に姿勢よく前脚をそろえた白猫のシロウだった。

一郎。シロウ。ああ、と千明は心で叫ぶ。いつになったら私は大島吾郎の影から逃れられるのだろう――。

ふと気をぬいた瞬間、耳の奥で赤子の声がする。

もうじき三十路（みそじ）をむかえる蕗子がこの世に送りだした新しい命。一郎。

自分の血を継ぐ孫がこの世に生を受けていた。摩訶（まか）ふしぎにも、その事実は千明にかつて経験のない喜びとほてりをもたらした。と同時に、抑制のきかない感情の浮沈に千明はとまどい、かき乱されて疲弊した。

払っても、払っても、赤子の声が耳から離れない。なのに、一郎はここにいない。その顔を見ることも触れることも叶（かな）わない。

歓喜と絶望。その両極を振り子のように行き来する徒労から逃れる方法はただ一つ、仕事に没頭することだ。

年が明けた昭和六十年の元日に始まった正月特訓は、千明を雑念から遠ざけるのに絶好の機会であったとも言える。

冬期講習は進学塾の実力が試される正念場だ。正月返上を決めた親たちは、我が子を千尋（せんじん）の谷へ蹴落（けお）とす覚悟で塾にすがってくる。とりわけ千葉県の公立学校は内申点の比重が他県よりも低いため、受験当日の一発勝負に合否がかかっている。一問でも多くの正解を勝ちとるためには、一問でも多くの問題に触れておくことだ。

受験生に正月がない以上、塾教師にもあってはならない。そう社員に発破をかけている千明自身、ここ数年は正月らしい正月をむかえたことがなかった。元日だろうと朝から出社し、夜中まで雑事に追われている。

やっても、やっても、仕事には果てがない。教場が増えるほどに生徒の数も増える。生徒が増えるほどに社員も増える。倍々ゲーム的に負荷が募っていく中で、常にあらゆる方位へ注意をむけておくのが塾長の務めだ。こんな重責を負いながらなぜ夫は教壇に立ちつづけるのだろうと、吾郎の塾長時代は首をかしげていた千明だが、いざ自分がその立場になると否でも応でも腑に落ちた。吾郎にとって教室はある種のシェルターだったのかもしれない。

千明にとってのそれは掃除だった。能舞台へ足をむける時間もつくれないとき、どうしようもなく煮つまると、彼女は掃除に精を出した。それは津田沼本校という城をかまえたころに始まり、徐々にエスカレートしていった職場内逃避のようなものだ。頭の疲れが高ずるほどに、ほうきやモップを動かす手に力がこもり、教室がぴかぴかになるほど心の澱も軽くなる。

億劫なのは、その無心の境地が社員たちの目に触れるたび、塾長はそんなことをしないでくれ、専門業者に任せてくれと騒がれることだった。

「塾長！」

ああ、また見つかった――。

一月七日。正月特訓が終了し、再び通常の時間割に戻ったその昼さがりも、階段の踊り場にモップをかけていた千明は背後からの声に嘆息した。

掃除くらいは好きにさせてほしい。反撃のかまえでふりむくと、そこにいたのは血相を変えた事務室長の宮本だった。

「塾長、大変です」

津田沼戦争勃発以来、大変なことには事欠かなかった。毎日が大変の連続だった。が、宮本が口にしたそれはまた新手のものだった。

「稲毛校の教師たちがストライキを起こしました」

約一時間後、千葉進塾稲毛校の第一教室には、ぴりぴりとした空気の中で対峙（たいじ）する千明と十一名の教師たちの姿があった。

「ですから、我々の要求は、昇給及び労働条件の改善です。この二点を呑んでいただけるのであれば、すぐにでも今日の授業準備にかかります」

「要求を通すために授業をボイコットするなんて、あなた方はそれでも教師ですか。そんなことをして、犠牲になるのは子どもたちじゃないですか。受験生にとって今がどれだけ大事な時期かわかっているでしょう」

「こんな時期でなけりゃ聞いてもらえんでしょう。これまでも我々は幾度となく基本給の値上げを訴えてきた。しかし、一度とてまともにとりあってもらったことはなかった。このままじゃ一生、安い賃金で正月までこき使われることになる」

「正月特訓には特別手当をつけています。基本給にしても、ほかの塾とくらべてもらえば、けっして安くはないとわかりますよ」

「そのぶん我々は他塾の教師よりも長時間働いている。その労働対価に不服があると申しあげているんです」

コの字形に配した机のむこうから正面対決とばかりに挑んでくるのは、稲毛校の教室長である小笠原だ。

塾生を人質にして賃上げ交渉をする。教師としてあるまじきやり方に、千明は怒りを通りこしてあきれていた。慢性的な人材不足にあった約三年前、塾教師としては薹の立っていた三十半ばの小笠原に稲毛校をまかせたことを悔やむも、もう遅い。

上田もその一人だったが、小笠原の世代に当たる塾教師には、過去に学生運動の履歴をもつ者が少なくない。理想に燃えて就職を棒にふった学生の一部は、その高学歴を生かすため、また日本の未来をたくすべき後人を育てるために、塾という教育の裏街道へ進んだ。強い信念。巧みな弁舌。リーダーシップ。得てして優秀な彼らは敵にまわすと厄介な存在でもある。

「君、その労働条件の改善というのは、具体的には?」

千明の横から口を出したのは、よろずトラブル収拾係である事務室長の宮本だ。その横には蘭の姿もある。来るなと言うのについてきたのだ。

「大きくは三点です。残業代の上限引きあげ、有給休暇の次年度もちこし承認、そしてなによりも、教師の五十歳定年制の見直しを我々は要求します」

千明はすぐさま言いかえした。

「定年制といっても、五十歳で解雇するわけじゃないわ。教師の仕事が重労働であるのを考慮して、五十をすぎたらほかの部署へまわってもらうだけです」

「我々は教えるために塾へ入ったんです。五十をすぎて、いきなり戸別訪問の営業部員にされるためにキャリアを積んできたわけじゃない。奥さん、あんた、あの部署が姥捨部屋って呼ばれてるのを知らんのですか」

どこまでも攻撃的な語勢で小笠原がまくしたてる。

「そもそも、うちの塾は若手を重用しすぎる。基準のあいまいな昇進についても、私は以前から疑問をもっていました。奥さん、あんたが実質的な裁量権をにぎるようになってから、私らやその上の世代はずっと煮え湯を飲まされてきたんです。あんたは操縦しやすい若手ばかりを重要なポジションに起用した。長年、千葉進塾に貢献してきたベテラン教師への敬意も何もなく」

「そんなことは……」

千明は心外とばかりに目を怒らせた。

「いつのころからか、世間が塾教師を講師と呼ぶようになってからも、私は教師と呼びつづけてきました。そこに、自分なりの敬意をこめてきたつもりです」

「キャリアの軽視を問題にしているんです」

「塾の教師は公務員ではありません。年齢よりも個々の能力を重視するのは当然でしょう。若い教師には体力と発想の豊かさがある。時代時代に適応していく順応性にも長けています」

「ただし、人生経験と包容力に欠ける。人間性を二の次にしたあんたの人事が、千葉進塾の質を低下させたのは歴然たる事実だ。奥さん、この責任をどうとってくれるんですか」

「奥さんはよして！」

にらみあう二人の目と目が火花を散らす。

割って入ったのは弱り顔の宮本だった。

「ま、とにかく、昇給にしても労働条件にしても、この場ですぐお答えはできませんよ。三百人の社員に波及する問題ですからね、まずは役員会議にかけないことには」

「役員会議にかけたら却下されるのが目に見えているから、こうして非常手段に出たんじゃないですか。我々も腹をくくっていますから、この場でお返事をいただけないのなら、ここにいる十一人、今日は教壇に立ちません。そしてこの先も要求を呑んでいただけないとなったら、我々はともに千葉進塾から独立し、新たな塾を立ちあげる心づもりでいます」

独立。千明はいっそう眉を険しくし、宮本と顔を見合わせた。労働条件の不満から教師たちが集団で辞職し、新たな塾をおこす。この業界ではめずらしくない分裂劇だが、まさかうちでそれが起ころうとは。

どうするべきか。よもやの事態に千明は頭をフル回転させる。駅からやや離れた雑居ビルの二階にある稲毛校には、現在、十五人の教師がいる。そのうちの十一人がぬけたら、今日の授業は成立しない。しかも、受験をひかえた生徒たちはただでさえ教師の交代を嫌う。受験生の何人か、いや、悪くすれば大半が小笠原たちが新たに立ちあげる塾へなびいていきかねない。いずれにしても千葉進塾は生徒と保護者からの信を失い、世間の評を失墜させることになる。容易にはとりもどせない信用の担保として、彼らの要求は高いのか、安いのか。

「出てってもらえばいいじゃない」

なかなか答えの出せない千明に代わって、凛とした声を放ったのは蘭だった。

「こんな脅しに一度でも屈したら、あっちこっちの教場で同じことが起こるわよ。大がかりな労働争議にでも発展したら目も当てられない。だったら今ここで、この十一人を切ってケリをつけたほうがいい」

蘭の声には女子大生らしからぬすごみがあり、広い額を覆う前髪の下では切れ長の上がり目がぎらついている。その眼光に射られたように、小笠原に従っていた教師たちの顔に動揺の波が広がった。

「ただし、千葉進塾には退職後三年以内の競業避止を課した就業規則があるのをお忘れなく。今日から三年以内にあなた方が新しい塾をおこして、うちの生徒をもっていくようなことがあったら、即、出るところへ出させてもらいます。うちに宣戦布告をする気なら、それ相応の代償を引きうける覚悟でかかってきてちょうだい」

瞳の焦点を失った教師たちを蘭はなおも追いつめる。微笑すらたたえたその横顔から千明は目を背けた。

冷静に考えれば、蘭の言うことは正しいのだろう。賃上げをめぐる労働争議が相次いだ昭和四十年代、どれだけの塾が不毛な戦いの末に体力を消耗し、経営者と社員の共倒れに泣いてきたことか。稲毛校の問題は、今、ここで決着をつけなければかならず未来への火種を残す。が、しかし——。

「もう一度……」

考えなおしてはどうかと千明が口にしかけた矢先、小笠原が椅子を蹴って起立した。

「魔女の娘は、魔女だな」

冷然と吐き捨て、仲間たちをふりかえる。

「行こう。女の浅知恵だけでやってきた親子の、こんな恫喝に屈することはない。我々は我々で団結し、新たな城をまた一から築こうではないか」

時が止まったようにその場がしんとした。徒党を組んでいたはずの教師たち——とりわけ若い世代は「団結」の意味を忘れたように瞳をうつろにし、悄然と床を見下ろしている。

「なんだ、どうした。正月くらいは実家に帰っておふくろの雑煮を食いたいって、おまえら、さんざん言ってたじゃないか」

「皆さんが今日、通常どおりの授業をしてくださるのなら、今回の一件は忘れます。どうせ教室長にたきつけられて逆らえなかったんでしょうし」

小笠原と蘭の声が重なりあう。勝者は蘭だった。息のつまるような数十秒ののち、小笠原に続いて席を立ったのは、わずかに二名だけだった。

裏切られた。そう言いたげな渋面で立ちつくした小笠原は、しかし、次の瞬間にふっと苦笑し、足早に戸口をめざしていった。蘭が一顧だにしないその後ろ姿から千明は目が離せなかった。その細い背中に彼が背負った妻や子の影を見るように。

「待ちなさい」

千明の呼びかけに、戸口の前で小笠原は一度だけふりむいた。

「奥さん。私は、大島吾郎という男にほれこんで塾教師になったクチです。こんなことなら彼と殉死すべきだった。心残りはそれだけですよ」

言うが早いか、迷いもなしに去っていく。

彼は謀反(むほん)に敗れた。けれどもそれは失意の背中ではなかった。一人の男の退陣を千明はまんじりと見届けた。


蘭が電話で誰かと話をする声を聞いたのは、その約二時間後、津田沼本校で急遽(きゅうきょ)開かれた対策会議を経て事務室へ戻ったときだった。

「そ、だから約束して。小笠原って男。近々、稲毛の近辺で塾を開くかもしれなくて、そのときにはうちで使ってた教材を使いたがるはずなんだけど、何があっても絶対、あの男には卸さないで。もし卸したら、うちとの取引はそれまでだって覚悟してちょうだい」

どうやら、相手は教材屋らしい。裏から手をまわして取引を妨害し、未来の商売敵をつぶしておこうという腹か。この子はそこまでやるのか。

よろめくように椅子へ腰かけ、千明は鈍痛のあるこめかみをもんだ。だるい。仕事でのいざこざが体の不調へ直結するようになったのはいつのころからか。少し前までは日々の疲れなどはねとばしていた精神の力も、最近では肉体の限界に引けをとりはじめている。

そんな千明の気も知らず、書類が山積みのデスクには、彼女の帰りを待ちわびていた社員たちが入れかわり立ちかわり新たな案件を運んでくる。

「塾長、四月に開校予定の柏校ですけど、契約が決まりかけてたビルの大家が、いきなり賃料を一・五倍に引きあげたいとごねだしたそうでして……」

「塾長、うちの有名校合格率に疑惑がもちあがっている件で、週刊誌の記者から取材依頼が……」

「塾長、ならしの私塾会の富永会長から、新年会の件でお電話が……」

「塾長、両国校に隣接するちゃんこ屋の店長、ついに裁判を起こすと言いだしたそうでして、早晩、塾生の自転車置き場を確保する必要が……」

「塾長、本校三階女子便所の便器が昨日からつまっている件ですが……」

「塾長、週末の接待ゴルフでうちの営業部員がホールインワンを出したらしいんですが、祝賀費用も経費で落ちるものなのかと……」

塾長、と呼ばれるたびに息が浅くなる。四六時中、あらゆる問題への指示を求められ、なんらかの決断を迫られる。それが自分の仕事とわかっていながらも、ときおり、千明は耳をふさいで叫びたい衝動に襲われる。自分の頭で考えて！

とりわけこの日、社員たちの顔が意志のないのっぺらぼうに見えたのは、千明が故意に操作しやすい若手を起用してきたかのような小笠原の難詰が、胸のどこかをえぐっていたせいかもしれない。そんなことはないと思いたい。が、はたしてそう言いきれるのか。無意識下の自分に問うほどに、泥のような暗鬱の色が深まり、頭痛はますますひどくなる。

耐えに耐えた数時間ののち、とうとうこの夜、千明は彼女らしからぬことをした。数年ぶりの早退だ。

「悪いけど、今日はちょっと早めにあがらせてもらうわ」

午後七時前。普通の会社ならば早退にも当たらない時刻だろうが、授業終了前に校舎を離れる後ろめたさはぬぐえない。

小学生と中学生が入れかわる時間帯の混雑を考え、千明はエレベーターを避けて階段を選んだ。四階、三階と下っていくほどに、足もとから立ちのぼる生徒たちのはしゃぎ声が大きくなっていく。威勢よく階段を駆けのぼってくる彼らとすれちがうたび、千明は「こんばんは」と窶れた顔を笑ませた。

「あ、こんばんは」

生徒の大半は挨拶を返すも、千明が何者か知っているのかは定かでない。

「こんばんは」

「あ、掃除のおばさん」

一人の女子生徒はすれちがいざまにそう千明を指さし、「ちがうよ」と友達のひじてつをくらった。

「掃除のおばさんじゃないよ。その人、えらい人だよ」

「うっそー。だって、この前、掃除してたよ」

「でも、えらい人なの」

「なんでえらい人が掃除すんの」

「知ーらない」

半笑いの千明をすりぬけ、体をぶつけあいながら階段を上っていく。

「ねーねー、うちの塾の七不思議って知ってる？」

「なになに」

「用務員さんがいないのに用務員室があんの」

「ほんとー？　あと六つは？」

「知ーらない」

たった一日でひどく年老いた気分で千明は校舎をあとにした。

冷たい風が吹きすさぶ濃紺の空には、満ちゆくものとも欠けゆくものとも知れない半月が中途半端に照っていた。

いまだ大島家に留(とど)まっている唯一の娘、菜々美の夕食は出勤前に簡単なものを用意し、冷蔵庫に入れていく。米は自分で炊かせる。そろそろ食べ終わっているころかと思いつつ、千明が自宅の戸を開くと、たたきの上には見おぼえのない二組のバスケットシューズがあった。

一組は赤、一組は紫。菜々美のものではない。真紀と英美だ、と千明はぴんときた。親の留守中に仲間を連れこみ、またパーティーでもしているのか。眉をひそめ、物音のする一階の和室へ急ぐ。

「菜々美、お客さん?」

勢いをつけてふすまを開け放ち、力んでいたその手を宙にたらした。

千明の目に飛びこんできたのは、テレビもつけずにこたつを囲んでいる三人の姿だった。卓上には英語の教科書やノート、筆記用具などが雑多に重なりあっている。

「わ、お母さん。なんで」

焦り声をあげたのは菜々美だ。

「なんでこんな時間に帰ってきちゃってんのよ」

悪さでも見つかったように瞳を泳がせ、卓上のノートを両腕で隠そうとする。

「なんでって、あなたこそ、なんで急にそんな……宿題?」

数年ぶりに菜々美が勉強する姿を目撃し、千明も千明で動揺していた。

「いや、宿題っていうか、なんちゅうか」

「なに？」

「だから、その」

ぎこちない母娘に割って入ったのは、菜々美に負けじと赤い髪をした真紀と英美だ。

「ちはーっす」

「おじゃまーっす」

あごをひょいと突きあげる独自の挨拶をしたあと、二人は菜々美に代わって言った。

「おばさん、うちら、受験生っすよ」

「そうそう、受験生が勉強してたら、そりゃもう受験勉強に決まってるじゃないっすか」

「え、でも菜々美は……」

「やっぱり受験、することにしたから」

そこでようやく菜々美が打ちあけた。

「考えなおしたの。もう遅いかもしんないけど、今からやれるだけやってみようって」

照れくさいのか母の顔を見ず、猫のキャラクターモチーフがついたシャーペンをカチカチ鳴らしている。

「そしたら、真紀と英美も勉強、つきあってくれるって言いだして」

「だって、うちらが遊んでたら、ナーナも遊びたくなっちゃうじゃないっすか。うちら誘惑に弱い年ごろなもんで」

「ナーナが高校に行くって決めたなら、うちらも応援したいし、ついでに、うちらもまぐれで受かっちゃったら、一石二鳥で儲けもんだし」

言葉づかいはなっていないが、語られた内容には友情の温みが感じられる。「真紀も英美もいい子だよ」。菜々美の声がよみがえる。ものの言い方一つで人間がどれだけ損をするものかと説教したい気持ちをぐっとこらえ、千明は着ていたコートを戸棚にしまった。それから、セーターの腕をまくりあげ、空いていたこたつの一角に足をもぐりこませた。

「で、何がわからないの？　それぞれ言ってごらんなさい」

三人が広げているのが英語の教科書であるのを見た瞬間、元英語教師の本能に火が灯ったのだ。

「えー。何って、ぜんぶ」

「何から何まで」

「エブリシング」

自己申告を聞くまでもなく、彼女たちの勉強がかんばしい状況にないのはノートの余白量から一目瞭然だった。筆圧の弱い丸文字。ほんの数本しかペンが入らない缶の筆入れ。チョコレートやらコーヒーやらの匂いつき消しゴム。成績向上への意欲に欠ける生徒の特徴がそこここに見てとれる。

　これは難敵だとほぞをかため、千明はまず三人に主立った文法の基礎問題をいくつか与えてみた。結果、予想にたがわず、三人とも中一レベルの基本さえろくすっぽ身につけていないことが判明した。

「教科書をしまいなさい。私が問題を出します」

　この夜、千明が徹底して三人に課したのは、一般動詞とbe動詞の差別化を意識した単語のならべかえ問題だった。結局のところ、英語理解の鍵は文章を組みたてる力、すなわち作文能力にある。主語、動詞、目的語や補語、場所や日時などの付帯条件。これらの順序をしっかり脳に彫りつけて初めて、エイリアン語のごとき英語を同じ人類の言語としてあつかう準備が整うのだ。逆に、そこがあやふやなまま複雑な現在完了形や使役動詞をいくら教えたところで使いこなせるわけがない。エンジンのない車に給油をするようなもので、機能しないままパンクするのが関の山だ。

　塾で子どもたちを教えていたころ、千明は毎回、授業の冒頭を英作文の小テストに当てていた。末長く稼働する一生もののエンジンを育てるためだったが、それは教科書の単元にそった学習ではなかったため、即時的な成果を生むことはなく、保護者の満足にはつながらなかった。生徒たち自身も目に見える結果を求めていた。勉強とは何か。指導とは何か。塾の役割とはなんなのか。日を追うごとに見えなくなっていった。塾という未知の地平を拓き、世間の批判にさらされながらも懸命にもがいていたあのころ、何が正しくて何がまちがっているのか明言できることなど一つもなかった気がする。

「文章を正しく組みたてるには、まずは単語それぞれの品詞を見極めることよ。この中で主語はどれ？」

「あ、それくらいはわかる。アイ」

「次に来るのは一般動詞？　ｂｅ動詞？」

「ええっと……やばい、頭がウニだ」

「アムもイズもアーもないから、一般動詞じゃん？」

「あった、あった。ギブ」

「正解。次、目的語に当たるのは？」

「……ハンド？」

「そう。でも、その前に何か必要なものはない？」

「え、ハンドの前に？　なに？」

「冠詞じゃん？」

「カンシって？」

「だからアだとかザだとかさ」

「じゃ、アだ。ア・ハンドだ」

「ア・ハンド！」

「うーっ、くくくくく」

「出た、ナーナの一人笑い」

「だって二人とも、アッハンアッハンって」

脱線をくりかえしながらも、三人はこの日、千明が期待した以上の根気を見せて練習問題にとりくんだ。単語ならべかえのコツをつかんだら、次は自分自身で一から英文を作らせてみる。用いる熟単語のレベルも徐々にあげていく。勘は悪くない三人ながらも、正しいスペルで正しい単語を正しく配列できるようになるには、そうとうの時間を要するだろう。

「日曜日は家にいるから、またいらっしゃい。それから、今日から毎日二十ずつ英単語をおぼえること。一日二十おぼえたら、一週間で百四十、一ヶ月後には劇的にボキャブラリーが増えてるわ」

「くわ、言うのは簡単なこと言ってくれちゃって」

「さすが塾の親分、普通のおばさんじゃないね」

なんだかんだ言いながらも、真紀と英美はまんざらでもなさそうに帰っていき、ひさびさに授業めいたことをした千明もまたまんざらでもなく二人を見送った。

疲労感はある。あの年ごろを相手にするのは力仕事だ。が、それは体の芯から冷えていくような疲労ではなく、むしろほのかな熱を与えてくれるたぐいのものだった。いつのまにか頭痛も消えている。

「あたし、隠すのやだから、言っちゃうけどさ」

急な心がわりの理由を菜々美が告白したのは、その夜更け、夕食をとりそこなった千明が夜食のインスタントラーメンをすすっていたときだった。

「お腹すいた」と、やはり食卓のむかいでラーメンをずるずるやっていた菜々美が、突然、けろりと言ってのけたのだ。

「あたし、こないだお父さんと会ったんだ」

「お父さん？」

「お正月、ちょうど日本に帰ってきてたから」

日本？　ってことは、ふだんはどこに？　外国か。子どもたちとはやはり連絡をとりあっているのか。

めまぐるしく思いをめぐらす千明に、菜々美は吾郎のことでそれ以上多くを語ろうとしなかった。ポイントはそこではないらしい。

「でね、お父さんに言われて、あたし、高校に行こうって思ったの」

「言われて……なんて？」

「あたしが高校を卒業したら、広い世界を見せてくれるって」

広い世界。そう語った菜々美の目にはついぞ見たことのない光彩の虹がかかっていた。

「今のあたしじゃ、まだダメなんだって。あたし、学校なんて退屈で窮屈なだけだし、高校も行く気ないって言ったんだけど、お父さん、今いるところでおもしろいことを探せないなら、どこへ行ってもダメだって言うの。あたしはまだまだ未熟なんだって。めんどくさがらずに高校にも行って、今いるところで毎日を楽しめるようになったら、そしたら、海のむこうへ連れてってくれるって。見たことないような景色や、会ったことないような人たちに会わせてくれるって」

文字どおり、夢見る瞳で語る三女。この子がこんな顔をするなんて。こんなことを考えていたなんて。菜々美が声を弾ませるほど、千明は自分が何もわかっていなかったことを思い知らされた。

頼子の死。吾郎と蕗子の家出。蘭の一人暮らし。つぎつぎと家族が離れていく中で、末っ子の菜々美は人一倍、さびしさを胸に抱えて生きてきたものと考えていた。素行が悪くなったのもその反動と思うが故の負い目もあった。

しかし、ちがった。菜々美は失ったものなど引きずっていなかった。過去など見ていなかった。むしろ蕗子よりも、蘭よりも、さらに遠くへ飛びたがっていたのだ。

娘たちはそれぞれのタイミングで、それぞれのやり方で羽を開く。衝撃の波が引いたあと、千明の胸によせてきたのは、しみじみとした感慨だった。さびしさがないといえば嘘になる。長らく手を焼いてきた末っ子を、いとも簡単に懐柔した吾郎への敗北感も否めない。自分が正月特訓に明けくれているあいだ、そしらぬ顔をして菜々美が父に会っていたのかと思うと、裏切られた気にもなる。が、しかし、家族とは多かれ少なかれ裏切り合いながら生きていくものではないのか。

「あなたの英語力で世界に出たいとは、いい度胸だわ」

あっという間に麺をたいらげ、スープまで残さずすすりあげた菜々美に、千明は気をとりなおしてむきなおった。

「とくと拝見させていただきましょう。それだけの抱負があるのなら、受験勉強だけじゃなく、高校でもさぞ英語に力を入れることでしょうね。なんなら塾へ通ってみる？」

あちゃー、と額を押さえた菜々美が調子よく話題を切りかえる。

「ねね、そういえばさ、お父さんが言ってたんだけど、海外には塾がないんだってね」

「そうなの？」

「うん。その代わり、いろいろユニークな教育を実践してる私立学校があるんだって。それ聞いて、あたし、思ったんだよね。なんでお母さんは塾だったんだろうって」

「なんで……って？」

「文部省が憎いんでしょ。もうとにかく公立学校がいやでいやでしょうがないんでしょ。それはよーくわかったけどさ、でも、それだったらべつに塾じゃなくてもいいじゃん」

からりと言い放つ菜々美の次なる一語に、千明は危うくスープを吹きそうになった。

「いっそ、私立の学校を創っちゃってもよかったんじゃないの」

「創っちゃってもって……」

どこにそんな資金が？　吾郎と二人、自宅の二階で教えるのがやっとだった当時の、どこにそんな力が？

問い返そうにも声にならない。これまで頭をかすめたこともなかった「第三の道」の提示に、千明は妙に心音を逸(はや)らせて絶句した。まるで、空にあるのは太陽と月だけではなく、無数の星が瞬いているのを初めて知ったかのように。

第六章　最後の夢

『Hello!　お母さん、元気にしていますか?

　こないだはお米やカップめんの小包をありがとう。超うれしくて泣けました。そういえば昔、大島家にはインスタントラーメンはOKだけどカップめんはNOって掟(おきて)がありましたが、お母さんも丸くなったものですね(くくく)。

　私は元気にしています。二年目にしてやっとバイトもサマになってきて、何度も注文を聞き返さなくなりました。ステイ先のCindyとはますます仲よくなって、一緒に映画を観(み)たり、パーティーに行ったり、旅行したり、いつもくっついているのでみんなに「姉妹?」なんて言われています(蘭ネエとは「ほんとに姉妹?」って言われ続けた私が!)。

　そうそう、同じ語学学校に通っているアキラと、先月からボランティアを始めたのです。なんと、こっちにいる日本人家族の子どもに日本語を教える仕事!　いざ改まって教えようとすると、日本語って難しい(英語も難しいけど)。毎回、頭を抱えています。でもまあ、フレッシュな発見もあって面白いので、しばらく続けてみるつもり。

毎日やること&やりたいことが満載で、あっという間に時間が過ぎていきます。日本ではバブルが弾けて、ロスでは暴動が起こって、リオではストリートチルドレンが毎日殺されて、こんなときに自分だけ青春を謳歌してていいのかなって思うこともあるけど、今は経験を積む時と考えてがんばります。

お母さんは元気にしていますか？　ヒザの具合はどう？　還暦も近いんだから、くれぐれも無理せず、何事も休み休みやってください（って、言うだけムダか）。

蘭ネエとは仲よくしていますか？　蘭ネエが家に戻ってくれて安心したけど、なんとなく、心配もしています。毎日、二人してむっつりしていないよね？　どうか心にユーモアを！

蕗ネエからはときどき手紙をもらいます。今は産休中で、念願の二人目にかかりきりみたい。どうか私にも上田のお兄ちゃんみたいに子煩悩なダーリンとの出会いがありますように！

それではまたお便りします。母上さま。私がおいしすぎるパンケーキ（メープルシロップたっぷり！）の食べすぎでぶくぶく太らないように祈っていてください。

with best wishes, Nana』

朝靄をぬって走る新幹線の車内で、千明は鞄に忍ばせてきた手紙を読みかえした。もはや何度目かわからないのに、異国の街でもちまえの快活さを開花させているらしい三女の弾むような文字をながめていると、自然と千明の心も躍る。日々の煩悶も一時的に消し去れる。

　無論、それはたまゆらの平穏にすぎず、封筒へ戻した手紙を鞄に収めるなり、またゆらゆらと陽炎のように憂鬱が立ちのぼってきた。

　出所は蘭だ。菜々美の推察にたがわず、実家暮らしに戻った蘭とはなにかとぶつかることが多く、毎日むっつりとした顔を突きあわせている。とりわけ昨夜の衝突は激しかった。

「お母さん、正気？　本気でそんなこと言ってんの」

　ここ数年来、ひそかにあたためてきた腹案を打ちあけた千明に、蘭はまるでお話にならないといった調子で吠えかかったのだ。

「ああ、驚いた。めまいがしそう。どんな酔狂か知らないけど、そんなの無理に決まってるじゃない」

「あら、どうして。あなたこそ、どんな根拠でそう決めつけるのよ」

「日本の現状よ。古き良き昭和は終わったの。もう看板を掲げただけで生徒がわらわら集まってくる時代じゃないんだよ。これからどんどん子どもの数はへって、景気もますます悪くなる。どこの塾も戦々恐々としてるこんなときに、リスクを負って新事業に手を出すなんてどうかしてるって」

　蘭は昔から豪胆な一方で慎重さも備えた子だ。言い方を変えると、疑い深い。それは年を重ねるほどに顕著となり、二十代も半ばをすぎた今となっては、この子は自分以外のなにものも信じていないのではないかと思えることすらある。

くだんの計画にも楽に同意を得られないのは見こしていたものの、招いた反発は予想以上だった。

「厳しい時代なのは先刻承知の上です。行く末の不安な今だからこそ、塾一本でやっていくよりも、事業の幅を広げたほうがいいって言ってるのよ」

「広げる方向をまちがえてる。結局、お母さんは重症の寺子屋シンドロームなんだよね」

「寺子屋シンドローム？」

「お母さん世代の塾関係者に多いんだ。世間から鬼っ子呼ばわりされた過去をうらんで、学校にコンプレックスをもっていて、心のよりどころを求めるみたいに、塾の前身は寺子屋だったって由緒を強調するの。寺子屋はどちらかというと学校の前身じゃないんですか、なんて口をはさもうもんなら、烈火のごとく怒りだして収拾がつかなくなるんだよ」

「私は寺子屋をよりどころにしたことなど一度もありません！」

千明は烈火のごとく怒って収拾がつかなくなり、蘭も負けじと応戦、老猫も逃げだすバトルの末にどちらも精根尽きはて、決裂したまま互いの寝室へ引きこもったのだった。

「そもそも、私はあなたに相談したわけでも、了解を求めたわけでもないわ。一応、耳に入れておいただけ。たかだか六年目の社員がナマ言うんじゃないわよ」

遠出の理由を告げるつもりが、結局、そんな捨てゼリフに終わってしまった。そろそろ目覚めているであろう蘭は、きっと、今日にかぎって早すぎる母の出社を不審がっているにちがいない。

古き良き昭和は終わった。車内販売で求めたサンドウィッチをかじる千明の脳裏に、蘭の言葉がよみがえる。そんなことはわかっている。ぱさついたパンを口中で湿らせながら思う。平成四年。暗雲たれこめる日本の未来に、もはやいざなぎ景気やバブル景気のような祭り太鼓が鳴りわたることはないのだろう。ないものをねだってもしかたがない。だからこそ自分は過去にもたれず、未来へ進もうとしているのではないか。

歯を食いしばる千明をのせて新幹線は北へと進んでいく。進むほどに太陽は高くなり、車窓をかすめる灰色のビル群は緑の大地へと色を移す。カーテンの隙間から流れこんでくる陽射(ひざ)しは、九月に入ってもなお夏の光度を誇っている。

のりかえのため盛岡(もりおか)駅へ降りたったとき、サンドウィッチの箱にはまだ四切れが手つかずのまま残っていた。好物の卵もそこにあるのを見つけ、千明はようやく自分がひどく緊張しているのを認めた。

「改札を出で、右さ曲がってくださいい。歩げば二十分ぐらいかがるがら、わがんねがったら、途中でまだ人に聞いだらいいですよ」

盛岡駅から在来線で約一時間、秋田県のとあるローカル駅に到着したとき、陽はもう高々と天頂を飾っていた。乾いた肌をなでる涼風に、ほんの数時間の旅で季節を一つまたいだ気分にひたりつつ、千明は駅員に示されたほうへとゆっくり歩きだす。段差の少ない駅前通り。煤(すす)けた木造の家々。遠く見える山の稜線(りょうせん)。初めて訪れた村の琥珀(こはく)がかった光景に懐かしさをおぼえるのは、まだ松林に白鷺(しらさぎ)がいたころの八千代台とどこか似ているせいかもしれない。

めざす民家は田園の広がる静かな集落にあった。行き交う人の少ない路上に人影を見つけては道を聞き、ようやくたどりついたその門前で千明は息を整えた。

古家の多い家なみの中ではあきらかに新参の一軒家。その外壁によりそう子ども用の自転車に目をやり、二階のベランダで風にゆられている赤子のおむつをふりあおぎ、そこかしこから立ちのぼる家庭の匂いを吸いこみながら、最後に千明は「上田」の表札をじっと見た。

今日の訪問を蕗子は知らない。事前に知らせて居留守を使われるのを恐れたのだ。上田が仕事に出ている平日の日中を狙ったのも、確実に、蕗子本人と会うためだった。

緊張はなおも続いていた。最高潮とも言えた。その鼓動の高まりをねじふせるように、千明はインターホンへ指をさしのべる。来るところまで来たからには、やることをやるしかない。

涙の再会などはつゆも期待していなかった。突然やってきた母に、おそらく蕗子はたじろぎ、しばし呆然と言葉を失い、そして、その目に警戒の色を浮かべることだろう。千明の想定はおおかた当たっていたものの、順序は若干前後した。

「はい」

玄関のドアを開けた蕗子は、目の前にたたずむ母を見るなり、まず反射的に警戒の色を浮かべて一歩退き、それから呆然と立ちつくしたのだった。

そういえば、この子は自分といるとき、決まってこんな目をしていた。大島家のにぎやかなりしころを偲びつつ、千明も無言で長女の顔に見入った。

十二年。会わずにすごした歳月の溝をへだてて、あの子はどんなに変わっているだろう。何度も頭に描いた。三十七歳にもなればさぞやいい大人になっているにちがいない、と。しかし、いざ生身の本人を前にしてみると、いくつになっても娘はやはり娘のままだった。

二十代のころと肌のきめはちがう。体の線もふっくらし、しゃれっけのない短髪やよれたシャツからは生活感も見てとれる。が、外敵から身を守るために嗅覚をみがいた小動物のような、独特の鋭さを秘めた印象は昔となんら変わらない。唯一、決定的な変化があるとすれば、それは、その腕に抱かれて眠る赤子の姿だろう。

杏。自分の血を継ぐ二人目の孫。そのふくふくとした頰に手をのばしたい衝動をかろうじてこらえ、千明は蕗子に告げた。

「突然、悪いわね。どうしても、あなたに相談したいことがあって」

ひさしぶり。元気そうね。そんな普通の母娘らしい挨拶がなりたつ間柄ではなかった。用件を明確に告げる。まずはそこからだとストレートに切りだした千明を、いぶかりながらも蕗子は追いかえそうとはしなかった。

「とにかく、あがってください」

千明はほっと肩の力をぬいた。拒絶という最悪の展開もありえたのを思えば、まず第一関門は突破というところか。

四人家族の家は簡素ながらも清潔感があり、手製とおぼしきテーブルクロスやティッシュカバーから手先の器用な蕗子らしさが香っていた。と同時に、そこには大島家にはかつてなかった男の子の気配が充満していた。

土まみれのズック靴が散乱する玄関で、千明はまず壁に貼られた切りぬき写真の松井秀喜に出むかえられた。甲子園のヒーローは廊下の壁でもしきりに笑顔をふりまいていた。続いて通されたリビングルームにも、当然のごとく四囲のそこここに松井、松井、松井。顔も見ぬまま小学生になった初孫を思うと、千明の胸は高揚と切なさという相反する感情に引き裂かれる。

「すみません。すっかり、ごぶさたしてしまっていて」

ベビーベッドに杏を寝かせ、ダイニングテーブルごしに対座した千明に色濃い緑茶を淹れたころには、蕗子もだいぶ落ちつきをとりもどしていた。

「結婚とか、出産とか、何かあるたびに連絡しなきゃとは思っていたんですけど、結局、そのままになってしまって」

　警戒の色はなおも濃い。蕗子は必要なだけのよそよそしさを慎重に測っているように
も見える。

　千明もそのトーンに合わせて言った。

「あなたのことは、菜々美からときどき聞いていたわ」

「私も、お母さんのこと、菜々ちゃんからときどき」

「いまだにあの子、なにかとあなたを頼っているみたいね。ワーキングホリデーの制度
も、あなたが教えてあげたのでしょう」

「調べてくれたのは純さんです。お父さんとのアジア歴訪で、菜々ちゃん、すっかり海
外づいちゃったみたいだったから」

　お父さん。ふと口を衝いたその語に蕗子はハッとし、つくろうようにぎこちない微笑
を唇にのせた。

「純さん、菜々ちゃんを買っているんです。目標さえ見つけたらがんばれる子だ、せま
い日本で縮こまっているのはもったいないって」

「そういえば、上田先生、昔からよく菜々美と遊んでくれてたわね」

「ええ。でも、もう先生ではないんですけど」

「え」

「純さん。今は農協で義父の手伝いをしているんです」

「ああ、そうだったわね」

塾とはいっさい縁を切った。いつぞやの電話で本人の口からそれを聞き、上田もか、と心でつぶやいたのを千明は思いだした。

千葉進塾にかぎらず、離職率の高さで群をぬいている塾業界においては、定年まで職務をまっとうする社員のほうがむしろ少ない。重労働のわりには報酬の少ない現場で将来を悲観し、まだ体力があるうちにと去っていく多数派たち。かつて稲毛校で反旗をひるがえした小笠原はどうしているだろうとふと思いながら、千明は熱い茶を一口すすり、蕗子へ目を戻した。

「それで、あなたはどうなの」

「はい？」

「あなたは、産休が明けたら、また学校へ戻るおつもり？」

急に矛先をむけられた蕗子が裏を読むように間を空ける。

「ええ。できれば」

「できるの？」

「はい。上の子のときも、純さんや義母が協力してくれましたので」

「今後も教員を続けるつもりでいるのね」

「生半可な覚悟でこの職についたわけではないことは、お母さんもよくご存じのはずです」

蕗子が学校教員になると宣言してからの大騒動――家族中を巻きこんだ嵐の日々を回顧し、千明はこくりとうなずいた。家族の応援があったとはいえ、丑三つ時まで続く連日の舌戦に半年近く耐えた娘の信念に、いまだほつれは生じていないようだ。

「それなら、その覚悟を見こんで、一つ相談があります」

「はい？」

「私の計画に、あなたの力を貸してもらえないかしら」

「計画って？」

「私立校を運営しようと考えてるの」

「お母さん、なにを……」

「私立の学校で子どもたちに勉強を教えるのよ。私は本気です。蘭は反対するけど、かならず実現させてみせるわ」

千明の形相が一変した。瞳に異様な光を宿したその様は、家族の全員が一つ屋根の下にいた昔、ふいに突拍子のないことを思いついては皆をふりまわしていたころからなんら変わっていなかった。

「本当よ。これは最後のチャンスなの。子どもたちに真の知力を授けるための授業、テストや受験のためだけじゃない教育を、今度こそ、どこまでも追求してみせる。私の最後の夢なのよ。そして、それが叶ったあかつきには蕗子、あなたを……」

警戒を通りこしておびえている蕗子に、食いつくように千明は言った。

「あなたを、教員として迎えたいのよ」

――いっそ、私立の学校を創っちゃってもよかったんじゃないの。

きっかけは約八年前、菜々美がなにげなく口にしたあのひと言だった。

まさか、と当時の千明は思った。自分にそんなことができるわけがないと。しかし、ふしぎとその声は長く耳に留まり、むしろ月日が経てば経つほどに脳の奥へと浸潤していった。

私学の運営。もしもそれが実現すれば、塾ではなしえなかった教育の実践が可能になる。他塾との競争に神経をすりへらしながら保護者の顔色をうかがい、難関校の合格者数に一喜一憂する現実とはべつの位相で子どもたちとむきあえる。

そんな思いが日増しに募っていった背景には、あの津田沼戦争による打撃の後遺症もあったかもしれない。

血で血を洗う塾同士の抗争はそう長くは続かなかった。あとにして思えば、あれはモラルの確立を待たずして急成長をとげた新産業がくぐりぬけねばならない一種の通過儀礼であったのかもしれない。淘汰されるものはそこで淘汰され、仁義なき闘いのはてに、最後まで生きぬく体力、あるいは知力のある者が残った。幸い、千葉進塾も勝ち組の筆頭として数えられた。

とは言え、無傷ではいられなかった。過度の競争は勝者からも敗者からも等しく命を削りとる。えげつない誹謗中傷合戦。教師の引きぬき。身内の反乱。あの怒濤の日々がようやく去ったとき、自分の中で燃えていた何かがその威をかげらせているのに千明は気づいたのだった。何か――塾拡大にかけてきた雄々しき熱情のようなものが。

その後にめぐってきたバブルの時代、倍々ゲームのような教場の拡大に走った他塾(とりわけ異業種からの参入組)を横目に、千明が現状維持をつらぬいたのも、ひとえに津田沼戦争による古傷のおかげだったと言える。派手に銀行から金を借り、ビルを建て、投資でさらなる富を築こうとする者たちに倣わず、千明はそれまで築いた土台をいかにして盤石にするかに精力を傾けた。バブルに踊った同業者がのきなみ痛い目にあっているのを思えば、結果的にはそれが千葉進塾を救ったことになる。

「守りに入るとは、這いあがりの千葉進塾らしくない」

「鉄の女も年をとったもんだ」

塾内外からの揶揄を尻目に、冒険回避に徹しつづけた千明は、しかし、その一方で人知れず新たなる冒険への野心を育てていたのだった。

私学への参入。最初は雲上の夢であったそれがじわりとリアリティをおびたのは、五年前の昭和六十二年、高知県で名をはせていた土佐塾が私立土佐塾中学校および高等学校を開校したときだった。

一私塾の長が学校をおこす。そんなことが実現可能だったのかと、千明は全身がわきたつような興奮に包まれた。その二年前、国立学院が業界初の株式上場をとげたとき以上の、それは胸震える衝撃だった。

「問題は、資金よ」

語るほど、その息で炎がなおも煽られるように、千明の声はますます熱をおびていった。

「残念ながら、財力において千葉進塾は土佐塾に遠く及ばなかった」

私立校の新設にはゆうに三十億円はかかると言われている。そんな大金がどこにあるのか。銀行に借りるにしろ、スポンサーを募るにしろ、あまりに桁が大きすぎる。バブル崩壊以降は千葉進塾の年商も頭打ちで、ただでさえ資金繰りが厳しくなっていたのもあり、一時は夢を断念せざるをえないところまで追いつめられた。

ところが、今年に入って急に好機が舞いこんだのだと、千明は語気を強めた。

「埼玉の栄明学園が新しい経営者を探しているそうなのよ。千葉進塾での業績と信頼を見こんで、ぜひ私に引きついでほしいって話をもちかけられたの。わざわざ建てなくったって、校舎がそこにあるのよ。新設とはちがって、登記の変更だけならば二、三億円でまかなえる。ね、わかるでしょう。これはまたとない機会なのよ。夢を現実にする最後のチャンス。蘭は反対するけど、のらない手はないわ。ね、蕗子、あなたもそう思うわよね」

憑かれたような目つきで訴える。まぶたと法令線がしわんで深く落ちくぼみ、髪には白いものが増え、老境に足を引っかけながらも衰えを知らないその迫力に、蕗子は不気味な生命体でも見るように身をわななかせた。

「でも、どうして」

ようやくしぼりだしたか細い声には畏怖の色すらある。

「どうして、私がそこの教員に？」

「どうして？」

不審の念をあらわにする蕗子に、千明も千明でなぜそんなことを聞くのかと不審げな声を返す。何かに夢中になると何かが見えなくなる、これもまた変わらぬ千明の習性だった。

「お母さん、忘れたの？　自分が、お父さんに何をしたのか」

「お父さん？」

「私は忘れない。お母さんは、ひどいやり方でお父さんを塾から追いだしたのよ。あんなに尽くしてくれてた人を裏切って、塾長の座を奪ったの。お父さんはひと言も責めなかったけど、私はあのとき、絶対にお母さんを許さないって思った。一生、許せないって」

今も許していない。蕗子の瞳に色濃い意志を見てとりながらも、千明は表情を変えなかった。

「許さなくてもいいわ」

「はい？」

「私を許さなくたっていい。ただ、それはそれとして、あなたの個人的感情を切りはなしたところで、私学での実践に力を貸してはもらえないかって話を私はしているの」

「なに。どういう意味？」

「たしかに、私はお父さんにひどいことをしたかもしれない。弁解する気はありません。ただし、そこに利己心は介在していなかった。千葉進塾の発展以外のなにものも私は望んできませんでした。そこまであなたは否定できる？」

「それは……」

「あなたが私をうらむのはしょうのないことよ。けれど、その感情を切りはなしてニュートラルな地平に立ったとき、私が新たな天地で挑戦しようとしているのは、まったく無意味なことかしら。還暦間近の女が、残りの生涯をかけて理想の教育を追求しようとあがくのは、あなたにとって協力する価値もないほどバカげたことかしら」

自らの過去を正当化するでも弁明するでもない母の猛々しいばかりの居直りに、今度こそ蕗子は圧倒された。瞬きも忘れて凍りつく彼女の中で何かが崩れていく音が聞こえるようだった。もうひと押しだ。千明は喉もとに力をためる。あと一つか二つの盲点をつき、彼女が予期せぬ角度から攻めれば、もしかしたらこの子は——。

そのとき、崩れが止まる。さっきから数分おきにベビーベッドを確認している蕗子の視線。タイマー仕掛けさながらのその目が、再び千明から杏へとたぐられた瞬間、彼女の顔に生気がよみがえった。

「お母さん。一つ聞いてもいいですか。私、前々から気になっていたことがあって」

「なんでしょう」

「理想の教育って、なに」

「え」

「理想理想ってお母さんは言うけど、本当にそんなものがあるんですか。あるとしたら、どこに？　私にはわからない。ままならない現実から目をそらすために生みだした、それはお母さんの幻想じゃないの？」

今度は千明の瞬きが止まる。何か言おうと唇を開くも、その口は言葉を奏でない。

一輪挿しのコスモスをはさんだ二人のあいだに淀んだ沈黙がたゆたい、それはみるみるふくれて部屋中を覆った。と、その空気にあてられたように、ベビーベッドの杏がふぎゃっと泣き声をあげた。

瞬時、ほかのすべてを忘れて蕗子は壁の時計を仰いだ。

「あ、ミルクの時間」

二人目とあって蕗子の授乳は手慣れたものだった。もうじき三ヶ月になる杏の食欲もたのもしく、母の乳首にしかと吸いつき、必死で喉を波打たせる。一心不乱に、母から貪る命の源泉だけがこの世のすべてというように。

そんな姿を前にして相好を崩さずにいるのはむずかしい。

上手にげっぷをさせた杏を再びベビーベッドへ横たえたときには、千明のみならず、蕗子の声色も軟化していた。

「お母さん、お昼ごはんは？　昨夜の残りのカレーならあるけど」

そんな気づかいが聞かれたほどだ。

朝からサンドウィッチ二切れしか胃に入れていなかった千明に断る理由はなく、数分後、二人はカレーライスの皿を前に再び対座していた。

ほどよく味がなじんだ二日目のカレー。一見オーソドックスながらも、いざ口に入れると幾種もの野菜が溶けこんでいて味の層が厚く、豚バラ肉のラードも深いコクの醸成に一役買っている。それは、蕗子が生前の頼子から受けついだ味だった。

息をひそめて母の反応をうかがう蕗子に、しかし、目が合うなり千明は教師然と告げた。

「たとえば、野菜の値上がり一つをとっても、昔は生きた教育の材料となったものです」

「野菜？」

「冷夏の影響で野菜の値段が高騰している、とラジオで報じられたとするでしょう。敗戦後、私が中学生だったころは、そうした報道も学校での授業に活用されて、報じられた内容をどう受けとめるか、あるいはどう疑うか、子ども同士で徹底的に議論させるような教育が行われていたのよ」

　また急に、この人は何を言いだすのか。困惑のあらわな蕗子をよそに、千明はカレーもそっちのけで説法に耽る。

「この報道の発信源はどこなのか、野菜の高騰が冷夏によるものであるというのは誰の判断か、このキャスターにニュース原稿を読めと指示したのは誰なのか。あらゆる角度から、とことんみんなで検証するの。何事もうのみにせずに自分たちの頭で問いなおす。それが、敗戦後の学校で私たちが受けた教育よ」

「それは、アメリカからの要請で？」

「方針を定めたのはＧＨＱだけど、新しい教育を現場に生かそうと試行錯誤したのは日本人です。民主主義教育を真に実りのあるものとするために、あの時代の教育者たちは皆、必死で研究したの。たとえば、有名なところでは『川口プラン』があるわ」

　川口プランとは、民主主義教育の実践のために埼玉県川口市の教育関係者が創った地域教育計画であり、子どもたちの身近な問題からテーマを拾い、深い思索や話し合いへと発展させるべく構想された、じつに秀逸なカリキュラムなのだと千明は弁を熱くした。

　手中のスプーンはもはや完全に動きを止めている。

「川口市にかぎらず、当時は誰もが日本人になじみのない民主主義の思想をどう子どもたちに教えたものかと格闘していたのよ」

　いつしか蕗子のスプーンも止まっていた。軍国主義教育への怨念を子守歌さながらに浴びせてきた千明も、戦後の民主主義教育に関してはほとんど娘に語ったことがなかった。

「ただし、残念ながら、川口プランが現場で効力を発揮したのはかぎられた期間だけだった。しょうがないわね。日本が本気で民主主義教育を標榜(ひょうぼう)していたのは、米国の支配下にあったほんの六、七年にすぎないんだから」

「あ。戦後のゆりもどし……」

「そう。昭和二十七年の独立回復、あれを転機に風むきが一変したってわけ。公職追放されていた官僚が文部省へ返り咲くが早いか、さっそく戦後教育の見直しが始まった。国の干渉から切りはなされたはずの教育が、あっというまに官僚たちの支配下へ戻されちゃったのよ。なかんずく、子どもたちの考える力を育(はぐく)む川口プランなんて、小うるさい国民を生むだけだって話になったんでしょうね」

文部省へのうらみつらみは子守歌の第二章だ。千明が本気で語りだしたら一時間やそこらでは終わらない。しかし、例外的にこの日の彼女はそこへむかわず、かつてない方位へ飛翔した。

「ただし、川口プランの寿命が短かったのには、べつの理由もあったの。早い話、カリキュラムがあまりにも高度すぎて、現場の手には負えなかったってこと」

「高度すぎて？」

「時代の限界もあったんでしょうね。戦後の焼け野原で校舎も予算も足らずに汲々(きゅうきゅう)としていた当時、日本にはまだ高度な教育を現場に根づかせる素地がなかった。まだ川口プランの出番ではなかったとも言えるかしら。むしろ……」

ひと呼吸置いた千明の瞳に一種独特の艶がかかる。

「むしろ、子どもの思考力を鍛える川口プランのような教育が求められているのは、今なんじゃないかって、私は思うのよね」

「今？」

「点数主義にがんじがらめにされて、子どもたちの考える力が衰えている今こそ、私たちは川口プランの理念に立ちかえるべきではないかしら」

「お母さん？」

「やればできると思うの。今の時代なら、それも文部省に縛られない私立校でならば、やってできないわけがない。ええ、できるわ、かならず。なにがなんでも実践するという不退転の決意をもってのぞめば、きっと子どもたちもついてきてくれる。本物の民主主義教育。考える力を育てるカリキュラムの復活。それこそが……」

「お母さん！」

高ぶるほどに声も高まる母に、蕗子がベビーベッドを見やって「しっ」と人さし指を立てるも、千明の舌は止まらなかった。

「それこそが、私のめざす教育よ。幻想なんかじゃないわ」

見果てぬ夢を追いかける瞳は、もはや孫も娘も映していない。

「ね、本当よ。具体的な道筋も立ってるの。かつて川口プランの開発に携わっていた元教員が、私が栄明学園を引きついだあかつきには、特別顧問になってくださるそうなのよ。少しも幻想じゃないでしょう。私は本気よ。最後の夢だもの。ええ、かならず、今度こそ子どもたちに真の教育を授けてみせるわ。だから……」

遠い彼方からくるりと旋回し、再び標的が蕗子へ戻った。

「だから蕗子、どうか、あなたも協力してちょうだい」

すがるとも脅すともつかないその声の残響が去ると、部屋は一転して真空のような静けさに包まれた。どこか遠くのほうからちり紙交換のアナウンスが聞こえる。窓からの生ぬるい風が壁の切りぬきを小刻みに震わせている。

その律動に合わせるように蕗子がまつげを瞬かせた。

「だから、どうして私が?」

「信頼のおける娘に右腕になってもらいたい。それ以上の説明がいるかしら」

「蘭がいるじゃない」

「蘭は教育者にはむかない」

「なら、菜々ちゃんが……」

「あの子は自由に生きていくのでしょう」

「だからって……」

「あなただって……」

二人の声が重なった。昔も今も、引くのは蕗子のほうだった。

「あなただって、教員をしているからには万全の環境で授業をしたいでしょう。がちがちに管理された今の公立校に真の教育はないわ。私のところへ来れば、心ゆくまで時間をかけて、理想の教育を追求できるのよ。教育者として、それ以上の本望がある？」

王手とばかりにすごまれ、蕗子が息を浅くした。狙った獲物をいざ射止めんと母の眼光が照り映える。この最後の正念場で、しかし、またも千明は娘が以前の娘でないのを思いしらされたのだった。

「たしかに、今の公立学校に真の教育はないかもしれません」

怖じけた瞳が杏の寝顔を、そして闘志みなぎる松井の勇姿を順にとらえていく。再び千明へ戻ってきたその目には、遠い異郷で自らの地盤を築きあげてきた女の強さが灯っていた。

「会議、出張、研修、報告書。教室以外でやらなきゃならない仕事が多すぎて、近ごろじゃ授業の準備どころか、子どもたちとじっくりむきあう時間すらなかなか作れない。子どもがおとなしくなったとか、逆にわがままで手がつけられなくなったとか、いろいろ言われているけど、そんなふうにひとくくりにできることでもないんです。一人一人、全員、ちがうんだから。理解したければ一人一人と深く触れあうしかないのに、どんどんそれがむずかしくなる」

急に雄弁になった蕗子に調子を狂わされながらも千明はうなずいてみせる。

「そうでしょうとも。そもそも、一人の教師が四十人もの児童を見るなんて、どだい無理な話なのよ」

「おまけに、永田町で誰かが威勢のいい教育改革の狼煙をあげるたび、公立校はてんやわんやの火事場になる。どうせまたすぐに変わる施策のために、これまで積みあげてきたノウハウがふりだしに戻るの」

「ええ、もちろん、その火の粉は塾へも飛んできますとも」

「むなしいのは、これだけ改革、改革とふりまわされてきながら、いっこうに成果が見えてこないことです。あいかわらず教室には勉強についていけない子がいるし、不登校児童の数もへらない。校内暴力が落ちついたかと思えば、今度は陰湿ないじめ。なにかも学校のせい、無能な教員のせいだって叩かれて、今じゃ教員までが精神を病んでる始末です」

「とうてい、まともな授業のできる環境じゃないわね」

「ええ。でもね、お母さん、だからこそ……」

蕗子はおもむろにいずまいを正し、千明の目を見すえた。

「だからこそ、私はこれからも公立学校の一教員でありたいと思っています。そこに真の教育がなかったとしても、公立校には、子どもたちがいる。誰も彼もが私立に通えるわけじゃないんですから」

凛としたその声の清けさに、とっさに、千明はついぞないことをした。その目に動揺の色を走らせたのだ。

「学びの場を選べない子どもたちによりそって、ともに学びあう。与えられた条件の中で、精一杯、自分にできることをする。それが、私の本望です」

膜の張ったカレーをはさんでむかいあう母娘を再び静寂が包みこむ。それ以上を娘は語らなかった。それ以上を母も問わなかった。語らずとも蕗子は決意のかたさを全身で伝え、問わずとも千明はいかなる説得ももはや意味をもたないことを悟った。

「わかったわ」

千明が深々と息を吐きだした。

「わかりました。あきらめましょう」

「お母さん……」

千明のつむじから湯気のごとく立ちのぼっていた気迫が去り、蕗子が気のぬけた様子で椅子の背に体をもたせかける。「気」の一字では語れない何かが蕗子の中からぬけていく。こんなにも解き放たれたこの子の表情をかつて見たことがあったろうか。まじまじ目をこらす千明の顔に、蕗子もまた新たな母を見るようなまなざしをむけている。

このとき、玄関から来客を告げるチャイムが響かなければ、二人は互いに互いを見合ったまま、いつまでも牢として動けなかったかもしれない。

「あ、はい」

蕗子が玄関へ姿を消すと、千明は再びほうっと息をつき、首から下を弛緩させた。一パーセントでも望みがあればと賭ける思いで来たものの、やはり、蕗子はなびかなかった。あの子はあの子が志した道の上で、いつのまにか一人前の「先生」になっていた――。

窓辺のベビーベッドへふらりと歩みよったのは、急に胸がすかすかと軽くなりすぎたせいだろうか。

クリーム色のおくるみに包まれて、杏はぐっすりと寝入っていた。すべらかな陶器のような肌。てらてらとぬれた唇。ミルクの匂い。ながめているうちに抵抗しがたい誘惑にかられ、千明はその小さな体をそっと両手で抱きあげた。少しだけ。ほんの一瞬。けれどその体温に触れたが最後、手放すことができずに頬をすりよせた。

杏。私の孫。ああ、なんて柔らかいのだろう。なんて愛らしい赤んぼうだろう。

「泣かないのね。いい子。強い子。丈夫に育ってちょうだい」

自分のものとは思えない猫なで声を出し、ふと視線を感じてふりむいたときには、戸口に蕗子が立っていた。

「あ」

瞬時に耳まで熱くした顔をうつむける千明に、なぜだか蕗子までも頬を染めて告げた。

「上の子……一郎も、あと二時間くらいで小学校から帰ってくるはずよ」

顔をあげられないまま千明は筋張った首を横にゆらした。

「そう。でも、もうおいとまするわ」

杏を放せなくなったように、一郎に会ったら帰れなくなる。そんな自分が目に見えていた。


途中まで送るという申し出を固辞して、家の門前で蕗子と別れた。

「じゃ、上田先生にどうぞよろしく」

次に会うとき、杏はいくつになっているのか。そもそも次などあるのか。年よりの情とは厄介なものだと自嘲しながら背をむけた瞬間、頭のおおかたを孫に占拠されていたにもかかわらず、千明の舌先からはあらぬ言葉がこぼれていた。

「あなたが上田先生と幸せになってくれて、私は、救われた思いがしたわ」

「え」

「本当によかった。これでよかったんだ。そうは思っていても、つい、いまだにふっと考えてしまうこともある。私があのとき、あんな手紙を書いていなければ、あなたは今ごろ……」

「お母さん、よして」

蕗子は最後まで言わせなかった。

「そんなの、純さんに失礼よ。私は彼と一緒になりたくてなったの。自分の意志と、おばあちゃんの遺言と、この二つに従ったことをこれっぽっちも後悔していません」

「おばあちゃんの遺言？」

「蕗子は人に気をつかいすぎるから、結婚相手もそうだと、窮屈な家庭になる。一緒になるなら、ほどよく鈍感でおおらかな男の人を選びなさい。亡くなる少し前に、私、おばあちゃんからそう言われたのよ」

「ほどよく鈍感でおおらか」

力んでいた千明の口もとがほどけた。

「そうね。上田先生はそうかもしれないわね」

「お父さんもね」

「え」

「お父さんも同じタイプよ。お母さんも、おばあちゃんから同じ助言をされたの？」

言われてみれば、そうだった。吾郎もまた鈍感でおおらかな男だった。

「そんなことはないけど、そういえば……」

嚙み殺そうとした笑いがもれて蕗子にも伝染した。ひさしぶりに見た娘の笑顔をまぶたに焼きつけ、千明はぽつりとつぶやいた。

「おばあちゃん、ずいぶんとまあ、遺言の大盤ぶるまいをしてくれて」

その意味は明かさずに上田家を発った。

目的は達せられずとも、蕗子と語らい、孫を抱いた。それだけでも遠路訪ねた甲斐はあった。来た道を戻っていくあいだ、数歩ごとに天を仰いでは、千明は自分に言いきかせた。もうこれ以上を望むまい、と。

よくも悪くも私は私の道を行く。娘は娘の道を。たとえそれが永遠に交差しない運命のもとにあったとしても。

陽はまだ天の高みにある。その明々とした光を受けて、関東では見かけない鳥が青空を舞っている。群れずに羽ばたく孤影をふりあおぎ、お母さん、と千明は心で呼びかけた。あなたの遺言を守ったことを、私も後悔していない。いずれにしても私たち家族はこうなっていた。あなたはきっと誰よりも早くそれを察知し、あるべき道を示してくれたのでしょう。

——ねえ、千明。しつこいようだけど、私、楽しかったわ。おもしろい人生を送らせてもらった。天国で、お父さんに、うんと自慢できるわよ。とりわけね、あなたと吾郎さんが塾を始めたころ、ええ、八千代台時代は、最高だったわ。まさか、この私が、テレビに出ちゃうなんてねえ。

今だから言うけど、私、吾郎さんのことで、唯一、女ぐせだけを案じていたのよね。ええ、ええ、女給をしていたからわかるんだけど、ああいうタイプは、女の押しに弱いのよ。それに、若くしてお母さんを亡くしたせいか、あの人、そうとうなマザコンでしょう。塾みたいに、若いお母さん方が年中群がっているような環境で、ふた心なくやっていけるのかしらって、ええ、それだけが心配でねえ。とにかく、吾郎さんとお母さん方を近づけちゃいけないって、保護者との窓口を買って出たり、相談役を引きうけたり、出しゃばったことをしているうちに、なんだか、いつのまにか、よろず悩み相談屋みたいになってしまって。まさか、この私が、テレビにまで出ちゃうなんてねえ。

でも、結局、防げなかったわあ、吾郎さんのふた心。厳しいことを言うようだけど、千明、あなたが、もしも本気で防ごうとしたならば、どうにかなったのかもしれない。でも、あなたはいつも、吾郎さんより塾を見ていたもの。夫としての彼よりも、教師としての彼を重んじていた。身から出た錆なんて、言うつもりはないのよ。ただ、吾郎さんのさびしさも、少しは、わかってあげないと。

吾郎さんは、よくやってくれた。塾がここまで大きくなったのは、吾郎さんの努力、そして、人徳のたまものよ。あの人は、いつだって自分を犠牲にして、今も、一番に、家族のことを考えようとしてくれている。

でもねえ、吾郎さん自身は、それで幸せなのかしら。最近、思うのよ。私たち家族が、吾郎さんを巻きこんで、彼の人生をのっとるみたいにして、ここまで来ちゃったけど、はたして、それはあの人にふさわしい道だったのかしらって。吾郎さんの性分、あのおおらかさや、心根の明るさを生かせる道は、もっと、ほかにあるんじゃないかしらって。今からでも、私たちにかまわず自由な身にさえなれば、もっとのびのびと、大きく、羽ばたける人なんじゃないかしらって。

ねえ、千明。これは、私の、最後の、よけいなお世話よ。決めるのは、あくまで、あなた自身。ただ、いつも優しかった娘婿(むすめむこ)のために、これだけは言わないと、お父さんのもとへ旅立てない気がしてねえ。
そろそろ……。
吾郎さんが、自分自身の人生を生きられるように、そろそろ、あなた、彼を解放してあげたらどうかしら。

☽

無防備な肌をなでる風に山国の秋を感じた。宿のタオルを盾にぬれた石畳を進み、目隠しの木柵が囲う露天風呂の湯気を浴びる。先客の影はない。足先からゆっくり湯へつかると、じんと肌の内側を痺れさせる熱の深まりと比例して、体のあちこちに堆積していた疲れがはがれていくのがわかる。

今日という日は消耗した。緊張の道ゆき。蕗子との再会。杏の感触。その一連をたどりなおすほどに、今も心が激しくゆれる。この生々しい余韻を引きずったまま千葉の喧噪へ戻る気になれず、千明はタクシーの運転手に勧められるまま人里離れた温泉宿を訪ねたのだった。

仕事を離れて一人、青天井の湯でくつろぐなんて何年ぶりだろう。ポケットベルすら携帯せずに行方をくらました母を、蘭は案じているだろうか、それとも怒っているのか。蕗子は今ごろ夕飯の準備にとりかかっているころか。あの子は我が家の味を守っていた。

とりとめなく思いめぐらせながら遠く目を馳せると、薄れゆく夕焼けの紅をかぶった山のむこうから、満月まであと少しのふくよかな月が昇りはじめていた。

こまったものだと千明は思う。月を見ると、今でも、いやが応でも吾郎を思いだす。長く自分の前から雲隠れをしている夫。今ごろ、どこで何をしているのか。カナダへ渡る以前の菜々美はときどき会っていたようだが、意地で無関心を装う千明にあえてその話をしようとはせず、蘭に至っては本気で父親に関心がないようにも見える。

蕗子は触れずにいたけれど、当然、吾郎とは今も連絡をとりあっているにちがいない。あの子が、一郎や杏の誕生を父に知らせずにいるものか。

蕗子と吾郎。二人のあいだには昔から、千明の入りこめない血以外の通いあいがあった。結婚当初の千明は時に疎外感すらおぼえたものだった。蕗子が吾郎に秘めていることがあるとすれば、おそらく、あの青年との一件くらいだろう。

遠い記憶がちくりと胸を刺す。

感傷的になる前に千明は月から目をそらし、のぼせる前に風呂を出た。

その晩は地元の川魚や山菜をふんだんに使った料理に舌鼓を打ち、ふだんは飲まない日本酒をひっかけて、早々に床へついた。今日はもう何も考えたくない。塾のことも、今後のことも。ましてやこれまでのことなんて。

山深い里の夜、今となっては旧友のようなる孤独とよりそって千明は眠りについた。

ひさびさの休息もつかのま、再び怒濤の日々が始まる兆しがもたらされたのは、一夜明けたその翌日のことだ。

虫の鳴き声で目覚めた朝、ひと風呂浴びた帰りに、千明は新聞を求めて宿のロビーへ立ちよった。いよいよ今月からスタートする月に一度の学校週休二日制について、今日もまたなにかしらの議論が掲載されているのを期待してのことだ。が、目当てのそれを見つけるよりも早く、一面を飾る見出しに目を奪われた。

〈塾の実態　本格調査へ〉

〈文部省　教育行政に位置づけ「無視できぬ現状」〉

湯上がりのほてった体がたちまち冷たくなっていく。

それは文部省の驚くべき方針転換を報じる記事だった。

〈文部省は七日までに、これまで「学校教育とは無関係」としてきた学習塾について、教育行政の対象として明確に位置づけ、行政的な関与のあり方を本格的に検討していく方針を決めた。……十二日から学校五日制が導入され、「ゆとりある教育」という狙いとは裏腹に、塾通いがますます激しくなるのではないかと懸念されるなど、過熱化する受験競争の中で、学習塾の存在をもはや無視できず、文部省として実質的に方針転換を図ることになった〉

記事をにらんで硬直していた千明の奥歯に違和感が走り、舌の上に何かが転がった。指でつまむと、金歯だった。

今後しばらくは歯医者通いの暇もないだろう。帰京後のどたばたを思うと、新聞の文字がなおもいまいましい。

「すみません、朝食はキャンセルします」

鬼気迫る形相で千明は受付へ走った。

「すぐに発ちます。タクシーを呼んでください」

十分後にはすでに温泉宿の長閑さから遥かなる距離をへだてていた。

「お母さん、こんなときにどこ行ってたのよ。出張なんて嘘でしょ。秋田に商用なんてあるわけないもの。ね、もしかしてお姉ちゃん？　お姉ちゃんのところに行ってたんじゃないの？」

行きよりも遅鈍に感じられた新幹線にやきもきしながら帰路につき、津田沼本校へ帰りついたのは正午すぎ。職場では通常敬語であるのも忘れてつめよってきた蘭を「その話はあとで」といなし、千明はまっすぐ事務室長の国分寺をめざした。

「今朝の新聞、見たわよね」

「全紙とりそろえて塾長の帰りをお待ちしていました」

「すぐに集められるだけの幹部を集めて、緊急会議を」

急遽開かれたその午後の会議は紛糾した。塾業界に身を置く彼らにとって、文部省の方針転換は文字どおり、青天の霹靂だったのだ。

ここ数年、日本の教育をめぐる動きは以前にも増してめまぐるしい。第三の教育改革が生んだ臨教審は、教育の自由化をめぐるメンバー間の意見対立から頓挫し、はかばかしい成果もなく解散に至っていたものの、その答申の中には現場へ運ばれ、効力を及ぼしはじめた施策もある。学校五日制もその一つだ。文部省がその気になって動けば、好むと好まざるとにかかわらず教育現場も動く。が、それはあくまで公教育における話であり、塾はその管掌下にはない民間企業に位置するはずだった。

「文部省になんの権限があるってんだ。そもそも塾は文部省じゃなくて、通産省の管轄だ。監督責任もない連中にとやかく言われるすじあいがどこにある」

「点数主義を蔓延させた元凶は、かつて文部省が強行した学力テストですしね。その跡継ぎみたいな業者テストをとがめる資格もないもんです」

「いや、しかし、これまで歯牙にもかけなかった塾を無視できなくなったというのは、ある意味、文部省の敗北宣言でしょう」

「バカ野郎、宣戦布告だぞ、こりゃ。塾と業者テストを毛嫌いしてる奴さんが文相になったときから、俺はヤバイと思ってたんだ。あっちがやるってんなら、受けてたとうじゃねえか」

「賛成！　三流官庁の圧力なんかに負けてたまるもんですか。昔は日陰者だった塾が、今じゃ学校よりもあてにされてるのが文部省は癪でしょうがないのよ。どうあがいても落ちこぼしをなくせなかった自分たちの無能を棚にあげて！」

ちゃっかり幹部会議へもぐりこんでいる蘭のひと吠えをかわきりに、会議室には皆の不満が罵詈雑言となって飛び交い、文部官僚や政治家、現場を知らない学者たちへの批判大会とあいなった。

　そんな中で一人冷静だったのは、前事務室長の宮本が退いた二年前、三十六歳の若さで後任に抜擢された国分寺努だ。

「皆さん、落ちつきましょうよ。どうせお役所仕事です。文部省はまず、塾通いの実態調査から始めると言ってるわけですよね。何をするにせよ時間がかかるでしょうし、我々に圧力がかかるとしても、今日、明日の話ではない。現段階で我々が感情的にがあがあわめいたところで、屁の突っぱりにもなりません。大人の対応をしましょう」

　誰に対してもずばずばとものを言う胆力を買われた国分寺は、その弊害として口が悪かった。

「屁の突っぱりって。それは言いすぎじゃないですか、国分寺さん」

「それはあいすいませんでした、蘭さん。慎んで、クソの足しと換言させていただきます」

「な……」

「国分寺さん。一つうかがいたいんですけど」

　鼻孔をふくらませる蘭をさえぎったのは千明だ。

「あなたのおっしゃる大人の対応というのは、ただ黙って相手の出方を待つということ？」

　いいえ、と国分寺は即答した。

「待っているあいだに、塾長にはぜひ、ならしの私塾会での音頭とりをお願いします」

「私塾会？」

「今後、文部省がなんらかの動きに出た際には、一私塾として抵抗するよりも、他塾と連携したほうがいい。そのためにも、まずはならしの私塾会の中でしっかりした協調路線を敷いておくことです。学生時代に角棒をふりまわしていた塾長の中には、政界に顔のきくじいさん方もいる。日ごろ酒をくらいながら未加盟の大手をこきおろすしかやることのない長老たちが、ここへ来てようやく存在意義を発揮する好機ってもんですよ」

　口は悪くとも提案自体は的を射ていたため、これにはさしたる反論もなく、ほかにこれといった策もあがらなかったことから、緊急会議は尻すぼみ気味に終幕した。

　まずはならしの私塾会の加盟塾二十七社と団結する。千明もそれには異論がなかった。とはいえ、挨拶がわりにセクトを問いあうような元運動家や、塾はビジネスと割りきる商売人が混在する会の面々が共同で事にあたるとなると、足なみをそろえるのにどれだけの手間がかかるのだろうと、それはそれで先が思いやられた。

　今朝、露天風呂から仰いだあさぼらけの山影が、今では遠い昔の面影のように思える。

　今日は昨日の続きではない。変わるときにはすべてがいっせいに、急速に変わる。事業にはそれがつきものだが、まさに今、千明は自らの意志や力ではどうにもならない潮流を全身で受けとめていた。

「塾長、少々お時間をいただけませんか。応接室でご覧いただきたいものがあります」

会議の直後、蘭のとがり声に呼びとめられたのも、その余波の一つと言えるかもしれない。

「なにか知らないけど、あとにしてもらえない？」

千明は気のない声を返した。

「留守中の書類がたまってるのよ」

「そこをなんとか、お願いします。一時間だけ。いえ、三十分でも結構です」

「仕事中よ」

「もちろん、私も仕事の話です。それに、国分寺さんも塾長と折りいって話をしたいと」

そのひと言にふりむくと、たしかに、蘭の横にはひょろりと細い国分寺の長身もある。

「ご多忙のところ申しわけありませんが、私からもぜひ」

唇を一文字に結んだ蘭に、眼鏡の奥の目を神妙にうつむけている国分寺。日ごろ不仲の二人がめずらしく肩をならべているのを見て、千明はやむなく観念した。

「わかりました」

温泉で癒やした関節痛が早くもぶりかえしていた。

「まずは、これを」

応接室で見せたいもの。蘭の言葉が指していたのは一巻のビデオテープだった。

千明に来客用のソファを勧めると、蘭は壁のテレビへ進み、最新式のビデオデッキにそれをセットした。

いったい何が始まるのか。いぶかる千明の視線の先でテレビ画面が映しだしたのは、ニュース番組の録画映像だ。

『特集　教育はどこまで進化するのか』

タイトル文字を背にした女性キャスターが、「今週は、衛星技術を駆使した最先端授業に迫ります」とほほえんだところでカメラは切りかわり、とある教室の一景をとらえた。

教室前方に設置されたモニターの中で授業をしているヴァーチャル教師。

各座席からそれに見入っている予備校生たち。

東進ハイスクールだ、と千明はひと目で見てとった。人気予備校が昨年開始した衛星授業「サテライブ」。なぜ蘭はこんなものを自分に見せるのか。

日本全国、どこにいても名物講師の指導を仰げると謳われたこの衛星授業を、千明ははなから認めていなかった。映像だけの教師がなんの役に立つものか。授業において重要なのは、生徒の目に教師が映ることではなく、教師の目に生徒の一人一人が映ることだ。教え子たちの表情を確認せずして、どんな授業ができるのか。素朴ながらも根本的な疑問がぬぐえず、こんな邪道は最初こそめずらしがられてもすぐに葬られると公言してはばからなかった。

だからこそ、衛星授業の好評を報じるキャスターの声に困惑した。

「開始当初こそ懐疑的な声も聞かれたこの新時代授業ですが、受講者からの評判は上々です。これに続けとフランチャイズ契約を希望する予備校もあとを絶たず、年内にも加盟校が三百をこえると言われているほどです。この調子でいけば、富士山のてっぺんで授業を受けられる日も遠くなさそうですね」

知性に欠けたコメントを最後に蘭はビデオを止め、挑む目をして千明をふりむいた。

「どうです？　世の中は、塾長がお考えになっている以上に進化していると思いませんか。予備校でこれだけ成功したら、塾にも衛星授業がなだれこんでくるのは時間の問題です」

「そんなことが言いたくてこんなものを見せたの？」

「衛星授業だけじゃありません。何年か前からじわじわと台頭している個別指導塾。あれも、塾長は子どもを甘やかして軟弱にすると否定しますけど、このところ目に見えて業績をのばしています」

「だからなんなのよ」

千明が声を荒らげると、それに呼応して蘭も猛った。

「どの塾も生き残りをかけて必死なんです。あの手この手で、今後の少子化でどんどんパイが縮小していく業界に活路を見出そうとしている。千葉進塾だって、老舗然としてかまえてはいられません。タイム・フォー・チェンジ。クリントンじゃないけど、ただ守りに入ってるだけじゃなく、二十一世紀を見こした変革が必須なんです。ましてや、こんな時期に畑ちがいの事業に手を出すなんて、私には正気の沙汰と思えません」

結局、言いたかったのはこれか。ソファの弾力に抗うように身をのりだした蘭は、一度言いだしたらてこでも動かない頑強さにおいて、今も台風娘の異名をとった昔のままだ。それを個性と買いかぶっていたころを懐かしみながら、千明はその目を国分寺へ移した。

「私学のこと、あなたも聞いたのね。ここにいるってことは、この子と同意見ってこと？」

めずらしく国分寺は言いよどんだ。

「僭越ながら、はっきり申しあげますと……」

「ええ、はっきり言ってちょうだい。それがあなたの身上でしょう」

「私も、私学の経営には賛成できません。一つは、蘭さんが言うように、今は莫大な資金と労力を投じて他事業に手を出せる時期ではないということです。むしろ、少子化に備えて、千葉進塾の規模を縮小すべきときにさしかかっていると私は考えています」

ここまで拡大した教室をへらす？　考えたこともない発想に目を見張る千明に、国分寺は続けざまに二つ目の反対理由をあげた。

「それに、そもそも塾長がもちかけられた事業譲渡の話自体、私にはきな臭く思えます」

「どういうこと？」

「あいだに入っている業者がまず怪しい。勝手ながら調べさせてもらいましたが、あの業者からはこれまでも多数の塾経営者が同様の打診を受けています。そこそこ金のありそうな塾に狙いをつけているようで」

にわかに顔色を変えた千明に、国分寺はなおも非情な事実を告げた。

「そして当の私立校、埼玉の栄明学園ですけど、こちらもぷんぷん匂います。ここ数年は理事の顔ぶれがころころと変わっていますし、見た目以上に施設の老朽化も進んでいて、億単位で金のかかる改築の時期をむかえている。継承すればとうてい二、三億円の登記料だけではすみません」

懸念材料はそれに留まらなかった。生徒数の減少。経営難。教員の悪評。一日がかりで集められた情報がつぎつぎ千明の前に広げられていく。

「何よりまずいのは、黒い噂です」

「噂？」

「どうやら今の学園長、あちこちの塾長に賄賂を贈ったり、塾関係者を相手に派手な接待をしたりして、裏ルートからの生徒獲得を画策しているようなんです。真偽のほどはわかりませんが、塾生を栄明学園へ送りこんでくれた塾に、入学金をキックバックしているとの噂もありまして」

「そんな……」

もはや千明に声はなかった。

塾と学校の癒着（ゆちゃく）。それ自体はよくある話だ。受験に有利な情報を求め、塾側が学校側へ接近し、あの手この手で歓待をする。それが従来の形だったが、近ごろは定員割れに苦しむ私立学校のほうから塾へすりよる逆パターンも増えている。が、それにしても、入学金のキックバックとは常軌を逸している。

「千葉進塾にしても、すねに傷がないわけじゃありません。とりわけ津田沼戦争のころはうちだって泥にまみれたものですけど、今では歴史ある先達（せんだつ）として襟を正し、世間の信頼を勝ちえています。その名誉にかけて、黒い噂にまみれた私立校と関わるわけにはいきません。ご理解いただけますね、塾長」

それ以上は必要なかった。考えるまでもなく答えは一つである。ここまで守ってきた千葉進塾を今後も守りつづけるためには、国分寺の言うとおり、何があっても栄明学園と関わるわけにはいかない。それを認めた瞬間、千明の最後の夢は潰（つい）えた。

理想の教育。川口プランの復活。つい昨日、蕗子に熱く語ったばかりのそれが、みるみる光を失っていく。

「わかってもらえましたか。塾長はしょせん塾の人間です。この界隈（かいわい）じゃドンみたいな顔をしていても、一歩外へ出ると、意外と世間知らずで……」

「蘭さん、それを言うならあなたは井の中のかわず番長です」

なおも追いうちをかけようとする蘭を国分寺が制し、放心の体にある千明へむきなおった。

「塾長、お気持ちはお察しします。ともに理想の教育を追うことができず申しわけありません。しかし、今はこんな時代です。少子化、そして文部省からの圧力とも闘わねばならない今後、塾長には全幅のお力を塾運営にそそいでいただきたく、どうかお願い申しあげます」

起立し、端然と頭をさげる国分寺に、千明は気のぬけた声を返した。

「ええ、そうね。そりゃそうでしょうとも」

個人的感情を切りはなし、千葉進塾の利となる選択をする。開塾以来三十年間続けてきたことを、今回もまたするだけだ。切りはなすのに痛みを伴うのは毎度のことだと、千明は空虚な心で思う。

「いい夢を見させてもらったわ」

乾いた声でつぶやき、行き場のない視線を窓の外へ逃がすと、厚い雲にふさがれた空には太陽すらも見えなかった。

今日は昨日の続きではない。昨日まではひねもす抱きしめていた夢も、今日には無常の泡と化す。自分ごときが私学を経営するなど、しょせんは大それた夢だったのだろう。寺子屋シンドローム。蘭の暴言も意外に的を射ていたのかもしれないと、今になってみて千明は思う。一度は教育界の表街道を歩んでみたい。そんな底意が自分になかったと言いきれるだろうか。藁産業だ悪徳商売だ徒花だと後ろ指をさされつづけた過去のトラウマを、私学運営の名誉で薄めようとはしていなかったか。

分不相応な野心を恥じながら、それでもなお、この期に及んで潰えた夢への未練を捨て去ることのできない自分を、千明は呪い蔑んだ。

中身をなくしたドラム缶でも担いでいるように、虚無感が重い。目に映るすべてが光彩を、口に入れるすべてが風味を失い、ただ無感動に日常をなぞるだけの時がすぎていく。能舞台も心に響かない。始末の悪いうつけぶりに我ながらあきれるも、鏡の中には打開の策をもたないしわんだ初老の女がいた。

無論、塾長としての任務はそつなくこなしていた。その矜持だけが今も彼女を支えていた。とはいえ、仕事の合間につくねんと虚空をながめたり、以前にも増してモップを手にした姿が目立ったりと、その様子が尋常でないのは誰の目にもあきらかだった。

本格的な受験シーズンが始まる前に、少し休みをとってはどうかと千明に勧めたのは蘭だった。

「たまには仕事を離れて、気分転換に菜々美の顔でも見てきたらどう？　元英語教師のくせに、海外旅行もしたことないんでしょ」

この蘭にしてこんな気づかいを口にするとは、よほど自分はおかしくなっているのだろう。このままでは社員にも不安を与える。これまで長期の休みなど考えたことさえなかった千明も、今回ばかりはよろめいた。頭を切りかえ、心の覇気を呼びもどすのに、たしかに海外旅行はいいきっかけになるかもしれない。

行くと決まれば、話は早かった。とんとん拍子に計画が進み、その年の十一月、千明は七日間のカナダ旅行を決行した。

あいにくの雨期にあたりはしたものの、バンクーバーは美しく、みずみずしい街だった。建物一つ、緑の一樹をとっても日本のそれよりダイナミックで、ある種の大味さが開放感につながっている。

なにより、カナダには塾がない。ああ、あんなところにまた新しい教室が。こんな立地で子どもが集まるのかしら。首の運動さながらにきょろきょろせずとも街を歩けるだけでも、千明はずいぶんと気が安まった。

「急に来るって聞いたときはびっくりしたよ。お母さんが一週間も塾を休むのって、ナイアガラの滝から飛びおりるような感じ？　ま、せっかくだから楽しんでって」

長い髪をソバージュにして年相応の色気を放っていた菜々美は、遠路訪れた母をおおいに歓迎し、お薦めの公園やマーケット、近隣都市の博物館などにせっせと案内してくれた。ホームステイ先の家族やボーイフレンドのミシェルなどにも紹介してもらい、賑やかな食事をともにするなど、異国での日々は瞬く間に過ぎさっていった。

その間、菜々美は母に休暇の理由を聞かず、千明も千明である問いを口にするのをひかえていた。

「お母さん、今回はやけに禁欲的じゃない？」

最後の夜、千明の宿泊するホテルのバーでアイスワインをなめながら、菜々美自ら水をむけてきたほどだ。

「いつも電話じゃうるさく言うくせに。いつ日本に帰ってくるんだとか、将来のことを考えてるのかとか、同い年でも早い子はもう子育てをしてるとか」

「まあ、ねえ。少なくとも、英語の勉強はまじめにやってるみたいだしね」

異国の地へ来てまで娘に説教をするだけの気力が、今の自分にはない。うるさく言わない一番の理由はそれだったが、想像以上に上達していた菜々美の英会話や、カナダ人の恋人まで作っているずぶとさに感心し、見直すところがあったのも事実だった。

「充実した毎日を送っているんでしょう」

「もちろん。最近は日本人ガイドのバイトもしてて、結構、稼げるようになってきたし」

「なら、いいわ。惰性で暮らすようになったらいつでも帰っていらっしゃい」

「うん。毎日毎日、パスポートはどこだっけって、いっつもパスポートを意識してるのは疲れるけど、でも私、今はまだこっちでがんばりたいんだ。まだ将来のこととか具体的には見えてこないけど、とりあえずいろいろもまれて、タフな女になりたくて」

二十三歳。そんなことを言っていられる年でもないだろうとあきれる反面、確たる未来の像がなくてもタフに生きるという娘の言に、千明は自分にはないたぐいのたくましさを見る思いもした。

蕗子には蕗子の、蘭には蘭の、菜々美には菜々美の強さがある。

「ね、お母さん。蕗ねえが上田のお兄ちゃんと結婚したって知ったとき、びっくりした?」

菜々美はアルコール好きだが、あまり強くはない。二杯目のアイスワインで早くもほろ酔いかげんになり、カウンターに肩をならべた千明に甘えるようにもたれてきた。

「そりゃあ、ねえ。蕗子があいう男性を選ぶとは思ってなかったから」

「私はね、ヤラレタって思ったよ」

「ヤラレタ?」

「初恋の人が、本物のお兄ちゃんになっちゃうなんてさ」

さらりと言ってのけた菜々美は、目をまるくした千明にニッと白い歯を見せた。

「あの人、うちに下宿してたことあるでしょ。いつもどっか微妙だったうちの空気が、お兄ちゃんがいると、なんか和んだんだよね。ひょうひょうとしてるようでいて、意外とみんなに気をつかってたし、私が元気ないときも決まって声をかけてくれて、笑わせようとしてくれて。憎いんだ」

「そう。だてに角棒をふりまわしてただけじゃなかったのね」

「蕗ねえが言ってた。お兄ちゃんは、挫折を知ってる人なんだって。青春時代の一番多感な時期に、大事な何かを賭けて闘って、徹底的に負けてる。だから強いし、だから優しいんだって」

とろんとした目で菜々美がコースターのしみをなぞる。

「私もね、いつかは、お兄ちゃんみたいになりたいんだ。大事な何かのために気前よく自分を投げだせる、そんな、きっぷのいい人間になりたくて」

具体性には欠けるも、初めて胸の抱負を語った菜々美は、たちまち気恥ずかしくなったのか、グラスのワインを一気に喉へ流しこんだ。

「ワンモア、プリーズ！」

カウンターごしにリチャード・ギア似のバーテンダーへ呼びかける。

あなたも大人になっちゃって。喉もとまで出かかった言葉を甘いワインで押し流すと、千明は「ミイ、トゥ」と空のグラスを掲げ、菜々美の肩に手をかけた。

「今夜は、飲むわよ」

心機一転を図っての旅は、期せずして末娘の胸奥を垣間見る旅となり、帰国後、千明は少なくとも表面的には以前の気力をとりもどしたかのようにふるまった。

「このお金、蘭ねえに返しといてくれる？　お母さんをよろしくって書留で送ってきたんだけど、私にも意地があるからさ。なんか元気がないお母さんにアイスワインをごちそうするくらいは、自分のお金でできるよ」

別れぎわに菜々美から二万円を突きつけられるに至って、娘たちにいらぬ心配をかけている我が身がほとほと情けなくなったのだ。

自分が支える存在であった娘たちに、いつのまにか自分のほうが支えられている。輪をかけてそれを痛感したのは、再び正月特訓の繁忙期に入った翌平成五年の元日、くたくたになって帰った自宅に届いていた年賀状の中に、予期せぬ一葉を見たときだ。

一郎と杏の近影入り年賀状。そこには蕗子の肉筆もそえられていた。

『バンクーバーはいかがでしたか。お母さんの小言が減ったと菜々ちゃんが寂しがっていました。反抗期の子供が恋しくなったら、また秋田へも遊びに来てください。蕗子』

生意気そうにつんと上をむいた一郎と、前年の九月に抱いたときよりもひとまわり大きくなっている杏。その肌の温度を求めるように、千明は写真を何度も指でなぞった。

知らぬ間に目尻がぬれていた。

〈文部省　業者テストを全面追放〉

〈「中学は関与慎め」偏差値脱却へ〉

文部省が新たな強硬策に打って出たのは、正月特訓の正念場をすぎた一月の末、皇太子と外務官僚との婚約で世がわいていたころだった。

偏差値の追放――文部省は過去にも二度にわたって業者テストの自粛を求めてきたが、

ここへ来て初めて「禁止」を明言し、今後は偏差値にもとづく進路指導を行わないよう各自治体に要請する方針をあきらかにしたのだった。

これに対して、塾業界の反応はかつてない不協和音を伴った。大手や中堅どころの進学塾と、小規模運営の補習塾とで、見解がまっぷたつに割れたのだ。

学校が偏差値制度を廃止すれば、生徒や親は進路の選択に悩み、塾にその代役を求めてくる。もともと受験に強い進学塾にしてみれば、これは、むしろ生徒獲得の商機でもある。一方、受験指導を行っていない補習塾は、新たなニーズをめぐって大手にますます差をつけられることになる。

偏差値追放に危機感を募らせる補習塾と、泰然とかまえる大手や中堅どころと――協調路線を敷いたばかりのならしの私塾会においても、まさにこの構図が浮きぼりとなった。

「文部省はどこまで塾をいじめりゃ気がすむんだ。テスト業者と零細塾は首をくくれってのか」

「いや、今回にかぎっては、文部省に理がある。戦後教育を毒した業者テストの廃止は英断だ」

「業者テストを廃止したって偏差値はなくならない。大手塾に通える子どもがますます有利になるだけだ。日本の教育から毒をぬきたけりゃ、受験制度そのものをどうにかするしかない」

進学塾vs.補習塾。この対立は泥沼化の様相を呈し、ならしの私塾会を二分した。とりわけ補習塾側の反発は激しく、あいだに入った千明が冷静な議論を求めても、「どうせおたくんとこは受験資料をどっさり蓄えてるから余裕なんだろう」と、とりつく島もない。

つぎつぎと強硬策に打って出る文部省。

連携すべき正念場で一つになれない同業者たち。

まったくもって、今日は昨日の続きではない。はたしてこの先、塾業界はどこへむかうのだろうか。

千明の耳に悲しい知らせが舞いこんできたのは、未来をふさぐ暗雲が刻々と厚みを増していたある日のことだった。

開塾三十五年の個性派補習塾「学ぼう塾」の塾長として知られた大ベテランの訃報。どうやら自殺らしい。奥さんが風呂場で亡骸を発見したらしい。借金を抱えていたらしい。バブル期に先物取引で失敗したらしい。株でも大損したらしい。初心に返って「学ぼう塾」を再建しようとしていた矢先に業者テスト廃止の報を受け、将来を悲観したらしい——。

ならしの私塾会を通じて故人と交流のあった千明は、通夜の席で聞きたくもない話を数々耳にした。

「ついに、文部省のせいで死者が出たわ」

そんなぼやきが口をついて出たのは、小雨のぱらつくその帰り、同伴していた国分寺と駅へむかっていたときだ。

「これから、どんどん犠牲者が増えていく。子どもに勉強を教えるのは好きだけど商売は上手じゃなくて、ときどき儲け話にのせられて失敗して、博打に弱かったり、異性に弱かったり、それでも子どもたちの力をのばすことにはどこまでも一生懸命で。そういう、人間らしい同業者から順につぶされていくのでしょうね」

哀愁の漂うその声に、国分寺はいつものクールな口調で返した。

「ティラノサウルスが絶滅しても、トカゲは生き残った。私はむしろローコスト経営の個人塾のほうが冬の時代には強いと思ってますよ。もちろん、業者テスト追放による混乱はしばらく続くでしょうが、文部省だけを加害者にするのもどうかと思いますね」

傘をへだてているせいか、国分寺の声は雨よりも高いところから降りてくるように聞こえる。自分とはちがう発想をもつ彼につねづね一目置いている千明も、文部省の擁護だけは聞き捨てならなかった。

「業者テストの廃止は、文部省の鶴のひと声で決まったんですよ」

「誰かが大鉈をふるわなければならないときもあります」

「血を流すのは現場の人間だわ」

「ではうかがいますけど、塾長ご自身は、業者テストそのものについてどうお考えですか」

ふいに問われた千明の足が止まった。水たまりを避ける算段が狂い、黒いストッキングに泥まじりのしぶきが散る。

「偏差値は学校教員を怠け者に、子どもを卑屈にするだけだと、塾長は以前から鼻息荒くおっしゃってましたよね」

「たしかに、偏差値が日本の教育を害してきたのは事実です。親も子どもも、テストの点数にがんじがらめになって、真の知力を育てる教育がおざなりになって」

「ですよね」

国分寺は我が意を得たりとばかりにうなずいた。

「じつは私、前々から思っていたんですけど、塾長のお考えのその部分は、子どもの個性を重んじようという現行の学習指導要領と一致しているんです」

「は?」

「教育改革の流れの中から生まれた新学力観とやらです。子どもの思考力や想像力を重視し、個性を生かそうという考え方ですね」

「言っておきますけど、そこで説かれている個性っていうのは、つまるところ、個々が生まれもった能力のことよ。旧来の能力主義がまた巧妙に織りこまれただけ」

「しかし、文部官僚の全員がハイタレントにのみ関心をむけているわけでもない。中には本気で落ちこぼれ問題とむきあっている役人だっていますよ」

相手の反論に耳も貸さずに千明が足を速める。はねあがる水しぶきが勢いを増す中、国分寺も負けじと追ってくる。

「待ってください、塾長。文部省への遺恨はわかりますが、そうやって頭から否定するだけじゃなく、一度、彼らの声にも耳を傾けてみてはいかがですか」

「私が？　なぜそんな……」

「塾長と話をしたがっている人間がいるんです」

「文部省に？」

いよいよ千明は混乱した。

「まさか」

「私の友人です。一度、会ってやってもらえませんか」

「私には文部省に会いたい人間なんていません」

息巻いた直後、地面から突きあげるように強風が吹きぬけ、千明のかざす格子柄の傘を裏返した。冷たい雨に顔をしかめる千明に、国分寺は自分のこうもり傘をさしのべながら言った。

「泉でもですか」

「え」

「その相手が泉であっても、会いたくないと？」

「泉……って、あの？」

表情を一変させた千明に、髪の生えぎわから雨粒を滴らせながら国分寺がこっくりとうなずいた。

「ええ、あの公家顔のボンボン野郎が、塾長に会いたがっているんです」

☽

約束の時間に指定した喫茶店へ赴くと、泉はすでに壁ぎわのテーブルでカフェオーレをすすっていた。

「千明先生、しばらくです」

千明に気づくなり起立し、品よく一礼する。その表情に過去のわだかまりは見られなかった。

ひとまずそのことに安堵し、千明はぎこちない微笑を返した。

「泉先生、お元気そうで」

「はい、おかげさまで。今も昔も、健康だけがとりえの人間でして」

一語一語を丁寧に発音する落ちついた物腰に、そうだ、この子はかつて塾生から「殿」と呼ばれていたのだと、千葉進塾でアルバイトをしていた学生時代の面影がよみがえる。あごから肩にかけての肉が増し、頭部には危うい兆しが見られる今も、優雅というか繊細というか、和服や扇が様になりそうなたたずまいは変わらない。公家顔とはよくも言ったものだと思う。

「いつぞやの……娘のことは、本当に申しわけありませんでした」

ウエイトレスにコーヒーを注文するが早いか、千明は今日、どうしても言わねばならないと心に期してきた謝罪の文句を口にした。

「今から思えば、ずいぶんとよけいな真似をしたものです。本来ならば、今さらあなたに合わせる顔も……」

「千明先生、そんな、やめてください」

泉の白い肌にすっと赤みが駆けぬける。

「昔のことです。今日、わざわざお時間をいただいたのは、そんな話を蒸しかえすためではありません」

「でも、なかったことにもできませんから。私があんな手紙を書かなければ、あなたは今ごろ……」

「ちがうんです、先生」

泉は頑として千明の謝罪を拒んだ。

「私たちのことは、二人でよくよく話し合って決めたことです。たしかに、例のお手紙のことは彼女から聞いてましたけど、あれはただのきっかけにすぎません。あの一件がなかったとしても、きっと私たちは同じ終焉(しゅうえん)をむかえていたはずです」

「そんなことは……」

「そうなんです。今の私にはわかります。千明先生のご推察はすべて当を得ていたんです。彼女には黙っていましたが、うちの両親は私たちの結婚に反対していました。たとえ強引に押し通していたとしても、私には彼女を幸せにすることができなかったと思います」

淡々と語る泉の声に力みはない。千明はなおもその本心を探るように目をこらした。

「今は、お幸せに？　市川にお住まいと聞きましたけど」

「はい、おかげさまで。平凡ながらも四人家族で楽しく暮らしています」

「そう。お子さんもいらっしゃるのね」

「娘二人なものですから、近ごろはもう、朝から晩までセーラームーン一色ですよ」

「いいお父さんなのでしょうね」

にこやかにうなずきながらも、内心、千明は身がまえていた。蕗子さんはお元気ですか。今、どちらに？　泉の口からも返されるであろう問いに対して、何をどこまで語るべきなのか。上田のことをどう伝えようか。

思いあぐねる千明へむかい、しかし、泉は四方山話はここまでとばかりに声色を一転させた。

「ところで今日、千明先生をお呼びたてしたのはほかでもございません。先生には一度、ゆっくりお目にかかって、我々の真意をご理解いただきたいと思っていたんです」

「真意？」

「先生が文部省に不信感をもたれているのは重々承知しています。しかし、我々は我々で、財界や政界の介入から公教育を守るため、渾身の力をもって尽瘁して参りました。旧来のようにただ現行制度に固執するだけではなく、すべての子どもによりよい教育をもたらすため、授業についていけない生徒をなくすために革新的なとりくみをもってして……」

一人称を「私」から「我々」に変えた泉の顔は、もはや元アルバイト学生ではなく、公務を背負った役人のそれだった。

「とりわけ、学校の週休二日制がスタートしたばかりの今は勝負どころです。業者テストの廃止が評価されつつあるように、ゆとり教育の真価についても、かならずや近い将来……」

「ちょっと待って」

畳みかけるような舌鋒にぽかんとしていた千明は、ここに来てようやく我に返った。

「業者テスト追放のおかげで、いったい、どれだけの零細塾がつぶれかけてると思うのよ」

過去にいかなる負い目があろうと看過できないこともある。

「ご負担をおかけした方々には申しわけなく思っています。しかし、偏差値の撤廃は当省の悲願でしたし、決行するなら、少子化によって受験競争が緩和した今しかなかったんです。千明先生だって、旧来の偏差値主義を肯定はされていませんよね」

切りかえされた千明は返事につまった。

「誰も肯定していない偏差値主義をはびこらせたのは文部省でしょう」

「三十年前のことをおっしゃっているのなら、たしかに学力テストの強行には問題もあったかと思います。その反省あらばこそ、我々は目下、点数による圧迫をゆるめ、子どもたちにゆとりを与えようと死力を尽くしているわけです」

「そのゆとりっていうのも、どうなのかしらねえ。どうせ背景にはアメリカの要請があるんでしょうけど、学校の先生たちを週に二日休ませるために、子どもの授業時間を削るっていうのはいかがなものかと思うわよ。ただでさえ学力低下が問題視されているってときに」

つかの間、言葉を失いながらも泉はもちこたえた。

「子どもの学力低下は、教える側の問題でもあります。年々多忙をきわめていく教員に時間の余裕を与えれば、長期的には教育の質向上につながる。我々はそう信じています」

観点別評価等の多大な負荷を伴う改革が、はたして教員の余裕につながるものか。千明に疑問をはさむ隙も与えず、しかし、と泉は続けざまに声を力ませた。

「学力低下にかぎらず、昨今の教育問題は、学校だけの努力で解消できるものでもありません」

学級崩壊。いじめ。不登校。今日日とりざたされている教育病理は、戦後、核家族化や共働きの増加によって子どもに手をかけられなくなった家庭が学校を頼りきり、人間形成も勉強もよろず教員に負わせてきたことによるひずみとも言える。今後はそれを改め、地域コミュニティが一体となって子どもを育てようとする意識改革が必要なのだと、泉はまたも弁を熱くした。

「私は、そのコミュニティに塾も数えられるべきだと考えています。もはや公教育と私教育が反目しあっている時代ではありません」

　千明は一瞬あっけにとられ、それから低く笑った。

「反目もなにも、塾を不倶戴天（ふぐたいてん）の敵あつかいしてきたのは文部省のほうじゃありませんか」

「塾がもはや昔の塾ではないように、役人だって旧態依然とした偏見のもち主ばかりじゃありません。なにせ、私も含めて若手職員のおおかたは、子どものころに塾へ通っていたクチですから」

「そのわりには、ここのところ、強硬策がめだつじゃないの」

「たしかに、上のほうにはいまだ石頭の残党が少なくありませんが……しかし一方、新たな見識をもって、私のように学校と塾の連携を説く者たちもいます」

「連携？　まさに夢物語ね」

「私はそうは思いません。千明先生、せめてご理解いただけませんか、文部省の全員が塾の敵ではないことを」

「私が理解したところで……」

「先生は現在、ならしの私塾会の実質的なまとめ役をされているそうですね」

「そんなたいそうなもんじゃないわ。病気がちな会長のお手伝いをしているだけ。女ってだけでうとまれることもあれば、潤滑油として便利に使われることもあるのよ」

「ぜひ、ならしの私塾会の皆さんにも、我々の真意をご伝達ください。政策の過渡期には痛みも伴いますが、偏差値廃止にしても、ゆとり教育にしても、かならずやいい方向へと導いてみせます。しかし、それにはコミュニティ全体のご理解とご協力が不可欠なんです」

泉が深々頭をさげ、つむじ周辺の透けた地肌をあらわにする。

「実際問題、ゆとり教育にはまだまだ十分なご理解をいただけずにいるのが現状です。土曜も仕事があるのに、学校がなくなったら子どもの面倒は誰が見るんだ、親のゆとりはどうしてくれるんだと、お叱りの声ばかりが飛んでくる。やむなく、我々職員が各地域の皆さんに、こうして膝づめでご説明にまわっている次第でして……」

なるほど。わざわざ会いにきた泉の狙いが千明にはようやく仄見えてきた。市井の個人など歯牙にもかけない官僚たちは、総体としての世論をなにより気にする人種でもある。塾の人間まで頼ってくるということは、十分な周知期間もなしに導入された学校週休二日制がよほど不評を買っている証拠にちがいない。

よってたかって教育を選挙に利用する政治家たちに教育改革の舵を奪われ、国民からの信も得られず、役人も役人で難儀なことだ。殿と呼ばれていたころには見られなかった悲愴感をまとった泉に、千明は憐憫をおぼえないでもなかった。かといって、進んで協力する気になるでもなく、むしろ延々と続く官僚的な建前話に退屈し、たれさがるまぶたを懸命にこじあけているのがやっとだった。このところ不調な胃を思ってひかえていたコーヒーの三杯目を所望したほどだ。

「……ですから、学校は学校の、塾は塾の役割を、互いに尊重しあいながら遂行していくことこそが教育環境を改善する第一歩であり、千明先生にはどうかそこを一つご理解いただき、今後とも長期的なスパンでの協力体制を……」

二時間近くもひたすら理解を請いつづけた泉から解放されたのは、午後六時前。紫煙のうずまく喫茶店を出るなり、千明は頬をはたく寒風に眠気を覚まされた。春の息吹はまだ遠い。

群青色に黄昏れた空の下、ＪＲと名称を変えた津田沼駅へ連れだっていくあいだ、ひと仕事終えた泉はほっとした様子で「前はあそこにプールバーがあった」だの「あの本屋によく立ちよった」だのと昔を懐かしんでいた。その声にはどこまでも屈託がなかった。

「やれやれ、帰ったらまた娘たちとセーラームーンごっこですよ。今日はどんなおしおきが待っていることやら」

駅の改札口まで見送った千明に、泉は無邪気に言ってのけた。

「千明先生も、このまま直帰ですか」

千明は失笑を禁じえなかった。

「泉先生。塾は、これからが本番ですよ」

「あ、そうだ。そうでしたよね。失礼しました」

かつて自分も同じ職場にいたことなどは忘却の彼方とばかりに、泉が頭を掻く。

「あいかわらずご多忙のことでしょうが、どうぞお体をお大事になさってください。国分寺にもよろしくお伝えください」

今か、今かと蕗子の話が出るのを警戒していた千明に、別れぎわ、泉が口にしたのは元同僚の名前だった。

「国分寺のやつ、本当にもう教壇には立ってないんですか」

「ええ。今じゃ事務室の長ですよ」

「もったいない。とんだ宝のもちぐされですね」

「はい？」

「千明先生もおぼえているでしょう。国分寺の授業たるや、それはそれは、他塾の講師も偵察に来るほど見事なもんだったじゃないですか。その気になったら東進のスター講師にもなれただろうに、あれしきのことで挫折してしまうとは」

「本人にとってはあれしきじゃなかったのでしょう」

「しかし、なにも教師をやめなくたって」

「自分を変えるくらいなら、立場を変えたかったんじゃないかしら。それもまたあの人らしくて潔いわ」

「潔いというのか、不器用というのか」

最後まで旧友を気にかけていた泉は、「それでは、また」と千明に背をむけて歩きだすまで、ついに一度も蕗子のことに触れなかった。

ホームへむかう泉と別れ、津田沼本校のある南口へぬける千明の胸中は複雑だった。

順調なエリート人生。室長の肩書き入りの名刺。二人の娘。彼自身が選択した現状に、今の泉が満ちたりているのは疑う余地もない。

十三年前の青年はもはやどこにもいなかった。千明の心に過去の恋人が影を留めていないのと同様に、泉の中にも蕗子はもはや存在しなかった。成就せずに終わった恋愛を引きずって生きるには、十三年は長すぎるということか。

終わった。とうに終わっていたことが、ようやく、千明の中でも終わった。

喉に刺さった小骨のように引っかかっていたあの手紙も、今ならば過去の一部として嚥下(えんげ)することができるだろうか。

解放感と虚脱感の入り交じった思いで、千明は空の星影を仰いだ。

『蕗子へ
一夜明け、多少は冷静になったつもりですが、未(いま)だ胸の内には動揺があります。貴方(あなた)に対して理性を失い、感情に走ってしまった後悔もあります。何しろ余りに意想外の話だったものですから。

貴方が泉先生と交際していた。その一事だけで私には十分な驚きであったのに、泉先生が大学卒業後に文部省へ入省していた事、既に彼から結婚を申し込まれている事実等を次々突きつけられ、愚かしくも取り乱してしまった次第です。

理不尽な事も言いましたね。娘の恋愛に口出しをするような親にはなるまいと自戒していたのに、いざとなると人間は判らないものです。

泉先生は頭脳明晰すぎて勉強が苦手な子供の気持ちが判らないという難点がありましたが、基本的には人柄が良く、品の良い青年です。ましてや家柄は申し分がなく、客観的に見れば生涯の伴侶として不足のないお相手なのでしょう。玉の輿に乗る等という下品な表現は用いたくありませんが、世間的には恵まれた縁談話であるのは認めます。

私の人生は私の物だと貴方は言いました。言うまでもない事です。貴方が何処までも泉先生との婚姻を望むのであれば、賛成は出来ずとも私は留め立てすべきではないと今は冷静に考えています。

けれど、一生一世の決断を貴方が下す前に、是非とも一つ話しておきたい事があるのです。

出来る限り冷静に記すつもりですので聞いて下さい。何れにしても貴方には早晩話しておかねばならないと考えていました。

遠い過去の話です。かれこれ二十五年以上も昔の事。私が大学生だった時分など貴方には想像も及ばないでしょうが、この母にも若い頃があり、年相応の悩みを抱えていたのです。

取り分け最大の難題は進路でした。貴方は聞き飽きているでしょうから割愛しますが、再び文部省の管下に置かれた公教育に従属すべきか否か、大学時代の私は絶えず煩悶を繰り返していたのです。新しい教育の担い手となりたい。けれど文部省の手先にはなりたくない。揺れる心の振り子は日々刻々とその振幅を広げていきました。

それほど迷っているのなら、いっそ一度、文部省の人間に会って話を聞いてみてはどうか。目を掛けてもらっていたゼミの教授からそんな勧めを受けたのは大学二年生の時でした。教授の後輩に若手の文部官僚がいたのです。成程、文部省の人間とは如何なるものか、試しに一度実態調査をしてみるのも悪くないかもしれない。挑戦心、そして幾何かの好奇心に背を押され、私は虎ノ門の喫茶店でその人物（仮にA氏とします）と対面しました。

当時二十代の半ばにして係長の肩書きを持っていたA氏は、順調に出世を遂げていたキャリア組の一人でした。かといってそれを鼻に掛けるでもなく、物腰柔らかに私の話に耳を傾け、親身になって助言を呉れました。「文部省に戦中のような教育体制を望んでいる人間はいない」「寧ろ開かれた教育を標榜し、腹黒い政治家共から子供達を守ろうと砕身している」等々、熱意ある言葉の数々に私は少なからず心を動かされ、文部官僚に対する固定観念を覆されました。

反発が関心に取って代わるのはよくある話です。そして、関心は往々にして好意へ転化します。その辺りの詳細を娘相手にくだくだと語る気はありませんが、所詮は世間知らずの小娘に過ぎなかった私は、幾度かA氏に相談を持ちかけているうちに彼の知性や包容力に惹かれ、またA氏も鼻っ柱の強い小娘を面白がってくれたのか、私たちは良くある順路を辿って男女の関係へと距離を縮めていったのです。

「あれほど文部省を忌み嫌っていた貴方が」と友人達には呆れられましたが、戦中の軍国主義教育を憎悪していた点では、A氏は確かに私と志を同じくしていました。教育の中央集権化にも否定的で、教育基本法を愛国爺から死守すべしと頻りに息巻いてもいました。文部省にも同志がいたのだと私が靡いた所以ですが、然しながら時が経つ程に、当然の如く、その絆には綻びも生じてきたのです。

　恋愛初期の高揚が鎮火を始めた頃から、私は徐々にA氏に対して違和を感じ始めました。リベラルな思想を掲げはしても、所詮、彼はエリート育ちの官僚であり、体制側の目線でしか物事を測れない人種の一人でした。その限界を思い知る程に、互いの教育観に於ける共通点よりも相違点が顕在化し、彼との間に議論が絶えなくなっていったのです。

　最も相容れなかったのは進学に纏わる問題です。高校進学率が漸く五割を超えたその当時、小中学校の新設に追われていた文部省は高校新設に立ち遅れ、日本社会には数年後の高校全入運動へ繋がる暗雲が垂れ込めていました。十五の春に泣かされる中学浪人が大量に生み出される予兆です。それは文部省の不手際というよりは確信犯的な政策の一部であったと私は考えています。

何故、高校新設を急がないのか。生意気盛りの私が問い質(ただ)す度、A氏は泰然と返したものでした。

「どのみちエリートのポストは限られているのだから、子供達の皆が皆、高校に進学する事はない。この国が列強との経済戦争に勝ち抜いていくには、エリート同様、最低限の義務教育を受けた賢明な労働者もまた必要だ」

詰まる処(ところ)、それが役人の本音なのでした。ごく一部のエリートと、その他大勢の庶民。国民を二分し、各々に相応(ふさわ)しい教育を施すことで日本の国際競争力を高める。結果的にそれは誤算であり、日本人は限られたエリートの椅子を巡ってすさまじい競争を繰り広げる結果と相成ったのですが、文部官僚達は庶民がそれなりの教育（即(すなわ)ち、それなりの人生）に甘んじるものと高を括(くく)っていたのでしょう。

進学を望む子供に学舎(まなびや)を与えないのは明治以来の「学制」に反する。そんな私の正論は、小娘の戯(ざ)れ言(ごと)として一笑に付されました。遺伝子が平等でない限り、教育の平等もまた存在し得ない。そう明言するA氏の優先事項はあくまでも一部の優等生を日本のリーダーとして育てる事であり、その他大勢を日本経済の土台を支える従順な労働者として確保する事でした。

無論、斯(か)くの如き選民思想はA氏自身が由緒正しき名門一族の出であった事にも起因します。彼は生まれながらにしてエリート街道を直進する人生を定められていた人でした。当然それ故の重圧も負っていたに違いありません。元大蔵官僚であったA氏の父上は、彼の文部省入省が決まった際、「親戚には言えない」とひどく恥じ入ったそうです。A氏が私のような野良育ちに興味を示したのも、かつて他省から内務省の子会社と揶揄されていた下位省庁に仕える屈折が作用しての事かもしれません。

然しながら、それでもやはりエリートはエリート、私から見ればA氏はその脳に先祖代々からの特権意識を刷り込み、何処かで庶民を見下していました。本人が望むと望まざるとに拘らず、彼はそのように生まれ、そのように育ったのです。虚しい議論を重ねるほどに私はそれを痛感し、彼への信頼を失っていきました。

この体に宿った命に気付いた時、すぐにその事を打ち明けず、A氏に幾何かでも結婚の意思があるか否かを探ってみたのは、偏にその不信感からです。

彼も私との未来を本気で考えてはいないはずだ。私が確信していた通り、A氏は結婚を迫られたものと誤解したのか、血相を変えてそれは難しいと一蹴しました。私に父親がいない事、母親がかつて女給をしていた事等をいつの間にやら彼は調べ上げ、知らない処で嫁不合格の烙印を押していたのです。結婚すれば却って君が苦労する、身内や親族から辛く当たられると、表面上はあくまでも親切な人でしたが。

良家に嫁いだが故に舅姑から虐められた母を見て育った私は、元より上流階級に良い感情を持ち合わせていませんでした。血筋や遺伝子に価値を置くような人種はこちらから願い下げです。やはりこの男とは生きられない。その時点で私は迷いを断ち切り、同時に、野良育ちには野良育ちの意地があると発奮したのです。親の顔色を窺うボンボン息子など誰が当てにするものか、お腹の子供は私一人で立派に育て上げてみせる、と。

そう、何れにしても私は生む気満々でした。私自身も母の手一つで育てられた身、それが奇異な選択であるとは露も考えませんでした。授かった運命は受けて立ちたかったし、もらったものは返したくなかった。

とは言え、当時の私はまだ学生、父親のいない子供を自力で生み育てる経済力はありません。

だからこそ、覚悟を決めて懐妊を打ち明けた際、母が私のお腹に伸ばした掌の温もりに、言い尽くせない安堵を覚えたものでした。

「女手一つで子供を育てるのは修羅の道よ。貴方も私と同じ苦労をするのかと思うと胸が張り裂けそうだわ。それでも、私は貴方のここにいる孫に会いたい」

もはや言うまでもないでしょう。母が会いたがっていた孫、それが蕗子、貴方です。私は貴方に父親を与えられなかった。けれども、少なくとも二人の女が貴方の誕生を狂おしく待ち焦がれていた事実はどうか忘れないで下さい。

妊娠を知らせぬまま別れたA氏が、今現在、何処で何をしているのかは知る由もありません。もしも貴方が会いたいと望むのならば出来る限りの協力はしますが、義父となった彼との関係を見るに、貴方がそれを望む可能性は低いように思います。又、文部省と反目する塾を営む女から生まれた貴方という存在を、A氏が如何に受け止めるのかも心許ない処です。

貴方から泉先生との交際を打ち明けられた夕べ、虎ノ門との奇縁を呪いながら、私の脳裏をまず過ったのも「泉家は大島家の娘を受け入れるのだろうか」との懸念でした。無論、A氏と泉先生を混同すべきではないし、私の過去と貴方の現在を混同すべきでもありません。今は冷静にそう考えていますし、貴方の人生は貴方のものだと先に記したのも偽りではありません。

然しながら、エリートとは往々にして似たような人種である事も、貴方に一つ踏まえてほしい処です。まず間違いなく彼らは家柄に拘る。ある意味、血筋にしがみつく。そして貴方は私同様、複雑な家庭に生まれ育った娘であり、両親は文部省の敵なのです。

泉先生の御家族はそれを承知の上で彼と貴方の結婚を認めているのでしょうか。プロポーズの返事をする前に、まずはそこをしかと確認する必要があります。今、恋愛の熱に浮かされて軽弾みな選択をすれば、後に泣くのは貴方です。望まれず良家に嫁いだ女が如何なる辛酸を嘗めるのか、私は母から学んでいます。何かが起こった際、泉先生は果たして舅姑から貴方を守れるのでしょうか。千葉進塾にいた頃、男子生徒が黒板に卑猥な落書きをしただけで「自信をなくした」と涙ぐんでいた彼に、果たしてどれ程の俠気を期待出来るのでしょう。

勉強が出来る事と妻子を世の荒波から守る事はまた別の問題です。家事の手伝いもした事がない名家の子息など、子育てが始まれば単なる木偶の坊に他なりません。結婚後も貴方が仕事を続ける気でいるならば尚の事、今のうちに慎重なる吟味が必要です。心配事を挙げると切りがないのでもう筆を置きますが、兎にも角にも、私は今一度、冷静になって貴方によくよく考えてほしいのです。

母』

泉との関係を清算した。そう蕗子から告げられたのは、千明が憑かれたように筆を走らせた約半年後のことだった。

六ヶ月。若い二人が迷いに迷った時間を考えれば、手紙はきっかけにすぎなかったと泉が言ったのも、あながち嘘ではなかったのかもしれない。

最終的に決断を下したのは蕗子だ。聞かずとも、千明はそれを信じて疑わなかった。人生の要所要所で蕗子は常に自ら進むべき道を選びとる。その点は誰よりも頑固な娘である。

その鉄の意志をつらぬいて彼女が学校教員になったときには、おそらく今も文部省にいるであろう実の父親に娘をとられたような、自らの人生を否定されたような、なんとも言いがたい無力感にとりつかれたものだった。

今にして思えば、あれが最初の敗北だったのかもしれない。

それ以降は負けつづけの人生だ。頼りにしていた勝見は大手塾へ鞍がえし、本の出版で一躍有名になった吾郎も遠い人となり、女としては古本屋の一枝に完敗し、長女は行方をくらまし、末っ子は軽やかに異国へ飛翔、最後の夢もあっけなく散った。

万事身から出た錆と言ってしまえばそれまでだが、しかし、もしも時をこえてどこかの岐路へ引きかえすことができたとしても、自分はやはりこの自分でしかいられないとも思う。

――いけない。若い二人を回顧していたはずが、いつのまにやら老いた我が身を嘆いていた。

「やだやだ、年はとりたくないわねえ」

独り言が増えたのも年をとった証だ、とぼやいたそばから思う。

気持ちを入れかえるため、千明は帰りにダイエーの地下へ立ちより、夕食代わりのチーズドッグを一つ胃におさめた。津田沼本校へ戻ったときにはすっかり空が暗んでいた。

留守中に何もなかったか気になって国分寺を探すも、事務室にその影は見えない。

「事務室長なら、用務員室ですよ」

事務員の一人に告げられ、千明は首をひねった。用務員室？

なんの用がといぶかりながら二階の北端へ足を運ぶと、長らく誰にも使われずに物置と化していたその小部屋が、今日にかぎってやけに賑々しい。室内につめこまれていたあれやこれやを、国分寺がせっせと廊下へ運びだしている最中だった。

「国分寺さん、なにを？」

ワイシャツをひじまでまくりあげた国分寺に呼びかける。

返ってきたのは素気ない声だった。

「ご覧のとおり、不法占拠物の強制撤去です」

「不法……？」

「書類の山、教材の在庫、生徒の忘れもの、七夕の笹にクリスマスのツリー。地下にれっきとした倉庫があるのに、なんでもかんでもこの部屋にぶちこむ悪習は、今日をかぎりにしましょう」

「はあ」

「まったく、ここまで空にするのに倉庫を何往復したことか。塾長も、モップとバケツは今後、しっかり地下の倉庫へお願いしますね」

しかつめらしく言い残し、荷を積んだカートを押していく。教壇に立っていたころと同様、無駄な贅肉のないその長身を千明は追いかけた。

「なぜ、急に」

用務員室の片付けを？

千明が問うよりも早く、エレベーターにのりこむなり国分寺が言った。

「泉は元気でしたか」

「はい？」

「会われてきたのでしょう」

「あ、そう、そう。とっても元気そうだったけど」

千明は気になっていたことを思いだした。

「国分寺さん、あなた、セーラームーンって、どんな月かご存じ？」

唐突な問いに国分寺の表情が消える。気をとりなおしたようにその口を開いたのは、停止したエレベーターからカートを押しだし、冷え冷えとした廊下を進みだしてからだった。

「塾長。セーラームーンは月の種類ではなく、目下人気を博しているテレビアニメの主人公です」

「あら、まあ。アニメの話だったの。なんとなく、泉先生には聞くに聞けなかったのよねえ」

「泉が美少女戦士にのぼせあがっていたとでも？」

「まさか。娘さんの話ですよ。泉先生、いいお父さんになってらしたわ。すっかり大人になって、仕事も家庭も充実している様子で、安心しました」

「でも、ハゲかけていたでしょう」

そのひと言で国分寺は泉の幸福をばっさり斬り捨てた。

「ま、今は文部省も試練のときですし、あいつも楽じゃないでしょうね。どんな相談をもちかけられたんですか」

「どんなって……」

たちまち千明の声がこもる。

「おおかた、ただの世迷い言よ。コミュニティの協力がどうの、塾と学校の連携がどうのって」

「泉はやる気でいるのでしょう」

「あなたは泉先生の味方？」

「敵も味方もありませんけど、両者のいがみあいに飽き飽きはしています」

「だから私を泉先生に会わせようとしたの？」

「泉が会いたがったからですよ。それに、塾長にとっても、外からの風がいい刺激になってくれればと」

「はい？」

「ちょっと姿が見えないと思うと、モップを手にしてぼうっと校内をうろついてる。子どもたちからレレレのおばさんと呼ばれるような塾長は、正直、正視に堪えません」

「レレレのおばさん……」

以前ならば「なんですって！」と肩を怒らせていたところだが、千明は無言でその骨張った肩を落とした。負けつづけた人生の帰着点として、レレレのおばさんは妥当なところかもしれない。むしろ、おばあさんと呼ばれないだけ上等と考えるべきではないか。

自分をなだめているあいだに倉庫へ到着。白い息を吐きながら黙々とカートの荷を片づけた国分寺は、千明とともに二階の用務員室へ引きかえすなり、急に表情を晴ればれとさせた。

「よし。これだけのスペースがあれば、机十台はイケる」

不法占拠物を撤去され、本来の殺風景をとりもどした八畳一間。舞いあがる埃とカビの匂いが充満したその空間をながめまわし、一人で悦に入っている。

「ここに、こう、コの字形にならべる。で、ここに教師が立つ」

「なんのこと？」

不審がる千明に国分寺は言った。

「教室に決まってるじゃないですか」

教室。日々触れている一語ながらも、このとき、千明の耳にはそれが痺れるような感触を伴って響いた。

「教室……って、ここを？」

「前から考えていたんです。うちの塾生たちに補習授業をするスペースを作れないものかと」

「補習？」

「どこのクラスにも何人かはいますよね、授業の進度についていけない子どもが。アンケートの結果にもそれは如実にあらわれています。学校で落ちこぼれて、塾でも落ちこぼれて、すっかり自信をなくしている連中に、無料で補習をしてやることはできないかと」

あいかわらずのポーカーフェイスで表情は読めない。が、その声色だけで千明は十分に国分寺の本気を見てとった。そうだ、彼は大人に対して一切容赦をしない反面、子どもには優しい男だった。その優しさ故に、十年前、吾郎の秘蔵っ子として前途を嘱望されていながらも、教師としては挫折した。保護者面談の際、自分の息子を「バカだ」「どうしようもない」とののしりつづける父親に、「バカはてめえだ、この腐れちんこ」とののしりかえしてつかみあいになり、同じことをまたくりかえさない自信がないと教壇を降りたのだ。

だからこそ、国分寺の次なる一語に千明はハッとした。

「塾長、改めてお願いします。私に、この部屋を貸してもらえませんか」

「あなたが？　ここで、あなたが教えるの？」

「ぜひ、塾長もご一緒に」

「私？」

「無報酬で教えるかぎり、どんな授業をしようと保護者はいちゃもんをつけてこないでしょう。ここならば思う存分、気がすむまで子どもたちとむきあえます。理想の教育を探究する場所は、なにも私立校だけじゃないですよ、塾長」

「国分寺さん……」

考えるよりも先に体が震えた。涙の膜にうるんだ瞳で、千明は改めて室内をながめまわしていく。白々とした天井。カーテンすらもない窓。物に踏みしかれていた部分だけがやけに若い畳。いらぬ和室などなぜ作るのかとの反対を押しきって設置したにもかかわらず、こんなにも長いこと放ったらかしにしてしまった。無人の用務員室。この部屋が、やっと、命を得る。

「正直、すっかり生気のぬけてしまった塾長を見るたびに、自分はむごいことをしたのではないかと、私学運営に反対した後ろ暗さをおぼえていました。しかし、これは手前勝手なエゴにすぎませんが、私は、あくまで塾長には塾のトップでいてほしいんです。裏街道のドンとして、その役割をまっとうしていただきたい」

「役割？」

「裏街道のドンにしかできないこともあります」

そうだろうか。そんなものがまだ自分にもあるのだろうか。

墨色の空を透かす窓を凝視し、千明は思う。その答えを、私はこれからこの小部屋で探していくのかもしれない。

ふつふつと、気泡のように力がわきあがる。長らく空洞化していたへそのまわりに、じんとした熱が満ちていく。

こうなれば話は早かった。

「国分寺さん、急ぎましょう」

「はい？」

「さっそく、会議室で企画会議よ。二人でどう補習をまわしていくのか、どうすれば公平に子どもたちを見ていけるのか、徹底的に検討しましょう」

言いながら、すでに千明の足は戸口へとのびていた。

「おちおちしちゃいられないわ。授業の勘をとりもどすのもひと苦労よ。あなた、十年も現場を離れていたら、教師としてはもう化石みたいなものですよ」

「塾長こそ、まがりなりにも塾の長ともあろう方が、セーラームーンを知らないなんてゆゆしき問題です。子どもから離れすぎた証拠です」

「あら、あなた、私が無駄にモップをもって校内をうろついていたとでも思って？　子どもたちの声を拾っていたに決まってるじゃない」

「今後は補聴器のご使用をお勧めします」

「なんですって！」

バタバタと騒々しい二人の足音が遠のくと、無人となった用務員室は再びしんとした静けさで満たされた。目覚めを待つ赤んぼうのまろやかな眠りのようなその静寂を、窓からの月光がほのかに照らしていた。

第七章　赤坂の血を継ぐ女たち

「わ、オレンジジュースだ」

「ジュースだ、ジュースだ」

「ね、どうすんの、それ。飲む？　飲んじゃう？」

冒頭のつかみは申し分がなかった。

部屋の中央に合わせた机をとりまく子どもたちの目は、新米教師の内藤恵が手にしたオレンジジュースの紙パックに釘づけだ。そそぎ口を開封したそれが人数分の紙コップに注ぎわけられると、彼らの期待はいや増した。戸口にたたずむ千明の耳にまで唾を呑む音が聞こえてくるようだ。

「全員に行きわたったら、飲んでいいよ。ちゃんと味わってね」

やった！　歓声をあげ、机から身をのりだすようにして、皆がジュースをまわしあう。ひと昔前ならば我先にと争奪戦が始まっていたところだが、近ごろの子どもたちはその点、行儀がいい。

「いただきます」

瞬く間にコップを空にした面々に「どう？」と恵がたずねると、この部屋の常連、小五の達也が「はい、はい、はい！」と手をあげた。

「俺、俺、俺、こんな補習だったら毎日だって受けたい。金払ってでも受けたい！」

「味の感想を言ってください」

「うまい！」

「どんなふうに？」

「うーん、と、本物のみかんみたいな味で、うまい」

それをかわきりに、残りの九人からもつぎつぎと声が飛ぶ。

「濃くておいしい」

「高そうな味」

「あんまり甘くない」

「ちょっとすっぱい」

ひとしきり感想が出尽くしたところで、恵が鞄から新たな紙パックをとりだした。さっきとは別種のオレンジジュースだ。

「じゃ、今度はこっち。味をくらべてみてね」

ジュースをそそいだコップが再び皆の手に渡る。

「あ、さっきのより甘い」

薄い。安そうな味。あっさりして飲みやすい。ゼリーみたい。粉を溶かしたやつみたい。恵の満足げな顔を見るに、どうやら期待どおりの反応だったようだ。

「では、ここで質問。同じオレンジジュースなのに味がちがうのはなぜでしょう」

「作ってる会社がちがうから」

達也の声に皆が笑う。

「それはそうだけど、ほかには？」

「入ってるものがちがうんだと思います」

「うん、うん。どこがちがうと思う？」

「それはその……」

「オレンジの種類とか」

「オレンジの産地とか」

「濃さじゃない？」

正解、と恵が両手で二つの紙パックを掲げた。

「最初のこっちは果汁八十パーセントで、こっちは二十パーセント。ジュースに入ってる果汁の量がちがうの」

へー、と聞きいる子どもたちに、恵はここぞとばかりに二問目を投げる。

「八十パーセントっていうのは、百のうちの八十、つまり八割ってことだよね。じゃあ、これを分数であらわしたらどうなる？」

「十分の八」

「五分の四でしょ」

「正解。じゃあ、二十パーセントは？」

「十分の二」

「五分の一だっちゅーの」

　そのとおり、と恵が笑みを広げた。

「こっちのジュースはオレンジの果汁が五分の四、こっちは五分の一入ってるってこと。だから、こっちのほうがオレンジの味が強いの。わかるよね？　じゃあ次は、この両方を半分ずつ足すとどうなるのか、一緒に考えてみよう」

　あざやかな授業の導入だ。すっかり恵の術にはまった子どもたちを見まわし、千明は感じ入った。

　今も昔も、算数の分数が苦手な子どもは多い。いったんそこでつまずいたが最後、もはや分数の記号を見るだけでアレルギー反応を起こし、考える気力もなくしてしまう。今日、ここへ集めたのもその予備軍だ。が、今回の補習授業で味覚をもってして分数を体感した彼らは、今後この難敵と遭遇するたびに甘やかなジュースの濃度を舌によみがえらせ、いくばくかの親しみを感じてくれるにちがいない。

　ノートを広げた子どもたちが計算問題にとりくみはじめると、千明は恵に目配せし、補習室と名称を改めた用務員室をあとにした。

　平成五年の春に始まった塾生への補習授業も、かれこれ七年目に入る。慣れないうちは千明が火曜日、国分寺が木曜日を受けもち、週二回の枠内で細々とまわしていた。授業に遅れをとっていた子どもたちが如実に変わっていく手ごたえをつかんで以降は、水曜日と金曜日にも新たに枠を増設。あえて若手を起用することにしたのは新人研修もかねてのことだ。自分の頭でものを考える子どもを育てるには、まずは教師自身が自分の頭で創意工夫をこらさなければならない。

今日の恵は有望株だと千明は一目置いていた。就職氷河期の昨今、約束された将来を信じて勉強してきた若者たちは気の毒としか言いようがないが、おかげで塾にも新卒の良い人材が流れてくるようになった。

『内藤様

本日はお疲れ様です。見事な授業の導入でした。オレンジジュースとは考えましたね。苦手な科目への親和性を喚起するのも教師の役目、今後も期待しています。

一点、紙コップは早めに回収しましょう。手で物に触れている時には子供たちの注意力が散漫になっています。』

事務室へ戻った千明は忘れないうちにメールを送信した。

ウィンドウズ95を導入するか否かで蘭と激論したのも今は昔、平成十一年の今日では同じ社内でさえもメールによる連絡や伝達が常態化していた。書類やプリントの作成も今やもっぱらパソコン。おかげで効率はあがったものの、ガリ版世代には日進月歩の変化についていくのが容易ではない。

この日も、国分寺から届いていた月次計画書の開き方がわからず、千明は事務員の助けを借りた。開いたら開いたで、今度はソフトの操作方法がわからない。便利なはずのコンピュータに翻弄されているうちに、老眼の目はみるみる乾いてしょぼついていく。

「塾長、保護者の方からお電話です」

さっきまで補習を受けていた女子の母親から電話がかかってきたのは、てのひらの「目のツボ」を千明がせっせともみほぐしているときだった。

はい大島です、と受話器を耳に当てるなり、鳴り渡った相手のきんきん声に老眼鏡がずり落ちた。

「うちの彩にジュースを飲ませたって、どういうこと？　うちの子にはね、オーガニック以外の野菜やくだものを与えてないんですよ。彩がお腹壊したらどうしてくれんのよ！」

備前焼のマグカップに注いだコーヒーの表面に、クリープの粉が溶けていく。褐色と白と、その両色を分かつ一線がみるみる薄れ、ついにはぼやけた帯と化す。若いころはブラックしか受けつけなかったコーヒーに、砂糖のみならずクリープまでも入れはじめたのはいつのころからだろう。

「まったく、どうなっちゃってんのかしらねえ、近ごろの保護者は」

ひと思いにスプーンでかき乱し、カップの底にたまった砂糖を撹拌しながら、千明はため息まじりに吐きだした。

「無償で補習をして、感謝してくれとは言わないけど、苦情を言われるなんてねえ。最近、多いのよ、なんでもかんでも文句をつけてくる親」

「そういえば、うちの学校にも増えてるわね。保護者からのクレーム」

ダイニングテーブルの対面から声を返したのは蕗子だ。

「今の親御さんたちの世代って、体罰が当たり前だった時代に育ってるでしょ。とくに千葉は締めつけの厳しさで有名だったし、そのせいかわからないけど、学校への不信感が強いのよね。信じて任せていただけないというか、とにかく、子どもに対するガードがすごいの」

「ガード？」

「児童を叱るとお母さんから抗議が来たり、下手すると内容証明が届いたり。教員の若い子なんてすっかり萎縮しちゃって」

「子どもだって萎縮しますよ、そこまで過剰にやられたら。どうりで、ぼんやりした子が多いはずだわ、最近の子ども」

還暦をすぎて繰り言の増えた千明は「最近の子ども」を嘆きだすと止まらない。

「表面的には聞きわけがよくて、言うことはきく。でも、お腹の中じゃ何を考えているのかわからない。なんていうか、張りあいがないのよねえ。いっちゃんなんて、その典型じゃない」

「あら」

小テストの添削をしていた蕗子の手が止まった。目の下にしみを散らした顔をしかめて、千明をキッと見やる。

「いっちゃんは表も裏もない親思いのいい子よ。だいたい、お腹の中で何を考えてたって、言うことをきくだけいいじゃない」

「まあまあ、そんなにむきにならなくたって」

「なるわよ。今日だって、いっちゃん、お母さんのおつかいで東京まで行ってるんでしょ」

「部活が休みだって言うんで、ちょっと頼んだだけよ。一日アルバイトよ」

「勝手におこづかいをあげないでって言ってるのに」

息子のことになると目の色を変える蕗子が声をとがらせた直後、タイミングを見計ったように玄関から「ただいま」と一郎の声がした。

「お兄ちゃんだ」

テレビゲームに没頭していた杏がふりかえる。と同時に、その膝からフェレットのピンキーが飛びおり、玄関をめざして駆けだした。

帰宅後、一郎が顔を見せるまでに若干の時間を要するのは毎度のことだ。リビングを素通りした彼はいったん二階へ上り、千明の部屋の仏壇にある父の遺影に手を合わせる。大黒柱を失った一家三人（とフェレット）がこの家で暮らしはじめた二年前から続いているこの儀式一つをとっても、たしかに親思いの子ではある。

「いっちゃん、報告、報告」

ピンキーを肩にのせた一郎がリビングにあらわれるのを待って、千明は早速せっつい
た。

「体験教室、どうだった?」

「んー。普通」

「それじゃわからないわよ」

「きれいな教室だった」

「ほかには?」

「きれいな先生だった」

「授業はどうだったのよ」

「一対一だから、それなりにわかりやすかったよ。けど……」

「なに?」

「なんかへんだったんだよなあ」

「なにが」

「なんか」

「それじゃわからないってば」

毎度ながら会話が成立しない。外見はそれなりに大人びてきた高校一年生も、口を開

けばその未熟さは中学時代と大差がなく、千明にはそれがじれったい。小学校に入学したての杏のほうがまだマシな口をきくほどだ。

「何がよくて何が問題だったのか、ちゃんと説明なさいよ。せっかく中三のふりまでしてもぐりこんだんだから」

千明が語気を強めても、一郎はあごのニキビのほうが重要とばかりに指でしきりにいじっている。

「受付にてんこもりの蘭(らん)の花があった。それがよかったかな。問題は、遠かったこと。おしまい」

「おしまいって、ちょっと……」

「あ、そうだ、これ」

まだ不満げな祖母の口を封じるように、一郎が一冊の冊子を手渡した。

「入塾案内のパンフレットだって」

胡蝶蘭(こちょうらん)のイラストが表紙を彩る上質そうな冊子。恐るおそるその表紙をめくった千明は、かつて体験入学アラシと呼ばれた大島家の次女、蘭の堂々たるアップ写真をそこに見た。

『オーキッドクラブは、〈狭い〉〈暗い〉〈汚い〉という塾従来のイメージを一新するニュータイプの個別指導塾です。アクティブな脳を育てるには、授業のクオリティのみならず、学習環境も重要なファクターとなります。お子様方に高度な集中をもたらすべく、洗練されたスタイリッシュな教室設計にこだわりました。』
『オーキッドクラブに二十代より上の講師はおりません。学校教員の高齢化が問題視される昨今、子どもたちは若い先生とのコミュニケーションに飢えています。』
『第一号スクールを青山にオープンした一九九六年以来、当スクールは塾業界のニューウエーブとして注目され、今では広尾に第二号スクールを、恵比寿に第三号スクールを擁しています。今後も個別指導のポテンシャルを追求し、お子様方のスピーディーな成績向上を全力でアシストして参ります。』

その夜、一郎にもらったパンフレットを千明は幾度となしに読みかえした。どれだけ頭をひねっても、真っ赤なスーツ姿で登場するスクール長の蘭が何を語っているのやら、皆目見当がつかなかった。

蘭が千葉進塾から独立し、オーキッドクラブなる個別指導塾を立ちあげてから早三年になる。

「千葉進塾の経営方針と合わない」
「塾長の娘という立場を離れて、自分を試してみたい」

威勢のいい啖呵を切られたとき、千明は肩甲骨から羽でも生えたかのように、すうっと体が軽くなるのを感じたものだった。

「よく言ったわ」

独り立ち、大いに結構。蘭に適性があるか否かはさておき、一度、上に立つ者の苦労を味わっておくのもいいだろう。千葉進塾の運営すべてにケチをつける娘をもてあましていた千明は、二つ返事で起業に賛成し、慰留されるつもりでいたらしい蘭をきょとんとさせたものだった。

頼まれるままに開塾資金も用立ててやった。スタッフの引きぬきにも目をつぶった。業界内には母娘決裂の憶測も飛び交っていたものの、けっして喧嘩別れをしたわけではなかったのだ。

むしろ蘭の独立後、二人のあいだにはかつてない静けさが立ちこめた。しゃれた教室にこぎれいな教師を配したオーキッドクラブが話題を呼び、塾長というよりは事業家としての蘭が羽ばたいていくほどに、二人の距離はただゆっくりと開いていったのだった。

貸した金は毎月律儀に返済してくるものの、蘭から塾に関する相談や報告を受けることはなかった。都内で一人暮らしを始めてからは実家にもさっぱりよりつかない。千明も千明で、下手に仕事の話を聞けば口を出したくなるだけだと、あえて触れずに平和な距離を保ってきたところもある。

今回、初めて蘭の領域に一郎を送りこんだのは、ある考えがあってのことだった。

——お母さんが一番心配していた蘭、なかなかどうして、あの子なりにがんばってるわよ。あの子の頭の中身は、私にはさっぱりわからないけど。

消灯前、例によって千明は仏壇の頼子に心で語りかけた。

——授業の質も悪くはなさそうだし、受付に生花を飾るくらいだから、経営にも余裕があるんでしょう。私も、そろそろ安心してもいいころかしらね。そろそろ、潮時よね。

遺影の頼子は答えない。けれど写真の瞳は年々おだやかに凪いでいくようにも見える。

——純さん。今日はいっちゃんのお世話になったわ。

頼子に続いて上田の遺影に手を合わせるのは、二年前からの新しい日課だ。

——あの子、どんどんあなたに似てくるわよ。あと何年かすれば、あなたが学生運動にあけくれていたころの年になる。ふしぎなものよねえ。

黒縁に囲われた四十七歳の上田は、よく日に焼けた顔に昔ながらの愛嬌がある笑みをたたえている。釣り好きが災いし、船の転覆事故で帰らぬ人となった二年前を思うと、千明の胸は今も重くふさがれる。が、妻子三人を遺しての早すぎる死を悼んで涙にむせぶことはもうなくなった。

子ども二人を連れて実家へ戻った当初は生気のなかった蕗子も、ここしばらくは赤く腫らした目を見せていない。

時は流れる。朽ちる命と、育つ命と、そのすべてを一緒くたに呑みこんで。

事務室長の国分寺に千明が胸の内を明かしたのは、その翌週、新学習指導要領における学習内容の三割削減をめぐる意見交換会に参加した帰りのことだった。

「国分寺さん。これは前々から考えていたことですけど、そろそろ私、塾長の座を退きたいと考えているの。あなた、代わってくれない？」

　昼食に立ちよった定食屋で、努めて軽く口にした千明に、国分寺は予想どおりの反応を示した。

「塾長、なにをおっしゃいます」

　まさに「一笑に付す」を絵に描いたような顔だった。

「塾長くらいお元気だったら、まだまだ十年は現役続行できるでしょう」

「とてもとても。本当にもう限界よ。パソコンも満足に使えない年よりが、いつまでも冷や汗を流してたって、社員にとっていいことはないわ」

「そんなことはありません。塾長は千葉進塾の顔です。皺が増えてもそれは変わりませんよ」

「国分寺さん」

「すみません」

「私の時代は終わったわ。今の千葉進塾を牽引しているのは、あなたよ」

　その言葉に誇張はなかった。この二年間、蕗子と交替で孫の面倒を見てきた千明は仕事を早めに切りあげることも多く、そのぶん国分寺へ負担を強いてきた。実質的にはとうにたすきを渡しているとも言える。目下の命題――最大二十八校まで拡大した教場を五年がかりで十八校へ縮小する計画も、発案者である国分寺のリーダーシップなくしては立ちゆかない。都内から撤退し、千葉に特化した受験指導に徹するという発想自体、高度経済成長期の追い風にのってきた千明にはもちえないものだった。

「あなたなら、きっと、これからの厳しい時代ものりこえていけるわ」

「買いかぶりです。まだ四十五歳の私には荷が重すぎますよ」

「初代は二十二歳で塾長になりました」

「吾郎先生とは人間の器がちがいすぎます。私が難の多い男であるのは、塾長もご存じでしょう」

「そりゃ口の悪さはあいかわらずだけど、あなた、子どもには優しいじゃない。あなたの考案した補習室のおかげで、これまでどれだけの子が劣等生のレッテルを返上してきたことか」

「それとこれとはべつの話です。第一、塾長には蘭さんというれっきとした世継ぎがいるじゃないですか」

「蘭は無理無理、務まりっこないわ」

蘭に継がせる可能性については、それこそ何年も前から考えに考えてきた。だからこそ千明はきっぱりと言えた。

「第一、あの子が選んだ個別指導は、うちとは真逆の道でしょう。摩訶ふしぎにもうまくいっているみたいだし、あの子はあの子で好きにやっていくわ」

吹っきれた様子の千明に対して、国分寺の表情は晴れない。

「そうでしょうか。今のオーキッドクラブで、蘭さんはあえて試験的に、確信犯的にこれまでの常識を崩しにかかっているように私には見えます。彼女にとって、それはある種の武者修行なのではないかと」

「武者修行？」

「一度は親もとを離れて力試しをしたい。その上で、蘭さんはやはりいずれ千葉進塾へ戻ってくるつもりでいるものと私は考えていました」

「蘭が？　そんな、まさか」

それきり口をつぐんだ千明の前に野菜炒め定食が、国分寺の前にアジフライ定食が運ばれてくると、気づまりな空気の中で二人は箸を手にとった。近ごろとみに食が細くなった千明は、口をつける前、茶わんの白米を半分ほど国分寺の茶わんへ移す。そんな所作が自然になっている今では、蘭よりも国分寺のほうがよほど身近な家族のようにも感じられる。血縁にこだわる理由がどこにあるのか。

「とりあえず、まずは蘭さんの意向を確認することですよ。それからのことは、それからです」

食事を終えると国分寺は言った。千明もそれには異議がなかった。

「もちろん、蘭とはちゃんと話をするつもりよ。明後日（あさって）の孫サービスデー、夕食の席には蘭も誘ってるの」

「ああ、例の……」

国分寺が瞳の力をぬく。

「杏ちゃん、学級閉鎖を有効活用するの巻、ですね」

「あまり大きな声じゃ言えませんけどね」

つられて千明も顔をほころばせた。

杏の在籍する一年三組が咽頭結膜熱、いわゆるプール熱による学級閉鎖に追いこまれたのは、先週土曜日のこと。杏自身はいたって元気なため、家にいても退屈をもてあまし、どこかへ行きたいとせがんでくる。日ごろ、あまりかまってやれない負い目も手伝い、根負けした千明は蕗子の勤める小学校が創立記念日にあたる明後日の水曜日、杏が憧れてやまない夢の王国へ連れていってやることにしたのだった。

杏のてるてるぼうずが功を奏したのか、当日の空は雲一つないぴかぴかの青に染まっていた。懸念していた梅雨前線は太平洋上で踏みとどまってくれたと見える。

快晴の行楽日和とあって、平日とはいえ、東京ディズニーランドの園内は多くの家族連れやカップルでにぎわっていた。至るところで光るカメラのフラッシュ。子どもの笑い声と泣き声が入り乱れた喧噪。機敏に立ちまわる清掃スタッフの白い衣裳。すべてがちくちくと目を刺すようにまぶしい。

「やっぱり、アメリカ人が本気を出すとちがうもんよねえ」

人の量、そして敷地の広大さに目を見張りながら、千明がひそかに回顧していたのは、今はなき谷津遊園だった。頼子と蕗子、そして吾郎と連れだって外出した数少ない思い出の一つ。当時は小学生だった蕗子が今では母となり、母であった自分が祖母となり、両脇から七つになる杏の手を引いている。まさに光陰はジェットコースターのごとしだと、千明は物狂おしいような郷愁に身をひたす。

当時は庶民の憧れであった谷津遊園も、しかし、今にして思えば経済発展半ばの敗戦国が背のびをした急ごしらえであり、誰もが見よう見真似で「娯楽」を演じていたような気もしないではない。

にもかかわらず、やはり千明にはあのメッキを張りめぐらせたような遊び場が、しみじみと懐かしく感じられた。一分の隙もないディズニーランドの装飾や、バネじかけのような従業員たちのスマイルにはうまくなじめない。

待ちどおしくて眠れないと前夜から大騒ぎをしていた杏も、いざ園内に足を踏みいれるとやけにおとなしく、目に映るすべてにただただぽかんと見入っている。カリブの海賊も、トムソーヤ島のいかだも、楽しむ以前に圧倒されてしまっているようでもある。

「やっぱり、お兄ちゃんも来ればよかったのに」

ホーンテッドマンションの長い列にならんでいるあいだ、前夜の寝不足がきいてきたのか、杏が蕗子の体にくねくねと巻きつきながらごねだした。

「なんで来なかったの、お兄ちゃん」

「学校があるでしょう。それに、もう家族で遊園地って年でもないみたい」

「蘭さんも来ればよかったのに」

「ネズミには興味がないんですって」

「みんなで行くって言ったのに」

「夜の食事はみんな一緒よ」

「ピンキーも連れてくればよかった」

「フェレットとネズミは、相性的にどうかしらねえ」

めずらしく母親をこまらせていた杏は、園内レストランのテラス席で昼食をとったあと、疲れきった様子でとうとう眠りこんでしまった。

初夏の光線が照りつける六月。蕗子が膝に抱いた杏の寝顔には汗が滲んでいる。

「あれだけディズニーランド、ディズニーランドって騒いでいたのにね」

やれやれとばかりにハンカチをさしのべた千明は、蕗子から返ってきたひと言にどきっとした。

「あんちゃん、さびしくなっちゃったんじゃないかしら。ここ、お父さんのいる家族連れも多いから」

はたとあたりを見まわすと、たしかに、子どものいるテーブルにはちらほらと父親の影もある。杏は本場のエンターテインメントに気圧されていたのではなく、父の不在に傷ついていたのか。じわりと千明の視界がかすみ、夢の王国がますます幻めく。

「うかつだったわ。そこまで頭がまわらなくて」

「私も。でも、しょうがないわ。行きたいってせがんだのは本人だし、先まわりして何もかも避けてとおるわけにもいかないし。父親の死は、この子が背負って生きなきゃならない運命よ」

蕗子の声にはその運命をともに負う覚悟がこもっている。四十四歳。この齢にして夫との死別とむきあい、蕗子はまた強くなった。

「というか、赤坂の血を継ぐ女の宿命かしらね」

赤坂は千明の旧姓だ。千明。蕗子。杏。たしかに、赤坂の血を継ぐ女たちは父親に恵まれない。

千明の父は遠い昔に戦死した。未婚の母から生まれた蕗子は、じつの父親同然に懐いていた義父の吾郎をも失った。

――蕗子は、あのことをいつ許したのだろう。それとも、まだ許していないのか。吾郎との離別を頭によぎらせながら、千明は蕗子の表情を盗み見る。

秋田を訪ねての再会以来、切れかけていた糸を少しずつ繕うように手紙や電話で交流を重ね、上田が逝ってからは一郎と杏を守らなければという共通意識のもとに団結、再び一つ屋根の下で暮らすこととなった。劇的な環境の変化に自分たちをならし、父を亡くした兄妹を支えていくのに精一杯で、過去のことなど語りあう余裕もなかった。

「因果な血を継がせちゃったものね」

この日、それまで互いに避けていた話題が自然と口に上ったのは、夢の王国にもたらされた浮遊効果の一つだろうか。

「でも、あなた、あの人とは今も連絡をとりあっているのでしょう」

杏が残したジュースを口に運んでいた蕗子の動きが止まった。

「ええ」

再び喉を動かし、ミッキーマウスのコップを空にしたとき、蕗子はすでに吹っきれた目をしていた。

「お父さんね、今、日本にいるのよ」

「そう」

「何度か、子どもたちの顔を見せに行ったの」

「いいわよ、細かい話は」

「変わったのよね」

「え」

「お父さん、すごく変わった。前から明るい人ではあったけど、底がぬけたっていうか、殻がくだけたっていうか」

「はあ」

「いろんな国を旅して、行きあたりばったりにいろんなことをして、意外とそういう生活が性に合ってたのかな。純さんもよく言ってたのよね。千葉進塾にいたころよりも、今のお父さんのほうが生き生きしてるって」

「そう。純さんが……」

誰よりも吾郎を慕っていた上田が、その転身を肯定してくれていた。それだけでも千明は救われた思いがした。

「でも、放浪生活にもいいかげん気がすんで、やっと定住する気になったみたい。お母さん、お父さんに会う気はないの？」

「私が？　今さら会ってどうするのよ」

冗談めかして笑うも、蕗子はつられ笑いをしない。

「一度、ちゃんと話し合ったほうがいいんじゃないの。籍のこととかも」

「それもなんだか今さらねえ。どうせ紙きれ一枚の問題だし」

「そういうところは似た者同士なのかな。お父さんもそんな感じだったけど、でも、最近は菜々ちゃんのこととか考えて、このままじゃよくないって思いはじめたみたいよ」

「菜々美？」

なぜここで三女の名が出るのか。千明は首をひねった。しかし、それを追及するよりも早く、蕗子の膝の上でぱちりと目を開けた杏が、降りそそぐような空の青色にびっくりしたように飛びおきた。

「ママ、おばあちゃん、行こう」

青に吸われていく赤い風船。その一点を追うように立ちあがる。

「もったいない」

「え？」

「一日パスのお金がもったいないよ」

赤坂の血を継ぐ女はしっかり者でもあった。

ひとときの眠りから目覚めた杏はチャージ完了とばかりに活発化し、一日パスを思い残すことなく有効活用した。ピノキオの冒険旅行。アリスのティーパーティー。ジャングルクルーズ。グランドサーキット・レースウェイ。イッツ・ア・スモールワールド。中でも一番のお気にいりは空飛ぶダンボで、順番待ちの列がないのをいいことに、「ピンク色の象にのるまで」と立てつづけに三回もゲートをくぐったほどだった。

午前中の呆け顔はたんに眠かっただけなのか。それとも、杏なりに何かを受けいれたのか。

「お兄ちゃんと蘭さんにおみやげ買う！」

最後に立ちよったショップでも、杏はシンデレラ姫さながらに瞳をきらきらさせて、みやげ選びに没頭した。最終候補に残った二点は、缶入りのキャンディと箱入りのクッキー。悩みに悩んだ末に後者を選んだ理由は、「キャンディは缶がかわいくても、中身が少ないから」。あくまでも堅実なのだった。

「あんちゃんは実をとる子ね。きっと中身の濃い人生を歩むわ」

千明はしきりに感心し、「祖母バカ全開」と蕗子に笑われた。

一日遊んだ園をあとにしたころには、千明の膝も笑っていた。あちこち痛む体を引きずるようにして舞浜駅へむかう途中、舗道のまんなかにこんもりとした犬の糞を見つけ、千明は妙にほっとした。ゴミ一つない王国の夢に酔うにはいささか年をとりすぎたようだ。

夕食には海浜幕張駅に近いホテルの中華レストランを予約していた。ロビーで合流した蘭、一郎もまじえての晩餐。多忙を理由に参加を渋っていた蘭も、顔を合わせたらわせたで、やはりそれなりに身内の会話は弾む。

普通の家族と異なるのは、その話題が教育問題にかたよっていることだった。塾経営者二人と学校教員一人。この面子ではそれもやむをえない。しかも、千明と蘭は互いに牽制しあい、仕事の話を避けようとするため、話はおのずと世間一般的な教育談義へ傾いていく。

「文部省が、今度は『生きる力』だのって言いだしてるけど、あれってどうなのかしらねえ。また、いい子を演じる子どもが増えなきゃいいけど」

「『新学力観』にしても『生きる力』にしても、コンセプトはごもっともなんだけど、結局、勉強とはちがうベクトルから子どもに点数をつけるってことでしょう。どんどん採点の対象が広がって、子どもたちが足かせだらけになっていく気もするのよね」

「一方で、学習内容は三割削減。これで落ちこぼれはいなくなるなんて、文部省は正気なのかな」

三年後に実施される新学習指導要領をめぐって意見を交える大人たちをよそに、一郎と杏は食べるという目的にのみ口を開け、競いあうように皿の料理をたいらげていく。とりわけ育ちざかりの一郎の食欲は皆の度肝をぬくほどだ。疲労のためか箸がのびない千明のぶんまできれいに片づけ、つけあわせのパセリ一つも残さない。

教育を語る大人たちと、無言で貪る子どもたち。その構図が崩れたのは、七皿以上の大皿を空にし、デザートの杏仁豆腐までこぎつけたときだった。

「蘭おばさんの服、今日はススメだな」

一郎が杏に耳打ちしたのを、地獄耳の蘭が聞きつけたのだ。

「誰よ、おばさんって」

「あ、蘭さん、蘭さん」

「ススメってなに？」

「いや、それはあの、その……」

「はっきり言いなさい」

「服が、ど派手な緑ってこと」

はっきり言われた蘭のしかめっつらに、千明と蕗子が吹きだした。

たしかに、今日の蘭が着ている開襟ワンピースは目が覚めるような真緑色だ。胸もとのパールがその光沢をいっそう際立たせている。以前は黒ばかり身につけていた蘭は、独立後、一転して服の趣向を変えた。それでいて、ヘルメットをかぶせたようなボブヘアは昔から変わらないせいか、どう装おうとも戦闘服で武装をしている印象は否めない。

「写真の服は、トマレだったよね」

一郎に続けとばかりにささやいたのは杏だ。

「え、トマレ？　今度はなによ。写真って？」

「本の写真」

「本？」

「お兄ちゃんがもらってきたやつ」

「パンフレットだよ、オーキッドクラブの」

杏をかばって口をはさんだ一郎に、「なに」と蘭が眉根をよせた。

「うちのパンフレット？　なんであんたがそんなのもらってんのよ」

千明と蕗子がしまったとばかりに目と目を合わせ、円卓が急に角張ったかのようにその場の空気が殺気立つ。

「私がね、いっちゃんに頼んだのよ」

気まずげに白状したのは千明だ。

「あなたのところの塾、どんな授業をしているのか見てきてって」

「お母さん！」

怒声とともに蘭がスプーンを円卓に叩きつけ、杏が「ひっ」とのけぞった。

「娘のスクールを偵察させるなんて、最低！　うちの指導法を盗もうってわけ？　ついに私までライバル視？」

「なに言ってるの。そんなことあるわけがないじゃない」

「ううん、お母さんならやる。やるわよ、お母さんならそのくらい」

「落ちつきなさい、蘭。黙っていたのは悪かったけど、今回のことはなんの他意もない、ただの老婆心よ」

ため息まじりに千明はなだめた。カッカしている蘭とまともにやりあうには、今日の彼女は消耗しすぎていた。

「あなたの塾がうまくいってるのか、今後もやっていけそうなのか、ちょっとね、気になっただけ。このあいだ『私塾界』でインタビューを受けていたあなたの話も、なにがなにやらわからなかったから、肝心の授業はどうなのかって、いっちゃんに体験してもらったのよ」

「で？」

やや落ちつきをとりもどした蘭が一郎をふりむく。

「肝心の授業はどうだったわけ？」

「ま、普通によかったよ」

「普通？　講師は誰よ」

「名前忘れたけど、美人だった」

「全員美人よ。外見重視で選んでるんだから」

「へ」

「今はね、暑苦しい熱血のベテランより、若くてこぎれいな講師が好まれるのよ。汗臭い教室よりも、清潔でおしゃれなブース。パッケージが意味をもつ時代なの。それより……」

いまだ猜疑心の去らない蘭の目が、再び千明をとらえる。

「お母さん、これまでうちのスクールなんて目もくれなかったのに、どんな風の吹きまわし？」

「それは……」

言いよどむ千明を一瞥し、蕗子がさっと腰を浮かせた。上階に展望室があるから行ってみようと子どもたちをうながし、連れていく。蕗子は今日、千明が蘭を誘った理由を心得ている。

「私たちのことはいいから、二人でゆっくり話して」

上田家の三人が円卓を去るなり、蘭は「やっぱり」と真緑の袖を組みあわせた。

「なんか裏があると思ってたのよ、急に食事会に来いだなんて」

「裏？」

「話があるんでしょ。だったら、さっさとお願い。スタッフが帰りを待ってるの」

いい流れとは言えない。が、こうなった以上はしかたがない。千明は腹をくって切りだした。

「じつはね、私、もうとうに還暦もこえたことだし、そろそろ塾長の座を退こうかと考えているの」

このとき、蘭の瞳の奥に爆ぜた閃光を見て、千明は次の言葉を呑みこむべきかと迷った。が、すでに動きだしていた口は止まらなかった。

「国分寺さんに継いでもらおうかと」

蘭の瞳が光を消した。どんな声も返ってこない。崩れるように視線をうつむけていく完全な無表情を前に、千明は国分寺の言葉を思いおこした。

――一度は親もとを離れて力試しをしたい。その上で、蘭さんはやはりいずれ千葉進塾へ戻ってくるつもりでいるものと私は考えていました。

そうなのか。自分は蘭の本意を読みちがえていたのか。だとしたらなぜ、蘭はいつもの調子で激昂しないのか。

いっそ怒りに身をわななかせてほしい。息をつめて待つ千明の正面で、しかし、蘭は微動だにせず円卓のクロスに滲んだしみを見おろしている。たまらなくなった千明が「あなたはどう思うの」と口にしかけた矢先、ようやくぽつりとつぶやいた。

「お母さんの好きにすればいいんじゃないの」

言うが早いか席を立ち、出入り口へとハイヒールの踵をカツカツ鳴らしていく。

帰る気か。千明は焦り声で店員を呼びとめ、勘定を急がせた。それからレストランを飛びだし、ずきずきと疼く膝に鞭打って、蘭の姿を探しまわった。

ホテルのロビーにもいない。正面玄関の外にもいない。いったいどこへ？

駅へ続く歩道の先にようやくまばゆい緑を見つけたのと、トマレとばかりに携帯電話の着信音が鳴ったのと、ほぼ同時だった。ハンドバッグからもれでるメロディを千明が無視できなかったのは、それが国分寺からの着信を告げる曲であったためだ。

国分寺はめったなことでは千明の携帯電話を鳴らさない。ましてや今日はプライベートの会があるのを知っている。

「ご家族とおくつろぎのところ申しわけありません。夕刊を読んで、どうしてもひと言お伝えしたくなりまして」

何かあったにちがいないと電話に出た千明に、案の定、国分寺はめずらしく動揺をはらんだ声色で告げた。

「じつは、文部省が……」

「文部省？　また？」

今度は塾を地球上から一掃するとでも言いだしたのか。

「いったい、どんな圧力を？」

早くも歯噛みをする千明に、しかし、国分寺は神妙な声を返した。

「いいえ。それが、その逆でして」

「逆？」

「文部省が、塾を学校の補完機関として容認すると公言したそうなんです」

携帯電話を片手に蘭の背中を追っていた千明の足が止まった。

文部省が塾を容認。その意味するところが呑みこめないまま立ちつくす。あざやかな緑がみるみる遠のき、ぼやけた点と化していく。

☽

まるで魑魅魍魎(ちみもうりょう)が跋扈(ばっこ)する魔窟(まくつ)だ。名だたる大手塾の塾長や各連盟の長たちが居ならぶ場内の、もっとも奥まった壁ぎわの一角に、千明はひどく居心地の悪い思いで身をひそめていた。歴史的一歩と謳(うた)われる会合も今日で最後となるせいか、参加者に加えて多数の報道陣もつめかけ、その人いきれに空気がこもっている。合わせて百名はこえているだろうか。

彼らの険しい視線の先にいるのは、前方の長机にずらり居ならぶ官僚陣だ。

午後一時に幕を開けた文部官僚vs.塾関係者の対話——という名の、対決。もしくは、対戦。

目下、発言しているのは某私塾連盟の会長である。

「我々が文部省の皆さんにご認識いただきたいのは、今日日(きょうび)における塾の現状です。現在、日本全国には約三万五千の小中学校がある。これに対して、塾の数は四万九千。中学生に至っては、約八割が塾通いをしているとの統計もあります。需要あらばこそ市場を拡大し、もはや子どもたちにとってなくてはならない学びの場となった塾に、なぜ今さら文部省が規制をかけようとするのか。現実にそぐわない話ではないですか」話途中ながらも、「そうだ！」「越権行為だ！」「営業妨害反対！」などと四方から威勢のいい野次が飛ぶ。

過去三回の会合が物別れに終わったのも推して知るべし、どうやら今日も荒れそうだ。渋面を連ねた官僚たちの末席で汗をぬぐっている泉を見やり、千明はほうっと嘆息した。と、その音に呼応するように、隣席から「あの」と男の声がした。

「千葉進塾の大島塾長ですよね」

相手は四十代とおぼしき千明の知らない顔だ。

「初めまして。私、ＲＣアカデミーの代表取締役をしております小出と申します。大島さんには先代の父が大変お世話になったと聞いております」

男の発した塾の名に千明の表情が曇る。

どうやら彼は引退した小出元社長の跡継ぎ息子らしいが、ＲＣアカデミーはかつて津田沼戦争で千葉進塾と対決した旧敵である。生徒の獲得合戦に敗れ、二年で津田沼撤退を余儀なくされた小出元社長が、勝ち組の千明にお世話になった？　あきらかに皮肉である。

「いや、女塾長に代わってからの千葉進塾は見事なものだったと、父がしきりに感嘆してましたよ。黙ってたって生徒が集まってきたあの時代に、戸別訪問をがんがんかけて、営業力でのしあがった。授業に勝って接待に負けた、なんて負けおしみを言ってるくらいでして、ハハハ」

案の定、小出ジュニアはさっそく毒を吐きだした。

「女のしたたかさを、うちの先代は大島さん、あなたから学んだそうです。モラルハザードもへったくれもないぶん、男ができないこともやる。糟糠の夫を塾長の座から追いはらうのもやぶさかではない。あ、そういえば……」

顔色を変えない千明に挑むように額を近づける。

「その大島吾郎氏にまつわる噂、ご存じですか」

「噂？」

「新検見川のケンタッキーでアルバイトをしていると」

下卑た悪意をまともに受ける気にもならず、千明は返事の代わりに軽蔑の一瞥をくれた。

塾の経営者は忙しい。塾生の教育に全身全霊を傾けたあげく、我が子の教育に失敗する例も稀ではない。小出元社長もその一人かと思うと、塾揺籃期の混乱をともにしのいできた元戦友が哀れにも感じられる。

「やっぱり、世襲はダメだわ」

「は？」

ぽかんと口を開けた小出ジュニアはもはや眼中になく、千明が物憂く考えていたのは蘭のことだった。

緑の服を見失ったあの日以来、音信不通が続いている次女。電話をすれば居留守を使われ、留守番電話にメッセージを残しても折りかえしはゼロ。たんに忙しいのか、へそを曲げているのか、傷ついているのか。やはりあの子は千葉進塾を継ぐ気でいたのだろうか。日が経つほどに千明の不安は深まっていく。それでいて、この三ヶ月間、思いわずらうことしかできずにいたのは、同じあの日に端を発した一連の騒動のせいでもあった。

文部省の「塾容認」声明。本来ならば吉報であるべきそれが招いたのは、真逆の結果——塾業界あげての猛反発だった。

文部省が塾にちょっかいを出すたび、業界は蜂の巣をつついたような騒ぎになる。それは毎度のことながらも、これまで連携することのなかった大手や中堅、零細などの規模を異にする塾が、その垣根をこえてともに立ちあがるほどの抵抗を示したのは今回が初めてだった。

塾が一大産業となって以来、最大の蜂起。

この事態を重く受けてか、意外にも今回、文部省もまた前例のない動きを見せた。これまで言いっぱなしを常としてきた彼らが、初めてフォローにまわったのである。

「参りました。いやもう、今回ばかりはほとほと参りました。なんでこんなことになってしまったのやら」

文部官僚の泉が千明のもとを訪ねてきたのは、「塾容認」騒動勃発からまだ日も浅いころだった。

約六年ぶりの再会。ひさびさの電話をよこしたその日にやってきた性急さ一つをとってみても、泉の焦りがうかがえた。

「我々は歩みよったんですよ。生涯学習審議会の答申を受けて、塾の存在を初めて公式に容認した。なのに、塾業界からは歓迎されるどころか、ブーイングの嵐ときたもんで」

「そりゃそうよ」

津田沼本校の応接室で泉をむかえた千明は脱力の声を返すしかなかった。

「容認は容認でも、とんでもない要求つきの容認なんだもの。金の斧をくれてやるかわりに、これからはうちの庭で木を伐れ、みたいな話じゃないの」

塾業界がありがたがって押しいただくと文部省が本気で考えていたのなら、おめでたすぎる。塾容認の代償として突きつけられた要求を思うと、近年、丸くなった気でいる千明の胸中も荒れる。
一　夜七時以降は小学生への学習指導をしない。
二　学校完全週五日制が実施される二〇〇二年度以降、土日の営業をひかえる。
三　PTA団体は塾が時間外の指導をしていないかチェックし、改善を求める監視役を担う。

主立ったところでは、この三点が塾業界の逆鱗に触れたのだった。

しかし、泉にはそこのところがピンとこないらしい。

「たしかに課題も掲げましたけど、我々としては、あくまで『容認』ありきの話だったんです。塾との歩みよりを大前提とした上で、今後、懸念される事態への対策として……」

「あんな要求を突きつけておいて、歩みよりもないでしょうに」

「いや、しかし、我々だって譲歩すべきところはしているわけですから」

「ずいぶんと居丈高な譲歩ですこと」

「それでも、居丈高な敵対よりはマシじゃないですか。このまま無駄な反目を続けるほうが得策と千明先生はお考えですか」

とりつく島のない千明に、泉が声を険しくした。

「過去の遺恨はわかります。省内にだって、いまだ塾をよく言わない頑固親父たちはいますから。それでも積年の因縁を脱し、ともに子どもの教育向上を担っていくために、我々は折れたんです。なのに、塾の皆さんはあいかわらず文句ばっかりで、結局、皆さんは我々が何をしたって気に食わないんじゃないですか。無視しても怒るし、容認しても怒る。これじゃ我々だってああそうですか、じゃあもういいですよ、ってな話になっちゃうじゃないですか」

六年前は薄い部分を隠そうとしていた頭を掻きむしりながら、泉が語気を荒くする。

と思えば、急に悄然(しょうぜん)と肩をすぼめ、その指先でこめかみをもみながら詫(わ)びた。

「すみません、居直ったわけじゃないんです。たしかに我々の認識も甘かった。ただ、役人にだって皆さんと同じ人の心があるというところは、どうか一つご理解いただきたく……」

公家(くげ)というよりは落ち武者のようにくたびれたその風情に、千明はまじまじと目をこらした。

「あなた、なんだか感じが変わったわね」

「そりゃあ、教育改革にふりまわされて二十年ですから」

「茨(いばら)の道なのねえ」

「獣道ですよ、財界や政界の魔物だらけの」

まんざら冗談でもなさそうに泉がぼやく。

「ことにここ数年は、新自由主義って名前の怪物まで登場して、公教育もいい食いものです。予算の問題と言われりゃそれまでですけど、個人的には私、教育の自由化だけはなんとしても阻止したかったですよ」

いやに愚痴っぽくなったその声に、六年前、ゆとり教育の意義を唱えた気勢は感じられない。

「おまけに、落ちこぼれ問題はいっこうに改善を見ず、かえって学力低下に拍車がかかってる始末です。ゆとり路線がおかしなことになったのは、財界がスリム化だのと言いだしたせいなのに、世間もマスコミも教育現場も、誰も彼もが文部省が悪いと集中砲火を浴びせてくる。千明先生だから言っちゃいますけど、ぶっちゃけ、我々はこんな時期に塾業界までも敵にまわしたくないんです。もう、これ以上の火種は抱えきれない」

「火種どころか、もう十分に燃えあがってるじゃないの」

「はい、だからこそ鎮火の急務に迫られているわけで」

ここぞとばかりに「じつは」と、泉が身をのりだした。

「この現状を見かねて、ある国会議員が動いてくれたんです。一度、両者が忌憚のない意見を交換する席をもうけたらどうかと」

「両者って、塾と文部省？」

「はい。水と油の初対面です。実現したらまさしくエポックメイキングじゃないですか。つきましては、私としては、千明先生にもぜひその記念すべき会合にご出席いただきたいんです」

「私が？」

「千明先生は業界で名の通った方ですし、影響力もあります。先生にとっても、文部省に積年の恨みをぶつける好機じゃないですか」

「めっそうもない。若いころならまだしも、今の私にはそんな気力も度胸もありゃしませんよ」

千明は笑いとばして相手にしなかったが、泉はあきらめることなく、その後も頻繁に津田沼本校へ足を運んでくるようになった。六月下旬に文部省と塾関係者の歴史的対話が実現し、両者の主張が相容れないまま次回もちこしとなったあとも、「二回目の会合にはぜひ」「三回目こそ」と、獣道で獲得したと思われる粘り腰で口説きつづけた。あまりの執拗さに千明がぐらついたのは、ついにラストチャンスとなる四回目の対話を数日後にひかえたころだった。

「あなた、どうして私をそんなに出席させたいわけ？　千葉進塾くらいの規模だったら、塾長は掃いて捨てるほどいるじゃない」

このときばかりは、泉の顔に含羞に赤らむ若き日の面影が戻った。

「じつは、ここだけの話ですけど、広報の人間に言われてるんです。出席者に女性の絵もほしいと」

「まあ」

「男女平等に敏感なご時世ですので、その」

「そんなことだったの」

いまだ女経営者というだけで好奇の目をむけられがちな自分に、役人はジェンダーフリー的な見地から「女」を期待していたのか。ばかばかしいとあきれる一方、千明の中には奇妙な職場で翻弄されている泉への情もめばえていた。

「こんなおばあさんしかいないんなら、いいわ。行きましょう。それであなたの顔が立つのなら」

ただし、文部省と塾の歩みよりなど、私はこれっぽっちも信じちゃいない。そう泉に釘をさすのも忘れなかった。

実際、四回目の対話もまた歩みよりからは遠い道のりをたどっていた。

不毛な議論に終始した過去の三回をかんがみてか、文部省側の物腰には多少の軟化が見られたものの、塾側が撤回を迫る規制については頑としてとりさげようとしない。

「……ですから、七時以降の小学生への学習指導を規制するというのは、なにも一律に強制するというのではなく、あくまで民間教育に従事する皆さんのご理解とご配慮を求める性質のもので……」

「配慮もなにも、小学生に関して言えば、七時以降も授業をしている塾なんか、もともと数えるほどしかないですよ。マスコミはいろいろ書きたてますけど、実際のところは、ほとんどの塾が自粛しています。あなた方は小学生クラスの現状を調査したんですか」

「モニタリング期間の不十分は反省しております」

「そもそも、ゆとりだなんだで学校の授業がへるからって、なんで塾までが土日の営業を規制されなきゃならんのです。学校での学習が不十分になれば、親たちはそのぶん外で補おうとするに決まってるじゃないですか」

「ですからそれも、過剰な塾頼みを防ぐために、あくまで皆さんのご協力を仰ぐという形でして……」

「協力を仰ぎながら、一方で、ＰＴＡには塾を監視しろってわけですか」

紋切り型の逃げ口上をくりかえす文部省側に、塾側は徐々にいらだちを募らせていく。低姿勢でのらりくらりとかわしながら、つまるところ、役人たちは時間稼ぎをしているだけのようにも見える。

閉会の三時まで三十分を残したところで、ついに千明は痺れを切らして声をあげた。

「とんだ茶番だわ」

もはや現役教師だったころのような張りはない。塾の拡大に燃えていたころの迫力もない。しかし、場内に初めて響いた女の声は十分に満座の注目を集めた。

「畢竟、あなた方の目的は、塾と対話したという記録を残すことなのでしょう。何かあったとき、自分たちは民主的手続きを経たと抗弁するために。本気でむきあう気などはさらさらなくて、気にしているのは世論だけ」

言うが早いか席を立ち、会場の戸口をふりかえる。

「ばかばかしいので失礼します。こんなところで浪費する時間があったら、塾生の補習に当てたいわ」

水を打ったような静けさが、一瞬、その場を支配した。椅子を引く音が立て続けに響きだしたのは、その直後だ。

「そうだ」

「そのとおり」

「しょせん役人は役人だ」

「ガキの使いじゃねえんだ」

ざわめきは瞬時に場内を伝い、千明に続けとばかりに皆がぞろぞろ廊下をめざしだす。その波を押しかえすように、そのとき、後方の戸口から「待ってください」と男の声がした。

「皆さん、落ちついてください。まだ閉会まで三十分あります。ここでそれを放棄すれば、それこそ、塾側は対話を途中で投げだしたと、文部省側に有利な記録を残すことになりますよ」

人の波にもまれていた千明の顔から表情が消えた。つかのま現実感が遠のき、見えない網にとらわれたように体の動きが止まる。

男たちの頭にさえぎられて声の主は見えない。が、しかし、この声は……。

「今日が最後のチャンスであるのなら、ぜひともラスト一秒まで粘りぬき、なんらかの結果を導きだしましょう。この会合が失敗に終われば、二度とこんな機会は訪れない。塾と文部省の不毛な対立という負の財産を、次の世代にまで残すことになります」

嘘。小さなあえぎが我知らず千明の唇からもれる。嘘。嘘。嘘。そんなことがあるわけない。空耳だ。なにかのまちがいに決まっている。それをたしかめるべく、見えない網から懸命に逃れ、声の主へと進んでいく。

静寂に支配された場内で、呆けたように立ちつくす人と人のあいだからその主が垣間見られたとき、千明は再び「嘘」とあえいだ。

心臓がはねる。痛いくらいに暴れだす。なだめるように当てた手の震えも止まらない。

まるで別人のようだった。面がまえが変わった。眼光の強さがちがった。半白だった髪は真っ白になり、青白かった肌は逆に照りのある褐色と化していた。色彩の反転。そのためか、しかと加齢を刻んでいながらも、その全身はかくしゃくとした気を放っている。

目が合うと、彼は笑った。人懐こい笑顔だけは変わらなかった。

そこにいるのは千明の夫、大島吾郎だった。


まるで夢の中にでもいるみたいだ。

それも、今現在ではない過去の、遠い昔の夢。

もはや自分の夢ですらないくらいに遠い。

「いや、泉くんから声をかけてもらったときには、今さらぼくの出る幕じゃないって辞退したんだがね。君も出席すると聞いて、ふと足がむいた」

危うく空中分解しかけたこの日の会合は、吾郎の発言によって流れを変え、閉会ぎりぎりまで交渉を続けた塾側は最後の最後にようやく「ＰＴＡによる指導時間の監視要請を撤回」という成果を、不満足ながらも一つの落としどころとして手に入れた。歴史的対話を実らせるべく、文部省側も譲歩をしたのである。

ざわめきやまない会場をあとにした千明は、廊下で待っていた吾郎から話がしたいともちかけられ、その足で近場にあるホテルの展望ラウンジへ移動したのだった。

「私は、想像もしなかったわ。まさか、あなたがいるなんて」

落ちついた声色の吾郎を前に、いまだ千明は頭の混乱が鎮まらない。

「驚かせてすまない。これだけ長く連絡を怠っていて、正直、今さら合わせる顔もなかったんだが。泉くんに、ぼくも、最後のチャンスをもらった気がしてね」

合わせる顔がない？　それは自分のほうではないか。千明の混乱が深まる。いや、吾郎は暗に一枝のことをほのめかしているのか。千葉進塾を追われたことへの遺恨はどこへ？

——わからない。戸籍上はいまだ夫婦である互いの胸にそれぞれの自責があったとしても、同時に怨嗟があったとしても、それは二十年も前の代物なのだ。

太古の昔だ、と千明は一面のガラスごしに白々と広がる高層ビル群を見渡しながら思う。塾という未開のジャングルで互いを傷つけあい、それでいて致命傷に至るほどの正面対決を恐れて、肝心なところでは背をむけあっていた。そんな野蛮な時代の話だ。

「本当に驚いたけど、でも、あなたがいてくれてよかったんでしょうね。あのままだったら、今日の会、破綻していたでしょうし」

「いや、君が勇ましく席を立ったときにはどうなることかと思ったけど、意外と、あれが官僚たちには効いたのかもしれないな」

「歩みよったというよりは、ぎりぎり、どうにか決裂を踏みとどまったって感じでしたけど」

「何にせよ、最初の一歩を踏みだしたのはめでたいことだ」

乾杯、というように吾郎がコーヒーカップを掲げてみせる。こんなしぐさをする男だったろうか。つられてトマトジュースのグラスをもちあげたとたん、千明は無性に気恥ずかしくなって目を伏せた。

二人をへだてるテーブルの白いクロス上に、他人同然に離れてすごした年月が重くよどんでいる。

「それで、お話っていうのは、菜々美のこと？」

「あ？　ああ、蕗ちゃんから何か聞いたか」

「あなたが気にかけていると」

「うん。そのことなんだが」

「菜々美が、なにか？」

「あの子も、もう今年で三十になるだろう」

「そうね。早いわね」

「なぜ結婚しないんだろう」

「はい？」

「蘭はともかく、あの菜々美が、あの年まで独り身でいるっていうのが引っかかるんだ」

　言いづらそうにコーヒーを口に運ぶ。

「ひょっとすると、我々が原因じゃないかって気もしてきてね。その、我々があんなとりきめをしたせいで」

「とりきめ？」

「菜々美が結婚するまで離婚はしない、と」

「あ」

「あの子は、我々を離別させないために独身を通しているんじゃないか」

　千明の指からすべったストローがぽろりと紅い海へ沈む。菜々美が両親の離婚を阻止するために独身でいる。考えもしなかった推測を前に千明は絶句した。少なくとも、二十秒か三十秒のあいだは。

　しかし、ほどなく平常心をとりもどして言った。

「考えすぎだと思うわ。今どき、結婚しない三十歳なんていくらだっているわよ。それに、蕗子ならともかく、菜々美はそういうものの考え方をする子じゃないでしょう。もっと現代っ子っていうか、臨機応変に目の前の現実を追っているというか」

「しかし、あの子は幼いころからお嫁さんに憧れていて……」

「十六歳の誕生日に結婚するって騒いでいたわよね。でも、いざその年になったころには、あなたとの海外旅行に夢中だったじゃない」

「それはそうだが。うーん」

子どものことで意見が割れるのは今に始まったことではないが、吾郎は昔のように異種の獣を見るような目で千明を刺しはしなかった。

「正直、女の子はわからない。というか、今の菜々美がぼくにはわからないんだ。ここ最近、めっきり連絡がへってね。やっとやりたいことが見つかったって嬉々としていたわりに、何をやっているのやら、肝心なところは教えてくれない」

「ええ、あの子、熱中できることを見つけたようね。結婚に関心がむかないのも、そのせいだと私は思ってたわ」

千明の言葉に吾郎がはたと目を広げる。

「君は聞いているのか」

「ある程度は。もう三十だし、干渉はしてませんけど。あなたに言わないのは心配させないためでしょう」

「ぼくが心配するようなことなのか」

「ときには際どいこともしているようね。法律ぎりぎりの」

やっぱり、と吾郎が目の色を変えた。

「先物取引か」

「先物？」

「この前、杏がぽろっともらしたんだ。菜々美おばちゃんは危ないことをしてる、仲間と一緒にお豆の仕事をしてるって」

「お豆……」

「小豆か？　大豆か？　コーヒー豆か？　ぼくは先物取引で人生を棒にふった人間を何人も知っている。なぜ今まで菜々美を放っておいたんだ」

「………」

　笑ってはいけない。相手は至極真剣なのだ。そうは思ってもこらえきれず、千明は体を折って盛大に肩を震わせた。一気に緊張が解ける。吾郎の専売特許であった一人笑いを横どりしたようで気分がいい。

「なにがおかしい？」

「あのね、あんちゃんがあなたに言ったお豆っていうのはね」

　憮然としている吾郎へむきなおり、千明は目頭の涙をぬぐった。

「グリーンピースのことよ」

「グリーンピース？」

「菜々美、環境保護団体のグリーンピースに入ったの」

　〈グリーンピース〉は言わずと知れた国際組織であり、その活動は日本でよく知られる捕鯨への抗議から核実験反対、環境保護に至るまで多岐にわたっている。果敢な行動で数々の成果を勝ちとる反面、時として手段を選ばない強硬姿勢が物議をかもすこともあり、その評価は賛否がわかれる。少なくとも、娘が入会したと聞いて喜ぶ親は日本では少数派だろう。

「でも実際、菜々美が所属しているのはオゾン層の保護を訴えるチームで、活動内容も穏健らしいわ。本人は身を挺してアザラシを守りたかったらしいけど、まだ二年目の下っぱですから」

最初こそあっけにとられていた吾郎も、千明の話を聞くにつけ、次第にもとの顔色をとりもどしていった。

「そういえば、グリーンピースはバンクーバーが発祥の地だったな」

菜々美と組織の接点を推するあたりにも余裕が見てとれる。

「あなた、反対しないんですか」

「え」

「あなたのことだから、心配して大騒ぎするんじゃないかと」

かつて三姉妹の誰かが熱を出すたびに大騒ぎをしていた吾郎は、しかし、懸念顔の千明に穏やかな目つきで問いかえした。

「君は反対したの？」

「私？」

「ようやく打ちこむ対象を見つけた娘に、それをやってくれるなと？」

「私はそんなこと言わないわ。あの子の人生だもの」

「ぼくにも言えないよ」

言わない。言えない。そのニュアンスの差に二人の空隙を見るように視線をからませる。

「菜々美の信じる道を行けばいいさ。あの子は自分のことも大事な子だから、きっと、バカな真似はしない。もし危うい方向へ走りだしたら、そのときに考えよう」

「そうね」

「そもそも、ぼくだって、君だって、さんざんやりたいようにやってきたクチだ」

「そうよね」

苦笑まじりに二人は眉尻をたらす。どちらの目にも感情の波はなかった。その凪ぎわたる静けさに、この人とともに生きることはもうないだろうと、千明は確信を新たにする。

吾郎と再会するときは、籍の問題に決着をつけるとき。長らくそう思ってきたにもかかわらず、二人の会話はその後もそこへはむかわなかった。互いに互いの空白の二十年間に対する興味が勝ったようだ。

千明は吾郎が去ったあとの千葉進塾のその後を、吾郎は自らの海外放浪の軌跡をぽつぽつと語りあった。語るほどに吾郎の舌はなめらかになった。アジア歴訪中にさまざまな異文化と接し、奥へ、奥へとはまっていったこと。現地で知りあった日本のＮＧＯ団体と意気投合し、ネパールの寒村に学校を建てる活動に加わったこと。ひょんなことからある小学校の校長を引きうけることとなり、帰るに帰れなくなったこと。今は都内に本部をかまえるNGO団体の活動を手伝っていること。

失敗談ですら楽しげに語る吾郎に、常時しんどそうだった塾長時代の面影はなかった。職場を去り、家庭を去り、母国を去り、この人はようやく自らの人生を歩みだしたのだ。それを思うと千明の心は複雑にゆれた。吾郎が獲得したものへの憧憬と、自分たち夫婦が獲得できなかったものへの寂寥と——その両者を交錯させたままひとときをすごし、ふと気がついたときには窓の外が西日の橙をかぶっていた。

「いけない。今日は私が食事係なのよ」

あわてて席を立った千明を、もう一つ話したいことがあると吾郎も追ってきた。

ホテルから駅への道々、吾郎が話題にしたのは蕗子のことだった。

「実家へ帰るって蕗ちゃんから聞いたときには、びっくりしたけど、ほっとしたよ。今の教員はとにかく仕事が多いからね。女手一つで育児との両立は酷だと思ってたんだ」

「純さんのご両親も協力を申し出てくださったんだけど、なにぶん、あちらは長男一家と同居中でしょう。三人もお孫さんがいる上に、これ以上負担をおかけするわけにもいかないし」

「しかし、一郎は我慢強いね。こっちの環境に慣れる間もなく高校受験で、大変な苦労をしたろうに、弱音の一つも吐かない。蕗ちゃんに似たのかな」

一郎や杏の話題になると吾郎の頬はほころぶ。血縁はなくても孫は孫なのか。そう思

う と千明の口もともゆるむ。が、しかし、駅が近づくほどに吾郎の顔からは笑みが消え、口数も少なくなっていった。

ついには完全に黙りこみ、足までが止まった。地下鉄駅の階段を下りきったときだった。

「じつは……」

急にかげった声を聞いた瞬間、千明は吾郎の話したい「もう一つ」が蕗子一家を指していたわけではなかったのを悟った。

「君に言うべきか迷ったんだけど、先月、蘭から手紙が届いたんだ」

最後の最後に吾郎の口から出たのは、長女でも末娘でもなく、この日、二人が申しあわせたように話題から遠ざけていた一人の名前だった。

「蘭？」

「ぼくが所有している千葉進塾の株を買いとらせてほしい、と」

かつて千葉進塾の筆頭株主であった吾郎は、実際のところ、今ではその株を一つも手元に残してはいなかった。退社の際に会社が買いとる形で清算した。同時に、彼が手がけた本の印税や二次使用料の振込先も個人の口座へ移ったため、それまでの貯蓄や退職金と合算すれば、吾郎は相当額の貯えをもって海外へ飛びたったことになる。

そんな内情を知らない蘭が突如、父への手紙でもちかけたという相談事は、千明の胸をもやつかせるに十分だった。

株を買いとらせてほしい。目的は、考えるまでもない。

「自分で言うのもアレだけど、因果応報とは言ったものよねえ」

その夜、蕗子の帰りを待ちわびるようにして、千明は事の次第を語ってきかせた。

「思ってもみなかったわ。蘭が、まさかそこまで千葉進塾に固執していたなんて」

「私も。むしろオーキッドクラブを拡大して、千葉進塾に追いつけ追いこせって威勢かと思ってた」

明るみになった妹の野心に当てられながらも、なにせ蘭のすることだからと、蕗子はさほど驚いたふうもなかった。むしろ長い隔絶を経た母と義父の邂逅(かいこう)のほうに思うところがあるようだ。

「いくら蘭でも、そこまでは思いおよばなかったんでしょうね。まさか、歴史的会合の席で、お母さんとお父さんが鉢合わせるなんて」

「でしょうね。頭がまわるのか、まわらないのか」

器用に立ちまわろうとしすぎて不器用にしくじる、次女の厄介な気質を思い、千明は声を落とす。

「あの子、お父さんからの手紙に、それまでは返事の一通も書いたことがなかったんですって。ここまで現金だとかえって清々(すがすが)しいくらいだって、あの人、笑ってたけど、内心は複雑よね」

「でも、笑えるようになったのよね」

「え」

「前のお父さんだったら、見るも哀れに懊悩していたでしょうに」

たしかに、と蕗子の冷静な指摘に千明は苦笑した。

「あなたが言ったとおり、あの人、変わってたわ。だてに異国の寒村で校長先生をやってたわけじゃないわね」

「そうとう苦労もしたんでしょうね。現地のお母さんたちからモテてモテて、大変だったみたいだし」

「あら、それは聞いてないけど」

「…………」

「…………」

気まずい間を埋めるように蕗子が声を張った。

「で、お母さん、どうするの。これから」

「どうって？」

「蘭のこと、このまま放っておけないでしょう。私からそれとなく連絡してみようか」

「それがね、お父さんが近々、会って話をするって言ってるの」

「お父さんが？」

「持ち株はないって返事をして以来、またぷっつり音信がとだえたのが気になってるらしくて。跡継ぎ問題のことも、それとなく蘭の考えを聞いてくれるそうよ」

「そう。じゃあ、お父さんに任せとけばいいのかな。よかった。ちょっとほっとした」

肩の重荷を吾郎にいくぶんか担ってもらった気でいた千明も、蕗子のおだやかな笑みに触れると二度ほっとした。

一日の終わりに娘と語らう。そのひとときが今の千明には欠かせない時間となっていた。写真の頼子とはちがい、生身の蕗子は言葉を返してくれるし、なにより、そこには人肌の温度がある。一つ屋根の下に身内がいること。子どもたちの声。複数の足音。きょうだい喧嘩の騒音。母であった時代はわずらわしくも思えたそれらに、祖母となった今、千明の心は癒やされる。孫のために始めた同居に自分自身が救われている。

と、思った矢先に杏が半べその声を響かせた。

「ママ、ママ、お兄ちゃんが貸し渋りする！」

貸し渋り？　何事かとふりむくと、一郎がテレビの真ん前にあぐらをかいて陣どり、ゲームに熱中している。

「交替でやろうって約束したのに、お兄ちゃん、ちっとも替わってくれない」

「いっちゃん。あんちゃんにもやらせてあげなさい」

蕗子がやんわり諭すも、一郎は「今、いいとこだから」とめずらしく我を張った。

「もうちょいだから、あんちゃんは見てて。手本だよ」

「見れないよ。お兄ちゃんがじゃまで、ぜんぜん、見れない」

一郎の背後で杏がぴょんぴょんジャンプをする。

「見れない！　見れない！　見れない！」

「あんちゃん！」

たまらず千明は一喝した。

「『ら』ぬきはおよしなさいっ」

「へ。ラヌキ？」

「見れない、じゃなくて、見られない、が正しい日本語です。出れないとか、着れないとか、聞くに堪えない言葉の乱れを『ら』ぬきって言うんです」

千明がしかつめらしく諭したそのとき、「あっ」と一郎が威勢よくふりかえり、バランスを崩したピンキーが床へ転げおちた。

「わかった！　そうだ、蘭おばさんとこの塾の先生、なんかおかしいと思ったら、cannot の訳を『ら』ぬきでしゃべってたんだ」

やっと思いだせたとばかりに大声をあげた一郎の、父によく似た一文字の眉がぴくりとした。その視線を追った蕗子もたちまち目の下を強ばらせた。

千明が顔の色をなくしていた。

「ら」ぬき言葉で授業をするような教師を蘭が雇っていた。その事実に千明が一方ならぬ打撃を受けたのは、ひとえに、彼女自身が千葉進塾の開塾からこの方、「教師の質にかけては「一切妥協せず」を信条としてきたためだった。

まずは応募者への学科試験。そこで合格ラインの七十点をこえた者のみが進む面接では、言葉づかいや服装、集団授業に求められる声量を始め、人となりも重要な審査の対象となる。その関門をクリアしてようやく合格者は研修生となり、担当社員のもとで最低でもひと月以上の訓練を積むことになる。

新人の教育に手間暇を惜しまない。その方針の底には公教育に対する千明の競争心もひそんでいた。

たとえば学校教員の場合、四月一日に辞令を受けた新卒者が、早ければ四月六日ごろには赴任先で教鞭(きょうべん)をとっているケースも稀ではない。大学時代の教育実習を記憶に留(とど)めるばかりのアマチュアが、いきなり先生になるのである。

そんなことは塾では許されない。保護者から月謝をもらっている以上、塾の教師は最初の一日目からプロであらねばならず、教える技術において学校教員の何歩も先を行く責任がある。裏街道のドンなりの誇りをもって、そう自らを鼓舞してきたのだった。

十五年近く千葉進塾の事務室にいた蘭にも、教師の質が塾の命綱であることは、重々言ってきかせてきたはずだ。なのになぜ、蘭は「外見重視」などという軽薄な採用基準に走ったのか。そしてなぜ、自分は以前、彼女の口から直接それを聞いていたにもかかわらず、とがめもせずに流してしまったのか。

――全員美人よ。外見重視で選んでるんだから。

――今はね、暑苦しい熱血のベテランより、若くてこぎれいな講師が好まれるのよ。

蘭の口から得々と語られたそれらを思いかえすにつけ、自らが犯したとりかえしのつかない看過に千明は慄然(りつぜん)となる。あの日はディズニーランドの帰りで疲れていた。家族との食事会をだいなしにしたくなかった。継承問題を切りだすタイミングを探っていた。言いわけはいくらでも立つ。が、しかし――。

自分は、以前のように娘とまっこうから対峙(たいじ)する体力を失っているのではないか。

そんな結論に思い至ったとき、千明はかつてないほど痛切に自らの衰えを意識した。そして、一瞬でも吾郎をあてにしようとした自分を鞭打つように、その日以降、躍起になって蘭のマンションや携帯電話、職場にまでも電話をかけつづけた。どれだけ対話を求めても、しかし、聞こえてくるのは留守番電話と塾長の不在を告げる社員の声ばかりである。

痺れを切らした千明がついに行動を起こしたのは、枯れ葉を運ぶ旋風が秋の深まりを告げる午後だった。

「ちょっと一ヶ所、よっていきます」

閉鎖の決まった千葉進塾代々木(よよぎ)校での保護者説明会へ赴いた帰り、千明は突発的な衝動にかられて国分寺を先に帰し、吾郎の携帯に電話をした。

「私、これから蘭のところへ行ってみますから」

唐突な宣言に吾郎は「なぜ？」と声をうわずらせた。

「なぜって、娘と会うのに理由がいりますか。ちょうど近くまで来ているし、蘭に会うには青山の教室へ行ってみるのが一番早いでしょう」

「待ってくれ。君が一人で行ってもろくなことにはならない」

それは彼の経験則から来る忠告だったが、千明の鼻息は鎮まらない。

「このままにしてはおけないわ。私の娘よ」

「ぼくだってこのままにする気はないさ。近々かならず会うから、もう少しだけ待ってくれ。今、蘭がスケジュールを調整中なんだ」

「実の親に会うのに、なにがスケジュール調整よ。そんな悠長な話につきあってられますか。それに、なんだか今日はいやな胸騒ぎがするの」

何を言っても千明は聞く耳をもたず、ついに吾郎は妥協した。

「わかった。どうしても行くと言うなら、ぼくも行く。君、今、どこにいるの」

「代々木駅ですけど」

「だったら、そう遠くない」

高田馬場（たかだのばば）駅に近いＮＧＯ団体の事務所にいた吾郎は、電話を切って二十分とせずに千明のもとへ駆けつけた。そして、青山の教室に近い表参道（おもてさんどう）駅へと電車をのりついでいく道中、まずは頭を冷やすことだと千明にくりかえした。

「頼むから感情的にはならないでくれ。まがりなりにも蘭は塾長だ。社員に対する面子もあるし、なにより、もう三十五歳だ。親がしゃしゃり出るような年でもないだろう」

「私だってもう六十代です。それなりの分別はありますから、ご安心ください。あなたが考えているほどもう勇ましくもないわ」

「いいや、君は変わらない」

吾郎がきっぱりと断言したのは、表参道駅の長い階段を上りきり、再び地上の涼風を浴びたときだった。

「君はけっして丸くなどならない、鋭利な切っ先みたいな人だ」

「切っ先？」

「こうと狙いをつけたらどこまでも飛んでいくナイフのようでもあるし、けっして満ちることのない月のようでもある」

月。とっさに頭上を仰ぐも、午後三時の空に月の影はない。白濁した氷のような雲が風に押し流されていくばかりだった。

粘り腰の相手に弱い千明は、結局、吾郎の説得に応じ、蘭の空き時間を待って近場のカフェで話をすることに同意した。彼女自身、社員に迷惑をかけるのは本意ではないし、娘の職場で話をするのも落ちつかない。朝から彼女をそわそわさせていた正体不明の胸騒ぎは、オーキッドクラブの看板を見上げるに至って、いや増しに高まった。

華やかな蘭のオブジェに飾られた看板。漆喰の壁に欧風のタイルを埋めこんだ外壁。一見しゃれた雑貨屋のようでもあるその建物は、パンフレットの写真から受ける印象よりもはるかにコンパクトな二階建てで、宝飾店と帽子専門店にはさまれた敷地内には、生徒用の駐輪スペースも見あたらない。自転車置き場のない塾は短命に終わる。蘭の持論を思いだすも、土地柄、このあたりでは親の送迎がつきものなのかもしれない。

ここが、蘭の新天地。たとえ足場は怪しくとも、娘が自らの人生を賭けて築いた城。

一瞬、入室をためらうも、吾郎はすでに自動ドアのマットを踏んでいた。音もなく開かれたガラス戸をぬけ、ワット数の高い蛍光灯のもとへ進んだ千明は、直後、その目に不吉な影をとらえた。

白い書棚を背景に、カラフルな六角形の机を配した待合ロビー。そのタイル張りの床が水にぬれ、砕けたガラスと蘭の花びらを一面に散らしていた。紫色の鮮血を思わせるその色彩の禍々しさに、思わず千明は「ひゃっ」と声をあげ、吾郎と顔を見合わせた。

「これは……」

花瓶に生けられた花の末路であるのは一目瞭然だ。自然に床へ落ちたのか、誰かが落としたのか。

わけがわからず四囲を見まわすも、人の影はない。授業開始にはまだ早い時間帯とはいえ、建物全体が息を殺したように沈黙の底に埋もれている。

「ごめんください。どなたかいらっしゃいませんか」

吾郎が声をあげると、受付の奥からようやく一人の社員が顔をのぞかせた。

意外にも、それは千明の見知った顔だった。

「松村さん？」

「塾長……」

　相手もまた千明の姿にぽうっと見入っている。

「そう、あなたもここにいたのね」

　かつて千葉進塾営業部の精鋭と謳われていた松村美代子は、バブル崩壊後の営業戦略をめぐって国分寺と意見を異にし、蘭に引きぬかれる形で籍を移していたのだった。

「ねえ、どうしちゃったの、この花。早いとこ片づけなきゃ、子どもたちが来ちゃうでしょう」

　物騒な影を消したい一心で千明がうながすも、美代子は力のない視線を床へそそぐばかりで動こうとしない。

「子どもたちは来ないんです。大丈夫です」

　うつろな声を出した先から、「いいえ」とそれを覆す。

「大丈夫じゃないんです。大変だ。大変なんです。とんでもないことに……」

　その様子が尋常でないことに気づいた千明の心拍が乱れだす。

「どうしたの、松村さん。何があったの」

「突然だったんです。急に来たんです。それで、蘭さんが興奮して」

「急に？　何が？　ねえ、誰が来たの」

「警察」

　忌まわしさをきわめた一語に千明の足がふらつき、吾郎がとっさにその腕をつかんだ。

「ゆっくりでいい、落ちついて話してくれ。いったい何が？」

焦点を結んでいなかった美代子の目が吾郎をとらえた。とたん、我に返ったようにその唇がわななき、充血した目には涙があふれだした。

「うちの講師が、警察に連れていかれました。生徒に、援助交際の相手を斡旋した疑いです。蘭さんも、事情を聞きたいって言われて……」

吾郎の手の中で千明の腕が一切の力を失った。

二人の足もとでは生気をなくした花々の花粉が水に滲んでいた。

☽

巨大なドーナツ状の水槽に、ゆうに百匹はいるとおぼしきマグロが群れをなして泳いでいる。かたときも休むことなく、脇目もふらず、ひたすらに。本能のなせるわざと知りつつも、その整然たる群泳とむきあう千明の脳裏には、おのずと「獅子奮迅」「猪突猛進」「一心不乱」などの四字熟語が去来する。ワーカホリックの日本人がいかにも好みそうな響き。前へ、前へ、前へ。どことも知れぬ先頭を競いあうような群れに我が身の来し方がかぶると、千明は軽いめまいをおぼえて目頭を押さえた。

「お母さん、大丈夫？」

蕗子に肩をさすられ、はたと我に返る。

「ええ、なんでもないわ」

しっかりしなくては。ここは母親としての正念場だ。ふらふらしている場合じゃない。自分を叱咤しながらも、疲労と睡眠不足による心身の消耗は否めず、ぐるぐるとまわる魚群のまんなかで、千明はやっとの思いで足を踏んばっていた。

蘭は、本当にここへあらわれるのだろうか――。

その胸には昨日、美代子から聞いた話の衝撃が今もなお色濃い。

オーキッドクラブで非常勤講師をしていた大学生の逮捕は、蘭を始めとする同塾のスタッフにとっても驚天動地の事件だったという。仮にも塾の講師たる者が、中学二年生の教え子に援助交際の相手を斡旋した。娘の部屋から不審な大金を見つけた母親の追及でそれが露顕すると、両親の怒りの矛先は身元のわからない交際相手ではなく、塾の講師へむけられたのだった。

当の講師が大筋で容疑を認めたこともスタッフのショックに輪をかけた。個別ブース内で秘密裏に行われた斡旋とはいえ、塾生に売春をさせるような人物を採用した塾長の責任は軽くない。誰よりも蘭自身が自分を責め、警察が訪れた段階ではひどく恐慌をきたしていたという。

いったい蘭はどんな気持ちで事情聴取に臨んだのだろうか。

それを思うといてもたってもいられず、千明は昨日、吾郎とともに青山の教室から警察署まで急ぎタクシーを飛ばした。とにかく蘭に会いたい。その一心で駆けつけたものの、二人が到着したとき、蘭はすでにそこにはいなかった。家に帰ったのかと一人暮らしの部屋を訪ねても、呼びだし音にこたえる声はなく、部屋の明かりも灯っていない。蘭が帰ってくるまで待つ。そう言いはった千明だったが、玄関先に一時間ほど立ちつくしていたところで、顔色の悪さを吾郎に指摘された。

「ここはぼくにまかせて。君は家に帰って休んだほうがいい」

しぶしぶそれを呑んだのは、実際、体が著しく弱っていたためだ。

帰宅した千明はすぐさま蕗子に蘭の行きそうな場所の心当たりをたずねた。

こんなときに蘭が身をよせるところ。頼りにしている相手。しかし、千明と同様、蕗子もまるで見当がつかないと言う。

友達。恋人。趣味の仲間。蘭はプライベートな人間関係をいっさい明かしていなかった。秘めているのならばまだいい。が、もしも、はなから存在しないとしたら？　蘭がどこかで、たった一人で震えているのだとしたら？

眠れない一夜を悶々とすごした千明に、翌朝、やはり寝不足の赤い目をした蕗子がふともらした。

「思ったんだけど、もしかして、葛西の水族館じゃないかしら」

「水族館？」

「何かに煮つまったときにはよくあそこへ行くって、前に蘭から聞いたことがあるの。ぐるぐるまわりつづける魚たちを見てると、ふしぎと頭がすかっとするんだって。なんだか蘭らしいなって忘れられなくて」

　ぐるぐるまわりつづける魚。たしかに、蘭らしいといえばらしい。イチかバチか、たとえ無駄足でもじっとしているよりはましかと千明が身支度を始めると、「私も、心配だから」と蕗子も同行を申し出た。

「あなた、学校は？」

「今日は第二週の土曜日です」

　奇しくも、この母娘が初めて週休二日制の恩恵に浴する結果となったのだった。


　ガラスごしの衆目に気づいているのかいないのか、銀色の群れは水の外など我関せずといった調子で一糸乱れぬ回遊を続けている。蘭はこの水槽に何を見ていたのだろう。不屈の前進に心はげまされていたのか、それとも、立ち止まることのできない同類を哀れんでいたのか。

　週末の葛西臨海水族園には行楽客が多く、中でもマグロは一番人気とあって、ドーナツの穴には絶えず人が押しあいへしあい流れこんでは吐きだされていった。それでも千明は必死で入口付近に陣どり、新たな人影が近づくたびに目をこらした。入館から一時間、二時間と経過し、その目が乾いてかすんできても、しかし、いっこうに待ち人はあらわれなかった。

「お母さん。私が見てるから、ちょっと休んできて」

蕗子に休憩を勧められても、千明は頑としてその場を離れなかった。

蘭は来る。かならず来る。そのとき、傷ついた彼女をむかえるのはマグロではなく、母たる自分でなければならない。

意識も怪しくなってきた千明の携帯電話が音を立てたのは、マグロに包囲されたまま正午をむかえたころだった。

「もしもし、蘭が帰ってきたの？」

吾郎からの着信と知って勢いこんだ千明に、返ってきたのは予期せぬ知らせだった。

「いや、まだ部屋には戻っていないんだが。今、青山教室のほうから連絡をもらった」

「なんて？」

「蘭が出社したそうだ」

出社。千明がほっと息をつく間もなく、吾郎は重ねてある事実を語りだしたのだった。

午後の陽を透かす窓を背にした塾長室のデスクで、蘭が印字された塾生宅への詫び状に自身の署名を入れている。すばやくそれを三つ折りにし、蘭のイラストが印刷された封筒に入れる。糊づけ、封印、切手貼り。ひと筆書きのような滑らかさでこなし、卓上に積みあげた封書の頂に重ねると、またすぐ次なる一枚へ手をのばす。

その反復作業に手もとを集中させながらも、蘭は渋い面持ちで「まったく」と、デスクの先にある来客用のソファにむかってあきれ声を放った。

「なんで、こんな大変なときに、私が水族館へマグロを見に行くのよ」

葛西から急ぎ駆けつけたばかりの母娘には声もなかった。バツの悪さを隠せない蕗子の横で、千明は魂がぬけたように呆けている。例の中学生の両親が被害届をとりさげた。吾郎からの電話でそれを知るなり、一気に疲れが噴出したらしい。

「それだけ君を心配してたってことだよ。昨日から、ずっと」

蘭をたしなめる吾郎の顔にもくたびれた無精髭がある。

一瞬だけ手を休め、陸揚げされたマグロみたいな三人の姿を一瞥した蘭は、さすがに少々気まずげな顔をしてみせた。

「まさか、探してるなんて知らなくて。知ってたら、連絡くらい入れてたんだけど」

「こっちは一晩中、生きた心地がしなかった。君はどこにいたんだ」

「どこって、滝本美也の家よ」

「滝本美也？」

「例の中学生」

「あ」

「当然でしょう。責任者だもの。マグロどころじゃないでしょう」

想定外の行き場に三人は言葉を失うも、言われてみれば、たしかにもっともな話である。

「ただし、玄関先で門前払いをくっちゃったけどね。ご両親がすごい剣幕で怒ってて、お詫びも聞いてもらえなくて。で、なんとなくうちに帰る気がしなくて、知人の家へ行ったの」

「知人？」

「いるわよ、私にだって、泊めてくれる人の一人や二人くらい」

皆の内心を見ぬいたように蘭がふくれた声を出す。

「一晩かけて頭をリセットして、今日、改めて出直した。もう一度、行くだけ行ってみようと思って、滝本家を再訪したってわけ」

すると、前日からは物腰が一変。どこか決まり悪げに蘭を迎えた滝本美也の両親から、被害届をとりさげることにした旨を告げられたのだという。

「君が説得したのではなく？」

「ちがう、ちがう。真相発覚ってやつよ。カッとなって警察に訴えたものの、よくよく娘を問いただしたら、どうも、援助交際の相手を紹介してくれって講師にもちかけたのは、滝本美也のほうだったらしいの」

これには誰もが耳を疑った。

「滝本美也が始めたことだったのよ。もちろん、そんな相談にのった講師も講師だけど、百パーセント被害者の気でいたご両親にしてみれば、青天の霹靂でしょう。こうなると、下手に騒いだらかえって娘の不名誉になるって、あわてて収拾をはかろうとしたみたい。でも……」

もう遅い、と蘭は新たな詫び状の一枚を宙にひらめかせた。

「早くもネットで広まってるわ。その証拠に、保護者からの問い合わせやら退会届やらが殺到してる」

さっきから十分と置かずに鳴りつづけている電話がそれを無情にも裏付けていた。別室で美代子が対応しているらしい。

「蘭。あなた、そんな他人事(ひとごと)みたいに言ってるけど、えらいことじゃないの」

突如、千明がはたと目を覚ましたように声色を変えた。

「これからどうするつもりなの」

「どうもこうも、こうなったら覚悟するしかないでしょう」

平板な表情を張りつけた蘭の目の下には、よく見ると青黒い隈(くま)がある。

「こんな詫び状の一つで許されるわけもないのは百も承知よ。講師が売春に関わるなんて、人様の子どもを預かる塾としては致命的な不祥事だわ。となれば、巷(ちまた)によくあるできそこないの塾と同じ運命をたどるだけのこと」

「運命？」

「一人、また一人と生徒がへって、静かに死んでいく」

はたしてこれは本心か、虚勢か。すでに再興への望みを放棄したかのような物言いにとまどう千明の横から、蕗子が割って入った。

「蘭、それは『表むきの無関心』だよね」

「は？　なにそれ」

「心の根っこはちがうよね。これまでなかった新しいカラーの塾を、あなた、めざしていたんでしょう。まだ試行錯誤を始めたばかりじゃないの」

高速で動きつづけていた蘭の指が止まった。

「正直、わかんなくなっちゃって。なんのための試行錯誤なんだか」

「え」

「本当は、最初からわからなかった。この業界に入ったからにはトップに立たなきゃって、それだけ考えて突っ走ってきたけど、私の中にだって、お母さんたちと同じ疑問はずっとあったんだよね。自分はこの仕事にむいてないいんじゃないかって」

「蘭……」

「みんなだって、ずっと思ってたんでしょ」

蘭に問われた三人が同時にその目線を床へ落とした。否定の言葉はない。お願い、誰か何か言って。心の中で叫びつつ、千明はほかの二人も同じことを願っているのを感じとっていた。

「これまではどうにかごまかしごまかしやってきたけど、ついに馬脚をあらわすときがきたって感じかな」

「なに言ってるの、蘭」

「私、今日、会ったのよ、滝本美也に。私と二人きりで話をしたがってるって言われて、あの子の部屋で会ったの」

　語るほどに蘭の声からはいつもの強気が失われていく。

「どんな子かと思ったら、まったく、普通の中学生だった。あどけない顔をして、本当に、まだ子どもなのよ。その子どもに、泣きながら言われたの、先生を辞めさせないでって」

「え」

「一刻も早く家を出て、一人暮らしをしたかった、そのためのお金がほしかった、だから先生にお願いしたんだって言うの。先生は味方をしてくれただけだって。いつも先生は味方をしてくれて、だから先生にはなんだって言えた。いい子でいなくてもよかった。家でも学校でもいい子でいなきゃならなくて、塾だけが本当の自分でいられる場所で、通うのが楽しみで、なのにもう辞めなきゃいけなくて、でもせめて先生は辞めさせないでって」

　積みあげた封書の前にひじをつき、蘭が両手に顔をうずめた。

「私、考えたこともなかった。塾が子どもにとってどんな場所なのか。子どもを預かるっていうのがどういうことなのか。塾長なのに、これまで、なんにも考えちゃいなかったんだ……」

　いかついパッドの入ったジャケットの肩が小さく震えている。音は立てない。涙も見せない。この子はこんな泣き方をするのかと思ったとたん、千明は矢も盾もたまらずその肩を抱きしめたくなり、すっと腰を浮かせた。

その瞬間に蘭が言った。

「お願い、今は一人にして」

踏みだしかけた足が宙に留まる。今度こそ完全に脱力し、同時に世界が暗転する。

……え？

黄金色（こがねいろ）の陽射しがさしこんでいたはずの部屋が妙に暗い。蘭も蕗子も吾郎も見えない。

ただ自分を呼びもどそうとする声だけが、急速に遠のいていく意識のどこかで反響していた。お母さん、お母さん、お母さん！


今日もまた夢を見た。

なぜだろう、夢の中の千明はいつも必死でガリ版を刷っている。千葉進塾がまだ八千代塾だったころの家。刷りたてのプリントを敷きつめた居間には、つんと鼻を突くインクの匂いが充満している。もうじき授業が始まる。子どもたちが元気よく集まってくる。なのにまだ教材ができあがっていない。

毎度のパターン。文字どおりに髪をふりみだし、千明は自分をせきたてる。早く。早く。早く。ローラーをにぎるてのひらは冷たい汗でぬめっている。

ガラリ。ついに玄関の戸が音を立てる。ああ、来てしまった。どうしよう。しかし、廊下から顔をのぞかせたのは、軍服姿の父親だ。なぜかその手にはグローブと野球ボールがある。千明、庭でキャッチボールをしようよ。ボールを掲げて父が言う。何を言ってるの、お父さん。授業前よ。それどころじゃないわよ。千明の癇声も意に介さず、父は床のプリントを踏みつけながら歩みよってくる。なあ、キャッチボールをしようよ。外はいい天気だ。いい風だ。のんきに笑う天真爛漫な顔は、いつしか吾郎のそれにすりかわっている。

いいかげんにして。遊んでる場合じゃないのよ。見ればわかるでしょ。自分だけが風のない穴蔵へ押しこめられているような疎外感を胸に、キイキイと抗議の声をあげているところで、いつもはたと目が覚める。

千明の邪魔をするのは、ほうきを手にした頼子であったり、みたらしだんごの蜜で手をべたべたにした娘たちであったりと、幾通りものヴァリエーションがあった。最多出場は、やはり、父親と吾郎のダブルキャストだ。

その日も、やめて、授業の準備をさせてと黒髪の夫に訴えているところではたと夢が閉じ、目を開くと白髪の吾郎がいた。

「君は、夢の中でも威勢がいいね。よく寝言を言っている」

一瞬にして、千明の意識は消毒液の匂いに覆われた病室へ連れもどされる。ベッドの脇で笑いを嚙み殺している吾郎の背後には、蕗子一家の姿もある。

「おばあちゃん、大丈夫？」

「平気よ。夢を見ていただけ」

「どんな夢？」

「古き良き時代」

「ティラノサウルスがいたくらいの昔よ」

ますますわけがわからないという顔をする杏に、恐竜のこと、と一郎がささやく。

「悠久の時をさかのぼれるくらい、お母さん、たっぷり寝てるってことよね。いいことだわ。思う存分のんびりして、これまでの疲れを落としてちょうだい」

蕗子がほほえみ、窓辺のサイドテーブルへ首をめぐらせた。

「蘭も、さっきまで来てたのよ。お母さんによろしくって」

吾郎から贈られたガラスの花瓶に、今朝はなかった仄紅いコスモスの影がある。千明が一番好きな花。かつて八千代台の家の庭にも奔放に咲き乱れていた。その猛々しいほどの群生を思いだすと、再び溶けるように現実感が退き、今なお夢の続きにいるようなまどろみに押し流されていく。

都内の病院に入院してからの一週間、投薬の影響もあってか、千明は世阿弥の夢幻能さながらに夢と現のあわいをさまよっていた。

蘭のスクールで気を失って以来、すべてがあまりにも急速に運んだ。あれよあれよという間のことだった。あの気絶自体は疲労と脱水から来た貧血にすぎなかったものの、このところ食が細ったのを気にしていた蕗子の勧めで念のために精密検査を受けた結果、千明は頼子と同種の病が自らの体を蝕んでいるのを知ったのだった。

よもや、母親の享年と同じ年のころに、同じ病気に冒されるとは。

どこまでも抗いがたい赤坂の血。これには一時期、家族の全員が精気を失ったものの、幸いにして千明は頼子とくらべていくつかの点で恵まれていた。

発見が早かったこと。命の危険が少ない部位に病巣があったこと。吾郎の元教え子が腕のいい医者を紹介してくれたこと。

万全の環境下で専門家との対話を重ねる中、皆は徐々に落ちつきをとりもどし、むしろ初期の段階で見つかってよかったと前むきに考えはじめた。

千明自身ははなからすべてを医者にまかせるつもりでいた。素人と玄人、彼女はその線引きに厳格だった。専門家の領域に素人がよけいな口をはさんでもろくなことはない。自分にできるのはジタバタせず、静かに、海底の貝のようにこの試練を受けとめること。三百六十五日、塾長として求められつづけてきた決断を人にゆだねることで、ふしぎにも千明はある種の安らぎすらもおぼえていた。

それでもやはり、ふとした瞬間に「死」の一字が頭をよぎると、体の芯からせりあがるような恐怖に身がすくむ。この命はもう長くないのか。自分が死んだら千葉進塾はどうなるのか。娘たちは、とりわけ蘭はどうなるのか。塾と文部省の和解だってこれからというところではないか。もつれにもつれた教育改革の行方は？　その教育に左右されるであろう孫たちの未来は？　この目で見届けたいもの、やり残していることの多さに愕然とし、生への未練に打ちのめされそうになる。

——どこまでも飛んでいくナイフのようでもあるし、けっして満ちることのない月のようでもある。

ときおり、彼女を評した吾郎の声を脳裏によみがえらせては、千明は自分を嗤った。

この期に及んで、私はまだ満ちようとしているのか、と。

「お母さん。薬が効いてるみたいだから、もう行くね」

蕗子の声。粘りけのあるまどろみから這いだすと、ふくよかな笑顔がベッドをのぞいている。

「明日は半休をとったから、なるべく早めに来るわ」

「いいわよ、わざわざ休まなくたって」

「そうはいかないわよ。蘭も来るわ」

「あの子、今はそれどころじゃないでしょうに」

「娘にとって、母親の手術以上の一大事はありません。菜々ちゃんだって本当に心配してるんだから」

わけあって今は帰国がかなわないという三女のことを思うと、やはりまだここで朽ちるわけにはいかないと、千明の生きる意欲に火が灯る。

「ね、お母さん。退院したら、これからは一緒にのんびりとお能でも観に行ったりしましょうね。これまでは、あくせく生きすぎたのよ。もっと人生を楽しまなきゃ」

努めて明るくふるまっているのか、蕗子が鼻歌でもうたうように言うと、その傍らで吾郎もニッと唇を笑ませた。

「お、楽しそうな話だな。たまにはぼくも仲間に入れてくれよ」

老いていっそう年季の入ったのんきそうな笑顔。ながめているうちにもやもやと胸が波立ち、千明はぷいと目をそらした。

「あら、あなた、お能なんてまるで興味がなかったじゃない」

「そんなことはないさ。いつも君がさっさと一人で行ってしまっただけで」

「だって、あなたはいつも授業のことしか頭になかったから」

「今のぼくはちがうよ。宇多田ヒカルだって聴いてる」

「無理しちゃって」

感謝をしていないわけではない。戸籍だけの夫婦になった今も家族としてはつながっている。吾郎という男特有の明るさが今の千明を照らしているのはたしかだ。それを認めていながらも、ときおり素気なく当たってしまうのは、ひとえに入院生活が暇すぎるせいだと千明は思う。

暇があると人は過去をふりかえる。あえて直視せずにきた泥沼にさえも首を突っこみ、ずるずると怨念を釣りあげる。二十年にもわたる春秋を経て、まだどこかで一枝にこだわっている自分がいるという発見に、千明自身も人の心の度しがたさを突きつけられた思いだった。情けなくもあり、可笑しくもあり。

「やあね、お母さんったら、お天気屋さんで。せっかくお父さんが来てくれたのに」

「ママ。おばあちゃん、お天気を売ってるの？」

「ばーか。お天気屋っていうのは、ころころ気分が変わることだよ」

「大丈夫。明日にはまた晴れてるさ」

のどかな会話に耳を傾けながら、千明は再び生あたたかい眠りに誘いこまれていく。たくさん夢を見る。たくさん思いだす。たくさんうらんで、また忘れる。

なぜだろう。この年になってもなお、千明は眠りから覚めたら新しい自分へ生まれ変われそうな気がするのだった。


ようやく千明が覚醒(かくせい)し、娘たちと腰をすえた話をする体力の余裕をもったのは、成功裏に手術を終えて五日が経ったころだった。

幸いにも転移は見つからず、局部的な腫瘍(しゅよう)の摘出(てきしゅつ)にはさほど時間もかからなかった。手術跡の引きつるような痛みをのぞけば、おおむね予後も良好。殺風景な病室に飽き飽きしていた千明は、見舞いに訪れた蕗子と蘭を病院の中庭へ誘い、ガラスの天井に守られたテラス席を囲んだ。

好天のおだやかな昼さがりだった。十月の外気は徐々に涼しさを増しているものの、ガラスごしにさしこんでくる陽光はまばゆく、飛行機雲が尾を引く空もまた目に沁(し)みるほど青い。白い天井ばかりをながめていた千明は、急に自分も色を得たような、晴れて万物の一部に復帰したような、言いようのない解放感に身をゆだねた。

一つ気になったのは、二日ぶりに会った蘭の髪型が変わっていたことだ。脱着不能のヘルメットみたいなボブヘアを改め、顔のラインをすっきりと出した短髪に刈りあげている。

「これ？」

ちらちら注がれる視線が気になるのか、蘭が自ら切りだした。

「べつに、けじめつけて頭を丸めたってわけじゃないからね」

「やっぱり、少し残ったわね」

「なに？」

「傷」

千明が見ていたのは髪ではなく、蘭の額にうっすら刻まれている桃色の跡だった。

「ああ、これ？　べつに、こんなのはなんでもないって」

「でも、気になるから前髪で隠していたんじゃないの」

これまで千明が口に出せずにきた問いに、蘭は心もち頬を赤らめ、そんな自分にいらついたように鼻に皺をよせた。

「人目とか、そんなのを気にしてたんじゃないよ。隠してたのは、ただ、恥ずかしかったから」

「傷が？」

「ちがう。自分が」

「自分？」

「自分の弱いところ」

二人の注目を厭うように首を傾け、蘭が唇をゆがめる。

「これまで黙ってたけど……ほんと言うと私、昔から結構、オカルト的なものに弱いタチなんだよね。幽霊とか、超常現象とか、占いとか、化学式できっちり答えを出せないものが苦手で、薄気味悪くて。ノストラダムスの予言にも最近までずっとビビってたし、口裂け女も、そんなのいないって菜々美をバカにしてたけど、内心は怖くてしょうがなかった。だからあの日、マスクをしたおばさんに声をかけられて、震えあがったんだ。あげくに転倒なんて、みっともないったらありゃしない。放っておいてほしかったのに、お父さんは病院へ行け行けってうるさいしさ」

言いながら蘭が額の傷を指の先でなぞる。

「この傷を見てると、自分のそういう恥ずかしいとこ、突きつけられてる気がして、やになっちゃって」

吾郎以外はうすうす察していた事故の原因が、二十年を経て初めて本人の口から明かされた。

「でも、もう見ないふりはやめたんだ」

「どんな心境の変化が？」

母の問いには答えず、蘭は話を変えた。

「お母さん、私、決めたから。今年度の授業がひと区切りしたところで、教育の世界から足を洗う」

決然とした宣言に、椅子にもたれていた千明の背がゆらりと起きあがる。

「どうして、急に」

「あれからずっと考えてたの」

「理由を教えてちょうだい」

「自分の甘さがわかった。それだけよ」

きっぱり言いきる蘭の声に逡巡(しゅんじゅん)の色はない。

「私さ、この業界に入ってからずっと、釈然としないところがあったんだよね。なんで、塾はただのビジネスであっちゃいけないんだろうって」

「ビジネス？」

「そ。たとえば、豪華な料理や宝石が高値で提供されても、それはそういうビジネスなわけだから、誰も文句をつけないよね。塾だけが、有償で教育を提供することに妙なやましさを背負わされている。富裕層しか通えないエステは垂涎(すいぜん)の的(まと)になっても、月謝の高い塾は非難の的にしかならない。どっちも顧客があってのものなのに、なんでこうなっちゃうのかなって」

でも、と蘭は黒い開襟シャツからのぞく首をすぼめた。

「今回のことでわかった。子どもっていうのは、顧客であって、顧客じゃない。だって、入退会を決めるのも、お金を払ってるのも、彼らじゃなくて保護者だから。塾に通ってくる子どもたち自身は、いつも、どこまでも無力なんだよね。その点でほかのビジネスとは絶対的にちがうって気づいたら、もう、今までみたいな商売のやり方を続けていくのが怖くなっちゃって」

そこまで思い至ったのなら、また一から出直すことはできないのか。無力な子どもたちに知力を授ける真価を担って、先へ進むことはできないのか。

言いたいことは数あるも、千明はそれを声にするのをためらった。言ってきく相手ではないという以上に、蘭がもう何年も見たことのないような安らいだ顔をしていたからだ。

「塾をやめて、あなた、どうするの」

「さあ、どうするかな。まだ受験の山場も残ってるし、まずは今いる生徒たちを送りだしてから考えるよ」

「千葉進塾へ戻る気はないの」

「ない、ない。だからさ、もう塾から離れたいのよ」

「でも蘭、あなた、千葉進塾を継ぐ気でいたんじゃなかったっけ」

ストレートな問いを投げたのは蕗子だ。

「お父さんから株を買おうとしてたでしょ」

「お母さんを見ならって、ちょっと混ぜっかえしてやりたかっただけ」

　悪びれもせずに蘭は返した。

「そのくらいさせてよ。だって、私の居場所を横どりされたんだから」

「居場所って？」

「千葉進塾の次期ナンバーワン。今となっちゃ笑えるけど、入社したときからずっと、そこは自分のためにあるって思ってたんだよね」

「塾長の椅子は自分のものと？」

「っていうか、ナンバーワンって場所。なんたって私、小さいころからひたすら一番の座にこだわってきたもんだから」

　お姉ちゃんにはわかんないよね、と蘭が苦く笑う。

「お姉ちゃんは、昔から居場所をいっぱいもってたから。いつでもどこでも人に好かれて、受けいれられて。そういうお姉ちゃんのこと、いつも私、心の中でうらやんでた」

「そんな……」

「私は逆だったから。人とうまく合わせられなくて、ぶつかって、浮いちゃって、いつのまにか一人になってて。ま、自分が悪いんだろうけどさ、どこにも居場所がなかった感じ」

　勝ち気で、わがままで、計算高いちゃっかり者。誰の目にもそう映っていた次女が、今、初めて武装を解き、内面のやわらかい部分をのぞかせた。その素顔の切なさに、千明はたまらず目を閉じる。まぶたの裏に幼き日の蘭がよみがえる。いつも大股にずんずんと歩く。つまずいて転んでも泣かずに立ちあがる。転んだことを誰にも悟られまいとするように。

「でも、ある日、テストでクラスの最高点をとったとき、私、開眼したんだ。一番てっぺん。ここを自分の居場所にすればいいんだって。ここにいればみんながほめてくれるし、堂々としてられるし、死にものぐるいで勉強してるかぎりは、誰もそこからどけって言わない。たとえ一人でも、一番上なら、みじめじゃない」

ひりつくような余韻を残して蘭が口をつぐむと、ほかに人気もないテラスには静けさだけが立ちこめた。どこから入りこんだのか、羽の小さな蝶々が一匹、三人の頭上を舞っている。凝然として動かない蘭の肩に止まろうとした刹那、その黄色い影はすいと身をひるがえし、蕗子の椅子の背もたれに羽を休めた。ほら、蝶々まで、とでもいうように蘭が目配せをよこし、千明は見て見ぬふりをする。

蘭は追いつけ追いこせの高度経済成長期にうまく同調した子だと思っていた。常に周囲との競りあいを強いられ、新しい時代の勝者となるべく誰もがむんむんとしていたあのころ、菜々美のように疑問を抱くでもなく、むしろ勝ちあがることを楽しんできたものと。

しかし、そうではなかったのか。幼いころも、学生時代も、塾業界へ来てからも、蘭は悲壮な思いで居場所を求めつづけていたのか——。

　思わず知らず力ませていた腹部の手術痕（あと）を疼かせ、でも、と千明は思う。でも、だとしたら戦線離脱を決めた今、蘭はようやく何ものからも解き放たれた地平にいるのではないか。

「私は……私も、子どものころは蘭のこと、心の中でうらやんでいたんだよ」

　沈黙を破ったのは蕗子だった。千明がはたと首をまわすと、蘭もまた困惑の目を姉にむけていた。

「そんな。お姉ちゃんが、どうして」

「だって、蘭はいつもマイペースだったし、強くて自信にあふれてたし、お母さんに叱られてもけろっとしていたし、それに……」

「それに？」

「お父さんの、本当の子どもだったから」

　ガラスの天井に裂け目が走ったように、見えない旋風が三人を襲った。宙の一点を凝視したまま瞬（まばた）きを止めた母と妹に、蕗子が薄くほほえむ。

「私生児って言われるのには慣れて、わりと平気だったのにね。自分はお父さんの実の子じゃないんだって思うと、なんだか本当にさびしくて、この世界のどこにも身の置き場がないような気がして……。でも、今から思えば、だから私はがんばってこられたのかもしれない。お父さんの血を継げないのなら、せめて脳を継ごうって、子どもなりに妥協点を見つけて、お父さんの教えを全身で吸収しようとして。そうしてるうちに、だんだん、血縁なんかどうでもよくなっちゃったんだけどね」

「お姉ちゃん……」

「蘭。血のつながりがあろうとなかろうと、私たちは大島吾郎と大島千明の娘だよ。あのしたたかな頼子おばあちゃんの孫でもあるんだよ」

だから大丈夫、と蕗子が長女の目をして言った。

「どんなことがあったって、ちょっとやそっとじゃへこたれない。蘭は、弱い子じゃないよ。だって、たった一人で、生徒さんの家へ謝りに行ったんでしょ。二回も」

語尾をうるませた蕗子の指先が蘭の額へのびる。その拍子に蝶々がふわりと宙へ浮きたつ。

「蘭は、強い子だよ」

黄色い舞いをとっさに追った千明が視線を戻したとき、蕗子の指は額の傷跡から目尻へ移っていた。声を殺して泣く妹の涙をぬぐう白い指先——この世の光を凝縮したようなその情景に、千明はむせぶような「生」の横溢（おういつ）を見た思いがし、その身をぶるりと震わせた。あとしばらくの命をもらってよかった。いや、それ以前に、この子たちの母となってよかった、と。

退院の日、営業用のライトバンで千明をむかえにきたのは国分寺だった。

入院中は一切仕事の話をもちださなかった国分寺に、病院の消毒臭からぬけだしてすぐ、千明は満を持して例の話を蒸しかえした。

「国分寺さん、改めてお願いするわ。もはやこの体もあてにならないし、何かあったときのためにも、塾長の座、あなたに継いでもらえないかしら」

ぶじに生還したあかつきには、まずは後継問題にけりをつけようと心に期していたのだ。

国分寺もそれを感じとっていたのか、さほど驚いたふうもない。かといって、千明の打診を歓迎しているようにも見えず、眼鏡の奥の目は何も語らない。

「蘭のことなら大丈夫よ。本当はあなたのこと、誰よりもあの子が認めているんだから。これからもいい刺激を与えてやってちょうだい」

「…………」

「もちろん私も、今後も陰ながら助力はさせてもらうわ。壁の汚れとか、サッシの埃とか、一度、徹底的にみがきあげたいと思ってたのよ」

「…………」

「私の時代はとうに終わった。ね、そろそろ、ただの掃除バアヤにさせてちょうだい」

いくら言葉を重ねても、ハンドルをにぎる国分寺の表情は動かない。頑(かたく)ななポーカーフェイスを守ったまま、ふいに「塾長」と千明をふりむいて言った。

「ご自宅へ戻られる前に、ちょっと本校へよっていきませんか」

「はい？」

「お目にかけたいものがありまして」

留守中の職場が気になっていた千明には断る理由もなく、再び口をつぐんだ国分寺に導かれるまま、数十分後、約三週間ぶりに津田沼本校の門をくぐっていた。

日中の校舎内に子どもたちの影はない。廊下ですれちがう社員たちから「お帰りなさい」と安堵の笑顔でむかえられながら、千明は人気のないほうへと国分寺に連れられていく。

到着したのは二階の北端だった。

「補習室へ、なぜ？」

「しっ」

国分寺が人さし指を唇に当て、音を立てずにそろりとドアノブをひねる。十センチほど開かれたその隙間から見えてきたのは、生徒用の小さな座席に腰かけ、なにやら書きものをしている吾郎のつむじだった。

「え」

なぜ、あの人がここに？　目が悪くなったのかと疑う千明に、声をひそめて国分寺が言う。

「言うなと言われていましたが、塾長のお留守中、吾郎先生が補習授業を代わってくださっていたんです」

「まあ」

「そうしたら、あっという間に、はまってしまったみたいで。吾郎ドリルの平成版とやらを作りはじめまして。昨夜（ゆうべ）なんて、ほとんど徹夜だったと思いますよ。もはや誰にも止められません」

たしかに、吾郎は二人のささやき声にも気づかず、一心不乱に手書きのプリントと格闘している。髪は白み、肌の色は妙に黒々となっているにもかかわらず、千明の目にはその姿が若かりし日の影と重なった。

用務員室の守り神。天性の教師。女の誘惑には弱い助平吾郎。

「ああいうところは、昔のままね」

「はい。もともとこの部屋は用務員室だったことをお伝えしたところ、吾郎先生、それならば用務員のジジイとして私を雇ってくれとおっしゃいまして」

「あの人が、そんなことを？」

「しかし、残念ながら、今の千葉進塾には掃除バアヤと用務員のジジイと、余剰人員を二人も抱えこむ余裕はありません」

ですので、と国分寺はおもむろに襟を正して言った。

「つきましては、この際、吾郎先生に塾長の座へ戻っていただくというのはいかがでしょうか」

「はい？」

「大島吾郎に、塾長へ復帰してもらうんです」

一瞬、これも何かの冗談かと疑うも、その目は至極真剣だった。

「私はまだ四十五です。組織のトップに立つには、経験も、人間としての器も十分ではありません。せめてもう少し勉強させていただきたい。できれば、大島吾郎のもとで」

「国分寺さん……」

「もちろん、これは千葉進塾のためです。吾郎先生にはいまだ根強い信奉者がいる。うちが再び大島吾郎の看板を掲げたら、かつて彼の薫陶を受けた教え子たちの多くは、我先にと自分の子どもを彼に託そうとするでしょう。社内の士気も高まります。塾長のご病気でしゅんとなっている古株たちも、きっと元気をとりもどしますよ」

どうかお願いしますと頭をさげられ、千明はぼうっと虚空を仰いだ。吾郎が塾長の座に戻る。夢にも思わなかった展開だ。はたしてそんなことがありえるのか。

「でも……あの人、やるって言うかしら」

「私からお願いします。引きうけていただけるまで、何度でも」

「でも……あの人、お金の計算ができないわよ」

「はい、それは重々承知していますから、私と幹部で万全のフォローをしていきます」

「でも……」

「塾長」

三度目の「でも」を阻んだ国分寺が千明の瞳に問うた。

「率直にうかがいます。吾郎先生がうちに戻ってきたら、あなたはうれしいですか、うれしくないですか」

ずばり投げかけられた直球に、迷う間もなく千明は反射的に動いた。

「バカ言わないで」

こぶしをかたくし、目をつりあげて国分寺を一喝したのだ。

「うれしくないわけないじゃない」

うれしくないわけがない。吾郎がこの学舎にいるのを見ただけで、こんなにも、とても現実とは思えないくらいにうれしいのに。

声に出さずにつぶやくと、近ごろ弱くなった涙腺がまたゆるみ、国分寺の満面の笑みがゆがんだ。


人生はどう転ぶかわからない。千明がそれを改めて痛感したのは、その夜、津田沼の自宅で開かれた退院祝いの席だった。

蕗子、蘭、吾郎、一郎、杏。いつもの顔ぶれによる身内の会と聞いていたにもかかわらず、リビングのテーブルせましと蕗子の手料理をならべた宴席には、千明の知らない顔も混ざっていた。

蘭の横できちょうめんに正座をしている小太りの童顔男。ぷくぷくとした肉感が心地いいのか、日ごろは客に人みしりをするピンキーが、その太股にちょこんとのって動かない。

千明の退院を祝した乾杯のあと、満座の好奇心に先手を打つように、蘭が男を紹介した。

「佐原修平」

「私の彼氏です」

ぶはっと一郎がジンジャーエールを吹きだし、吾郎が箸でつまみかけていた芋の煮っけを落とした。ほかの者たちも頬をつねったり、咳きこんだり、老眼鏡を探したりと一様に平常心を失っている。

「いるわよ、私にだって、男の一人や二人」

皆の反応にむくれながらも蘭が打ちあけたところによると、佐原修平は某老舗生花店の御曹司。教場を彩る花の年間契約を通して二人は知りあい、親密になり、オーキッドクラブを畳んでからという条件つきで蘭がプロポーズを受諾した。

「結婚？」

これには再び全員がのけぞった。蘭は結婚になど興味がないと誰もが信じて疑わなかったのだ。

しかし、仰天しきりの一同をよそに、当の修平は赤くなってデレデレしているのだから、男と女はわからないものである。

「あの、お花屋さんの御曹司ってことは、ゆくゆくは跡取りに？」

はたと現実に立ちかえったらしい吾郎の問いに、いいえ、と修平は愛嬌のある丸顔をゆらした。

「ぼくは次男坊ですから、今後も永遠のナンバーツーってとこです」

「ああ、次男坊」

「ちなみに、上には兄が一人に、姉が二人います」

「四人きょうだいの末っ子ですか」

「はい。ちなみに、蘭さんよりも四つ年下です」

「修平、よけいなことまで言わなくていいよ」

「なるほど。年下」

「お兄ちゃん、年下の男だって」

「ぷぷ」

「ちなみに、初デートは葛西の臨海水族園で、帰りにマグロ定食を……」

「黙れ修平！」

こんなお坊ちゃん然とした男に蘭を懐柔できるのか。もしや新手の結婚詐欺ではあるまいか。最初のうちは半信半疑だった千明も、修平と皆のやりとりを聞くにつれ、意外と蘭にはいい相手かもしれないと思いはじめた。家族の奇異のまなざしも、蘭の威嚇(いかく)も、上質そうなズボンにくっつくピンキーの毛も、何ものも意に介さずにおっとりと笑っている。吾郎をもしのぎかねないのんきなたたずまいに、赤坂の血を継ぐ女の琴線をくすぐる天分を垣間見たのである。このクマのプーのような存在があってこそ、蘭は前髪という鎧を脱ぐことができたのかもしれない。

しみじみと感慨にひたる千明をよそに、緊張のほぐれた宴席は刻々とにぎわいを増していく。蘭をからかうように二人のなれそめを追及する蕗子に、まだ気が動転しているのか、やたらとビールが進む吾郎。興味津々の目で修平をながめつつ、卓上の酢豚や春巻をがつがつとたいらげていく一郎と杏。かつての断絶を感じさせない平らかな家族の団欒がそこにはあった。

ここに、純さんさえいてくれれば。ふと上田の顔が頭をかすめた瞬間、たまらなくこみあげてくるものがあり、千明は「ちょっと、失礼」と手洗いに行くふりをして中座した。

二階の自室で一人になるなり、仏壇にある上田の遺影に手を合わせる。

――純さん。いろいろあったけど、あなたの一家は元気にやってるわ。もしも、あの人……大島吾郎が千葉進塾へ戻ってくることになったら、そっちから応援してやってちょうだい。

続いて、頼子の遺影にも。

――お母さん、ただいま。私、まだしばらくはこちら側にいることになりそうです。まだ、何かしら務めが残っているのかしらね。

ひさしぶりに娑婆へ出た疲れもあってか、線香の香を吸いながらベッドのふちに腰かけたとたん、千明は立ちあがるのが物憂くなった。階下から響く家族の声が心地のいいまどろみを引きよせる。

少しだけ。軽く目を閉じる。まぶたの裏にさまざまな場面が浮かぶ。幼かりし日の娘たちが数ミリの成長を競いあった背くらべ。こたつの奪いあい合戦。家族総出でふくらませた夏のビニールプール。行方不明になった数日後にけろっと帰ってきたブラウニーを皆で囲んで泣いた夜。問題だらけの一家だったのに、なぜか浮かんでくるのは楽しかった思い出ばかりだ。

どのくらいそうしてまどろんでいただろう。玄関から鳴りわたるインターホンの音に、千明ははたと目を開いた。新聞の集金か何かだろうか。ぼんやり考え、再びまぶたを閉ざしかけるも、一階がにわかに騒がしくなる気配にハッとする。

何かあったのか。のっそりと腰をあげ、部屋のドアを開けたのと、蕗子が階段を駆けのぼってきたのと、ほぼ同時だった。

「お母さん」

蕗子の表情には、ひさしく見ていなかった少女時代の名残り(なごり)が見てとれた。母の反応をうかがう警戒のまなざし。

「内緒にしてたんだけど、今日、じつはもう一つ、お母さんを驚かせることがあって」

「もう一つ？」

「菜々ちゃんが帰ってきた」

どくん。心臓が大きく波打った。その音にはじかれるように、階下をめざして千明は駆けだした。駆けるといっても、闘病中に足腰は弱り、手術跡もまだ痛むため、はたから見れば歩いているのと大差がない。

どくん。二度目に心臓が音を立てたのは、玄関の土間で皆にむかえられている菜々美の姿を見たときだった。

「菜々美……」

衝撃の連続で崩れそうになりながら、千明はかろうじて声にした。

「その子は、誰？」

約七年ぶりに再会した菜々美の腕には、見るからに生を受けて間もない赤んぼうが抱かれていたのだった。

「さくらよ。お母さんの、孫」

誇らしさとはにかみの入りまじった顔で菜々美が言った。

「黙ってて、ごめん。言おう言おうと思ってるうちに、お母さんの病気のことを蕗ねえから知らされて、今は動揺させないほうがいいってことになって」

手術のころはまだ出産して間もなかったため、さくらを飛行機にのせることができなかった。駆けつけられなくて悪かったと詫びる菜々美に、「そんなことより」と、千明はこめかみを押さえながら言った。

「その子の父親は？」

「この前までいたけど、別れちゃった」

一瞬、緊迫しかけた空気を自らほぐすように、菜々美がえへへと舌を出す。

「いいやつだったんだけどね、どうしても、いざ生活ってなると合わなくて。籍を入れる前でよかったよ」

「よかったって、あなた、どうするのよ、これから」

「地球のために活動してる場合でもなくなったんで、当面、この子のために母親業にはげみます。外で働けるようになるまでは、こちらに厄介になりますので」

「えーっ」

「やった!」

蘭と杏の叫声をかわきりに、皆は口々に何か言いながら菜々美を家にあげ、この急展開についていけない千明は一人、その場にとりのこされた。

と思いきや、後ろからぽんと肩を叩かれ、吾郎もそこに立ちつくしているのに気がついた。

呆然とした目と目を二人は見合わせた。あまたの修羅場をくぐってきた老夫婦が、忽然としてあらわれた新たな難路を前に、互いの意志を確認するかのように。

先に動いたのは吾郎だった。千明にこくんとうなずいてみせるなり、おもむろに一歩踏みだし、居間へと進む菜々美の背中へ歩みよる。

「菜々美」

不安げにふりかえった菜々美の頭を「おかえり」となで、その手を赤んぼうへさしのべる。

「さくら。さくら。よく来たね。よちよち、おじいちゃんでちゅよ」

きょとんとしている孫を胸に抱きしめた吾郎は、極限まで眉尻をたらして「さくら」と何度も呼びかけながら、稲穂のような髪の色をしたその赤んぼうを千明のもとへ運んだ。

目の前にさしだされた小さな命。三人目の孫。頭がうまく働かない。整理がつかない。腰が引けていながらも、その青い瞳と透けるような肌を見るなり、千明は反射的に手をさしのべていた。

命の重みがふわりと腕にかかる。ミルクの甘い香り。眠たげな顔に思わず頬をよせた瞬間、千明の脳裏にまざまざとよみがえったのは、母の頼子が新生児の蕗子を初めて胸に抱いたときのひと声だった。

「ああ、なんてかわいいんでしょう」

忘れもしないその一言一句を、千明は震える声でなぞった。

「大丈夫。私が守ってみせるわ」

第八章　新　月

宴のフロアは天井のシャンデリアに負けじと華やいでいた。所せましとひしめく来賓たちの中には、どこかで見たような顔も少なくない。円卓の一角でとりまきたちに囲まれているのは、日本最大手塾の塾長だ。山吹色の上下スーツで人目を引いているのは、テレビでおなじみの教育評論家。クラブのママらしき和服美人を同伴しているのは社会派で鳴らした作家だろう。しきりに笑い声が立ちのぼる先には、なぜかお笑い芸人の顔もある。

じいちゃん、すげえなあ。見渡すかぎりの多彩な面々に、一郎はただただ圧倒されていた。人脈、なんて政治家みたいな言葉は使いたくないけれど、そこに集った人々の姿に、祖父の来し方を見てとる思いがする。その一人一人が自分の知らない大島吾郎を反射しているかのような。

「やっぱり、もっと大きな会場にすればよかったんじゃないの」

「この会館じゃ、ここが一番広いのよ。ホテルの『なんとかの間』みたいな仰々しいところは勘弁してくれって、お父さんが」

「あいかわらずシャイなこと言っちゃって」

「でも、人前に出るの、最近は意外と嫌いじゃないんだよね。こないだなんか、テレビのレポーターやってたし」

「『教育大国フィンランドを詣でる』でしょ。おかげでさくらの部屋、今、ムーミンだらけよ」

　丁重にむかえる来賓の流れがとだえた隙を見て、入口の脇に肩をならべた一郎の母と叔母二人がささやきあう。今日の蕗子はベージュのワンピース、蘭は濃紺のパンツスーツ、菜々美は黒いカクテルドレスでいつになくしゃれこんでいる。

「それはそうと、お父さんは？」

「まだ控え室じゃないの。さっき取材を受けてたから」

「取材？　こんなときに？」

「たしかに、お父さんが来ないと始まらないよね」

「まったく、のんき者なんだから」

　にわかに風むきが怪しくなったかと思えば、案の定、慣れない正装にもぞもぞしていた一郎を、「いっちゃん」と三姉妹が同時にふりむいた。

「主役を呼んできてちょうだい」

「はい、はい」

　単体でも十分に手強いのに、束になった三姉妹に勝てるわけがない。無駄な抵抗は試みず、一郎はすごすごと祖父のもとへむかった。広間をぬけ、受付前にまだ列をなしている人々を横目に、廊下の奥へと進む。

控え室の前では、妹の杏といとこのさくらがボクシングのファイティングポーズでぴょんぴょんと跳びはね、ワンピースの裾(すそ)を盛大にひるがえしていた。どうやらビリーズブートキャンプの特訓中らしい。なにもこんなところでとあきれつつ、「じいちゃん、中?」と声をかけると、二人そろって「イエイ!」と親指を突きたてた。

「じいちゃん、入るよ」

ノックとともに扉を開けた一郎の目に、正面のソファで記者らしき男と対座した吾郎の姿が映る。一瞬、ちらりと視線をよこすも、話に集中している口は止まらない。

「問題は、学力テスト復活の狙いが、たんなる子どもの序列化ではないという点ですよ。むしろ学校の序列化をはかり、教育の自由化に拍車をかけるのが真の目的と思われ……」

どうやら昨年、平成十九年の四月に実施された学力テストの話らしい。

教育基本法の改正。四十三年ぶりの学力テストの復活。時代時代でころころと軌道を変える教育改革の落とし子たちが世をにぎわすたびに、吾郎はご意見番としてメディアへ引っぱりだされて忙しい。三年前、晴耕雨読の隠居を決めこむ宣言とともに千葉進塾の長を退きながらも、結局、いまだ執筆やら講演やらで休まず動きまわっている。

「教育の自由化は、国民に学校を選ぶ自由をもたらすとも言われていますが」

「ええ、しかし誰もが好きに学校を選べるようになれば、一部の人気校に希望者が殺到するのは必至です。そこには当然、競争が生じる。五歳の子どもが小学校受験のためにねじり鉢巻きで徹夜勉強なんてことにもなりかねんでしょう。これはもう、宮崎県知事ならずともアレですよ、アレ、どげんかせんといかん！」

急に両目をぎょろりとむいた吾郎は、どうやら知事の顔真似をした気でいるらしい。本人としては会心の出来だったのか、くくくく、と目尻に幾筋もの笑いじわを刻んでいる。

反応にこまっている記者に同情し、一郎は戸口から呼びかけた。

「じいちゃん、もう始まるよ！」

一人で悦に入っていた吾郎の笑いが止む。

「ああ、そんな時間か」

「母さんたちがやきもきしてるから、早く」

「やや、そりゃ大変だ。すみませんが、この続きはまたのちほど」

男性記者に手刀を切り、口ほど焦ってなさそうな歩調で吾郎がむかってくる。その白髪頭は一郎の頭よりも年々低くなるものの、足どりはまだ十分にかくしゃくとしていて、とても七十が近いとは思えない。ビリーズブートキャンプに入隊中というのもまんざら嘘ではなさそうだ。

「あの、お孫さんの一郎さんですよね」

廊下の隊員二人とともに会場へ急ぐ老体を追っていた一郎を、さらに背後から追ってきた声があった。さっきの男性記者である。

「すみません。初めまして、私はこういう者でして」

さしだされた名刺には大手新聞社の名前がある。落ちついた物腰ながらも、間近で相対した記者は意外と若く、おそらくは三十前後と思われる。あの就職氷河期の只中でこんな上物の採用を勝ちとるなんて、どれだけ優秀な学生だったのか。ついそんなことを考えながら一郎が名刺に見入っていると、

「ご活動、陰ながら応援しています。その若さですごいなって、ほんと、頭がさがりますよ」

逆に相手からおだてられ、急にどぎまぎと動揺した。

「い、いえ、そんな、ぜんぜん」

「今度ぜひ、改めて取材させてください。もっと世の耳目を集めるべき問題だと思いますので」

「いえいえ、そんな……あ、いえ、はい、ぜひお願いします」

もはや自分がなにを言っているのかわからない一郎に、記者が柔和な笑みを含んだまなざしをむける。

「じつは私、だいぶ前ですけど、おばあさまの取材をさせていただいたこともあるんです。大島千明さん。頭の回転が速い、毅然とした方でした。縁あって今回、おじいさま

の担当もさせていただいて、この際だからというのもナンですけど、ぜひ一郎さんにもお会いしたいと思っていたんです」

「ぼくに？」

「もちろんご活動への関心もありますけど、個人的に、どんな青年なのか知りたくて。あのおばあさまと大島先生のお孫さんですから、さぞおデキになる方にちがいないと」

「いえいえ、そんな、とんでもないです」

一郎は耳まで赤くした。

「デキるどころか、ぼく、頭の回転が低速というか、舌のすべりが悪いというか、ぜんぜん、祖父母とはちがうんです。それでしょっちゅう祖母から叱られてましたから」

「まさか」

「本当です。ネジがゆるんでるの、骨がないの、張りあいがないのって、さんざんでした。なにせ歯に衣をきせない人でしたから」

謙遜でもなんでもない。あの人にとって自分は不肖の孫だった。今も記憶に生々しい祖母の苦り顔を真似るように、一郎はふっと苦笑した。同時に、扉をへだてた広間から高らかな喝采と拍手が立ちのぼった。

会が始まったようだ。

「お引きとめしてすみません」

記者が黙礼を残して広間へ去ると、あとへ続こうとした足をしばし休め、一郎は高々とした天井をふりあおいだ。この建物のどこにもいない、あの群衆の中からもけっして見つけられない、たった一人の霊魂をそこに探すように。

つかず離れずの腐れ縁をつらぬいた夫の晴れ舞台を、祖母はどこかで見ているのだろうか。もしもそうならば、ついでに、今の自分も見ているだろうか。この一張羅や、それに似つかわしくない髪の色、めぐりめぐって背負うことになった妙な肩書きも、あの世の祖母には見えているのだろうか。

「いっちゃん、なんて頭をしてるのよ。みっともない！」

仏頂面でも、小言まじりでもかまわない。見ていてほしい、と思った。

☽

少年時代は遠い存在だった祖母と一郎との交じらいには、二つの段階があった。

まず、一段目は父の死後、一郎が生まれ育った秋田を離れて千葉の祖母宅で暮らしはじめたころだ。優しいおばあちゃん。それがまごうかたなき第一印象だったのだから、人間の直感もたかが知れている。

しかし、たしかに当時の千明は優しく、一郎にも杏にもひどく遠慮がちだった。けっして厳しいことは言わず、何をしても叱らず、いくえにも重ねた手袋ごしにおずおずと手をさしのべてくるかのように。知らぬ間に育っていた孫へのとまどい、そして、父を亡くした二人への哀れみが、彼女を殊勝にさせていたのだろうと今の一郎は思う。

母の帰りが遅い日、あまり得意ではない料理をせっせと作ってくれるおばあちゃん。そんな無害なキャラが徐々に変わって地声が響きだし、あれ、なんかへんだなと雲行きの危うさを感じだしたのは、父の喪が明け、一家が新しい生活にどうにかなじんできたころだろうか。痩けていた母の顔が再びふっくらし、杏もめそめそ泣かなくなった。引っこし後は腹を下しがちだったピンキーも丈夫になった。克服すべきものは多々残っていたものの、皆が一番の踏んばりどころをのりこえようとしていた。そんな一家の前進を見てとるようにして、祖母はにわかに本領を発揮し、なんだかんだと口やかましいことを言いはじめたのだった。

その舌鋒は妹の杏ではなく、常に一郎へむけられた。

「いっちゃん、自分の意見をはっきりおっしゃい」

「人に流されないの。自分の頭があるんでしょ」

「しっかりなさい。男でしょ」

ちゃっかり者で弁が立つ杏とちがって、一郎は生まれながらにして不器用な性分だった。何事にも時間がかかるのんびり屋で、いつも人よりワンテンポ遅れる。ものを考える速度も遅く、急に言葉をふられてもすぐには応えられない。打てば響くような反応を好んだ祖母は、打っても打っても手ごたえのない孫が歯痒くてならなかったのだろう。

優しいおばあちゃんからうるさいババアへの豹変。それでも、中高生のころはまだよかった。実際問題、打たれても打たれても、一郎は千明の小言などまともに受けとめていなかったからだ。

優しかろうと、うるさかろうと、祖母はたんなる祖母だった。家に付随する人間の一人。そして、当時の彼にとって、家の中で起こる多くはたいした意味をもたなかった。父の死。生活環境の激変。新しい友人関係の構築。高校受験。秋田訛りの矯正。一郎には家以外のところで負わねばならない試練が多すぎたのだ。

日常生活のメイン舞台である「家の外」。その一分一秒をいかにつつがなく送っていくかに全神経を傾けていた一郎は、転校生という不利な立場をのりこえ、そこそこ快適な中高時代を楽しむことに成功した。中学校でも高校でも、彼はけっしてめだつタイプではなかったし、めだつグループに属したこともなかったけれど、気の合う仲間たちには事欠かなかった。成績も常に上位のほうで、サッカー部でもそれなりのポジションをキープ。部活引退後はきっちり受験へ舵を切ったおかげで、希望の大学へも進むことができた。

大柄だった父の遺伝か、体格にも恵まれた。顔のほうは母に似たらしく、年齢を重ねるほどにどこか繊細な優男風の憂いをおびた。そのコンビネーションが功を奏したのか、大学生になると好意をよせてくれる異性もちらほら出現したのだが、皮肉にも、それが順風だった彼の航路にかげりをもたらす端緒ともなった。

大学一年生の冬に最初の彼女ができて、翌年の夏にふられた。大学二年生の秋に二番目の彼女ができて、翌年の春にふられた。二人の女子から立てつづけに似たような別れの理由（「一郎くんはいい人だけど、なんとなくものたりない」「一郎くんはいい人だけど、ほかに気になる人ができた」）を告げられるに至って、一郎は俄然、それまでスルーしてきた千明の説教が気になりだしたのだった。

「いっちゃん、もういい年なんだから、しっかりなさい。そんなんじゃ将来、こまるわよ」

「就職は大丈夫なの？　なるようになるなんて甘い考えが通用するご時世じゃないでしょう」

「まずは自分の頭で考えること。ふらふらとまわりに流されるんじゃないの」

負けず嫌いの祖母は自らの体が老いていくほどに、逆に成長していく一郎との落差を埋めるがごとく、さらなるダメ出しをするようになった。一郎は一郎で、恋愛の不成就や就職活動の難航など、自分に自信を失うほどに、その一言一句に過敏になった。

自分はそんなにダメなのか。祖母が言うほどどしょうもないやつなのか。それまで視界のはしっこにぶらさがっていた程度だった「祖母」が、じわじわと脅威を増していく。このまま自分の人生をむしりとられてしまいそうな恐怖心すらわいてくる。

「ま、どこの会社も雇ってくれなかったら、国分寺さんにお願いして、千葉進塾に入れてもらえばいいじゃない」

その一語が決定打となった。初めて「うっせえ！」と感情をむきだしにしたその日を境に、一郎は祖母を避けるようになった。できるかぎり顔を合わせないように自室へこもったり、外で夕食をとるようにしたり。そんな孫に千明はますます焦れて隙あらば干渉しようとし、一郎は躍起になって逃げまわり——絵に描いたような悪循環の中で千明が病に倒れたのは、どちらにとっても不運なタイミングだった。

　心臓に問題がある。急に寝こみがちになった祖母の検査結果を聞いたとき、しかし、一郎はさほどそれを深刻には受けとめなかった。動揺の度でいえば、高校生のころに祖母が悪性腫瘍で倒れたときのほうがよほどハラハラさせられた。むしろ、その再発でなくてよかったという安堵がまさったくらいだ。千明自身、「じゃ、ちょっと行ってくるわね」と散歩にでも出かけるように入院したのだった。

　どうせすぐに戻ってくると甘く見積もっていた一郎は、千明の入院中、ほとんど見舞いにも足をむけなかった。千明のお気にいりであるさくらが毎日のようにつきそっていると聞いていたし、どうせ自分の顔を見ても血圧があがるだけだろうと本気で思っていた。事実、入院直後に一度だけ見舞った際、一郎の顔を見るなり千明は酸素マスクをむしりとり、荒い息で説教を始めたのだった。

「いっちゃん、こんなところに、来てる暇があったら、自分のことを、考えなさい。もう、四年生でしょう。進路が決まってる子は、とうに、決まっているんでしょう。おまえは、本当に、のんびり屋で」

　あわてて飛んできた看護師から「なにやってるんですかっ」と一郎が怒られ、鬼気迫る祖母の執念をふりはらうように病室から遁走して以来、二度と病院の門をくぐる気になれなかったのだ。

就職活動で苦戦していたのも足が重い理由の一つだった。大学三年の秋に始めた企業まわりは、なんらいい兆しを生まないまま、ずるずると時間だけが消費されていった。長く続いた就職氷河期にもようやく光がさしはじめた時期だったから、ことごとく面接で落ちつづけた理由を時代のせいにもできない。

面接下手はいやというほど自覚していた。もともと口下手でテンポが遅い上、緊張すると輪をかけて舌のすべりがにぶくなる。漠然と、人の役に立つ仕事、人に喜ばれる職に就きたいと考えていた一郎は、社会的責任を担うCSR部門に力を入れている企業へ片っぱしから履歴書を送りつけ、面接にあたっては各社の活動を入念に調べた上で臨んでいた。祖母が言うほど何も考えていなかったわけではない。が、いざ面接官を前にしたときにその成果を出すことができなければ、何も考えていなかったも同然である。思いの丈を伝えられない自分、熱意を表現できない自分に落ちこむばかりの毎日だった。

祖母のことどころではなかった、というのは言いすぎかもしれない。が、常時鬱々としていた一郎に、身内を気にかける余裕が欠けていたのは事実だった。

そもそも、あのばあさんがそうそう簡単にくたばるわけがない。一郎の中にはそんな過信があった。入院が長引いているのは気になるが、年も年だから大事をとっているのだろう。その程度のことと信じて疑わなかった。

だからこそ、入院から五ヶ月がすぎたある日、突如、携帯電話に杏からの着信が入ったときには頭が真っ白になった。

「お兄ちゃん、すぐ病院へ来て。おばあちゃんが危ない」

危ない。危ない。危ない。杏の涙声をどれだけ頭でくりかえしても、その意味が脳へ浸潤していかない。

現実感のないまま一郎は病院へ急いだ。その日、また一つ企業の面接でしくじったばかりだった彼は紺色のリクルートスーツに身を包んでいた。ネクタイは淡いブルー。そういえば、これまでスーツ姿をばあちゃんに見せたことがなかったっけ。そんなことを思いながらぼんやり頭をそらすと、そこにも淡いブルーの空があり、うっすら浮かぶ白い月影が妙に胸を騒がせた。

小一時間後、入院先の病院へ到着した一郎を、正面玄関の前で叔父(おじ)の修平が待ちうけていた。

「一郎くん、早く！　おばあちゃん、待ってるよ」

一郎を突きとばす勢いでうながし、走りだす。病室へ先導しようとするその背を、一郎はすぐに追いぬいた。病室の番号はおぼえていた。無我夢中で駆けつけ、その部屋の戸を開けると、ベッドに横たわる千明にはすでに生の気配がなかった。五ヶ月前に見舞った同じ体とは思えないほど痩(や)せ衰えて、顔の色はなく、息をしているのかも定かでない。吾郎、蕗子、蘭、菜々美、杏、さくら、国分寺――ベッドを囲む全員が死に神に見えるほどに、千明はあきらかに死にかけていた。

「いっちゃん、間に合った……」

　半泣きの声で蕗子が一郎をうながした。

「早く、おばあちゃんのところへ」

　足がすくんだ。いつのまにか後ろにいた修平に背を押され、一郎はようやく足を踏みだした。ベッドの縁に立って祖母を見下ろし、震える声で呼びかける。

「ばあちゃん」

　もはや永遠に開きそうになかった千明のまぶたが動いた。どろりと濁った瞳がのぞき、焦点の合わない視線が頼りなく宙をさまよう。見えているのか、いないのか。

「ばあちゃん。俺」

　枯れ枝みたいな手をにぎって顔をよせると、ようやくその目が一郎をとらえた。

「い……」

　もはや千明に声を出す力は残されていなかった。代わりに一粒の滴がつつっと片方の頬を伝った。孫の前で見せた初めての涙。そして、それが最後の生命の光となった。

「意識が混濁してからも、ときどき、うっすらまぶたを開けて瞳をさまよわせていた。君を探していたんだろう」

　数分後、医師に臨終を告げられた祖母の前で放心していた一郎は、祖父の言葉にとうとう涙をこらえきれなくなった。

わかっていた。ろくに見舞いもしなかったこの孫を、祖母が絶えず小言を浴びせずにはいられないほど、いつも気にかけていたことを。子どものころからずっと、うっとうしいくらい、逃げだしたくなるくらい、いつもいつも、祖母から愛されていたことを。

ばあちゃん、見ててくれ。そう誓って一念発起し、就職活動に全力投球、見事に内定を勝ちとっていたならば、少しは祖母の霊にも面目が立ったかもしれない。

しかし、どこをどう突いても、一郎からそんな力はわいて出なかった。むしろ祖母の不在によって彼を支えていた心棒がぽっきり折れてしまったかのようだった。

「危険な容体だってこと、孫たちには言うなって、おばあちゃんから釘を刺されてたの。とくに、いっちゃんには絶対に言っちゃいけない、今が大事なときだからって。人の心配してる場合じゃなかったのに」

そんな話を母から聞いて以来、一郎は底のない落ちこみからぬけだせず、面接どころか履歴書を書く気力すらも失っていたのだ。

昔からずっと祖母に心配をかけつづけ、危ぶまれていたとおりのていたらくとなり、余命いくばくもない病床ですら心労を負わせていた。なのに、死期を悟っていたであろう祖母を、自分はどこまでも避けつづけた。罪悪感と自己嫌悪が朝も夜も頭から離れない。十も老けたような顔で参列した四十九日の法要中、親戚たちから「最後、いっちゃんに会えてよかった」「一郎くんが間に合って本当によかった」と言われるたびに、一郎の中で何かが崩れていった。

大学四年の冬を待たずして、一郎は企業へのアプローチを絶った。

就活戦線離脱。以降の失墜は止まるところを知らなかった。

一郎は乱れた。じつにわかりやすい自暴自棄に走った。まずはしゃれっ気のなかった髪をのばして金髪に染めた。耳の軟骨にピアスをはめた。我ながらぜんぜん似合わなかった。周囲からの評判も最悪で、友人にも身内にも、大学デビューの痛いヤツだとあざける目をされた。唯一、母だけが以前と変わらないまなざしを彼にむけていた。息子を信じている。ゆらぎのないその瞳が、一郎には何よりも痛かった。

せめて食費くらいは家に入れたい。大学の卒業条件をすでにあらかた満たしていた彼は、企業まわりをやめた翌月から、暇にあかして日雇いの派遣労働を始めた。最初はコンビニや宅配会社でのアルバイトを探したのだが、金髪と軟骨ピアスが祟ってのきなみ採用を断られたのだ。

小泉首相が推し進めた新自由主義改革の流れで労働者派遣法が変わり、時まさに、派遣のまっさかりだった。二十二歳の若さと体力をもってすれば仕事はごまんとあった。建設現場での資材運びやイベント会場の設営など、全身やけくその一郎はよく働いた。初めのうちは筋肉痛の癒えるいとまもなく、ひねもす太陽光を浴びつづけた肌は日焼けサロンの常連なみに黒々となった。作業内容によっては翌日寝こむほど消耗するわりに、総じて手取りはあまりよくなかった。一生続けられる仕事でないのはわかっていた。

それでも、家でじっとしているのも居心地が悪く、ほかにやりたいことがあるでもなく、一郎は自分に鞭打(むちう)って肉体を酷使しつづけた。くたくたになるまで体を使えば、夜は自然と眠くなる。疲れきって寝て、起きて、疲れきって寝て、起きて――その単調なくりかえしの中で、自分が二十二年間まとってきた甘ったるい垢(あか)が削(そ)ぎおとされていくような、そんな実感をおぼえていたのも事実だった。

転機が訪れたのは、プロレタリアートを気どって約半年がすぎ、もはや大学も卒業して本物のフリーターと化していたある日のことだった。

派遣先の現場から出る日給のうち、どれだけのマージンが派遣会社に吸いとられていたのか、現場作業員から教えてもらった一郎が労働意欲を著しく低下させていたころ、自営業を営む叔父の修平から「頼みがある」との電話を受けた。

「時間があるなら、しばらくうちの仕事を手伝ってくれないかな。配達担当が急に一人やめちゃって、こまってるんだよ」

打診を受けたときから腰が引けていたのは、修平の会社で専務をしている叔母のせいだ。一郎の顔を見れば「丸ぼうずにしろ」とすごむ蘭には、昔からおっかないおばさんというイメージしかない。

にもかかわらず、一郎が無下(むげ)に断れなかったのは、無類のお人よしである修平のことをこよなく好いていたからでもあるし、彼の商売に若干の興味を抱いていたためでもあった。

修平が家業の花屋を実兄に任せ、蘭とともに高齢者むけの宅配弁当サービス『らんらん弁当』を始めたのは、約五年前のことだった。

「これからは花よりだんごです」

「これからは子どもより老人よ」

この転身には誰もが驚いたものの、どうやら当人たちにとっては結婚当初から胸に期してきた計画であり、そのために夫婦で金を貯め、調理師免許をとったり栄養学を修めたりと、ひそかに準備を進めていたらしい。もともと大の料理好きだった修平の腕には千明も一目置いており、老いと病みとですっかり食を細らせてからも、ときどき訪ねてくる婿の手料理にだけはよく箸をのばしていた。

「蘭はともかく、修平さんのお弁当なら心配無用でしょう」

その太鼓判どおり、開業当初の悪戦苦闘をのりこえて、今では順調に軌道にのっているようである。

「よかったら一度、見学がてら話を聞きに来てもらえないかな」

修平に呼ばれて出むいた工場は、幕張本郷の駅から徒歩二十分の立地にあり、想像以上に広々とした立派な造りだった。駐車場に三台のワゴン車を備えた二階建て。去年、手狭になった初代工場から移転したばかりというだけあって、調理場の設備も最新式だ。

「はぶりがよさそうっすね」

きょろきょろ見まわす一郎に、「借金、借金」と修平はぷっくらしたてのひらをひらひら泳がせた。

「正直、サービス業っていうのは、本気でサービスすればするほど儲からないもんだよ」

「けど、注文は増えてるんでしょ」

「それはね。だっておいしいもん、うちのお弁当。素材には徹底してこだわってるし、二年前から主菜と副菜を選べるシステムにしたら、これがまた当たってね」

メニュー研究が招いた弊害か、ひさしぶりに顔を合わせた修平は一段と顔が肥え、腹まわりの肉もあきらかにメタボ患者のそれだった。運動をする間もないほど多忙をきわめているらしい。個人契約が主だった起業当初とくらべ、近ごろでは介護施設や病院など大口の契約が増えているという。

「そのぶん、配達も重労働になっちゃってね。しかも、お客さんとのコミュニケーションが大事な仕事だから、配達人は誰でもいいってわけじゃない。過去のすったもんだがあるもんだから、うちのかみさんもスタッフの採用には神経質でね。で、信頼できる人間のあてができるまで、一郎くんに手伝ってもらえないかなと」

「誰でもいいってわけじゃないんでしょ。俺なんかでいいの？」

「もちろん、君ならぼくも安心だ。なにせ高校生のころから知ってるし、かみさんはもっと昔から知ってるしね」

「おばさんには怒られた記憶しかないんだけど、俺」

「ぼくなんか今も毎日怒られてるよ。見込みがあるって思われてる証拠だよ」

「ごめん。俺、そこまでポジティブになれなくて」

「な、頼む。力を貸してくれるなら、給料はそんなに出せないけど、正社員のあつかいにさせてもらうよ。次の仕事を探すとき、そのほうが有利かもしれないし」

どうやら今後の就活のことまで気にかけてくれているらしい。修平らしい配慮に一郎の心はゆれた。どうしよう。現状のまま派遣会社にボラれ続けるよりは、ここまで言ってくれる叔父の役に立ちたい思いはある。が、しかし……。

「でも、俺、この頭だよ？」

いくら修平の頼みとあっても、今は金髪をやめたくない。ヤケになって染めただけの髪ながらも、世間の拒絶反応に触れるにつけ、一郎の中にはへんな意地が生まれていた。

だからこそ、修平の返事に拍子ぬけした。

「平気、平気。お年よりは意外と外見にこだわらないっていうか、どちらかというと出自のほうを気にするから、君が千葉の子で、ぼくの甥ってだけで安心してくれるよ」

「へ。そんなもん？」

「うん。それに、白髪頭のお客さんも多いから、逆にその薄い色素に親しみをもってもらえる可能性もある」

「……ポジティブすぎない？」

眉唾（まゆつば）ものではあるけれど、社長がいいと言うならいいのだろう。断る理由を失った一郎は、蘭おばさんが怖いとごねるわけにもいかず、なしくずし的に配達の手伝いをすることになった。

日に二回、ワゴン車に積んだ弁当を担当地域へ届ける。言ってしまえばそれだけの仕事だ。地図さえ頭に叩きこんでしまえば、作業自体はさほど骨でもなかった。コミュニケーションが大事と聞いていたとおり、むしろ配達先との関係作りに神経を使った。

一人暮らしの老人たちにとって、一郎はただ食事を運んでくるだけの若者ではなく、人によっては一日における唯一の接触相手でもある。故に、らんらん弁当を立ちあげた際、修平はその秘めたる業務に顧客の安否確認を入れていた。ただ弁当を渡すだけではなく、相手の様子に異常がないかを確認し、何かの際には家族や行政へ連絡する。そのためには日ごろからできるだけ多くの言葉を交わし、一人一人の常態を把握しておく必要がある。

「今日は、膝の具合はどうですか」

「おじいちゃん、冷房つけようよ。熱中症になっちゃうよ」

「庭がきれいですね。あれ、なんて花ですか」

配達のたびに一郎は進んで声をかけつづけた。金髪頭に視線を感じていたのも最初のうちだけで、それだけで歓迎の度を深めてくれる。基本、話し相手に飢えている老人たちは、孫を見る目で一郎をむかえる人々との会話は日に日に増えていった。とかく相手をいらだたせることの多い一郎のスローなしゃべりも、配達先のおじいちゃんおばあちゃんたちにはかえってありがたがられた。

お年よりと合う天然のテンポ。弱冠二十二歳にして己が人生をはかなんでいた一郎は、ようやく自分の適所を探しあてたような気さえした。どうせならばこの適性をもっと生かしたい。仲よくなったお客さんたちにもっと喜んでもらいたい。俄然やる気がわいてきた彼は、ただ配達先での会話を楽しむだけでなく、サービス向上のためのリサーチを開始した。

どの献立が気に入ったか。口に合わない総菜はなかったか。味つけの加減はどうか。弁当の感想を配達先でたずね、それを修平に伝達する。「どれもおいしかったよ」と笑う遠慮がちな口からも、粘り強く聞けばかならず二、三の不満がこぼれてくるものだ。主婦歴の長い老婦人組からは、たんなる感想に留まらず、新メニューの提案までするつわものたちもあらわれた。

その最たる一人が永澤寛子だった。

永澤寛子は大久保の団地に一人住まいをしている元給食のおばさんだった。齢七十二。顧客の中では若いほうだけあって、ちゃきちゃきとよく動きまわるし、頭の回転もまだまだ一郎より速いくらいだ。

それでも去年、長年連れそった夫に先立たれたあとには見るも哀れに憔悴し、食事も喉を通らない日々が続いたのだという。おいしいと言ってくれる相手のいない煮炊きはつまらない。そうふさぎこんでいた母の身を案じ、四国へ嫁いだ娘がらんらん弁当へ夕食の配達を依頼した。

結果的に、それが彼女を復調させるきっかけとなったのだった。

「おたくのお弁当、たいしたもんよ。里芋がかたいとか、こんにゃくに味がしみてないとか言うと、大抵はハイハイって口だけで返事をしておしまいじゃない。でも、おたくのは次からちゃんと変わってんのよ。手ごたえがあるの。それで、なんだか私のお節介根性に火がついちゃってね」

修平の誠意が元調理師の魂を打った。職歴を生かして低コストの総菜を提案することで、寛子はもちまえの活力をとりもどしていった。それは次第にエスカレートし、前任者から一郎へ担当が変わったころには、口で言うだけでは飽きたらず、試作品までこしらえるほどになっていた。

そこまでしてくれるパワーがあるのなら、もはや宅配弁当など不要にちがいないのだが、「相手がいるからやる気になる」らしい。

「ね、ね、このかんぴょう、ちょっと味を見てってくんない？」

「昨日の豆腐ハンバーグ、ひじきの代わりにわかめを入れたらどうかと思って、ちょっと作ってみたのよ」

配達のたび、招かれるままに居間へあがりこみ、試作品を盛った器をおしいただく。

八畳ほどの簡素な居間では、いつも孫とおぼしき少女が本を広げていて、彼女もまた味見役として寛子の「どう？」「どう？」攻撃を受けることになる。

「おいしいのかおいしくないのか、はっきりなさいっ」

煮えきらない態度にすぐキレる寛子は、ある意味、厄介な顧客とも言えた。配達途中の一郎にとって、試食タイムは時として負担にもなったし、そのために出発時間を前倒しする必要もあった。それでも彼が可能なかぎり寛子の熱意にこたえようとしたのは、心のどこかで祖母への罪悪感を引きずっていたせいかもしれない。

祖母の期待にこたえられなかった自分が、こうしてお年よりたちと交わる仕事をしている。これも何かの運命か。だとしたら、甘んじて引きうけよう。一郎の中ではそんな覚悟が日に日に色濃くなっていた。

その「何かの運命」の先に怒濤の急カーブが待ちうけていることなど、このころは知るよしもなかったのだ。

それは、忘れもしない平成十八年の十月上旬のことだった。

寛子が住んでいる団地の棟には金木犀の垣根があり、秋になるといっせいにあの独特の香気を弾けさせる。前日まで一郎の鼻を楽しませていたその花々が、夜中の雨ですっかり散っていた。ぬれた地面に重なりあったそれは一風変わった土のようにも見えたし、一風変わった虫の亡骸のようにも見えた。

一抹のさびしさをおぼえながら一郎が三階の永澤宅へ弁当を運ぶと、そこにもいつもの花がなかった。

「お孫さん、今日はお留守ですか」

いつも座卓で読書をしている少女と、一郎はめったに言葉を交わさない。おとなしい子で、表情もとぼしく、話しかけなければ自分からは口を開かない。が、いなければいないで気になった。

「あら、美鈴は私の孫じゃないのよ」

返ってきたのは意外な言葉だった。

「孫じゃなくて、下の子」

「下の子？　娘さんなんですか」

ぎょっと目をむいた一郎に、やあねえ、と寛子はけらけら笑った。

「んなわけないじゃない。この部屋の下、二〇三号室に住んでる子よ」

「ああ……でも、いつもこちらにいますよね」

「帰っても誰もいないからね。夜にならないと」

美鈴の母はシングルマザーで、朝から晩までパート仕事をかけもちしている。以前の美鈴は放課後によく同級生と遊んでいたのだが、小六にもなると塾や習いごとに通う友達が増えて、一人でぽつんとしていることが多くなったという。

「自分には行くところがないってしょぼくれてるから、じゃ、うちに来ればって言ったのよ」

「美鈴ちゃんは、習いごとには行かないんですか」

「そんな余裕があるもんですか。たいへんなのよ、シングルマザーって。そりゃ、塾とか行かせてやりたいのは山々でしょうけど」

塾。寛子がその一語を発するたびに、一郎の胸にはちくりと痛みが走る。西日がさしこむ部屋で一人、いつも静かに母親の帰りを待っている美鈴。どんな気持ちでいるのだろう。

「近所の婆バカじゃないけど、美鈴はもともと頭のいい子なのよ。小学四年ごろまではいつもクラスで上位の成績だったの。でも、まわりが習いごとを始めたころから、気持ちの問題もあるんでしょうけど、どんどん落ちていってね。親に余裕があったら勉強を見てやったりもできるんでしょうけど」

眉根をよせる寛子がふと声をひそめた。玄関からガチャンと音がし、続いて「ただいま」と美鈴の声がした。

「おかえり。今日は遅かったじゃないの」

居間の敷居をまたいだ美鈴は見るからに悄然と肩を落としていた。

「先生に、残るように言われたの。テストの点、悪かったから。勉強、なまけてるんじゃないかって」

畳におろしたランドセルの横にぺたっと座り、両手で膝を抱える。小六にしては小さな体から、一郎は目をそらせなかった。その華奢（きゃしゃ）な輪郭も、無造作にのばしっぱなしの髪も、いつも図書室のシールが貼られている本も、寛子の話を聞いたあとではへんに邪推をしてしまう。

「なまけてるんじゃなくて、ほんとに、わかんないのに」

「そう言えばいいじゃない、先生に」

「わかんないわけないって言うの。勉強すればできるって」

「勉強、してるんでしょう」

「うん。でも、わかんないところはわかんない」

「だから、そう先生に言いなさいって」

「言ってもわかってくれないよ」

厳しい担任なのだろうか。萎縮した声を聞いているうちに、一郎は黙っていられなくなった。

「何がわからないの」

こんなに烈（はげ）しい目をした子だったろうか——。

即座にふりむいた美鈴が「算数」とつぶやいた瞬間、一郎はその瞳に射られたような衝撃をおぼえて息を呑（の）んだ。それほど強いまなざしだった。まるで一郎に対して怒っているようでもすごんでいるようでもあった。が、実際はそのどちらでもなく、この子はただただ一心に助けを求めているのだと、一郎は痺（しび）れるような感触とともに直感したのだった。

☽

丸、丸、丸、丸、丸、丸、丸、丸——。

赤ペンをにぎる一郎の手を追う美鈴が息をつめる。最後の一問。美鈴の喉がこくんと鳴った次の瞬間、答案用紙にひときわ大きな丸が踊った。

「わっ」

「全問正解。満点だよ、美鈴ちゃん」

「嘘みたい。あたし、文章題はいつも全滅だったのに」

美鈴はもともと頭がよかったと寛子が言っていたのは本当だった。算数がわからないと落ちこむ姿を見るに見かね、週に一度、夕方の配達後に勉強を見てやるようになってから約一ヶ月。集中力に長けた美鈴はこの短期間で見事な進歩をとげた。

「お兄ちゃん、ありがとう。うちのお母さんにこれ見せたら、きっと泣いて喜ぶ」

「美鈴ちゃんががんばったからだよ。呑みこみが早いし、一度教えたら忘れない。こっちのほうが勉強させてもらったくらいだ」

その言葉に偽りはなく、人にものを教えるのが初めての一郎にとって、美鈴は理想的な教え子だった。むしろ一郎の経験不足が足を引っぱり、美鈴を悩ませている大本の原因を見ぬくまでに苦戦した。文章題の読解力と、十進法の概念。この二つに問題があると気づき、重点的に補習を始めたころから、ぐんぐんと目に見えて変わっていった。

「もう大丈夫。これ以上、ぼくに教えることはないよ。またわからないことが出てきたら、いつでも配達のときに聞いてくれるといい」

安堵の思いで一郎は太鼓判を押した。が、失っていた自信をとりもどしたはずの美鈴にさほど晴れやかな色はなく、なにやら物言いたげな目をしている。

「あのね、お兄ちゃん。あの」

「ん？」

「あのう」

「どうしたの」

「そのう」

「はっきりおっしゃいよ、美鈴！」

もじもじしている美鈴に、台所から寛子の檄が飛んだ。

「萌ちゃんのこと、お兄ちゃんにお願いするんでしょ」

萌ちゃん？　誰のことかと瞳でたずねる一郎に、美鈴が小声で打ちあけた。

「あのね、あたしの友達に、やっぱり、こまってる子がいるの」

「え」

「お勉強。お兄ちゃんのこと話したら、いいな、あたしも教えてほしいなって、萌ちゃんが……」

語尾がかすれて先が続かない。代わってそれを引きうけるように、寛子がのれんをくぐってきた。

「あのね、この団地の三十八棟に、やっぱり勉強で苦労してる子がいるわけよ。美鈴の幼なじみで一歳下の萌ちゃんって子なんだけど、そこんち、子どもが三人もいるのに旦那がリストラにあっちゃって、おまけに体壊して入院しちゃって、もうてんてこ舞いなの。奥さんは昼も夜もなく働いてるもんだから、子どもたちにもそんなに手をかけられなくて」

よかったら萌ちゃんの勉強も見てやってもらえないかと頭をさげられ、一郎がすぐに返事をすることができなかったのは、迷いがあったせいではない。肌の内側がうら寒くなるような疑念が頭をかすめたせいだ。

家庭の事情から勉強につまずいている子どもが、少なくとも、この団地に二人はいる。ひょっとすると、もっと大勢いるのではないか。はたして全国的にはどれくらいの数に上るのか。

無性に気になりだした一郎は、帰宅後、インターネットを駆使して調べた結果に愕然とした。これは、本当に日本の話なのか——。

約十五年前に崩壊したバブル経済は、一郎が考えていた以上に深刻な影を社会の隅々へ落としていた。九〇年代半ばからあがりつづける失業率と、増えつづける生活保護受給者数。塾の月謝どころか給食費さえも捻出できない家庭の増加。このぶんでは、美鈴や萌のような子は、全国の至るところで見受けられるにちがいない。

祖母の家で何不自由なく暮らしてきたせいか、なんだかんだ言いながらも日本は豊かだと信じていた一郎は、この現実を前にして、自分が立っている大地がかしぐような衝撃を受けたのだった。

ここ数年、たしかに日本経済は回復の兆しを見せている。とはいえ、それは一部の富める人々に富を戻しただけで、本当にこまっている人たちを救ってはいない。むしろ所得の格差は広がる一方なのではないか。子どもの教育へ投資を惜しまない家庭と、塾の授業料を払えない家庭。この溝を誰が埋めるのか。

塾。この問題に一郎がとらわれずにいられない背景には、当然ながら塾を営んできた祖父母の影がある。

美鈴に代わって勉強を見てやることになった萌に、一郎は自分が塾創始者の孫であるとは言えなかった。祖父母の職業を恥じているわけではない。なのに、この後ろ暗さはなんなのか。こじらせた傷の膿のような粘つきが心に張りついて離れない。

大学時代の友人、増野と会ったのは、そんな陰鬱をもてあましていたある夜のことだった。

「上田、たまには出てこいよ。飲もう」

就活戦線離脱以降、大学の友人から距離を置いていた一郎がその誘いにのったのは、ひとえに相手が増野だったからだ。山岳サークルの仲間であった増野は、よくしゃべりよく笑いよく動くテンポの速い男で、一郎とは正反対のタイプながらもふしぎと馬が合った。一郎が髪を染めたとき、皆がどん引きしていた中で、唯一、鼻水をたらして笑ってくれたのも増野だった。

「お、あいかわらずまばゆい頭してんな」

指定されたのは新宿の赤提灯（あかちょうちん）だった。難関の出版社へ入った増野は勤め人らしくスーツ姿で決めているのかと思いきや、大学時代と変わらないフード付きのパーカーとデニム姿でカウンターの隅にいた。

「編集部なんてこんなもんよ。とくに週刊誌の連中はぼろぼろよ」

「週刊誌に配属されたのか」

「ああ。よっしゃ、とびきりエロいページを作ったるって気合い満々だったのに、政治担当にされちまった。色気ねえよなあ」

おまえは何をやっているのかと聞かれ、一郎が弁当配達のことを話すと、増野は少し黙ったあとで「おまえらしい気もする」とだけつぶやいた。そんな反応も増野らしかった。

「そういえば、IT企業に入った翔太（しょうた）、もう辞めたんだってな」

「へえ。せっかくいいとこに就職できたのに」

「いざ勤めてみたらなんかちがったらしいんだけど、親は勘当もんの剣幕で怒りまくってるみたいだぜ。就職したからには定年まで勤めあげるのが男だって」

「出た、滅私奉公神話」

「終身雇用の保証なしには成りたたねんだけどな、その神話」

増野は銚子（ちょうし）の酒をぐいぐいと、一郎はレモンサワーをちびちびとやりながら、まずは大学時代の友人たちの近況にひとしきり触れた。壁全面に品書きを張りめぐらせた店内は会社帰りの人々でにぎわっている。ネクタイをしめた男たちを見るにつけ、卑屈になるまいと肩を力ます自分の卑屈さに一郎は気をめいらせる。

「そういえば、おまえんとこのじいさんって、よく新聞とかで教育を語ってる人だよな」

増野の口から吾郎の名前が出たのは、ほどよく酔いがまわり、互いの舌がすべりをよくしたころだった。

「じつは今度さ、うちの週刊誌で『ゆとり教育とは何だったのか』って特集を組むことになったんだ。安倍（あべ）が設置した教育再生会議ってのが、ゆとり教育の見直しを始めただろ。やっぱゆとりはダメだったんじゃん、ってなわけで、辛口コメントでばっさり斬（き）ってくれる識者を探してんだけど、おまえのじいさん、やってくんないかな」

「ゆとり教育かあ」

一郎は渋い声を返した。批判の大合唱に文科省が屈し、方針転換を表明したゆとり教育については、彼の中にも複雑な感情がある。彼自身はぎりぎりで「ゆとり以前」の世代であるにもかかわらず、ことあるごとに大人たちから「これだからゆとりは」と皮肉られてきたのだ。

「俺でも閉口してるくらいだから、本物のゆとり世代はたまったもんじゃないよな。勝手にゆとりの押し売りされて、勝手にはしご外されて。うちのばあちゃんが生きてたら、さぞ鼻息荒くしてただろうな」

「っていうか、じいさんはどうなのよ。辛口コメント」

「ああ……しないんじゃないかな。あんまり誰かを叩いたりしない人だし、文科省も金の苦労が絶えないって同情してるくらいだし」

「ふうん。ま、たしかに穏健キャラっぽいよな」

さほどあてにもしていなかったのか、増野はすんなり引きさがり、今年の夏は富士山へ登ったと話題を一転したのだが、なにかちくちくとしたざらつきが一郎の胸には残っていて、どうにもうまく集中できない。この異物感はなんなのか。その正体を見定めるように、増野が黙った隙をついて、さっきの話へ戻した。

「なあ。本当に、ゆとり教育ってなんだったんだろうな」

「上田、おまえあいかわらずマイペースな野郎だな」

「たしかさ、ゆとりが始まったころ、文科省の官僚が断言してたじゃん、これで落ちこぼれはいなくなるって。けど、全然、いなくならなかったわけだよな。むしろ授業時間がへったせいで勉強についていけなくなる子どもが増えたんじゃないのか。で、塾へ行ける子たちは行って、行けない子たちがとりのこされた」

一郎の頭に美鈴と萌の姿が浮かぶ。家計に余裕がある子とない子。その溝を深めた責任の一部はゆとり教育にもあるのではないか。それを思うとじわじわと憤りがよせてくる。

「なんだろうな、この不平等は」

酒の力も手伝い、いつになく強い口調でぼやいた一郎に、増野は「そりゃあさ」とこともなげに返した。

「えらい連中は、教育の平等なんざ明治の幻想だと思ってるわけだから」

「は？」

「そういや、面白い資料があるぜ」

増野が足もとの重たげなボストンバッグをもちあげ、中から一枚のクリアファイルをとりだした。なにやら活字のコピーがはさまっている。

「上田、ゆとり教育の言いだしっぺって、誰だか知ってる？」

「いや」

「今はなき教育課程審議会の連中だよ。その元会長の発言が、これ。斎藤貴男ってジャーナリストのインタビューで、おっさん、ゆとりについてどえらい本音をぶちまけてるぜ」

マーカーの引かれた箇所へ目を走らせるにつれ、一郎はみるみる顔をこわばらせていった。

『学力低下は予測し得る不安と言うか、覚悟しながら教課審をやっとりました。いや、逆に平均学力が下がらないようでは、これからの日本はどうにもならんということです。つまり、できん者はできんままで結構。戦後五十年、落ちこぼれの底辺を上げることにばかり注いできた労力を、できる者を限りなく伸ばすことに振り向ける。百人に一人でいい、やがて彼らが国を引っ張っていきます。限りなくできない非才、無才には、せめて実直な精神だけを養っておいてもらえばいいんです』

『（日本の）平均学力が高いのは、遅れてる国が近代国家に追いつけ追い越せと国民の尻を叩いた結果ですよ。国際比較をすれば、アメリカやヨーロッパの点数は低いけれど、すごいリーダーも出てくる。日本もそういう先進国型になっていかなければいけません。それが〝ゆとり教育〟の本当の目的。エリート教育とは言いにくい時代だから、回りくどく言っただけの話だ』

なんだこりゃ。あっけにとられて声もない一郎に、増野が憮然と告げる。

「つまるところ、それがこの国を動かしてる連中の本音だよ。合理的っちゃ合理的だ。それしか日本の活路はないと連中はマジで思ってるんだろうよ」

「エリート以外は確信犯的に切り捨てるってことか」

「だな。非才、無才はせいぜい実直な労働者になってくれってか」

「非才や無才だけじゃない。素質もやる気もあるのに、家に金がないってだけで、同級生に遅れをとってる子どももいる。この国はそんな子たちも切り捨てるのか」

おかしい。何かが狂っている。ジョッキの柄をにぎる指を力ませる一郎に、増野が逆さにした銚子をふりながら言う。

「上田。国が国民を守るってのも、もはや昭和の幻想なんだよ。俺が思うに、今の日本にゃもはやそんな甲斐性はない。これからは自分で自分を守らなきゃならない時代になる」

銚子を五本空けたとは思えないほど醒めた目をした増野に、一郎は熱くなっていた体をひやりとさせた。安酒場の喧噪の中、急激に酔いがまわったようにくらくらし始めた頭に、増野の言葉がエコーのように鳴り響く。これからは自分で自分を守らなきゃならない時代になる――。

結局、この夜は飲みすぎて終電を逃し、サウナに泊まることになった。翌朝、着ていた服のまま会社をめざす直前、増野は「弁当屋、がんばれよ」と一郎の肩を叩き、子どもと老人が陽気に笑っていない国に未来はねえよなと憂い顔で言い残した。

菜々美とさくらが上田家へ顔を見せたのは、その週末のことだ。

「聞いてよ。お父さんったら、先週は京都、今週は福岡、来週は広島って、ここんとこ週末のたびに飛びまわってるの。少しは休んでって言っても、ちっとも聞いちゃくれないんだから。放浪癖、直ってないよ、ぜんぜん」

八千代台の旧家を改築した祖父の家に、菜々美母子が移り住んでから早五年になる。老人の一人暮らしは危険。そう言って世話役を買ってでた菜々美だったが、逆に、平日はさくらの世話を吾郎に頼んで自分は勤めに出たりと、うまく「おじいちゃん」を使っているようでもある。吾郎の留守中には、さくらを連れてしばしば上田家へ夕食をたかりに来る。

「そんなにあちこちへ何しに行ってるの。講演？」

「そうそう。あちこちにね、ふしぎと、お父さんファンのおばあちゃん方がいるのよ。お父さん、目上の人から頼まれるとノーって言えないみたいで」

「変わらないわねえ」

「最近、とくに多いの、教育基本法の話をしてくれって依頼。改正騒動でみんな不安になってるんだね」

菜々美たちが来た日の晩餐は、おおかた、手巻き寿司パーティーと相場が決まっている。半分カナダ人の血を継ぐさくらは髪も肌も瞳の色もほかの皆より薄いのに、しゃれた洋風の料理が苦手で、生の魚介に目がない。鯛。マグロ。サーモン。イカ。タコ。やはり食べざかりの杏と奪いあうように、のりに敷いた酢飯にこれでもかと具をのせ、巻きつけていく。「もはや炭水化物を心ゆくまで堪能できる年じゃない」と自重する蕗子と菜々美はあまり米には手を出さず、ネタだけをビールのつまみにして話しこんでいる。一人、お誕生日席にはみだしている黒一点の一郎は居心地がいいわけもなく、ただ黙々と腹をふくらませ、すみやかに自室へ引きあげるのが常だった。

が、この日は我知らず口をはさんでいた。

「あのさ、教育基本法って、どんな意味があんの」

蕗子の箸からぽろりとイクラの粒が落ち、ほかの三人もいっせいに一郎をふりむいた。

「意味、ねえ」

かつてこの種の話題に加わったことのない息子にとまどいながらも、蕗子がきまじめに答えを探そうとする。

「うーん。その、敗戦後に、教育勅語に代わるものとして示された方針っていうのかな。要するに、日本が民主主義教育を守っていく上での基本姿勢よね」

「基本姿勢って、どんな」

「個人の尊厳を重んじるとか、真理と正義を愛するとか、説かれているのはごくスタンダードなこと。それじゃ飽きたらない人たちがいるのよね、昔から」

「飽きたらない？」

「大和魂だとか、愛国心だとか、日本ならではの精神を育むための項目をもりこむべきだって」

「教育の平等は？」

「平等？」

「誰もが平等な教育を受ける権利とかは書かれてないの？」

「もちろんあるわよ。すべての国民は等しくその能力に応ずる教育を受ける機会を与えられなければならないって」

「けど、等しく与えられてないよね」

「え」

「ぜんぜん、等しくない」

浮かない声を吐き、一郎はタコと梅干しの手巻きにかぶりついた。教育の不平等。目下マイブームの組み合わせにもかかわらず、気持ちよく喉を通過しない。教育の不平等。増野と飲んだ夜以来、この問題がいよいよ彼を圧している。これからは自分で自分を守る時代だと増野は言ったが、美鈴や萌のような子どもがどうやって我が身を守るのか。小学生に塾の費用を自力で稼げというのか。

もしかしたら、彼女たちのような子の勉強を手助けする組織があるのではないか。あってほしいとの願いを胸に、一郎は夜通しインターネットで情報を探したものの、そのような機関を見つけることはできなかった。病気の子どもや障害を抱えた子ども、遺児などを支援する団体はある。が、経済的に窮している子どもへの「学習支援」は、少なくとも組織立っては行われていない。

「あのさ」

腹を満たした杏とさくらがテレビゲームを始めても、この夜の一郎は食卓を去ろうとしなかった。

「うちのばあちゃんって、よく、塾で無料の授業とかやってたよね」

「補習室の？　ええ、あれだけは最後までよくやってたわね」

「今でも続いてんの？」

「続けてると思うわよ。国分寺さんもああいうことには熱心な方だし」

「その無料の授業をさ、塾生以外の子どもにも開放することってできないのかな」

一縷の期待をこめて切りだすも、母の返事はかんばしくなかった。

「それはむずかしいでしょう。そんなことをしたら、お金を払って子どもを通わせてる保護者たちが黙っちゃいないわよ」

「そうかな」

「そりゃそうよ。今はお母さんだけじゃなく、お父さんたちまでお金のことに厳しく目を光らせてるご時世なんだから」

あっさり一蹴されて押しだまる一郎に、蕗子が気づかわしげな目をむける。

「でも、どうして急に？」

迷った末、一郎が美鈴たちのことを打ちあける気になったのは、そこに菜々美という第三者がいたせいかもしれない。母と二人きりのときには重くなりがちな空気も、ビールを飲みすぎると止めどなく笑い上戸になる叔母がいると和んだものになる。

「そっか。いっちゃんが、そんなことを」

一郎が配達先で出会った少女に勉強を教えていた。その事実を知った蕗子は感慨深げに何度も「そっか」とくりかえした。

「たしかに、うちの学校にも増えてきてるのよ、給食費の支払いが滞ってる子。なんとかしてあげたい気持ち、よくわかるわ」

　でも、と声をかげらせる。

「それを国分寺さんにお願いするわけにはいかないわね、やっぱり。塾としての体裁が保てなくなるもの。ただでさえ千葉進塾、このところ経営状態がよくないみたいだし」

「え、そうなの」

「ここ数年、定員割れで閉校に追いこまれる教場が増えてるみたい。やっぱり少子化が響いているのかな。あの四谷大塚でさえナガセに買収されちゃう時代だものね」

「千葉進塾も買収されちゃうの？」

「まだそこまではいっていないと思うけど、商売ぬきの慈善事業をしている余裕はないでしょうね。ただでさえ、お父さんが塾長に復帰したころから、お母さんの時代ほど商売っ気がなくなってきたっていうか、授業の質に比重を置けば置くほど、お金の面では国分寺さんが苦労を負われてきたんでしょうし」

　祖母の引退後、再び大島吾郎の看板を掲げ、ＯＢを始めとする一部の親から熱い支持を得てきた千葉進塾。国分寺が塾長を受けついだのちも、表面的には人気の衰えを見せていなかったが、その裏で懐事情は悪化していたのか。そのシビアな状況変化にとまどい、今度は一郎が黙った。しんみりとむきあう母子に「ねえねえ」と、菜々美が割って入ったのはそのときだった。

「そういう話だったらさ、べつに国分寺さんをあてにしないで、いっちゃんがやればいいんじゃない」

その声は一郎の耳もとで空転し、脳まで到達しなかった。

「いっちゃんが自分でやればいいんだよ」

二度目に聞いてもまだぴんと来なかった。

「は？」

「子どもたちの勉強を支援する会がないんだったら、いっちゃんが創(つく)るの。たとえば、お金をとらない塾みたいなところ」

三言目になって、ようやく一郎は菜々美がビールを飲みすぎたことを悟ったのだった。

「おばさん、酔ってるね」

「大瓶の一本や二本で酔ってたまるもんですか」

白目をとろんと濁らせて、菜々美が一郎を睨(ね)めつける。

「いっちゃん、あんたはね、世の中をよくするために闘った上田純の子なんだよ。世の中のよくないところを見つけたんなら、今度は自分の番だって、しゃっきり立ちあがんなさいよ。親孝行のウルトラ兄弟を見習いなさいよ」

完全に酔っている。叔母からそむけた視線のやり場を求め、一郎は困り顔の母を見た。テレビの前でゲームのコントローラーをとりあっている妹といとこの平和な背中を見た。

サイドボードに飾られたピンキーの遺影を見た。

見るものがなくなると、やむをえず菜々美へ目を戻した。

「やろうよ。ね、いっちゃん！」

「無理」

どこをどう探してもその一語しか出てこなかった。

「なんで無理なのよ」

「そんなん俺にできっこないよ」

「そうやって頭から決めつけてるだけでしょ。あんたのお父さんは、頭でごちゃごちゃ考える前に角棒もって走りだす人だったよ」

「おやじのころはそういうのが流行ってたし、そういうのがモテたんでしょ。でも今はそういう時代じゃないし、俺だってそういうタイプじゃないし」

「金髪頭にするようなタイプでもなかったじゃない。でも、やってみたら案外、気に入ったんでしょ。そんなもんでしょ、人間って」

「それとこれとはちがうよ」

「どうちがうのよ」

「やなんだって、俺、昔から、教育の世界にだけは近づかないって決めてたんだ」

「なんでよ」

「なんでって」

一郎は言葉をつまらせた。小学校の教員を務めて長い母の前で本音をさらすのはためらわれた。

俺は、もう教育には関わらん。酒に酔うたびにそうもらしていた父の影響か、一郎には教育の世界に対する一種のアレルギーがあった。未練はないと笑いながらも、父の笑顔はさびしげだった。かつて父が勤めていた千葉進塾でいったい何があったのか聞いたことはない。けれども昔、母と祖母の仲を裂いていた確執もあの塾と無関係ではなかったのだろうと推するに、聖なる学舎(まなびや)であるべきそこに一郎はおどろおどろしい澱(おり)を見る思いがするのだった。

そもそも、教育を与える人間というのは、教育を受ける人間に対して、どこかしら支配的なところがあるような気がする。教育熱心で有名な秋田にいたころ、学校教員たちの目に支配者のそれを見てとるたびに、一郎の中には秘めたる反発心が育っていった。中二で千葉へ移って以降、不運にも大の塾嫌いだった担任から目の敵(かたき)にされ、「おまえの身内の塾ではどう教えているのか知らないが」と何かにつけて引きあいに出された後遺症も大きい。家へ帰れば帰ったで、今度は祖母の口から際限のない学校批判を聞かされる。学校も、塾も、子どもを教育という名の縄で自分たちの陣地に縛りつけようとしている。そんな懐疑心が今も根深く埋まっている。

「ね、もう一度、じっくり考えてみてよ。いっちゃんがやる気になったら、私も力になるから」

帰りぎわに菜々美からダメ押しをされても、教育には立ち入りたくないという一郎の一念は動かなかった。昨日今日に発症したアレルギーではない。

なのに、心にまとわりつく。気がつくと美鈴や萌のことを考えていて、そのはしから菜々美の無茶な提案が浮かぶ。払っても、払っても、再び浮かんでくる。ついこのあいだまでは気楽なフリーターだった身に錨でもぶらさげられたみたいで、重苦しくてたまらない。

折りも折り、一郎の胸をなおもふさぐような出来事があった。

例によって、夕方の配達を終えた彼が寛子の部屋で萌の勉強を見ていたときだった。四教科ぜんぶを苦手とする萌は、もともと勉強好きだった美鈴とは少々勝手がちがった。何を教えても反応がにぶく、やる気が感じられない。一度言ったことをすぐに忘れて同じミスをくりかえす。宿題をやってきたためしもない。

家庭の事情をおもんぱかって大目に見てきた一郎も、悪びれもせずに平然と白紙のノートを広げてみせる萌の態度に、これではいけないと考えはじめた。

その日、初めて真剣にとがめた。

「家のお手伝いとか、いろいろ大変なのはわかるけど、宿題はやらなきゃダメだ。ぜんぶやるのがむずかしいなら半分でもいい。一問でも二問でもいい。ちょっとずつでも自分をがんばらせる習慣を身につけていかなきゃ、いつまでも変われないよ」

一郎の厳しい口調に、まだあどけない小五の萌はうなだれるでもふてくされるでもなく、ただただ驚きの目を広げた。いつもふわふわと宙に踊っている視線が一郎に結ばれ、口は半開きのまま凝固している。残念ながら驚き以上の感情は見られず、一郎は無垢な野花を踏みつけたようないやな気持ちになった。

たった一人の子どもですらまともに面倒を見られない俺に、学習支援の会なんか、どう立ちあげろっていうんだ。

その夜はいつにも増してやりきれず、なかなか寝つかれなかった。うとうとしては覚め、悶々としてはまどろみ――その切りのないぬかるみの中で、一筋の光を求めるように、一郎の意識はいつしかある方角をむいていた。

八千代台。

祖父が住まう町にはかつて松林が生い茂り、その上空を白鷺が舞っていたという。たしかに見たのだと母から聞いていても、一郎にはにわかに信じられなかった。昔々おばあさんが川で桃を拾いました、と言われているに等しいほど、今ではごくごく普通の住宅街である。似たような色と形の民家が等間隔に延々と連なり、方向感覚を狂わせる。

その日、昼の配達を終えた足で吾郎宅へワゴン車を走らせる道すがらも、フロントガラスごしの空を行き交うのは黒々としたカラスばかりだった。家々の庭からのぞく立木は中途半端に葉を落として寒々と風に吹かれている。

唯一、吾郎の家だけが多少なりとも華やいで見えたのは、門前にはつらつと咲きほこるコスモスのせいだろうか。その薄紅の群生の奥には家庭菜園の緑も見てとれる。

平日の日中に家にいるとき、吾郎はそこで畑いじりをしているか、二階の書斎で書きものをしているかのどちらかだった。曇天をいただく庭から鼻歌が聞こえてこないということは、今日は後者と見える。

庭先に停めたワゴン車を降りた一郎は、玄関へ踏みだした足をはたと止めた。視線の先にあった扉がふいに内側から開かれ、二つの影があらわれたのだ。吾郎と一人の老婦人。少なく見積もっても八十はこえているであろう老婦人の歩調は頼りなく、吾郎が足もとを気づかいながら庭へむかってくる。視力の衰えのせいか、目の前まで来てようやく「やあ」と手をあげた。

「誰かと思ったら、なんだ、一郎か」

「あら、どなたさま？」

「うちの孫ですよ。長女の息子です」

状況が読めないながらも「上田一郎です」と一郎が一礼すると、銀色の髪を品よく結いあげた老婦人も丁寧に腰を折りまげた。

「まあ、それはそれは。大島先生には本当にいつもお世話になっております」

間近に見ると八十五はこえているかもしれない。一緒にいる吾郎がいやに若く見える。それでいてどこかかわいらしい、幼女のような清廉（せいれん）を瞳に宿した老女だった。

門の外まで彼女を見送った吾郎に一郎は聞いた。

「あの人、誰？」

「ご近所の春乃（はるの）さんだよ。ときどき訪ねてこられる」

「春乃さん」

「まさしく春のような人だ」

「いくつ年上？」

「十五、六かな」

「じいちゃん、いくらなんでも節操なさすぎじゃない」

真顔で諫（いさ）めた一郎に、数秒間の空白のあと、吾郎はウハハとのけぞって笑った。自分のジョークには甘くても、他人のネタではめったに笑わない彼にしてはめずらしいことだった。

「そりゃ面目次第もない、と言いたいところだが、残念。いろはを教えているだけさ」

「いろは？」

「子どものころ、ご家庭の事情で学校へ通えなかったそうだ。今から読み書きを教えてくれるところはないだろうかと相談されて、私でよければと申し出た」

「今から読み書きを？」

あの年齢で、なんのために？

一郎の当惑を察したように吾郎は続けた。

「来年、米寿をむかえる亭主に、自分の筆でどうしてもラブレターを書きたいんだそうだ」

ハッと見やると、吾郎の目にはいつにも増して照りのいい笑みがのっている。

「少々妬けるが、ここはひと肌ぬぐしかあるまい」

祖父の瞳には支配者のそれがない。その生涯を教育に捧げてきながらも、なぜだか教育者の匂いがしない。あいかわらず一郎の目には謎の爺だった。

「それはそうと、今日はどうした」

思いだしたように首をひねる吾郎に、

「昼飯、もう食った？」

一郎は手にしていた弁当二つを掲げてみせた。

「余分が出たから、まだなら、一緒にどうかと思って」

ちょっと顔が見たかった、とは面映ゆくて言えなかった。

一郎と吾郎とのあいだに血のつながりはない。母の蕗子は吾郎の養女で、その点、じつの娘である蘭や菜々美とはちがう。にもかかわらず、昔も今も一郎は人から「おじいちゃんに似ている」「目もとがそっくり」などと言われることが多い。人の印象などいいかげんなものだと思うが、悪い気はしない。

一郎自身、吾郎といると妙にほっとする。血脈とはべつのところで、この人と自分はつながっている。そんな実感がたしかにある。どうしようもなく行きづまったとき、ふと祖父の家へ足がむくのはそのせいかもしれない。

とはいえ、弱音を吐いたり悩みをぶつけたりするわけではなく、そこは男と男、一線を画するべきだとわきまえてもいた。よって、この日も居間で弁当をつつきながら、修平のダイエットベルトや杏の一方的熱愛（相手はハンカチ王子）、耳の軟骨ピアスが意外と化膿しやすくて気をぬけない話など、基本的にどうでもいいことばかりをへらへらとしゃべっていた。だからこそ、

「で、一郎は、何に悩んでるんだ」

食後、庭を見渡す縁側で茶をすすりながら、吾郎から急に聞かれたときはあっけにとられた。

「え、なんで」

「幸福な若者は老人の家など訪ねちゃこんものさ」

「そうかなあ」

「話があるなら聞こう」

あなどれない握力を秘めた手を肩に置かれると、口からぽろりと胸のつかえをこぼしたくなる。

しかし、言うわけにはいかない。塾に行けずに悩んでいる子どもたちの話を、千葉進塾の創始者である祖父に語れるわけがない。

反面、吾郎の考えを聞いてみたい思いも一郎にはあった。

「あの、たとえばさ」

　そこで、まわりくどい方法をとった。

「すげえ気になることがあって、自分にできることはちょっとで、ちょっとじゃなくてもっとやれ、みたいな声もあったりして、けど、それはえらい大がかりで、俺にはできっこない。無理ってのが前提で、けど、気になることはやっぱり、ずっと気になりつづけてて……」

　ダメだ、まわりくどすぎる。トーク力のとぼしさに改めて絶望する一郎に、しかし、吾郎は風になびくコスモスの波をながめながら言った。

「要するに、君は、自信がないわけだな」

　ふしぎと要点だけは伝わったようだ。

「ああ、そっか。そうなのかも」

「それなら心配はいらんよ。自信などなくても、なんとかなる」

「へ」

「遠い昔にこの場所で塾を始めたとき、私も今の君と同じくらいの年で、自信なんざこれっぽっちももちあわせちゃいなかった。ただ、抗いがたい時の勢いに身を任せただけのことだ。女三人にからめとられたとでもいうのかな」

「三人？　ばあちゃんと、母さんと……」

「ひいおばあちゃんの頼子さんだ。一郎、おぼえとけ。女三人がタッグを組んだらとうていかなわんぞ」

「はあ」

「私自身は、気概も金も何にもない、すっからかんの若造だったんだ。塾なんて商売がうまくいくものか、欠陥人間の自分がまともな夫になれるのか、まともな父親になれるのか、自信なんざ一つもありゃしなかった」

かつてそこにあった旧家の庇をふりあおぐように吾郎が頭をそらし、しわんだ顔にさらなる笑いじわを刻む。

「実際、結婚生活はうまくいかなかったし、まともな父親になれたのかどうかもわからんさ。しかし、すべてがなるようになって、こうして時が流れつづけている」

「じいちゃん、そんなざっくりまとめられても……」

「一郎。何をためらっているのかは知らんが、君が思っている以上に、君はまだ若い。何事もやらずに後悔するよりは、やって後悔するほうがいいぞ」

「そりゃあ、やれるもんなら、ね」

四十以上も年の離れた二人のあいだを木枯らしが吹きぬけ、足もとの落ち葉を鳴らす。冷めた緑茶を一口すすり、一郎はほうっと息を吐いた。

「じいちゃんは、なんだかんだ言って、デキる男だったんだよ。子どもたちに勉強を教えたり、本を書いたりする素質があったんだ。けど、俺はそうじゃないからさ。就活で全滅して、ばあちゃんの言ってた意味がよくわかった」

「ん？」

「先が思いやられるって。ほら俺、反応にぶいし、しょっちゅうイラつかれてたじゃない」

「ああ、過保護な母親を揶揄していたあの人が、あんなに過干渉なばあさんになるとはなあ」

人間とはわからんものだ。つぶやきながら吾郎が縁の欠けた湯飲みをさする。

「しかしな、一郎。言わせてもらうが、私は昔から一度たりとも君の将来を悲観したことはないぞ。むしろ、大きなことを成しとげるのは、君のようなタイプかもしれんと思う」

「へ。なに言ってんの」

「今は万事小器用な人間がウケる時代かもしれんが、要領のいいタイプというのは、その場その場の小さな成功に満足しがちなきらいもある。時間をかけて大きな仕事を成すのは、要領よりもむしろ粘りに長けたタイプだ」

「じいちゃん、俺をなぐさめてる？」

「いいや、遠山啓という数学者も言っていた。ダーウィンもアインシュタインもメンデレーエフも、けっして頭の回転が速い人たちではなかった。その代わり、ものごとを徹底的に考える人たちだった、と」

「徹底的に……」

ダーウィン。アインシュタイン。一郎の頭に偉人たちの影がゆらゆらと立ちのぼる。あんな天才たちでさえも頭の回転は速くはなかった。偉大な仕事は粘りに粘った成果だった。本当だろうか。本当ならば――。

吾郎のはげましを真に受け、どこか単純にほっとしている自分が気恥ずかしく、一郎はしまりをなくした顔を地面にうつむけた。何よりもこそばゆいのは、自分がじっくりものごとを考えるタイプであるのを祖父が見ぬいてくれていたことだ。

「サンキュー、じいちゃん」

そうだ、結論を急ぐことはない。きっと今は性根をすえてとことん考えるべき時期なのだろう。

「もう一度、考えてみるよ。どうなるかはわかんないけど、無理って前提はぬきにして」

少し胸を軽くし、笑顔の祖父にうなずいた。

――そうよ、自分の頭で考えなさい。

風の運ぶ花粉にまぎれて誰かの声が耳をかすめた気がした。

結果的に、一郎にはさほど考える時間が残されていなかった。

逃れがたい決断のときが訪れたのは、祖父宅を辞去したわずか数時間後のことだった。

夕食の配達中、例によって寛子の部屋を訪ねた一郎は、玄関の土間にあった子ども靴に目をこらした。もとは白であったと思われる土色のスニーカーは美鈴のものだが、この日はその隣にもう一組の影があった。もとは赤であったと思われる黒っぽいズック靴。萌がいつも履いているものだ。

萌の勉強を見ているのは毎週木曜日の配達後で、今日は月曜日。はて、と小首をかしげる一郎に、寛子がささやき声で告げた。

「萌ちゃん、あなたに見せたいものがあるんですって。ちょっと、あがって、見てってやってよ。ついでにカブのそぼろ煮、あたためるから食べてって」

言うが早いか台所へ消えていく。

見せたいもの？　なんだろうといぶかりながら居間へ進むと、美鈴と二人で卓袱台(ちゃぶだい)をはさんでいた萌がびくっと目を伏せた。前回、宿題の件で叱られたせいだろう。苦いものを胸によみがえらせながら、一郎は二人のあいだに尻をすべらせた。

「萌ちゃん。今日はどうしたの」

できるだけ優しい声を出すも、萌はなかなか顔をあげようとしない。

「萌ちゃん、見せなよ」

美鈴にうながされ、ようやく一冊のノートをおずおずとさしだした。

「あのう、これ」

「これ？」

「宿題」

一瞬の間のあと、一郎は声のトーンをはねあげた。

「やったの？」

逸る指先でノートをめくると、たしかに宿題のページが埋まっている。割り算、とりわけ三桁を二桁で割る計算が苦手な彼女に一郎が与えた十問だ。ざっと目を通すに、そのうちの七問は不正解だったが、よれた紙と消しゴムの跡が萌なりの奮闘を物語っていた。

「やっぱり、ぜんぶバツ？」

「いや、正解もあるよ。すごいよ、萌ちゃん」

「え」

「十問、ぜんぶやったんだ。それだけでもすごい。大変だったろう。どれだけ時間が……」

語尾が震えた。喉の奥から何かが熱くこみあげ、その急襲に一郎は自分でも驚いた。萌が宿題をやってきた。ただそれだけのことがこんなにも、泣きたくなるほどうれしいなんて。

しかし、実際に泣きだしたのは一郎ではなく、萌だった。ようやく緊張を解いた瞳から、突如、大粒の涙を噴きだしたのだ。

「萌ちゃん？」

「ほ……ほ……」

「ほ？」

ひっくひっくと泣きじゃくる萌へ美鈴がよりそい、震える背中をさする。

「あのね、お兄ちゃん、萌ちゃんね、いつも学校の教室で、おまめなんだって」

「おまめ？」

「いるのに、いないみたいな。テストの点が悪くても、授業中に寝てても、誰もなんにも言わないんだって。宿題をやってこなくても、先生に怒られたことないんだって。萌ちゃんだからしょうがないって感じなんだって」

「そんな……」

「だから、お兄ちゃんに怒られて、ものすごく、びっくりしたんだって。びっくりしたけど、うれしかったんだって。うれしかったから、がんばって、がんばって……」

そこから先は続かなかった。萌の背中に顔を埋めてつられ泣きを始めた美鈴を前に、一郎の瞳にも再び涙の膜が張っていく。が、それがあふれだすよりも早く、台所からもう一人の泣き声が響いた。

「うう……う」

見ると、台所と居間を区切るのれんの下に、床にうずくまって嗚咽する寛子の影がある。美鈴の話を聞いていたのだろう。エプロンで顔を覆っての豪快な泣きっぷりは、一郎の涙を止めるに十分だった。

萌、美鈴、寛子——三人の泣き声がシンクロする部屋で、一郎は一人、落ちつきをとりもどした。至極冷静に、唐突に、観念した。自分はもはや後戻りのできないところまで来ている。それは理屈ぬきの、言うなれば、定めのようなものだ。「一郎、おぼえとけ。女三人がタッグを組んだらとうていかなわんぞ」。祖父の声が耳によみがえる。ああ、そうだ。やっぱり俺はあの人の何かを継いでいる。自信がなくても、分不相応でも、今なお教育界へのアレルギーをぬぐえない大島一族のはみだし者であっても。

心を決めたら、妙にすっきりした。これからさぞや大変な日々が待ちうけていることだろうが、うだうだと悩むのは明日からでも遅くない。

「萌ちゃん。まちがえた問題、木曜日に一緒にやろうね」

女たちの涙が尽きるのを待って寛子宅を辞去し、夕方の配達をすませたその日の帰り道、ひさびさに分厚い鎧（よろい）から解き放たれた心持ちで、一郎は月明かりの下を大股（おおまた）で歩いた。避けては通れない道とむきあい、然（しか）るべき一歩をようやく踏みだせた。不安とともにそんな高揚も胸にうずまいていた。

「ただいま」

家へ帰ると、いつものように父と祖母の遺影に手を合わせ、それからまっすぐ蕗子をめざした。なんの口出しもせず、悩める自分をただじっと見守ってくれていた母に、まずは一番に報告したかった。

「母さん、俺……」

居間のテーブルでレポートを書いていた蕗子は、しかし、一郎が言いだすまでもなく、息子の顔をひと目見るなりにっこりほほえんだ。

「応援するわ」

満月みたいにふくよかな笑顔に、外気に冷えた体がじんじんとぬくもっていく。できることをやろう。やれるだけやろう。見てろよ、ばあちゃん、と心でつぶやいた。

☽

めまぐるしい日々が始まった。

塾へ通えない子どもたちをサポートする会を創る。このざっくりとした計画を具現化するにあたって、まず必要となったのは「場所」と「人」だった。

子どもたちに勉強を教える場所に関しては、幸運にも案外すんなりと決まった。ノリノリで一郎の補佐役を買ってでた菜々美が、現在、事務員として勤めている貿易会社藤(ふじ)浦(うら)商事の社長にかけあい、協力をとりつけてくれたのだ。菜々美と同じグリーンピースのOBというだけあり、元来、社会的活動への意識が高い人物のようである。おかげで毎週日曜日、自由に会議室を使わせてもらえることになった四階建ての社屋は、アクセスのいいJR船橋駅から徒歩十分という理想的な立地にあった。

問題は、人だった。何人の子どもを受けいれることになるのかはふたを開けてみるまでわからないにしても、一郎と菜々美だけでは手が足りないのは目に見えている。とはいえ、子どもたちからお金をとらない以上、教える側への報酬も支払うことはできない。

　会の趣旨に賛同し、無償で協力してくれるボランティアを募る。それを最初の一歩として動きだした一郎と菜々美は、まずは自治体の発行する新聞やタウン誌への募集記事掲載を申請したのだが、そこで早くも壁に突きあたった。

「無料で勉強を教える？　それは、ＮＰＯの一種なわけですか。認可は？　えっ、まだ活動を始めてもいない？」

「あいすみませんが、うちの規定では、実績をおもちでない団体さんの募集記事は、ちょっと……」

　前例主義の壁は厚く、怪しい会ではないといくら学習支援の必要性を訴えても、担当者たちはまともにとりあってくれない。中には「貧困家庭？　それはどこの国の話ですか」とばかりに、日本はいまだ一億総中流であると信じて疑わない輩(やから)もいる。

　一般紙に広告を打つような資金はない。となれば、どうにかして自力で仲間を募るしかない。よしと奮起した二人はさっそくインターネット上にホームページを作成して塾へ通えない子どもたちの現状を訴え、「ボランティア先生募集中」と大学生以上の参加を呼びかけた。同時に、各ウェブサイトやミクシィへの書きこみ、地元の友人知人を介した口コミ、蕗子の知人である引退教員への案内送付等、考えうるかぎりの手段を駆使して情報拡散に努めた。

結果、募集開始から約二ヶ月が経過したころには、二人の予想を上まわる計二十一人の応募がよせられていた。

応募の動機はまちまちだった。人の役に立ちたい。定年後の時間を有効活用したい。格差社会に腹が立つ。子どもが好き。元教員の経験を生かしたい。就活に生かしたい。まさに色とりどりの応募者たちと第一回のミーティングを実施したのは、年が明けた平成十九年の一月下旬のことだ。

藤浦ビル三階の会議室へ集った面々の年齢層は見事に二極化していた。二十一人中の十四人は現役大学生、残りの七人はリタイア組で、その中間層がいない。中でも教育学部の女子大生がもっとも多かったのは、できるだけ若い人たちに参加してほしいと、各大学のネット掲示板へ重点的に情報を流したためだろう。

淡い緑色の壁に囲まれた会議室に娘ざかりの色香が漂う中、少々居心地の悪そうなリタイア組には元教員や元塾講師などの現場経験者が多かった。頼もしい反面、一郎には不安もあった。まったくのド素人（しろうと）にすぎない自分に、こんな目上のベテランたちを率いることができるのか。

その危惧はたちまち現実となった。

「まずは代表からひと言、挨拶を」

菜々美に背中を押された一郎が居ならぶ応募者たちの前に立ち、四十二の瞳に舞いあがりながらも挨拶を始めたときだった。

「今日は皆さん、わざわざご足労いただきまして、ありがとうございます。えっと、学習支援のとりくみは、これまで日本になかったものでして、ぼくらもまだどうするのか、どう実現していくのか、その、まだまだ白紙の状態といっても過言ではなく、ぜひ皆さんのお知恵をはい、拝借しながら……」

つっかえつっかえのスピーチに焦れたのか、話半ばにしてリタイア組の一人から厳しい声が飛んできた。

「あんたね、そんなちゃらちゃらした格好をして、そんなことを言っても、説得力がないよ」

「ちゃら……ちゃら？」

「まじめに子どもたちと接する気があるなら、まずはその頭をどうにかすべきだろ」

金髪頭に一発くらった思いで絶句する一郎に、リタイア組からそそがれる視線はのきなみ冷ややかだった。

「しょせんはサークルの延長か」

「大島吾郎の孫だっていうから来てみたのに、これじゃあねえ」

「いいかげんな気持ちじゃ、子どもを助けるどころか、逆に悪影響を与えかねませんよ」

苦言噴出のリタイア組に一郎は血の気を失った。子どもの教育に長く携わってきた人々は、若者の品行にも甘くない。なぜこの事態を予測できなかったのか。配達先のお年よりたちからよくしてもらい、完全に気がゆるんでいた。

「あ、あの……」

どうしよう。どう収拾する？　頭の中は真っ白、喉はからからの一郎に、そのとき、思いもよらない助っ人があらわれた。

「ちゃらちゃらなんかしてないっ」

菜々美に連れられてきていたさくらが、突如、会議室の後ろでキンとした声を響かせたのだ。

「髪の色が何色でも、一郎お兄ちゃんは一郎お兄ちゃんだ。知らないくせに、へんなこと言うな！」

ふだんはおっとりしているのに、ひとたび納得がいかないとなると、さくらは一変して内面の烈しさをむきだしにする。とりわけ髪の色はハーフならではの苦労を背負った彼女の地雷であるようだ。

「あらやだ、子どもにまで髪を染めさせて」

「いいえ、その子は、そうじゃなく……」

「茶髪で悪いかっ」

「やめなさい、さくら」

ますますどよめくリタイア組に、いきり立つさくら。あわてて娘をなだめに走る菜々美。この地獄絵図のような事態に敢然と立ちあがったのは、一人の女子大生だった。

「私も、その子と同意見です」

ストレートの長い黒髪に、大きな黒目。一見、日本人形のように端整な顔立ちの彼女が、懐に忍ばせた刀でリタイア組をばっさりと両断するように言ったのだ。

「会の趣旨が本物なら、代表者の髪なんて何色でもかまわない。議論するのもばかばかしい問題だと思います。金髪の若造には協力できないのなら、ごちゃごちゃ言わずに、応募を撤回すればいいだけの話じゃないですか」

顔に似合わずきつい啖呵に、ざわめきがぴたりとやむ。不穏な静寂。一郎のいやな予感は的中した。

「どうやら、我々の出る幕じゃなかったようですな」

最初の一人が席を立ったのをかわきりに、青筋を立てた年配者たちが続々と会議室を去っていくという悪夢が展開されたのだった。

「あの、待ってください。話し合えば、きっと……」

一郎の慰留もむなしく、嵐が駆けぬけた会議室に、もはやリタイア組の影は跡形もなかった。

どう考えても波乱の幕開けだった。

「頭を丸める？　そんな弱気でどうするの。去る人たちは去ったけど、学生さんたちの多くは残ってくれたんでしょ。その人たちは、今のいっちゃんを認めてくれたってことなんだから、堂々としてればいいのよ」

「そうだよ。お兄ちゃん、さくらによく言うじゃん。人間は見た目じゃなくてハートだって。今こそ身をもって示すときじゃないの」

「さくらも丸ぼうず反対！」

「子どもたちのためには、逆によかったかもよ。子どもはみんな若い先生が大好きだし、とくに中学生にもなると大人への不信感がめばえだすしね。あんただって、無理して年長者を引っぱるより、若い人たちと一緒のほうがやりやすいでしょ」

「女子率が高いせいかもしれないけど、学生たちはおおむねいっちゃんに同情的っていうか、この頼りない代表を支えてあげなきゃみたいな空気もあるし、結果オーライって考えようよ」

その夜、急遽、上田家で開かれた「いっちゃんを励ます会」で、母と妹といとこと叔母二人、五人の女たちに完全包囲され、はげまされればはげまされるほどに一郎は落ちこんでいった。放っておいてほしかった。

ゼロからの始まりがマイナスになってしまった。自分の考えが浅かったばかりに、せっかく応募してくれたリタイア組に不快な思いをさせた。貴重な経験者を失った上、学生たちにもおそらく不安を抱かせた。自己嫌悪に陥るなというほうが無理な相談である。

しかし、幸か不幸か、無惨に散った就職活動のおかげで、一郎は自己嫌悪に慣れてもいた。どこからも受けいれてもらえず、徹底的に自信を失いつづけた日々。考えようによっては、そのおかげで今、ここで何かを始めようとしている自分がいる。そう思うと、ぺちゃんこにつぶれた心の底から静かな闘志もわいてくる。

　そうだ。困難は覚悟の上だった。やると決めたからにはこれしきで立ちどまってもいられない。今すべきは、たしかに頭を丸めることではなく、マイナスを挽回すべく一週間後の第二回ミーティングに備えることだ。

　一郎はさっそく準備にかかり、まずは前回、最後まで残ってくれた十二人のメーリングリストを作成した。今後、皆で話し合うべき論点をまとめ、参考までに近年の生活保護受給者数と給食費滞納率の資料もコピーした。また、菜々美が「カナダとくらべて日本は教育費がべらぼうに高い」とぼやいていたのを思いだし、先進諸国と日本の教育費を対比するデータも追加した。

　その甲斐もあってか、第二回のミーティングでは、初回よりもよほど建設的に会の今後について議論を交えることができた。

　勉強会の形式。受けいれ対象とする子どもの条件。子どもの募集方法。一つ一つの問題に皆が意見を出しあい、会の方向性を探っていく。休日返上で集まっているだけあって、女子が八割を占めるメンバーたちはそれぞれ積極性に富み、一郎が無理にリーダーシップを発揮するまでもなかった。

　が、それでもやはり、十二人プラス一郎と菜々美が額を突きあわせてもなお、容易には答えの出せない課題も残った。

一つは、盲点だった会の名称だ。活動を開始するにあたり、やはり会には名前があったほうがいいとの話になったのだが、これが意外と決まらない。

仰々しくないシンプルな名前がいい。親しみやすい名前がいい。これまでにない試みなのだから、使い古されたものではなく、どこか新しい響きがほしい。抽象的なところでは意見が一致するも、具体案となると皆一様に口が重くなる。

「学習支援会。そのまんまか」

「フリー勉強会。インパクト弱いね」

「スタディ・サポーターズ。略してSS。どっかにありそうかな」

結局次回もちこしとなったこの議題と同様、容易に答えの出せなかった問題がもう一つあった。子どもたちに勉強を教える以前に、学習指導の技術を自分たちがどう身につけるのか、という根本的な問いである。

リタイア組がのきなみ去ってしまった今、一郎と菜々美を始め、残った十四人の中に教育のプロはいない。教育学部の学生たちも、いまだ現場の実習を経ていない一年生や二年生がおおかたで、耳学問はあっても経験を欠いている。

「成績不振の子に勉強を教えるのって、成績のいい子に教えるよりもむずかしいわけですよね。本気でサポートするなら、やっぱり、ある程度の研修が必要なんじゃないですか」

「賛成。いくらタダでも質の悪い教え方はしたくないし、ひととおりの専門知識は身につけておきたいよね」

皆の言いぶんはもっともだった。が、しかし、その専門知識の伝授をはたして誰に請えばいいのか。大手塾のフランチャイズとなって上納金を納めるならばともかく、金も名もないボランティアにどこが手を貸してくれるのか。

——千葉進塾。

教師の質では定評のあるその名が、自然と一郎の頭に浮かぶ。いけない、と払うも、次の瞬間にはまた浮かんでくる。

今の千葉進塾に甘えてはいけない。それは重々承知している。しかし、千葉進塾は業界で初めて月謝の分割払い制度を導入したり、無料の補習授業枠をもうけたりと、家計に優しい経営をめざしてきた側面もあると聞いている。事情を伝えて頭をさげれば、国分寺ならば多少なりとも協力してくれるのではないか。

「ぼく、ちょっと心あたりがあるので、当たってみます。少し時間をください」

そう皆に告げた一郎は、翌日、さっそく国分寺に電話をして面談をとりつけた。お父さんに頼めばいいのにと菜々美には言われたが、引退した身内から企業秘密を聞きだすのはフェアではないし、なにより、今回のことでは祖父の威光にすがりたくないという思いが一郎の中にはあった。

五年後に創設五十周年をむかえる千葉進塾の津田沼本校はＪＲ津田沼駅の南口から徒

歩四分の距離にある。鉄筋コンクリートの五階建て。もとは純白だったであろう外壁の一部は煤け、一部はすっかり黄ばんでいる。

ひさしぶりにその前に立った一郎は、かつてはふりあおぐように見上げていたそのビルがやけにこぢんまりと見えることに驚いた。建物も老いるのだ。周囲の高いビルに埋もれたその風体は、陽をふさぐ若木に養分を吸われた老樹のようでもある。

経営状態がよくない。母の言葉を反芻しながら正面玄関をくぐった。これまでは興味も機会もなかったその学舎へ一郎が足を踏みいれるのは初めてのことだった。

そわつく胸を鎮めるように大股で受付へ直行し、国分寺との約束を告げる。脇目もふらずに応接室のある五階までエレベーターで上昇する。

午後二時。授業開始にはまだ早いせいか、子どもたちの影がない校舎は冷え冷えと静まりかえっていた。動物のいない動物園のような、本のない図書館のような、独特の欠落を感じさせるひそやかさだ。

「おっ。どこのパンク野郎が忍びこんできたのかと思ったら、一郎か」

応接室で一郎をむかえた国分寺はあいかわらず口が悪かった。

「またでかくなったなあ、と言いたいところだが、さすがに成長は止まったか。縦にのびなくなったときは、横にふくらむときだ。気をつけろ」

そう言う自分こそ、五十をすぎて頬がたるみ、腹も出てきて貫禄がついた。それでいて、瞳の奥に愚直な少年を一人か二人かくまっているような印象は昔から変わらない。

千明の生前はよく家に出入りしていたし、今でも法事のたぐいにはこまめに顔を出してくれるせいか、一郎にとっては親戚のおじさんみたいな感覚が強い。

「で、なんだ、相談って。また女にふられたか」

一郎にソファを勧めて自分も対座し、軽い調子でうながしてくるも、国分寺の眼光はにぶっていない。色恋からはほど遠い話であるのは電話の段から察しているはずだ。

「じつは……」

この人を相手にあれこれと画策してもしかたがない。すべてを見透かすような眼鏡の奥の目にひるみながらも、一郎はらんらん弁当に始まり、美鈴、萌との出会いを経て今に至った経緯をとつとつと語った。塾へ通えずにこまっている子どもの話を、塾の経営者にする。その無遠慮さを承知の上で、目下、会のメンバーが抱えている問題を包みかくさず打ちあけた。そのあいだじゅう、「学習支援」と口にするたびに声がかすれたのは、学習指導のプロを相手にしている萎縮によるものだけではなかった。

「はあ。君が、子どもたちに勉強を」

よほどのことでもないかぎり動じない国分寺がしばし言葉を失ったときも、一郎はその目をまっすぐに見ることができなかった。

「ありていに言って、ぶったまげた」

「ですよね」

「君は、教育畑には背をむけつづけるもんだと思ってたよ」

一郎の瞳がいよいよ落ちつきをなくす。以前、国分寺から「ゆくゆくは君が千葉進塾を継がないか」ともちかけられたとき、彼はにべもなくそれを突っぱねた。吐いたセリフもおぼえていた。ぼくは、教育者にはなりたくないんです。

「考えが変わったわけじゃないんです。教育とか、そういう世界への抵抗は今もあって……」

宙をさまよう一郎の視線が止まった。書棚の一角に二代目塾長であった祖母の写真が飾られている。

「でも、同時に、なんかへんな縁みたいなのも感じてて……」

銀のフレームに囲われた千明は生前のすべてを笑い飛ばすように飄然(ひょうぜん)と胸をそらしていた。

「大島家の宿命か」

「わかんないけど、でも、ぼくは今のまま、教育者とかじゃなくて、金髪の兄ちゃんのまま、できることをやっていければと」

「塾とはべつの道を行くと?」

「そんなにおおげさじゃないし、あと俺、ぜんぜん、塾を否定してるわけじゃありませんから」

これだけは言っておかなければと腹を力ませた。

「塾は……塾業界が一大産業になったのは、それはそれで、時代のニーズっていうか、詰めこみ教育の反動っていうか、自然なことだったと思ってます。ただ、今はまたべつの時代で、そこにはまた新しいニーズがあって……」

　塾が普及しはじめたころ、日本の子どもたちは「列強に負けるな」「ほかの子に負けるな」と横一列で学力レースを強いられていた。その競争原理についていける子も、ついていけない子も、とりあえずスタートラインは同一だったはずだ。が、今はちがう。スタート前から親の学歴や収入によって立ち位置に大きな開きがある。それを埋める新しい何かが生まれるのもまた自然な流れではないか。

　祖母が全幅の信頼を置いていた男に胸の思いをぶつけるほどに、一郎は余分な力がぬけ、とっちらかっていた頭が整理されていくのを感じた。

　言うだけ言って顔をあげると、分厚いレンズごしに自分を射る目が心なしかまろみをおびたようにも見えた。

「その話」

　長くつぐんでいた口を国分寺が開いた。

「先代にもしたんだろ」

「え」

「君のじいさんだよ」

「ああ、はい。ざっくりと、ですけど」

「先代はなんと?」

「それが……」

　思いかえし、一郎は眉をひそめた。

　自信はないけど、やることにしたよ。昨年の暮れに学習支援の計画を吾郎へ明かしたとき、一郎は今と同様、相手の反応を内心で案じていた。祖父のことだから賛成してくれるのは目に見えている。けれども、自分がしようとしていることは、どこか深いところで祖父を傷つけるのではないか。

　しかし、吾郎はそんな一郎の杞憂を一笑に付すように、至極にこやかに謎の文句をつぶやいたのだった。

「新しい月」

「あ？」

「そうか、新しい月が昇るのか……って、じいちゃん、そう言ったんです」

　新しい月が昇る。あれはどういう意味だったのか。今も心に引っかかっている一郎の前で、国分寺がちらりと千明の写真へ目をやった。

「新しい月、か」

　口の中でくりかえすなり、よしわかった、と両手で膝を打ちならす。

「協力しよう」

「はい？」

「新人研修のノウハウを知りたいんだろ」

「あ……はいっ。はい、はい」

「いちいち口で説明するのもしち面倒くさい。君の仲間たち、全員、まとめて面倒を見るよ。うちでがっつり研修を受けてもらう」

「ほんとに？」

「その代わり、きついぞ。ボランティアだろうと手加減はぬきだ。修了時には人数が半減してると覚悟したほうがいい。それでもいいか」

　あまりのことに一郎は声も出なかった。いいもなにも、これほどありがたい話はない。プロ中のプロがそのスキルを直接伝授してくれるのだ。

「あの、でも、いいんですか。千葉進塾も、今、そんなに楽じゃないはずで……」

「ああ、そりゃ楽じゃないさ。うちにかぎらず、少子化と平成不況のダブルパンチで、この業界はのきなみ青息吐息だ。が、それでも、わくわくするもんはしょうがない」

「わくわく？」

「君の話を聞いて血が騒いだ。ひさしぶりに、君のばあさんと補習授業を始めたころを思いだしたよ」

「国分寺さん……」

「いいか、一郎。自分の好きでやるなら、君もわくわくとやれ。何があっても子どもたちの前で暗い顔は見せるな」

「はい。肝に銘じます」

雲をつかむようだった計画が、次第に現実味をおびていく。自分一人だった場所に人が増え、無理を可能にするのに必要なうねりが生じていく。

その夜、一郎は菜々美の携帯電話に連絡し、国分寺の申し出を伝えた。会社の決算期で忙しそうな叔母はまだ藤浦ビルにいた。

「千葉進塾で私たちを研修してくれるの？　ワオ！　荒川静香（あらかわしずか）がド素人にイナバウアーを教えてくれるようなもんじゃん。でかした、いっちゃん！」

海外生活が長かったせいか、基本的にリアクションが派手な人である。

「最低でも一週間は必要だって言うから、大学の春休み中に調整してもらうことにした。日中は俺、配達があるから、夜、塾の授業が終わってからってことになると思うけど」

「うんうん、私も仕事があるからそのほうがありがたい」

「さくらの夕飯は大丈夫？」

「平日はだいたいお父さんがいてくれるから」

「あ。そういえば研修中、メンバーみんなに修平さんが弁当をカンパしてくれるって」

「ワオ！」

ひとしきり話をし、一郎が電話を切ろうとした瞬間、「あっ」と菜々美がひときわ高い声をあげた。

「いっちゃん、今、近くに窓ある？」

「え。あ、うん」

「開けてみて」

　言われるままに部屋の窓を開けると、氷の粒子をまきちらすような晩冬の風が吹きこみ、肌のむきだしの部分をきゅっと縮こまらせた。

「さむ」

「Look at the sky!」

　沁みるような冷気に目をしょぼつかせ、一郎は雲のない空を仰いだ。漆黒の闇をすくうスプーンみたいな薄い月が照っていた。今にも消えいりそうに細いのに、満天の星がかすむほど強い光を放っている。

「Crescent」

　オフィスの窓から同じものを見ている菜々美の声がした。

　クレセント――三日月。あるいは、新月。

　今ふりあおいでいる月光と、吾郎の謎のひと言が、そのとき、引力にたぐられ結ばれるように、一郎の中で合致した。

「おばさん。クレセントって、会の名前にどうかな」

「クレセント、か。なるほど」

「なんかラフだし、バンドみたいだし、新しいっぽいし」

「うん、いいかもね。いかにも若い会って感じで」

　それに、と菜々美はふいにけらけらと一人笑いをはじめながら言った。

「それにあの月、あの色、いっちゃんの頭にそっくりだし！」

丸裸の味気ない桜木が、よく見ると、枝先のつぼみをふくらませはじめている。路上の雪がまだ溶けやらぬうち、時に、澄んだ空からコートごしの肌を湿らす陽射しが降りそそぐ。

千葉進塾へ夜な夜な研修に通ったメンバーたちのあいだでは、いつしか、「桜の花が咲くころには」が合い言葉となっていた。

これが終われば、桜の花が咲くころには、クレセントの活動を本格始動できる。互いにはげましあい、士気を高めあうことで、けっして楽ではなかった一週間をのりきった。途中、恐れていたほど脱落者が出なかったのは、そんな仲間内の連帯意識がめばえていたのに加え、実感として、今回の研修から得るものが大きかったためかもしれない。

現在、千葉進塾の授業は進学コースと補習コースに二分されており、一郎たちが教わったのは後者のノウハウだった。勉強に問題のある子どもたち一人一人の進度に合わせた授業構成、宿題の出し方、文章題の解説法——直接的なテクニックから、子どもたちへの接し方に至るまで、国分寺を始めとする教師陣の指南はじつにこまやかだった。

「たとえ一時限の尺を四十五分に設定するとしても、ゆめゆめ、そのあいだじゅう子どもたちを集中させられるとは考えないことだ。勉強が苦手な子は、基本、集中力がない。最初のうちは十分勉強させたら五分は雑談でもして休ませて、また十分。それに慣れたら十五分、二十分と集中の時間をのばしていく」

「少人数制の指導で注意が必要なのは、教える側が口をはさみすぎないこと。つきっきりで勉強を見ていると、子どもが迷っているとき、つい口を出したくなる。わかりかけた瞬間に答えを言ってしまう。子どもはその場じゃわかったような気になるかもしれないが、それでは基礎学力が身についていかない」

「国語も、数学の文章題も、英文読解も、子どもたちの挫折のもとをたどると文章力不足に行きつく傾向が近年はとくに目につく。ゲームやメールの影響だろうが、ただ単語をくっつけているだけで長い文章を書けないし、読めない。そういう子には、毎回、文章を組みたてる訓練に時間を割いてやるといい」

　さすがは創設四十五年の老舗。教師たちの言葉はどれも説得力に富んでいたが、中でも一郎が深く共鳴したのは、創設当初から受けつがれてきたという千葉進塾の理念〈子どもの自主性を育てる〉だった。

「我々の最終目標は、子どもたちに自主学習の姿勢を身につけさせることだ。決まった時間に机にむかい、自分で決めた課題にとりくむ。それができるようになった子、つまり自立心を手に入れた子は、その後、何があっても容易には崩れない。逆に、丸暗記のような知識のつめこみ方をした子は、大学に入ったあたりでぽきっと折れてしまうことがままある」

　ただテストでいい点をとるだけではなく、将来の糧となる真の学力を。それを胸に刻みこみ、一郎たちは計七回の研修を修了した。

最後までやりとげたメンバーは十二人中十人。連日の研修に耐えた自負によって個々の顔つきも変わり、一同のテンションは最高潮だった。

次にすべきは、四月の開校へむけた子どもたちの募集。

〈一人でこまっているキミ、無料で勉強を応援します!〉

一郎たちはまずクレセントのホームページで大々的に子どもたちの参加を呼びかけた。ミクシィ。ブログ。ネット掲示板。メンバー全員が個々のネットワークを最大限に活用し、できるかぎり広域に情報を拡散した。加えて、手製のチラシを大量に刷りあげ、船橋へ通える圏内に皆で手分けをしてポスティングをしてまわった。らんらん弁当の開業当初、オーソドックスながらもチラシのポスト投函(とうかん)が効果的だったと修平から聞いたためだ。

やれることはやった。力は尽くした。誰もがそう思っていた。

にもかかわらず、結果的に、桜の花が咲くころになっても、クレセントは依然として始動することができなかった。

勉強を教える相手があらわれなかったのだ。

子どもからの反応がない。勉強会への参加申しこみがない。これはどういうことなのか。

最初のうちはまだ募集を始めたばかりだからと気楽に考えていた皆の顔が、日増しに強ばりをおびていく。週一度のミーティングで、今週も申しこみがなかったと一郎が報告するたび、会議室をたゆたう落胆の吐息が深く濃くなっていく。

三月最後の日曜日、八人しか集まらなかったミーティングの席で、一郎は四月の開校を断念するという苦渋の決断を告げた。

「残念だけど、募集期間を一ヶ月延長して、五月の開校をめざすことにします」

皆の顔にありありと失望が刻まれるも、こればかりはどうすることもできない。

募集開始から約三週間がすぎたその時点で、保護者からの問い合わせはたったの三度だけ。最初の一人は藤浦ビルの立地を確認した上で、「うちの子はまだ小三だから、繁華街もある船橋に一人では通わせられない」と残念そうに断念した。二人目は「茨城の自宅まで出張に来てもらえないか」との相談で、ボランティアの長期的な負担を考えると安請け合いはできなかった。最後の一人からは「うちの子は塾をかけもちさせてるけど、いまいち成績がのびないから、お宅にも通わせたい」とまくしたてられ、会の趣旨を理解してもらうのに手を焼いた。

結局、勉強会の参加者リストはいまだ白紙のまま。

「五月になったら子どもたちが集まってるって保証はありませんよね。これだけやってなんの反応もないのに、これからどうしていくんですか」

「このままずっと、一人の申しこみもなかったらどうするんですか。研修まで受けたのに」

　メンバーたちにも余裕のなさが目立ちはじめている。

「もしかしたら、俺ら、必要とされてないってこと？」

「自己満足だったのかな」

「まさか、そんなことはないよ」

　一郎を気遣うように明るい声を放ちつづけるのは菜々美だけだった。

「勉強の手伝いを必要としてる子どもたちは、絶対にいる。生活保護受給者や給食費未納の数からしても、千葉県だけで相当数の子どもが塾に通えないでいるはずなんだから。ただ、その子たちにまだ私たちの声が届いていないだけで」

　そうなんだ、と一郎も思う。学習支援を求めている子どもはかならずいる。なのに、自分たちの声が届かない。どうすれば届くのか——。

　はがゆい思いで話し合いを重ねてもなかなか活路は見いだせず、皆の心が少しずつ後ろむきになっていくのがわかる。互いに慣れて遠慮がなくなったこともあり、ちょっとした齟齬がいさかいを呼ぶことも増えた。

「上田さん、ちょっといいですか」

　女子メンバーの一人から気になる話を聞いたのは、その日のミーティング終了後だった。

「井上阿里さんのこと、聞いてます？」

「はい？」

「彼女、四月から千葉進塾でバイトを始めるそうですよ」

「え」

井上阿里は第一回のミーティングでリタイア組を一刀両断した例の女子大生で、その後も会の中心メンバーとして積極的に動きつづけている。今日も「子どもを待ってるだけじゃダメだと思う」などと熱心に提言していたのを思いだし、一郎は首をかしげた。

「バイトって……？」

「あの研修のあと、彼女、国分寺さんに直訴して、進学コースの研修も受けさせてもらったんですよ。それでちゃっかり非常勤教師のバイトをゲットするって、なんか、ずるくないですか」

井上阿里が千葉進塾でアルバイト。いくら聞いても話が見えてこない。

「あの、とりあえず本人に確認してみるよ」

半信半疑のまま、一郎はその夜、阿里に電話で真偽をたしかめた。返ってきたのは「ええ、本当ですよ」というあっけらかんとした声だった。

「これまでやってたバイト、日曜日に出られなくなるって言ったらクビになっちゃって、ちょうど新しいバイトを探してたんです。千葉進塾のやり方、私に合ってると思いますし、国分寺さんも歓迎してくれたので。なにか問題ありますか」

悪びれないトーンにむしろ一郎のほうがたじろいだ。

「いや、その、問題というか」

「もちろんボランティアもやります。千葉進塾で経験を積むことで私のスキルがあがれば、それをクレセントでも活用できるし、一石二鳥じゃないですか」

そう言われれば一言もない。日曜日以外の時間をどう使おうと本人の勝手でもある。とはいえ、つねづねマイペースで我が道を行く阿里を「KY」などとささやく声があるのも気になっていた。

「もちろん、悪くはないよ。ただ、下手すると悪くとられる心配もあるから、一応、メンバーのみんなにも君の考えを伝えておいたほうが……」

「悪くとられてもかまいません」

阿里は人の話を最後まで聞くのが苦手のようだ。

「私は、子どもたちの力になりたくて参加してるんです。みんなと仲よくするためじゃない。仲間うちのことですりへらす神経があるなら、そのぶん、もっと子どもたちのことを本気で考えるべきじゃないですか」

「え」

「家にお金がなくて苦労してる子どもたちのこと、みんながどこまで本気で考えてるのか、私、ときどき疑問に思うんです」

どきっとした。子どもたちのことを本気で考えていない。だから子どもが集まらない。そう指摘された思いがし、一郎は息を押し殺した。このときはまだ阿里が言う意味の半分もわかっていなかったのに、電話を切ってからも長らく動揺が収まらなかった。

「萌ちゃん、クレセントのホームページ、見てくれた？」

翌週の木曜日、萌の顔を見るなり一郎が開口一番それをたずねたのは、阿里の声がまだ頭にしつこく木霊(こだま)していたせいでもあった。

今も週一で勉強を見ている萌に、一郎は事あるごとにクレセントの話をし、ぜひ勉強会に来てほしいと誘いつづけてきた。そのたびに萌は興味を示す。行ってみたいと瞳を光らせる。それでいながらいっこうにホームページを見ようとはせず、母親からの申しこみもない。

「ここで一人で勉強してるより、みんなと一緒のほうが刺激にもなるし、楽しいよ。まずは、どんな感じか確認して、お母さんと相談してくれるだけでもいい。今夜、ちょこっとホームページを見てみてくれるかな」

いつも以上に熱っぽく一郎が迫るほど、萌の視線は下へ下へと角度を落としていく。それでもあきらめず何度もくりかえしているうちに、ようやくぽつんとか細い声が返ってきた。

「……ないの」

「え」

「見れないの」

「見られない？　なにを」

「パソコン、うちにないから」

「あ」

　みずおちに強烈な一打をくらった。そんな衝撃に一郎は声をうわずらせた。

「チラシは？　たしかこのあたりにもポスティングしてるはずなんだけど、お母さん、チラシを見てなかった？」

「そういうの、たぶん見てない。ママ、忙しいから」

「………」

「ママ、いつも台所で立ったままごはん食べてるから」

　日ごろ無口な萌が言葉を発するたび、一郎は自分という存在がガタガタと足もとから崩れていくのを感じた。貧困家庭の子どものことを考えているつもりで、自らが甘受してきた生活環境から一歩も想像の枠をこえていなかった俺。

「それに、船橋は、電車じゃなきゃ行けないから」

　それがとどめの一語だった。

「電車賃、往復で、百八十円もかかるから」

　不健康にむくんだ顔を真っ赤にしている萌から目をそらし、一郎は机上のノートを見た。小さな文字でびっしりと埋め、紙を大事に使っている。消しゴムも指でつまめなくなるまで使う。この萌に、自分はなんと残酷なことをしてきたのか。

「萌ちゃん、ごめん。ほんとに、俺……」
情けなさに声が震えた。なにが新月だ。なにがクレセントだ。猛烈に自分を張り倒したくなり、一郎はこぶしをかたくした。桜の花が咲こうと、葉桜が舞い散ろうと、これじゃ新しい月など昇るわけがない、と。

☽

『七月十八日
学校に行った。
帰って家にいました。
お母さんはしごとだった。』
『七月二十日
夏休みになった。
ぼくは家にいました。
お母さんは電話の仕事とおすしのしごとだった。』
『七月二十三日
おかあさんが図書館に行こうといった。しごとの前で、ぼくは行かないといった。
ぼくはパズルとあそびました。』

「うーん」

頼りない文字がくねくねと踊るノートを見おろし、一郎は頭を抱えこんだ。はたして、これを日記と言えるのか。

「直哉、あのな、何度も言うようだけど、日記っていうのは、何をしたとか、しなかったとかだけじゃなくて、どんなふうにしたかとか、そのときどう思ったかを書くものなんだ。ケーキだってさ、ただスポンジ生地がどんとあるだけじゃ、ちっともうまそうに見えないだろ。生クリームしぼったり、いちご飾ったり、盛りつけ次第でどんどん変わっていくわけだ」

これまでさんざん説いてきたことを表現を変えてくりかえすも、直哉は会議室の入口に近い最前列でうつむいたまま、うんともすんとも答えない。今日もまただんまりか。

一郎は音を立てずに嘆息した。

小学五年生にしては幼い直哉の声を、この二ヶ月間、一郎は数えるほどしか聞いたことがない。母親いわく「生まれながらの口下手」。加えて読み書きの基礎力も怪しい彼に日記を宿題として課したのは、文章力を培うとともに、少しでもその内面に触れることができればとの心算もあってのことだったが、今のところ成果は見られない。

「ねえねえ、ダンボール肉まんって、テレビ局のでっちあげだったたって、知ってた？　あたしマジほっとしたんだけど。だってあたしもうどんだけぇ〜ってくらい夕ごはんに肉まん食べてるからさ」

　たぬきの置きものさながらにじっとしている直哉の背後――二列目の長机では、これまた今日も中二の真奈香が一人でぺらぺらとしゃべりまくり、同列にいる萌の勉強を妨害している。

「真奈ちゃん、おしゃべりは勉強のあいまにすること！　おしゃべりのあいまに勉強するんじゃダメだってば。来年は君も受験生なんだから、今のうちにやることやっとかないと、カズみたいにあとになって苦労するよ」

　真奈香を担当する阿里の小言に、三列目の窓ぎわで鼻をほじっていたカズがぴくりと反応した。

「なんだよ、人をおきあいに出すんじゃねーよ」

「おきあい？　それを言うなら引きあいだよ、カズ」

「へ」

「きゃー、やっちゃった。おきあいって、カズくん、船のりにでもなるの？」

「うっせえ、豚まん真奈」

「なにそれ！」

　大声でやりあうカズと真奈香の中学生コンビに、黙々と勉強する萌と勉強するふりをする直哉の小学生コンビ。藤浦ビルの会議室では、今日もまた毎度の光景がくりかえされていた。

有志による学習支援の会、クレセントがやっとのことで勉強会をスタートさせたのは六月の頭。「メンバーの知りあい」や「知りあいの子ども」や「友達の知りあいの子ども」などをかきあつめての門出から二ヶ月が経過した今も、子どもの数は当初の四人から一人も増えてはいない。動きだせば自然と口コミで集まってくるのではないかとの読みは甘かった。

結果、各生徒を担当することになった四人以外のメンバーは出番を失い、自宅待機の憂き目にあっている。最初は全員体制で指導にあたろうとしたのだが、教える側の頭数が多すぎると子どもたちが萎縮してしまうことがわかったのだった。

四人の生徒に四人の教師。これだけ人数が少ないと、いやでも全員に目が行きわたるし、すかすかの会議室もアットホームな空間となる。反面、どうしても緊張感に欠け、ただでさえ勉強の習慣が身についていない四人を集中させるのがむずかしくもあった。

目下の難題は中三のカズだ。経済的事情から、なんとしても公立高校に合格しなければならないのに、なかなか真剣にとりくもうとしない。

「カズ、シャーペンにぎったまま居眠りするその特技、頼むからここでは封印してくれ。受験勉強は夏休みからが本番って定説、知ってるよな」

今日も、やる気のなさを全開にして担当の利輝をこまらせている。

「だって俺、どうせ今さら勉強したって内申悪いからろくな学校行けねえもん」

「逆だろ。内申悪いなら、よけいに今から勉強しなきゃだろ。試験本番でいい点とらないと、ほんとにおまえ高校危ないぞ」

「けど、試験本番で同じ点とったって、内申いいやつに負けるんだぜ。俺の先輩、すんげえ点数高かったのに、マジ内申で落ちたんだから」

「だったら内申点もよくなるようにがんばれって」

「担任にいいとこ見せて漢検とか受けて生徒会長にも立候補しちゃって？　やだ、俺、あんな真似するくらいならうんこしたい」

「なんでうんこなんだよ」

「うんうん、わかる。あたしもうんこ選ぶ」

「真奈ちゃん、今はうんこよりも元素記号」

「やばい、元素記号がうんこに見えてくる」

「みんなしてうんこうんこ言うな！」

　いったん集中の糸が切れると、床に散ったビーズのように収拾がつかなくなるのも、少人数クラスのつらいところだ。学習指導のプロならば、こんなとき、うまい具合に彼らを鎮めてみせるのかもしれないが、しょせんは一郎たちもまだまだ初心者である。調子にのったカズと真奈香のうんこ祭りに為すすべもなく、ついにはまじめに漢字の書きとりをしていた萌までがひくひくと笑いだす始末。

　ノックの音とともに会議室の扉が開かれたのは、そんな最中だった。

「ごめんくださいよ」

おっとりとした声とともにあらわれた顔を見て、まっさきに真奈香が「わーい」とシャーペンを放りだした。

「おやつのおじさん、待ってたよ！」

バニラの甘い香りがぷんと室内へ流れこみ、真奈香以外の三人もいっせいに瞳を輝かせる。

「待っていないでちゃんと勉強してましたか」

「してた、してた。で、で、今日のお菓子なに？」

「ブルーベリーとクリームチーズのマフィンだそうで」

「やべえ、セレブだ」

「わーん、おやつの奥さん、愛してる！」

時計を見ると、午後三時半。毎度ながら、皆の小腹がすいてきたちょうどいい頃合いだ。もはや勉強どころではない四人に「じゃ、おやつ休憩にしようか」と告げ、一郎はマフィンの袋を抱えた半白の男に黙礼した。

つやつやの広い額に太い眉をたらし、にこにこと皆にマフィンを配りはじめる恵比寿顔。子どもたちから「おやつのおじさん」と呼ばれ絶大な人気を誇っている彼は、ほかならぬこのビルのオーナー、藤浦商事の藤浦社長なのだった。

今年で創立六十年をむかえる株式会社藤浦商事は、北米との貿易に主軸を置いている老舗企業だった。入社四年目の菜々美によると、バブル期に先代から今の地位を引き継いだのち、オーガニック製品の販売などにも手を広げて成功させた現社長は、業界内ではなかなかの切れ者として通っているらしい。

その藤浦社長に一郎が初めて会ったのは、約半年前、会の結成に先がけて藤浦商事へ挨拶に出むいたときのことだった。

「このたびは本当にありがとうございます」

会議室借用の礼を述べる一郎に、どうせ休日は無用のオフィスなので遠慮はいらないと、藤浦社長はおだやかな声色で告げた。

「一度でも子どもを海外の学校に通わせたことのある親は、日本の教育費の度肝をぬくような高さに戦々恐々としてますよ。これでは格差も広がるわけだ。君たち若者がそこに一石を投ずるというのなら、私も陰ながら応援させてもらいましょう」

その柔和な物腰に安堵し、一郎は勉強会が本格始動をする前、一つの相談をもちかけた。

「もし可能でしたら、こちらの地下駐車場の一部をお借りできるとありがたいんですけど」

「駐車場？」

「その、自転車の駐輪場として」

交通費がネックとなる子たちのために、自転車でも通える環境を整えたい。一郎の願いを藤浦社長は二つ返事で了承した。のみならず、自分からも一つ頼みがあると申し出たのだった。

「うちの家内は菓子づくりが趣味なんですが、もう子どもたちはとうに独立して、腕をふるう相手がいないと嘆いています。ときどき勉強会にさしいれをさせてもらってもいいですかな」

一郎にはもちろん断る理由などなかったが、まさか社長自らがほぼ毎週、夫人の手作り菓子を持参する気でいるとは思いもしなかった。

オフィスビルから自宅が近いとはいえ、毎度のこととなるとけっして楽ではないはずだ。いっそ自分がとりにいこうかと申し出たこともあったが、子どもたちの顔が見たいのだと社長は頑として譲らなかった。三時のおやつを届ける。これほど相手から手放しで歓迎してもらえる役目になど、大人になるとそうそうありつけはしない、と。

だらだらした時間にアクセントをもたらしてくれるおやつタイムを、お相伴にあずかるボランティアたちもまた大いに歓迎していた。上質な菓子の糖分は子どもたちの脳にパワーを注入する効能もあるのか、おやつを胃に収めてから午後五時の閉会までのあいだは、四人がもっともまともに勉強する貴重な時間となる。甘いマフィンの余韻にひたりつつ、しぶしぶながらもシャーペンを動かす彼らの頭に、もはやうんこの影はなかった。

しかし、一郎はひそかに引きずっていた。

「それにしても、なんで今の子たちって、あんなに内申、内申って気にするんだろうな」

　素朴な疑問がふと口をついて出たのは、勉強会の終了後、皆が去った会議室の机をもとの配置へ戻していたときだった。

「うわっ」

　一郎の声に呼応し、床をほうきで掃いていた阿里がびっくり眼(まなこ)でふりむいた。その驚きように一郎が驚いたほどだった。

「なに」

「今、私、すっごいジェネレーションギャップを感じました。やっぱ、上田さんって世代がちがいますよね」

　四つしか年のちがわない阿里の言葉に一郎はきょとんとした。

「なんで」

「私が中三のときでしたけど、それまで相対評価だった内申書の評点が、絶対評価に変わったんですよ。例のあの、文科省が唱えてる『生きる力』とかなんとかの延長線上なんですけど」

「へえ」

「へえってのんきに言いますけど、絶対評価って、早い話が、主観ですよね。内申点は入試の選抜資料になるから、極端な話、担任に嫌われたら高校受験で不利に働く可能性もあるんです。それって、ものすっごいストレスなわけですよ」

「なるほど」

「あれからいやあなムードが広がって、みんながいい子を演じはじめたっていうのかな。クラスの輪から外れちゃいけない、空気を読まなきゃいけない、みたいな流れが加速したのもあのころだって私は思うんですよね」

消しゴムのかすをてきぱきとちりとりへ収めながら語る阿里に、一郎は停止状態のまま、ぼうっと見入っていた。教育学部へ通っているだけあって、阿里は一郎よりも教育問題にくわしい。言っていることもわからないではない。が、その声の主が主なだけにすんなりとうなずけない。

「でも、君、空気読まないよね？」

恐るおそる指摘したところ、阿里はふりかえりざまに一郎をにらみつけ、それからふっと苦笑した。

「読みまくってたんですよ、中学までは」

「中学まで？」

「ぶっちゃけ、うちもお金がなかったから」

幼いころに両親が離婚した。父親が無職で養育費ももらえなかったため、それ以降は母親が働けども働けども暮らしは楽にならなかった。なんとしても公立高校に合格するため、中学時代は教師たちの顔色をうかがうばかりの毎日で、そんな自分がいやでたまらず、拒食と過食をくりかえしたこともあった。こんなことでは早死にしてしまう。高校合格が発表された日、もう二度といい子なんか演じない、浮いてもいいから自分を殺さずに長生きしようと誓った。その誓いを守るため、それなりの犠牲を払い、一時は周囲から孤立し、それでも負けじと新しい人間関係を一から構築して「今に至るわけです」。

乾いた声色でヘビーな身の上をコンパクトにまとめると、阿里はちりとりをゴミ箱へ運び、かたまったまま動かない一郎をせかした。

「上田さん、手が止まってますよ」

「あ、ごめん」

「意外と苦労人で驚きました？」

「それは、まあ……」

一郎は言葉をにごした。驚きがなかったと言ったら嘘になるけれど、阿里の話にはどこか腑に落ちるところもあった。

最初はそのマイペースぶりに当惑もさせられたものの、いざ身近で接してみると、阿里はけっして身勝手な子ではなかった。空気は読まなくても人の心は読もうとする。勉強会を始めた当初、一郎が後片づけのために一人教室に残っていたのに気づいたのも彼女だけだった。

今にして思えば、千葉進塾でバイトを始めたのも、本当にお金が入用だったせいかもしれない。プロの現場から得たスキルをクレセントで役立てたいとの熱意も本物だったのだろう。

「だから、ボランティアに応募したの？」

あいかわらずスローテンポの一郎がようやくその問いを口にしたのは、会議室の掃除を終えて戸締まりをしたのち、二人ならんで船橋駅へと歩いていたときだった。

「同じ事情を抱えた子たちの力になりたくて？」

「もちろん、それもありますよ。私も勉強で苦労したクチだったんで」

あのころにクレセントがあってほしかった。ぽつんと本音をもらしたあとで、阿里は「でも」と言いそえた。

「でも私、あのころの自分も、今のあの子たちも、かわいそうとは思ってません。お金はなくても、母親のド根性を見て育ったおかげで、私、裕福なうちの子にはない強さをもらえたと思ってますし。カズや真奈ちゃん見てても、そういう力、感じますもん。なんていうか、ほんまもんの『生きる力』？」

小さなあごを突きあげて笑う。その美しい横顔のラインが一郎の目を引きつける。

「たしかに、ほんまもんだよな。いや、君を見てると、やっぱり俺は坊ちゃん育ちなんだなって思うよ。軟弱っていうのか、骨がないっていうのか」

「ええっ、なに言ってるんですか、上田さん。最初のミーティングであれだけぼろくそ言われて、それでも上田さんが金髪をやめなかったとき、私、この人はどんだけ肝がすわってんだってぶったまげましたよ。それか、どっか壊れてるのかなって」

「ええっ。だって、君が、髪の色なんか関係ないって」

「まさか本人が真に受けるなんて」

二人同時に足を止め、唖然とした目を見合わせた。

先に吹きだしたのは阿里だった。続いて一郎も笑いだし、いったん火がつくと、それはなかなか収まらなかった。夕焼けの紅を映したアスファルトの上で豪快に腹を抱えつづける二人を、行き交う人々が怪訝そうにながめていく。

ようやく笑いの波が引くと、阿里はすっと背筋をのばし、そのまま頭をそらすようにして燃える空を仰ぎ見た。

「私、このごろ、気がつくといつも月を探してる」

一郎がつられて空を見上げなかったのは、その横顔のラインにまたも魅了され、どうしても目を離すことができなかったからだ。


制服の長袖が半袖になった。らんらん弁当の献立に夏野菜の文字が目立ちはじめた。藤浦夫人の手作りお菓子にも水ようかんやゼリーなどの「つるり系」が増えた。

気がつくと、夏の本番。八月をむかえた一郎の中には、にわかに焦りが高じはじめていた。依然として無言、無表情、無関心の３Ｍを曲げない直哉に対してだ。

直哉以外の三人は、一歩ずつでも前進の兆しはある。カズは二週に一度は宿題をやってくるようになったし、真奈香は苦手な理数系をあとまわしにするくせを克服しつつある。「最近、勉強が嫌いじゃないって言うんです」と母親から涙声で礼を言われた萌に至っては、最初に一郎が会ったころとはあきらかに瞳の冴えがちがう。

唯一、変わらないのが直哉なのだった。おやつタイムにだけは笑顔をのぞかせるものの、あいかわらずめったに口を開かず、宿題の日記にも進歩はうかがえない。ただ無造作に単語を連ねただけの文章は味もそっけもないスポンジ生地のままだった。

直哉にはあきらかにもっと言葉が必要であり、学力以前にそれを補わないことには、一歩も先へ進めない。直哉といると一郎は否が応でも言葉の重要性を嚙みしめる。祖母の口ぐせであった「自分の頭で考える」力も、言葉をあやつる能力と密接にかかわっている気がする。

直哉は「思い」が足りないのではなく、「思いを形にする力」に欠けているのではないか。だとしたら、どうすればその欠落を満たしてやれる？

悩める一郎に一つの方向を示したのは、母の蕗子だった。

「よく言われることだけど、最近の子どもは総じて国語力が弱いのよ。それがほかの教科にまで祟っちゃってる子もいる。顕著な子の場合、日記を書かせるよりも作文のほうがいいかもしれないわね」

表現することに不慣れな子に日記を書かせると、どうしてもだらだらとした出来事の羅列に終始してしまう。自分が何を思ったのかもはっきりしない子から無理やり「思い」を引きだそうとするよりも、何か一つテーマを定め、見たこと聞いたことをそのまま記述させる訓練から入ったほうが効果的な場合もある。

そんな助言とともに、蕗子は「参考までに」と何冊かの参考書を一郎に与えた。どれも紙焼けの著しい古本で、タイトルには共通する二文字が用いられていた。

「綴方（つづりかた）？」

「作文のことを昔はそうも言ったの。子どもの潜在能力をのばす教育法として、一時は注目の的だったみたいよ」

「へえ。どのくらい昔？」

「昭和の初期ごろかな。下火になった今でも、熱心に研究を続けている人たちはいてね、あなたのお父さんもその一人だったのよ」

「おやじ？」

では、これらは父親が遺（のこ）した本なのか。汚れた表紙に目をこらす一郎に、さらなる驚きを与えたのは母の次なる一語だった。

「秋田へ帰ってからも、お父さん、これだけは捨てきれなかったのよね。あなたたちには黙ってたけど、地元の教室で綴方を教えたりもしてたのよ」

「え。けど、おやじ、教育からはきっぱり足を洗ったって……」

「そうは言っても、いざ離れるとやっぱり、ちょこっと首は突っこんでいたかったみたい」

おかしそうに笑う蕗子に対し、一郎は笑えず押し黙った。

「おやじが……」

学舎とは縁を切ったはずだった父が、綴方を通じて子どもたちと交わりつづけていた。父は教育を捨てていなかった。その事実が一郎を神妙にさせていた。うれしくないといえば嘘になる。反面、一度はまったらぬけられない底なし沼のごとき教育という世界の引力を見せつけられた思いもある。

「くわばらくわばら」

「なあに」

「いや、サンキュー。とりあえず読んでみるよ」

その日以来、一郎は自由に使える時間の大半を読書にあてて、埃の匂いが染みついた古書をめくりつづけ、読めば読むほど綴方の奥の深さに引きこまれていった。

言ってしまえば、子どもの作文だ。けれど昭和初期にはその作文にひとかたならない思い入れをもち、子どもの教育に生かそうとするさまざまな流派が存在していたらしい。「見たこと聞いたことに忠実な綴りを至上とする派」「文章の芸術的味わいに価値を置く派」「生活改善に寄与する道徳的側面を重視する派」などが、それぞれの信条に基づいて他派を否定し、血みどろの攻防をくりひろげていたようなのだった。

これは大変だ。最初の一冊を読み終えた時点で早くも腰が引けていた一郎だったが、二冊、三冊と読破したころには、「もう平成だし、それぞれのいいとこどりをすればいっか」と逆に割りきった境地へ達していた。

父が遺したものの中では、昭和十二年刊行の『綴方教室』がもっとも一郎のツボにはまった。これは豊田正子という実在の小学生が書いた作文の集積であり、教師の指導によってみるみる腕をあげ、鈴木三重吉の児童雑誌『赤い鳥』にも入選していく過程が克明に記録されている。なにより、貧しい家庭の長女である正子の、まさに「生きる力」に充ち満ちた筆致がおもしろい。

直哉にこれを読ませてみたらどうだろう。ふとそんな誘惑にとりつかれたのは、彼と同じ境遇に生きる正子のたくましい躍動が、なんらかの刺激になってくれればとの期待もあってのことだ。

「直哉、ちょっとこれ、読んでみて」

善は急げとばかりに、一郎はさっそく、勉強会の冒頭に『綴方教室』から抜粋した一編を読ませる時間をもうけた。無理に感想を聞きだそうとはせず、ただ声に出して読ませる。それは稀にしか聞けない直哉の声に触れる得難い機会ともなった。

最初のうち、直哉の反応はにぶかった。あいかわらず平板な表情を張りつけ、十一歳にしては線の細い体をゆすったりねじったりと落ちつかない。それでも、二回、三回と重ねるごとに、気のせいか正子の文章を追う黒目が徐々につやめきを得ていくようにも見えた。ほかの勉強をしているときよりあくびの回数も少ない。

記念すべき直哉の第一声は、『綴方教室』の導入から四回目、一郎が与えた「うさぎ」という作文を読んだ直後に発せられた。

何かが彼の波動に触れたのだ。薄墨ですらっと下書きしたまま乾いてしまったような眉がぴくりとし、じわじわと眉間へよせられた。直後、つぶらな瞳がまっすぐ一郎を見上げて言った。

「二十銭って、いくら?」

少年らしい好奇心にうるんだその声に部屋中の全員がふりむいたその翌週、一郎へ提出された直哉の宿題ノートには、かつてないほど長い作文がつづられていた。

『ハムスター　新川直哉

ぼくはお母さんに「昭和のこどもはいいな」と言った。昭和のこどもは一円の五分のいちのお金でうさぎが買えるからいいなと言った。

お母さんは「うさぎがほしいのといったからうんと答えた。おかあさんは「パートさきの人がハムスターのずかいをかってるから赤ちゃんが生まれたらもらってあげるね」といった。

うさぎのほうがいいとはぼくは言わなかった。』

ぽつん、ぽつんと小さな水滴が落ち、受け皿の竹筒を満たしていく。そのいじましい運動が一定時間続くと、溜まった水の重みで筒が傾き、ついにはパカーンといい音を立てて反転する。あれをなんと呼ぶのだろうと一郎がネットで調べたところ、「ししおどし」だった。

自分たちのしていることは、あの水滴と似ている。そんなことをふと思ったのだった。今はまだいじましくぽつぽつと滴っている。ささやかながらもその蓄積に手ごたえをおぼえはじめてもいる。確実に何かが溜まり、傾きつつある実感。

ついにそれがパカーンと反転したのは、九月の半ば。教育再生会議を設置するほど教育改革に前のめりだった安倍首相の突然の辞任が世を騒がせていたころだった。

きっかけとなる一滴を落としたのは、叔母の菜々美だ。

「思ったんだけど、今、勉強会に来てる四人のうち、萌ちゃん以外は全員、シングルマザーの子なんだよね。私はお父さんのおかげで助かってるけど、やっぱり、女一人で働きながら子どもを育てるのって修羅の道なんだよ」

学生たちに出番をゆずる形で今は待機組にまわっている菜々美も、やはりクレセントの現状は気になっているらしい。自身もシングルマザーの身である彼女としては、母子家庭の問題も他人事ではないのだろう。

「三年前の調査じゃ、母子家庭の子どもの貧困率は六十六パーセントって、すごい数字も出てるんだよ。この国にいる三人に二人のシングルマザーの子が苦しい生活を送ってる。独身者だって食べていくのが楽じゃないこの時代、たった一人で子どもを守りながら働くママたちが一番、誰かの助けを求めてるんじゃないのかな」

そこで、と菜々美は提案したのだった。本当にこまっている人たちに自分たちの活動を知ってもらうために、シングルマザーの家庭に特化した呼びかけをしてみてはどうだろう、と。

「調べてみたんだけど、全国各地に母子家庭を支援してる福祉団体があるの。シングルマザーたちの相談にのったり、必要な知識を提供したり、そういう活動をしてる人たちに協力してもらえないかなって」

「なるほど」

たしかに、母子家庭の支援をしている人たちならば、教育費に悩む母親たちにも通じているはずだ。

「でも、俺らみたいなのに協力してくれるのかな」

「当たってみるだけ当たってみない？　じっとしてても生徒は増えないし」

「そうだね。じゃ、ダメもとで」

二人はさっそく船橋に事務所をかまえる福祉団体に連絡をし、互いの昼休みを利用して相談に赴いたのだが、その時点で、まさかそれがクレセントの未来を大きく変えることになるとは予想だにしていなかった。きっと自治体の刊行物に募集記事の掲載を断られたときと同様、耳慣れない「学習支援」を怪しまれ、実績のなさをあげつらわれて追いかえされるのがオチだろう、と。

ところが、二人の話にじっと耳を傾けてくれた五十代とおぼしき担当の女性は、開口一番に言ったのだ。

「わかりました。じゃ、あなた方の会を紹介する印刷物などがあったら置いていってください」

あまりに簡単に返されたため、一郎と菜々美はしばしぽかんと顔を見合わせた。

「え……」

「あ……」

「今日はおもちではありませんか」

「いえ、もってますけど。紹介していただけるんですか」

「ええ、守秘義務があるのでお母さん方の情報をさしあげるわけにはいきませんが、私どものほうからあなた方の活動を皆さんにご紹介することはできます。とりわけ、お子さんの受験で悩んでいるお母さん方には優先的にご紹介させてもらいます。そうそう、船橋には頼もしい民生委員がいるから、彼女にも手伝ってもらいましょう」

きびきびとした事務口調ながらも、言っていることは至極親切だ。そのギャップにまごつき、一郎は思わずたずねていた。

「あの、なんでそこまでしてくれるんですか」

あくまでクールなまなざしのまま、彼女はきっぱりと返した。

「それはもちろん、ずっと待っていたからですよ」

「はい？」

「あなた方みたいな人たちがあらわれてくれることを」

こうして、クレセントは藤浦社長に次ぐ第二の強力な助っ人と出会い、それから約二週間後、竹筒がパカーンと音を立てて動いた。

その日のことを一郎は忘れない。

辞任した首相に代わって選出された人物をメディアが大々的に報じていた夜だった。もはや飽きあきしたその空騒ぎに背をむけ、一郎は自室で直哉の作文とむきあっていた。夕飯の配達を終えたあたりから急に気温が下がり、秋の到来を思わせる冷たい雨が部屋の窓を音もなくぬらしていた。

豊田正子効果というべきか、直哉の作文は一週ごとに確実に行数を増していく。内容はまだまだ稚拙(ちせつ)ながらも、当面はいっさい注文を出すまいと一郎は決めていた。今はそれより、どこをどうおもしろがれば直哉がもっとやる気になるか、どうすれば書くことを楽しんでくれるかに思案を費やしたかった。

携帯電話が呼びだし音を響かせたのは、その黙考の最中だった。表示されたのは見覚えのない番号だった。「はい、上田です」と電話に出た一郎が聞いたのは、か細い少女の声である。

「あの私あの、海神(かいじん)に住んでる高橋(たかはし)まりなって者ですけどあの、民生委員の橋口(はしぐち)さんから勉強会のことを聞いてその、クレセントの上田さんですか?」

緊張しているのか声が震えて早口になっている。

「はい、上田です。初めまして」

あえてゆっくり一郎が返すと、少女はほっとしたような息をもらして、「初めまして」と心もち声を落ちつかせた。

「あの私、母親がいなくて、父親の会社が三年前に倒産してあの、今は派遣の仕事しかなくて、生活はいつもかつかつで、弟もいるからどうしても公立の高校に行かなきゃいけないんですけど、残念ながらあんまり頭がよくなくて、あの、その……」

自らの窮状を語ったのち、少女はひくっとのどを鳴らして言った。

「私を、クレセントの勉強会に入れてもらえませんか」

かっと熱い痺れのようなものが一郎の体を駆けぬけた。大きく息を吸いこみ、吐きだし、また吸ってから一郎は言った。

「もちろん。君みたいな子に入ってほしくて、ぼくらは会を創ったんです」

少女と同様、かすかに声が震えていた。

入会手続きの説明を終えて電話を切ってからも、なおも体をほてらせる痺れが去らない。

とにかく、まずは菜々美おばさんに報告を。そう考えて携帯電話をにぎりなおすも、なぜだか一郎の指が押していたのは井上阿里の番号だった。

「もしもし、上田さん？　どうしたんですか」

いつもながら張りのある高声を聞きながら窓辺へ歩みより、水滴の伝うガラス戸を開け放つ。分厚い雲に覆われた何もない空。けれど、一郎はそのとき初めて新月の微光をとらえた思いがした。

「やっと、やっと……」

喉の奥からほとばしる熱を一郎は放った。

「やっと、俺たち、届いたよ」

ひとたび竹筒が反転したとたん、にわかに状況が一変した。気がつくと、もはやクレセントは小さな滴ではなかった。たった一人との出会いによって、驚くほどの勢いをもって万事がなめらかに流れだし、それは瞬く間に彼ら自身をも呑みこみかねない急流と化していった。

六月から九月までは四人きりだった子どもが、十月には六人、十一月には九人にまで増えた。

「すみません、うちの娘、受験間近で、すべりどめも受けずに公立一本なんですけど、担任の先生にはかなり危ないと言われていて……」

「うちの子、中二なんですけど、後期の中間試験で英語が十点で……」

「小六にもなってまだ九九も怪しいんです」

毎日のようによせられる保護者たちからのＳＯＳ。やはり学習支援の会は無意味ではなかった。手助けを必要とする子どもたちはたしかに存在した。これまで待機組だったメンバーにもようやく出番が訪れ、にわかに活気づいたクレセントにさらなる弾みをもたらしたのは、マスコミだ。

　クレセントの活動に目をつけた新聞社の記者が勉強会の取材に訪れたのだ。

　後日、新聞にでかでかと掲載された記事の見出しを見て、蕗子は老眼鏡を鼻にすべらせ、杏は「ウケる！」と爆笑した。

〈教育格差を見過ごせない――ゆとり世代が動いた〉

〈金髪先生、大奮闘！〉

「……だから、俺はぎりぎりゆとり世代じゃないんだってば」

　一郎本人は冷静に突っこみを入れただけだったが、このメディアデビューに対する世間の反響は予想以上のものだった。学習支援と金髪のミスマッチがウケたのか、以来、他紙からも取材申し入れが相次ぎ、それと比例して勉強会への問い合わせも日一日と増えていった。

　参加資格は小学五年生から中学三年生までと定めていたため、全員の期待に応えられたわけではない。親が申しこんでも肝心の子どもが通ってこないケースもあった。それでも、がらんとしていた会議室は一週ごとに密度を高め、そうなると、教える側も無邪気に喜んでばかりもいられなかった。

「今のキャパで受けいれられるのって、三十人くらいが限界ですよね。先々のことも考えて、そろそろ次期ボランティアの募集も始めたほうがいいんじゃないんですか」

「研修はどうする？　いつまでも千葉進塾の世話になるわけにもいかないし、クレセントの中に研修担当のチームを作ったほうがいいんじゃないのかな」

ついこのあいだまでは子どもが集まらず悩んでいたのに、今では増えつづける子どもへの対処に追われている。毎週一度の勉強会のあと、メンバー全員で必要事項を検討する時間はどんどんのびていった。加えて、一郎は入会希望者への対応も負っていた。

にわかに毎日があわただしくなった。日中は弁当の配達をし、夕方以降は入会希望者への対応や面談、指導範囲の予習などに忙殺される日々。一日が二十四時間では足りないと思っていたのはまだ序の口で、もしかしたら三十時間あっても足りないかもしれないと危ぶみはじめたころには、連日の徹夜もめずらしくなくなっていた。

「兄ちゃん、最近、金髪の根もとが黒いよ。色男がだいなしだ」

ついには配達先で注意を受ける始末だった。

何かが決壊したかのような怒濤の毎日の中で、かつて経験のない充実感、血のわきたつような興奮をおぼえていたのは事実だ。が、これまで順風満帆に来たわけではない一郎は、そうやすやすと有頂天にはならなかった。忙しさにかまけて見すごしているもの、見失っているものもありそうな不安がつきまとう。だからこそ、

「上田くん。ちょっと話をできないかな」

その年の暮れ、年内最後の勉強会のあとで藤浦社長から呼ばれたときには、どきっとした。

子どもの数が二十人に達した今もなお、藤浦社長は頻繁に会議室を訪れ、奥さん手作りのお菓子をふるまってくれている。子どもの数が増えるほどに奥さんの労も高じているのは想像にかたくない。

「すみません、いつもご厚意に甘えてしまって」

社長室のソファで社長とむきあうなり、一郎は気になっていたその件をまず詫びた。

「もし奥さまのご負担になるようでしたら、どうかもう……」

「最新型のオーブンまで新調した家内を止めることは誰にもできませんよ」

藤浦社長は最後まで言わせなかった。

「そんなことより、君はもっと自分たちの心配をしたほうがいい」

「ぼくたち？」

「このままだと、君たちの会はそう長くは続かないよ」

常ならぬ険を含んだその声に、一郎の胸がざわついた。

「あの、それは、どういうことでしょう」

「このところ、ボランティアの学生さんたちがのきなみ疲労感を漂わせている」

「あ……」

「各自が担当する子どもが増えて、指導箇所の予習も楽ではなくなった。十二時から五時まで子どもたちを教えて、そのあとも長い会議があるのでしょう。本来は骨休めにあてる日曜日に、大学生としての本業も抱えた彼らがそれを続けていくのは、相当大変なはずですよ」

痛いところをつかれた思いで、一郎は「はい」と目を伏せた。

「それは、ぼくもわかってはいたつもりでしたが……」

「そこまで気をまわしている余裕がなかった。そりゃそうでしょう、誰よりも君自身が仕事とボランティアのかけもちでくたくたになってるわけですからね。しかし、私もかつて君のおばさんと同じ環境保護団体にいたからわかるが、ボランティアの負担が一定量をこえると、その先にあるのは空中分解だけです」

空中分解。厳しい未来を突きつける相手の顔を、一郎ははたと凝視した。そこにいるのはいつもにこにこ眉をたらしている「おやつのおじさん」ではなかった。ひと言で言えば、社長室にいる藤浦社長は社長の顔をしていた。

「悪いことは言わない。今後も会を続けていきたいなら、ボランティアを疲弊させてはいけない。今、彼らは自費でここへ通っているようだが、報酬は支払えないにしても、せめて交通費くらいは支給したほうがいい。金銭的な負担は人間の志をも疲弊させる。メンバーの自腹で参考書や教材のコピーを用意させるのもおよしなさい」

「そうしたいのは山々です。でも、子どもたちからお金を徴収しない以上、メンバーの交通費や教材費を捻出する方法が……」

「方法ならある。これまでボランティアや子どもたちを募集してきたように、君たちの会を支えるスポンサーを募集すればいい」

「スポンサー？」

「長期的に会を維持していくとなると、その規模が拡大するほどに、どうしたっていつかは金銭的な支えが必要になる。バックアップしてくれる組織があれば、君たちにももっと余裕ができるでしょう」

　これまた痛いところをつかれて一郎は沈黙した。自分たちの財布を細らせながらの活動に限界があるのは目に見えていたし、足場のもろさも自覚していた。

　しかし——だからといって、スポンサーを募集する？

　これまで考えもしなかった示唆に困惑を隠せない一郎に、厳しいまなざしのまま藤浦社長は言った。

「上田くん。君が今後も本気で会を継続させていく気でいるのなら、藤浦商事がスポンサーとして名のりをあげるのもやぶさかではありませんよ。ただし、そこまでするからには、君にも相応の覚悟がほしい。公式な後援者となる以上、中途半端に代表の座を投げだされてはこまる」

　流れに流れた末、予期せぬ海へ行きついた。そんな思いで一郎は藤浦社長の一言一句を受けとめた。目の前にぽっかりと開けた新たなる地平。ありがたい話であるのは百も承知だ。が、いつにも増して頭が回転速度をにぶらせ、すぐに返事が出てこない。

　支援を受ければおのずと制約も生ずるだろう。万事これまでどおりというわけにはいかない。それを含めての覚悟がはたして俺にあるのか？

それがまごうかたなき正直な胸のうちだった。

今の自分にできることをやろう、その一心で歩んできた一年間だった。今の自分にできないことを、企業の金に頼ってまでやる？　いまだ教育者とは呼ばれたくない俺が、教育の世界にそこまでどっぷり身をひたす？

「君たちの世代は、本当に欲がない」

思ったことがそのまま顔に出る一郎に、藤浦社長が脱力の微苦笑をもらした。会議室の暖房を惜しむなとつねづね口にするわりに、彼は社長室のエアコンを稼働させておらず、冷気のせいかその頬はやけに青白い。

「私はね、いわゆる団塊の世代で、小学生のころにはクラスメイトが六十人もいたクチだ。鮨詰めの教室で競争競争、まさに弱肉強食の毎日で、今から思えば荒っぽい時代だったのかもしれん。しかし、少なくとも、当時のそこでは戦後我々が獲得した民主主義教育の精神がまだ尊ばれていた」

「民主主義教育……」

「お国のためではなく、子どものための教育です。その大前提が近年ではまた覆されようとしている。混迷をきわめた教育改革の終着点は、結局、能力主義と国家主義だ。そのことに私は深く絶望しているし、猛烈に腹を立ててもいるんですよ、上田くん。じっとしているのが苦痛なくらいにね」

表情は変わらない。けれど「猛烈に腹を立てている」と語ったその声はたしかに猛烈な怒気をはらんでいた。好々爺然と子どもたちにお菓子を配りながら、この人は、その裏にこんな一面を秘めていたのか——。

　空恐ろしいような思いで息を殺す一郎の頭をかすめたのは、やはり絶えず何かに腹を立てていた祖母の姿だ。年齢は千明のほうが社長よりもひとまわり上だが、戦後ほやほやの民主主義教育に触れて育った世代には、何か独特の反骨精神が植えつけられているのだろうか。

　一郎自身は、美鈴や萌と出会うまで、社会問題や政治に強い関心をよせたことも、義憤にかられたこともなかった。国という大きな単位より、自らの身を置く小さなコミュニティのほうを常に意識の中心にすえてきたように思う。これもまた時代性なのか。ある意味、「教育」の為せるわざか。

　そんな考えにとりつかれると、ストイックな低温を保った部屋がますます薄ら寒く感じられ、一郎は冷たくなった太股をさすった。

　やっぱり、なんだか、教育には底知れぬ怖さがある。

「スポンサーの件、本当にありがとうございます。でも、少し考える時間をいただけませんか」

「君の人生にかかわる問題だ。急がず、じっくり考えなさい」

　またとない申し出への返答を棚上げした一郎に、藤浦社長は寛大だった。そんなところはいつもの「おやつのおじさん」で、大人の男もまた底知れぬものだと一郎は思う。

その帰り、いつものように阿里と駅へむかう途上で一郎が黙りがちだったのは、社長室での一件を打ちあけるべきか迷っていたせいだ。

阿里の意見を聞いてみたい気はする。が、その前に、まずは自分自身の考えを整理すべきだとの思いもある。

結局、切りだせないまま阿里が利用する京成船橋駅に着いてしまったのだが、後ろ髪を引かれる一郎に対して、相手もなかなか背中をむけようとしない。

「上田さん、あの」

めずらしく何かを言いよどんでいる姿に、そういえば、と一郎は遅まきながら思い至った。阿里も今日は妙に黙りがちだったな。

「なんかあった?」

「それが、あの……」

駅前の雑沓の中で立ちつくす二人の耳に、どこからかマライア・キャリーのクリスマスソングが流れてくる。赤いマフラーであごまで覆い、トナカイさながらに鼻の頭を赤くした阿里は、何度か「あの」をくりかえしたのち、思いきった調子で声にした。

「千葉進塾のこと、なにかご家族から聞いてませんか」

「千葉進塾? いや、べつに。なんか?」

「ちょっと、気になることがあって」

「なに」

はたと表情を変えた一郎に、阿里は暗い目をして言ったのだ。

「スタッフのあいだで、よくない噂が飛び交ってるの」

通常ならばＪＲ船橋駅から総武線（そうぶせん）で帰路につく一郎が、その日、阿里と同じ京成電鉄にのったのは、祖父の吾郎が住む八千代台へ立ちよるためだった。阿里から聞いた話ははたして事実なのか。気になってじっとしていられず、一刻も早くたしかめたかった。

「おばさん、じいちゃんいる？」

家々の軒先からあたたかそうな匂いが漂う夕食時。吾郎の家もそれにたがわず、玄関の扉を開けるなり、出汁（だし）の香りがぷんと鼻先をかすめた。その源をたどって台所へ進むと、小一時間前まで勉強会で顔を合わせていた菜々美が忙しく鍋（なべ）の準備に追われていた。

「あれ。いっちゃん、どうしたの」

「じいちゃん、いる？」

「いるよ、部屋に。あ、いっちゃん、ごはんまだなら……」

一緒に食べていけと言う菜々美に生返事を残し、この家で一番陽当たりのいい吾郎の書斎へむかって、軋（きし）む階段を駆けあがる。

「じいちゃん」

「おお、一郎か。どうした」

「千葉進塾が買収されるって、ほんと?」

順を追ってたしかめるつもりだったのに、仕事机でノートパソコンを広げていた祖父の悠長な声を聞いたとたん、ぜんぶをすっとばしていた。

このところ、国分寺を始めとする幹部たちの動向がおかしい。毎日のように何時間も会議室にこもっているし、ふだん見かけないスーツ姿の男たちもしばしば出入りしている。いったい何を話し合っているのか。もしや買収話でも浮上しているのではないか。スタッフたちが危ぶみはじめたところに、昨日、国分寺から近々重大な発表がある旨を告げられた——阿里の話を一郎が祖父に質そうとしたのにはわけがあった。

「その会議に、じいちゃんも出席したんでしょ。創始者の大島吾郎を見たって人がいるんだ。じいちゃん、なんか知ってんだろ。千葉進塾、買収されちゃうの?」

祖父が築き、祖母が死ぬまで見守りつづけた学舎。現塾長の国分寺はクレセントの恩人でもある。いよいよ間近にさし迫ったと見えるそのピンチに、一郎は自分でも意外なほど心を乱していた。

そんな一郎を泰然と見つめ、吾郎はのどかに首をゆらしてみせたのだった。

「心配いらんよ、一郎」

「え」

「いつの時代にも波は絶えぬが、かならずしも悪い波ばかりじゃない」

その意をつかみかねる一郎の目に、ノートパソコンの陰からそろりと這いでた小さな影が映った。さくらが世話しているミドリガメのエメラルド・ダ・ヴィンチだ。

その甲羅をつまんでてのひらに載せ、吾郎はほんのり微笑した。

「国分寺くんの発表を、むしろ期待して待っていればいいさ」

「期待？　なにを」

「ついに、太陽と月が一つになる」

太陽と月が一つになる——。

近ごろは不可解な謎かけで人を弄(ろう)している節すらある祖父の言葉に、一郎とエメラルドが同時に首をひねらせた。

じいちゃん、今度は何を言いだしたんだ？

☽

駅を降りた時点からすでに混雑は始まっていた。屋台の立ちならぶ通りをのろのろと進み、ようやく見えてきた鳥居をくぐりぬけるまでが一苦労。そこからまた太鼓橋を渡って本殿を拝むのにさらなる時間を要した。

寒風に備えて厚着をしてきたのに、むしろ一郎は黒山の人だかりにほてり気味だった。

和服姿の老夫婦。家族連れ。見るからに受験生の若者たち。皆が押しあいへしあい菅原道真(すがわらのみちざね)公への直訴に赴く中、一郎の横ではセーターにデニムという軽装に黒いダウンをはおった阿里が弱音も吐かずに順番を待っている。

「ごめん、こんなに混んでるなんて思わなくて。やっぱ元日は避けるべきだったね」

途中で一郎は何度も詫びを入れ、その都度、「なに言ってるんですか」と軽くいなされた。

「混んでるからこそありがたみが出るってもんです。じらされたぶんだけ、がっつり祈りまくらなきゃ」

その宣言どおり、やっとのことで本殿の前までたどりつくと、阿里は両手を合わせたまま狛犬（こまいぬ）のようにぴたりと動きを停止した。白い息も止まっている。鬼気迫るその祈願根性に倣（なら）い、一郎もがっつり祈りまくった。

クレセントの受験生たちがぶじ合格しますように。最近ぽつぽつしゃべりはじめた直哉がより多くの言葉を獲得してくれますように。クレセントの活動が徐々に実を結んでいきますように。家族や配達先のじいちゃんばあちゃんが健康でありますように。

念入りに祈ってから横目でうかがうと、阿里はまだ赤い手袋をぴたっとくっつけたま ま、びくともせずにいる。

一郎は再び目を閉じ、祈りを一つ追加した。

それから、できれば、この子とこの先も末長く一緒にやっていけますように。

いつのころからか自分にとって大事なパートナーとなっていた阿里。性欲を起点としない異性への関心は初めてだったため、はたしてこれを恋愛感情と呼べるのかはまだわからないが、自分にはない何かをもっている彼女に一郎が特別な吸引力をおぼえているのはたしかだった。思えば、初詣とはいえ、自分から女の子を誘ったのも初めてのことだ。

空のてっぺんに陽がある時刻に家を出たのに、参拝を終えたときには地面にのびる影が薄らいでいた。酸素も薄い境内をあとにする前、せっかくだからと一郎は受験生七人分のお守りを買い、阿里は絵馬にせっせと全員の名前を書きつらねた。

「ね、ついでにおみくじ引いてみません？」

阿里の提案にのった結果、彼女の「大吉」に対して一郎は「中吉」。身分相応と妙に納得しながら運勢の欄を見ると、〈心静かに　騒がず迷わず　万事粛々とつとめる先におのずと答えはあらわる〉と意味深長な文句が綴られていた。

おのずと答えはあらわる――とっさに一郎が想起したのは藤浦社長だ。

クレセントの地盤をかためるための後方支援を請うか。自分の力でやれるところまでやるか。その答えはまだ一郎の前にあらわれていなかった。

「それにしても、すごいですよね、千葉進塾。これ、図書館の新聞で見つけたんですけど」

阿里がとある新聞記事のコピーを一郎に見せたのは、その日の帰り、千葉方面へ走る黄色い電車の中だった。

〈ついに千葉でも官民連携教育がスタート〉

〈千葉進塾が公立中学校で土曜日授業〉

その関連記事はすでにあらかた読みあさっていたものの、何度見ても一郎の目には新鮮に映った。

〈画期的な一歩——積年の確執を越え、文科省と塾が手を取りあう〉

そう、吾郎が言った「太陽と月が一つになる」とはこれを指していたのだ。

行政と塾の連携。その試み自体はこれが初めてではなく、二、三年前から各地で萌芽(ほうが)が見られていた。ゆとり教育の撤回によって学習範囲が割増しされれば、週五日の授業内でそれを消化するのがむずかしくなる。かといって、今さら教員の週休二日までも撤回するわけにはいかない。窮余の一策として、各自治体の教育委員会が目をつけた助っ人こそが塾講師だったのである。

学習指導のノウハウに長けたプロを学校へ派遣し、週末や放課後などに特別講座の枠をもうける。最初こそ賛否両論が聞かれたものの、その成果の伝播(でんぱ)とともに、追従する自治体は次第に増えていった。そしてついに昨年、この官民連携の話が千葉進塾にも舞いこんだのだった。

「でも塾長、なんであんなに渋ってたんでしょうね、何度も会議を重ねて、かなりもめてたみたいですけど」

車窓に映った阿里の顔にはまだ釈然としていない色がある。

「塾にとってはいい話じゃないですか。行政とタッグを組めば手堅い収入を確保できるし、塾としてのステータスもあがるし」

「うん。ただ、タッグの組み方が問題みたいで」

　一郎は吾郎の談を伝えた。

「行政が一枚嚙んだ計画って、連携とか言いながらも主導権を百パーセントもってかれちゃって、民間は言いなりってパターンが多いんだって。国分寺さん、それじゃうちがやる意味がないって、千葉進塾の理念が反映されるようにかなり粘ったらしいよ」

「なるほど。塾長らしいかも」

「あとは、どうも、うちのばあちゃんもネックになってたみたいで」

「ばあちゃん?」

「二代目塾長だったばあちゃんが、えらい剣幕で文科省を嫌ってたんだよ。だもんで、国分寺さん、自分の代で文科省と手を組んだりしたら化けて出られるんじゃないかって、わりと本気でびるんじゃったみたいでさ。最終的にはじいちゃんが説得したらしいけど」

「ふうん。でも、上田さんのおばあさん、なんでそんなに文科省を嫌ってたんですか」

「そこが、俺にもいまいちわかんないんだけど」

　電車がホームに停まるたび、人いきれで蒸した車内では降りる人々と留まる人々と新たにのってくる人々の攻防がくりひろげられる。阿里をかばって足を踏んばりつつ、一郎は母や叔母たちから聞きかじった断片をよりあわせた。

「どちらかっつうと、最初は文科省のほうが塾を毛嫌いして、無視したり圧力かけたりして、それに塾業界も反発して……ま、いわゆる宿敵ってやつだったみたいだね、長いこと。その宿敵同士が手を組むっていうのは、まさに、太陽と月が合体するくらいに画期的な事件なんだって」

「へえ」

阿里はわかったようなわからないような相づちの打ち方をしている。一郎自身、両者の反目の歴史がいまいちぴんと来ていないのだから無理もない。

「そういえば、うちのじいちゃんが今度、初の自伝本を出すらしいよ。それ読めばそのあたりのこと、ちょっとはわかるかも」

「わ、自伝？　それは必読ですね」

「そう？」

「だって、千葉進塾の創設者ですもん」

「ま、それはそうだけど」

バイト先の創設者になどそれほど興味をもつものだろうか。心の声が顔に出たのか、阿里が言葉をつけたした。

「私、クレセントと一緒で、千葉進塾で子どもたちを教えるのも好きなんです。塾長の考え方に共感できるし、いやいや勉強してた子たちがちょっとずつ前むきになっていくのを見てると、なんだかふつふつ燃えてくるものがあるんですよね。官民連携にも興味あるし、卒業したらこのまま千葉進塾に就職しちゃおうかな、なんて思ったりもして」

「君が、千葉進塾に？」

ふつふつ燃えてくるものがある。そう語った阿里の瞳に、かつての祖母と同種の炎を垣間見た思いがし、一郎はにわかに心を騒がせた。

「上田さん、なんでへんな顔してるんですか」

「いや、あの、その。千葉進塾、経営難みたいだけど大丈夫？」

「自慢じゃないですけど、私、火の車にはのりなれてますから」

凛々しい笑顔を返されたそのとき、ふいに車両ががくんと傾き、乗客たちの足がふらついた。よろめく阿里の肩に手をまわした瞬間、甘酸っぱいシャンプーの匂いが鼻孔をくすぐり、あ、と一郎はまたも鼓動を速まらせた。翔ける心に続けとばかりに、その体もまたある兆候を認めていたのだった。


二人の祈りが届いたのか否かは神のみぞ知るだが、少なくとも、亀戸天神のお守りには多少のご利益があったようだ。

「マジマジ？　菅原道真が守ってくれんの？　やべえ、俺、超うれぴー」

「すごい。私たちみんな、同じ神さまに見守られて受験するんだね」

もはや他力本願の境地に至っているカズを始め、受験生の七人は同じ神をシェアしたことによって連帯感を高め、受験ハイのやけっぱちなノリで〈ザ・ミチザネズ〉を結成。「絶対全員合格」を合い言葉に、なにはともあれ受験へむけたラストスパートに火がついたのだった。

一方、問題児の直哉にも良い兆しが見えはじめた。

豊田正子の綴方を教材にとりいれてから約四ヶ月、あきらかに彼の作文は変わった。味もそっけもない文字の羅列にすぎなかった以前の文章にくらべて、今のそれには語るべきテーマがあり、それとむきあう少年ならではの率直な目線があり、少ない語彙を駆使することで生まれる妙味がある。時期が来たのを見てとり、一郎が与えはじめた助言や注文にも、ひたむきに応えようとする。

作文への興味が高まるにつれ、豊田正子への親しみも増してきたのかもしれない。昨年の暮れに至っては、それまで勉強会のたびに写しを渡していた『綴方教室』の原本を貸してほしいとまで言いだしたほどだった。

「字が小さくて、漢字も多いぞ」

「でも、読んでみたい」

その自主性をもってして一郎を感動させた直哉は、年が明けて最初の勉強会でこんな作文を提出した。

『　おふろの温度　新川直哉

しゅう也くんが「おれんちのおふろは熱い」と言った。「おれんちのおふろは四十三度だ」と言った。

ぼくは四十三度がどのくらいかわからなくても、しゅう也くんがじまんな顔をしてるからそれはすごいんだと思った。

「おれんちは四十四度」ときみつくんがいった。

「うちは四十五ど」とたけちゃんがいった。

「ぼく四十六ど」とぼくはいった。

そしたらみんながうそだと言った。四十六度はうそだと言われてぼくはこまったしはずかしくて、うそじゃないといった。

「ばかやろう、おらぁ、うそなんかつくか。そいだったら、なんでい、四十六どはうそで、四十五どはほんとか。四十六どはうそで、四十四どはほんとか」

「四十五度はほんとで四十六どはうそだ」

「四十四どはほんとで四十六どはうそだ」

きみつくんとたけちゃんがニヤニヤしてたから、ぼくはきみつくんとたけちゃんもうそをついているんだと思ってばかばかしくなった。』

直哉の作文にはかつてなかった感情の飛沫がきらめきはじめている。書かれているのはもっぱら母親やクラスメイトとのやりとりで、たわいのない一齣ながらも、そこには素朴なおかしみがある。風呂の温度で見栄を張りあう友達が直哉にいたことも一郎をほっとさせた。

が、それにしても——。

「ばかやろう、おらぁ、うそなんかつくか。そいだったら、なんでい、四十六どはうそで、四十五どはほんとか。四十六どはうそで、四十四どはほんとか」

これには一郎も首をひねらずにいられなかった。

直哉のセリフとして書かれているそれは、あきらかに平素の彼の語彙にないものだ。まさか、勉強会ではおとなしくしていても、友達の前ではそんな口をきいているのか。どうにも想像しがたい。

いぶかる一郎をなおも惑わすように、その後も直哉の作文には奇怪な言いまわしが頻出した。

「それ見ろ、おれの言わんこっちゃねえ」

「なに言いやがんでえ、こんちくしょう」

「チッ、ふざけたまねしやがら。じょうだんごっちゃねえよ」

いよいよべらんめえ口調がきわまるに至って、一郎はようやくはたと気づいたのだった。

「これは、豊田正子の父ちゃんだ」

そう、直哉は正子の綴方に登場する父親の口ぶりを真似ていたのである。

貧しくとも懸命に職を求めて働き、苦境にある知人には惜しみなく手をさしのべる任侠の徒、正子パパ。短気ながらも憎めないその愛嬌者が威勢よく吐きだすセリフの数々を、どうやら直哉は気に入ったらしい。

「直哉。もしかして、正子ちゃんのお父さんのしゃべり方、真似してる?」

本人に確認したところ、直哉はぽっと頬を染めてうなずいた。

「イカしてるからね」

直哉いわく、実際にべらんめえ口調で友達をどやしつけたことはなく、皆の前で言ってみたくても言えない、その欲求不満を作文にぶつけていたようだ。

「だよなー」

「でも、ちょっとずつ、言う練習もしてる」

「いや、書くだけにしとけって」

リアル世界での適用には難色を示した一郎も、こと作文に関してはとやかく言わず、その後も直哉の好きにさせることにした。母親と二人暮らしの直哉が正子パパにある種の父親像を重ねているのなら、それをとりあげたりはしたくない。現実に求められない何かを作文の中に求める、それもまた一つのモチベーションであってもいいと思った。

だからこそ、ある日突然、「新川洋子と申します」と直哉の母親からかかってきた電話で、それが裏目に出たのを知ったショックは並大抵でなかった。

「勉強会で何を教わっているのか知りませんけど、最近、うちの子の言葉づかいがどんどん粗野になってます。学校のお友達から、直哉が先生にまでへんな口をきいているって聞いて、愕然としました」

そんな子じゃなかったのに、と洋子は涙声で訴えたのだった。

「これが原因で何かあったらどうしてくれるんですか。何があっても、うちの子は公立学校でお世話になるしかないんです。お友達や先生とうまくいかなくなったからって、私立へ転校させる余裕はうちにはないんです。無料で補習をしていただけたのはありがたかったけど、もう、ここまでにしてください。これ以上、うちの子にへんな影響を与えてほしくないんです」

直哉を退会させる。そう断言した洋子は、もはや一郎が何を言っても耳を貸そうとしなかった。息子が学校で浮いてしまったら。クラスでいじめられたら。不登校になってしまったら。悪いほうへ悪いほうへと肥大化していく想像が、彼女をひどく頑なにしているようだった。

「お母さん、お願いします。せめて直哉と話をさせてください」

「いいえ、もううちの子にかまわないでください」

話半ばで電話を切られたその週の日曜日、祈る思いで待っていた直哉は勉強会に姿をあらわさなかった。

よかれと思って薦めた『綴方教室』が仇となった。逆に悪しき影響を与え、直哉を粗野にしてしまった。

一郎にとってそれは痛恨の極みだった。そこまで考えが及ばなかった自分の浅慮をどれだけうらんでも事足りない。と同時に、しかし、彼には直哉の変化を「悪しき感化」の一語ですませてしまうことへの抵抗もあった。

本当にそうなのだろうか。豊田ファミリーが直哉にもたらしたのは、荒っぽい言動だけなのか。一連の作文に見られる変化の軌跡をたどるほどに疑念が募っていく。今の直哉は貪るように言葉を吸収していく成長過程にある。べらんめえ口調はその道筋で拾った正子パパからの借りものであり、焦らず長い目で見守ってやれば、遠からずもっと似つかわしい彼自身の言語を獲得できるのではないか。そんな思いが捨てられない。

しかし、それを伝えようにも、宅配寿司と電話案内のパートをかけもちしている母の洋子は忙しく、電話をしてもとりつく島がない。今の彼女にとっては、学校でのトラブルから息子を守ることが最優先事項であり、一郎が説く作文の効能にまでは頭がまわらないようだ。警戒心をあらわに一郎をうらみ、もう息子にかまわないでくれとくりかえすばかりである。

「どうしても直哉くんに代わってもらえないのなら、ぼく、これからお宅へうかがいます。直接、話をさせてもらいます」

埒（らち）の明かない言い合いに痺れを切らした一郎は、ついにある日、抑えきれない焦慮に駆られ洋子へつめよった。

ハッと息を呑むような間のあと、彼女はかすれた声を返した。

「あなたに、そんな権利があるんですか」

その声ににじんでいたおびえの色が一郎を我に返らせた。

権利。俺にそんなものがあるのか。この母が守ろうとしている一線をこえる権利が？ 俺はそれほどのものなのか。

考えるほどに、自分の放った一語が破廉恥なものに思えてくる。

クレセントは学校ではない。子どもたちは自由意思で勉強会に集っている。通うのもやめるのも彼らの自由だ。なのに今、俺はなんとしても直哉を引きとめようとしている。引きとめるべきだと考えている。まだ経験も浅い身の上で、この強硬な姿勢はどこから来るのだろう。もしや、無償で子どもたちの勉強を見ているという驕りからではないか。善意の徒である自分には、直哉を連れもどす資格があるとでも思っているんじゃないのか。だとしたら——。

だとしたら俺は、俺がうとんできた支配的な教育者——教育をツールに子どもをコントロールしようとする輩よりもなお始末が悪いことになる。

「すみません。出すぎたことを言いました」

謝罪とともに電話を切ったその日以来、一郎は直哉母子に近づくこともできず、かといって忘れられるわけもなく、自縄自縛の悶々とした日々を送ることになった。

せめてもの意思表示として、唯一、自分に許したのは直哉への手紙だ。毎週末、直哉のいない勉強会のあと、胸の空虚さを埋めるように筆をとった。母親が仕事で留守がちな家では、学校から帰ってポストを開くのは子どもの役目であるはずだ。そう信じてハム太郎の便箋（びんせん）とむきあいつづけた。

直哉に作文を課してきたわりに、書いても書いても自分の文章はさして上達せず、それもまた情けなさに輪をかけた。

『直哉、元気にしていますか。

顔を出さなくなってもうひと月になるね。

クレセントのみんなは、受験生以外、みんな元気です。いよいよ公立高校の試験が間近にせまって、ミチザネズの七人は必死です。もうれつに必死です。今日なんか、夜の十一時すぎまで居残り勉強してたんだ。

そしたら、おやつの奥さんが、「腹がへっては受験はできぬ」とおにぎりをさしいれてくれました。明太子（めんたいこ）たっぷりの（カズいわく「ちょうセレブ」な）特大おにぎり。直哉の顔くらい大きかった！

これだけがんばったんだから、みんなぶじに高校生になれるとぼくは信じています。

直哉も春から小六だね。勉強もまたむずかしくなるから、しっかりがんばれ。うんとわからなくなる前に、先生にでも、だれにでも聞くんだぞ。

その後、作文を書いていますか？

作文にあきたら、だれかに手紙を書いてみるのもいいかもしれない。あ。と言っても、返事をサイソクしてるわけじゃないからね。

直哉が元気ならそれでいいです。

上田』

満天の星空を仰いでも、切ない。

月が満ちても満たされない。

心に空洞を抱えたまま時は流れ、自分の無力さを呪いながらも、一郎は懸命に国分寺との約束を守りつづけた。何があっても子どもたちの前で暗い顔を見せないこと。

今は、直哉のぶんまでほかの子の指導に熱を入れよう。とりわけ七人の受験生には力を尽くそう。なんとしても彼らを高校に合格させよう。

とりあえず、春までは——そう自らに言いきかせることで、一郎は崩れそうな自分を一日一日どうにか支えていた。

桜咲く春が訪れるまでは——。

「センキュー・フォー・ミチザネ！」

「オーッ！」

「ウイ・ラブ・ミチザネ！」

「ラーブ！」

「全員合格イエーイ！」

「イエーイ！」

カズのがなりたてるラップ調の音頭に合わせて、車座に居並ぶミチザネズの六人がこぶしを突きあげる。もう片方の手に彼らがもっているのはまちがいなくコーラであるはずだ。酒も飲まずによくもここまで弾けられるもんだと感心する一郎の横では、カズ担当の利輝が瞳をうるうるさせている。

「今だからの話、俺、カズだけはマジでヤバいと思ってたんですよ。ほかの六人はそれなりに妥協もして安全圏を受けたのに、カズはてこでも志望校を変えようとしないし、しかも、その理由が言うにことをかいて、女子の制服が色っぽいからと……」

利輝同様、受験前は一様に面やつれしていたメンバーたちも皆、それぞれ感無量の涙目で受けもちの教え子を見つめている。

公立高校の合格発表日から三日後の日曜日、藤浦ビルの会議室では通常の勉強会が早めに切りあげられ、見事、全員合格をはたした中三生たちの祝賀会が催されていた。

この三月でクレセントを卒業する七人の卒業式もかねた会。車座の中央に積まれた藤浦夫人の力作「紅白まんじゅうピラミッド」を背景に、まずはメンバー手作りの特大くす玉割り。『合格&卒業おめでとう』の垂れ幕とともに舞い散る紙吹雪(かみふぶき)の中で、続いて一郎がこれまた手製の卒業証書を授与。涙なみだの会になるかと思いきや、目を湿らせているのはもっぱらボランティアメンバーばかりで、当の本人たちは高校合格の歓喜にあふれかえって感傷どころではなさそうだ。

「やってやったぜ内申クソクラエ！」

「クソクラエーッ！」

ひとしきり吠えまくった七人がようやくトーンダウンし、「今の心境を後輩たちにひと言」とのリクエストに応じたころには、すでに紅白まんじゅうのピラミッドも古墳程度の盛りになっていた。

「あの私、勇気ふりしぼって上田先生に電話して、ほんとによかったです。あのまま勉強わかんなかったら、華の女子高生をすっとばして働くはめになってました。みんなにも会えたし、ほんと、ここに来てよかったです」

「正直、もっと早く勉強会に参加してれば、もうちょい上のランクを狙えたかなってくやしさもある。今度中三になるやつら、早めにがんばれよ」

「私は、先生たちにも感謝してるけど、ミチザネズのみんなにも大感謝です。後輩の皆さんも、どうか仲間と支え合って、プレッシャーを克服してください」

私立高校へは通えない。その重圧に勝った七人の晴ればれとした笑顔に、一郎は彼らの母たちから受けた電話の声を重ねる。お礼の言葉もありません。娘と抱きあって泣きました。息子が高校浪人する悪夢からようやく解放されます。皆口々に感謝を述べてくれたけれど、本当のところ、七人にとっての一番の特効薬は、同じ不利を背負った仲間たちとのはげまし合いだったのかもしれない。

　桜咲く春。七人の合格はクレセントにも大きなはげみを与えてくれた。初の受験でいい結果を残せたことはメンバーたちの自信となり、彼らの活動をアピールする実績にもつながった。四月の新期スタートへむけたボランティア二期生の募集も始まり、クレセントの勢いはいよいよ本物と化した。その流れをひしと感じるほどに、しかし、顔で笑いながらも一郎は一人、そこからとりのこされている自分をもどかしく思うのだった。

　大口を開けてまんじゅうをほおばる面々の中に、直哉だけがいない。その不在からどうしても心が離れない。未熟な自分のせいで欠け落ちてしまった少年。たとえここにいる全員が少なからず学習理解を深めていたとしても、たった一人でも置き去りにしてしまったら、自分は教える側として失格なのではないか。

「おばさん。ちょっと、相談があるんだけど」

　その日、全員総出の大掃除を終えて散会したあと、菜々美に会議室へ残ってもらったのも、その自信喪失が根底にあってのことだった。

「えっ、なにそれ」

　叔母の反発は承知の上だった。喜怒哀楽の激しい彼女は、自分の話を聞けばきっと「怒」のスイッチをオンにする。

「私が、クレセントの代表に？」

　けれど実際、驚きをあらわにした菜々美の顔には「哀」の色が濃く、それが一郎の胸を疼(うず)かせた。

「それ、どういうこと?」

「だから、来期からはバトンタッチさせてもらえないかと思って」

「なんでよ」

「藤浦商事にスポンサーになってもらうんだったら、やっぱり、代表はおばさんみたいにしっかりした大人のほうがいいと思うんだ」

それが一郎の出した答えだった。

藤浦社長の厚意はありがたく受けたほうがいい。それは受験へむけたラストスパート中、身銭を切って参考書や過去問題集を買い集めたり、居残り勉強をする教え子たちに夜食をおごってやったりするメンバーたちを見るにつけ、一郎が確信を深めていたことだった。事実、受験生を担当したメンバーの中には今期かぎりで燃えつき、退会を申し出てきた者もいる。

このままではクレセントは長続きしない。メンバー一人一人の負担を軽減するには、後方支援が必要だ。が、しかし、企業にそれを求めるとなれば、やはりそれ相応の責任も生じてくる。

「俺みたいな金髪の兄ちゃんじゃ、ここから先は引っぱっていけない気がする。社長さんだって、不安があるから覚悟を質してきたんだろうし」

「なに言ってんの。社長はいっちゃんのことを見込んで話をもちかけてくれたんじゃない」

「買いかぶりだよ。俺はそんな器じゃない」

「そんなことないよ。クレセントを立ちあげたのも、ここまで引っぱってきたのも、いっちゃんでしょ。子どもたちはみんないっちゃんのことが大好きだし、入会希望者やマスコミの対応だって、メンバー間のトラブルの仲裁だって、これまで立派にこなしてきたじゃない」

「おばさんだったらもっと立派にこなせるよ。それに、なにせ藤浦商事の社員だから、社長さんも安心だろうし」

「そんな……」

長机をはさんでむきあう菜々美の顔がみるみるゆがんでいく。

「いっちゃん、もしかして、いやになったの？　クレセントを投げだすの？」

「それはない。勉強会が続くかぎり、俺はやめないよ。ただ、これからは代表とかじゃなくて、みんなと同じメンバーの一員として……」

「なにをまた中途半端なことを言ってんのよ、あんたは」

ついに菜々美の「怒」が炸裂（さくれつ）した。

「逃げるの？」

「え」

「また逃げるの？　結局、いっちゃん、いつも逃げてるだけなんじゃないの」

ぐさりと急所をえぐられた。さっと目を伏す一郎に、さらなる追撃の一打が飛ぶ。

「情けない。そんなんじゃあの世のお父さんやおばあちゃんが泣くよ。世の中のために闘ったお父さんや、子どもの教育に人生を捧げたおばあちゃんが……」

「やめてよ、もう」

思わず知らず一郎は叫んでいた。

「そんなの知らないよ。おやじやばあちゃんは関係ない。これは、俺が生きてる俺の人生だ」

なんだか文法的にへんだ。しかも、力みすぎて声がひっくり返ってしまった。

どこまでも格好悪い自分に赤面する一郎を、菜々美が大きく見開いた目で凝視する。

そのまなざしからは怒気がぬけていた。

「ま、それはそうだ」

「え」

「そりゃそうだ。たしかに、いっちゃんが生きてるいっちゃんの人生だ」

ごめん、と菜々美が肩をすくめてみせる。

「私も大人げないよね。甥っ子相手にカッカしちゃって」

「おばさん……」

「帰って夕飯のしたくでもしながら頭冷やすわ」

鍋でもよかったら食べに来て。熱くなるのも冷えるのも早い叔母はそう言い残して身をひるがえし、呆けた顔の一郎は一人、がらんとした会議室に残された。力なく廊下の床を鳴らすパンプスの音が遠ざかると、とうにエアコンを切っている部屋は一切の音源を失った。膝へ、腰へ、肩へ、ひたひたと這いあがってくる溺れるほどの静寂。

——また逃げるの？

酸欠状態さながらに放心していた一郎に、さっきの痛罵が海鳴りのようにのしかかる。父や祖母のことをもちだされてカッとしたものの、自分の胸奥と正直にむきあえば、真に応えたのはむしろこちらのほうだったはずだ。

——結局、いっちゃん、いつも逃げてるだけなんじゃないの？

たしかに自分は逃げている。今も、これまでも。そう、いつもそうだった。祖母から逃げた。就職活動から逃げた。クレセントが軌道にのりはじめた今もなお、大島一族を魅了し呪縛してきた「教育」に対してどこか腰が引けている。

藤浦社長からも逃げるのか。代表の座からも逃げるのか。このまま一生逃げつづけるのか。

それが、俺が生きていく俺の人生？

深い黙の底に沈潜したまま、はたしてどれくらいの時間が流れただろう。

一分かもしれない。十分かもしれない。両手を額に押しあてたまま身じろぎもせず、会議室のもくずと化してしまいそうだった一郎の耳に、カチャリと、出入り口の扉が開かれる音がした。

弾かれたように一郎は目をやった。

菜々美が戻ってきたのか？

しかし、戸口からそろりと顔をのぞかせたのは、長い黒髪にニット帽をかぶった阿里だった。

「井上さん？」

今日は叔母と話があるから先に帰ってほしいと伝えてあった。その阿里が、なぜ？

一郎が問うよりも早く阿里が口を開いた。

「帰ったんですよ、いったんは。でも……」

「でも？」

「駅につく前に、会っちゃって」

誰に？　それも一郎が問うまでもなかった。扉のむこうから彼女に続いて二つの影があらわれたのだ。

「直哉！」

一郎はとっさに椅子を引き、床をギギッと唸（うな）らせた。

目を疑う。が、まちがいない。直哉だ。いつも着ていた紺色のダウンジャケット姿で気まずそうにうつむいている。目の前まで来るとちらりと一郎の顔を見上げ、すぐにまた頭をたれた。

「直哉」

いまだ信じられない一郎の前で、もう一つの影も足を止める。

深緑のセーターにグレイのジャケットをはおった化粧っ気のない短髪の婦人だった。

「上田先生」

「あ」

「よかった、間に合って」

胸に手を当ててひと息つくなり、婦人は深々と腰を折りまげた。

「ごぶさたしております。直哉の母です」

一郎はいよいよ混乱し、声の出ない喉元をひくつかせた。直哉の母、新川洋子。私たち母子にかまわないでくれと自分を拒みつづけた人。

「息子がお世話になりながら、先だっては大変失礼いたしました。あの、じつは、今日は折りいって上田先生にお話ししたいことが……」

張りつめたその声を、「待ってください」と背後からさえぎったのは、阿里だ。

「お母さん、直哉が」

「はい？」

「直哉が、自分でしゃべりたそうな顔をしてます」

洋子と一郎が同時に直哉へ目を落とす。ふいの注目に少年はこくんと喉を鳴らしてかたまるも、しゃべれるのかと洋子に問われると、もじもじしながらもうなずいた。

「上田先生、あの、ぼく」

「ん?」

「あのう、ぼく……」

「どうした、直哉」

ふらつく瞳を支えるように、一郎は腰をかがめた。言葉がうまく出てこないじれったさは痛いほどわかる。

「焦らなくていいよ。ゆっくりでいいから、言ってごらん」

「ぼく、この前、学校でテストがあって」

「うん」

「点数が、うんと、あがってて」

「ほんとか?」

「国語も、算数も、理科も、ぜんぶあがってて」

すごいじゃないか、と満面の笑みをたたえかけた一郎を、次なる直哉の一声が止めた。

「そしたら、みんなに、カンニングしたって言われて」

「え」

「してないって言っても信じてくれなくて、先生もぼくを疑って、正直に言ったら怒らないから言いなさいって言われて」

「そんな……」

一郎の顔から血の気が引いていく。

「だから、だから……」

懸命にしゃべりつづける直哉の頬は果実のように赤い。

「だから、ぼく、先生に手紙書きました」

「手紙？」

「ぼくはカンニングしてませんって。先生は正直に言ったら怒らないって言ったから、ぼくはそれがすごくいやだったし、先生は怒らなくても、ぼくは先生に怒ってるって」

「そう手紙に書いたのか」

「うん。そしたら、そしたら……」

いよいよ顔を真っ赤にした直哉の唇がわななく。泣きだすのかと思ったら、次の瞬間、直哉はこらえかねたように身をくねらせてニッとした。

「そしたら、先生が、謝ってくれた」

「え」

「疑ってごめんねって、先生が、ぼくに、謝ってくれたんだよ」

かつて聞いたことのない晴ればれとした声に、中腰の姿勢を保っていた一郎の膝から力がぬけた。はーっと息を吐きながらその場にへたりこんだ彼に、「すみません」と直哉に代わって母の洋子が口を開いた。

「私、とんでもない思いちがいをしていました。直哉の口が悪くなったとお友達から聞いて、すっかりうろたえてしまったんですけど、担任の先生はもっとおおらかに直哉を見てくださっていたんです。言葉づかいが多少おかしくても、直哉が自分を表に出しはじめたのを喜んでくださっていたそうなんです。二学期とくらべてあまりに点がのびたものだから、カンニングの件もつい疑ってしまったけど、直哉からの手紙がすごくうれしかったと言ってくださいました」

目の縁ぎりぎりに涙を留めたまま、洋子は「先生」とまっすぐ一郎を見つめた。

「私、親だから、わかるんです。うちの子は……直哉は、筆で自分の気持ちを人さまに伝えられるような子ではありませんでした。少なくとも、クレセントのお世話になるまでは」

「お母さん……」

「テストの点数があがったことよりも、私には、それがうれしくて」

白い頬を一筋の涙が伝う。二筋目は許さじとばかりに洋子は瞬き(まばた)を止め、気丈に声を張った。

「ありがとうございます。直哉に、力を与えてくださって」

深々と低頭した彼女が発したその一語を、そののち、一郎は幾度となしに頭によみがえらせることになる。弱気になるたび、逃げたくなるたびに、くりかえしくりかえしこの日のこの場所へ舞いもどってくることになる。そして、その都度、教え子の母が我知らず彼に与えた天啓のような気づきを反芻するのだった。

教育は、子どもをコントロールするためにあるんじゃない。不条理に抗う力、たやすくコントロールされないための力を授けるためにあるんだ——。

けれど、この時点ではまだそこまでは思い至らず、泣き笑いのような顔で直哉の頭をなでるのが精一杯だった。

「直哉。おまえ、すごいな。イカしてるよ」

直哉は唇の上にてからせた洟をすすりあげて笑った。

「あたぼうよ」

☽

来賓からの祝辞のたびに盛大な拍手が鳴りわたる。シャンデリアの明かりに目が慣れるにつれ、手を打つ一人一人のあたたかい笑顔が胸に沁みてくる。二百余名がひしめく会でありながらもアットホームな空気を感じさせるのは、吾郎の人柄のなせるわざか。来賓の半数は彼の元教え子であると知り、一郎は改めて祖父の偉大さを思った。

祝辞のしめくくりに乾杯の音頭をとったのは、千葉進塾の元共同経営者であった勝見なる男だった。

「思いかえせばかれこれ三十年前、時の人であった大島吾郎が奥方との攻防に敗れて日本を去ったとき、かくのごとく晴れがましい席に彼が再びのこのこと戻ってこようとは、はたして誰が思ったでありましょうか。放浪中の旅先から届いた一通の便りを、その無念さを思いながら泣く泣く広げてみれば、あらわれたのはシェルパ族の熟女たちにとりかこまれての記念写真……」

講談調のユーモラスな語りで場をわかせた勝見が「乾杯」とグラスを掲げると、その唱和とともに人々が散り、場内が一気にさざめいた。

吾郎への挨拶に歩みよる者。

グラスを片手に歓談する者。

テーブルの料理へ群がる者。

場慣れしていない一郎がその雰囲気に呑まれておろおろしていると、同様におろおろしている修平と出くわした。

「修平さん、また太った？」

仕事用の白衣を見慣れているせいか、黒いモーニング姿の腹がいつにも増してでっぷりと見える。

「それがさ、最近、うちの弁当がおいしすぎて太ったから責任とってダイエットメニューも作ってくれって要望があって、低カロリー料理の研究を積めば積むほど、ぼく自身は試食のしすぎでデブデブと……。ついにかみさんから、ビリーズブートキャンプへの強制入隊を言いわたされちゃったよ」

参った参ったと修平が額の汗をぬぐう。

「それはそうと、一郎くん。じつは、君に折りいって相談があるんだよね」

一郎は口に運びかけていたビールのグラスを止めた。毎日職場で顔を合わせてはいるものの、厨房にこもりきりの修平とはなかなか話をする機会がない。

「じつはぼく、起業当初からの念願があって、うちの会社にCSR部門を創れないかって考えてるんだ」

「CSR部門……って、お弁当屋さんに？」

そんな話は聞いたことがない。目を丸くする一郎に、修平は皆まで言うなとばかりにひらひらてのひらを泳がせて見せた。

「わかってる、わかってる。ちょっと英語を使ってみたかっただけで、そんなにおおげさな話でもないんだ。ただ、ちっこい会社はちっこいなりに、なにかしら社会の役に立てないかなって」

たとえば、と修平は茶目っ気のあるつぶらな瞳をつやめかせた。

「学習支援の会に集まってくる子どもたちに、毎週、弁当をゴチするとか」

「修平さん……」

「クレセントにスポンサーがついたのはいいニュースだけど、でもさ、ぼくもずっと君のがんばりを見てきたわけだし、藤浦商事の社長さんにだけいい格好されるのも癪なんだよね。お菓子もいいけど、やっぱ育ちざかりの子どもには蛋白質でしょ」

修平らしい心づかいに一郎の胸がじんとなる。

「ありがとうございます。やってるうちにわかってきたんだけど、子どもたちの中には昼飯を食ってこない子もいて、思ってた以上に食生活がシビアだったりもするみたいで。修平さんの弁当、絶対に喜ばれます」

藤浦社長。修平。少しずつ後援者が増えていく。こうして輪が広がるほどに、勉強会の環境も一つ一つ改善されていくのだろうと一郎は思う。人の厚意に甘えよう、多くの人から助けてもらえる代表になろうと決めたときから、彼の肩からはよけいな力みがぬけていた。

「あと、それ以外にも、うちのお客さん同士が交流できる会だとか、コミュニケーションツールとしての新聞だとかを作れないかなって思ってるんだ。一郎くん、CSR担当者として一緒に考えてくれない？」

「もちろん望むところですけど、すごいな、修平さん。そんなこと考えてたんだ」

「いやいや、半分はかみさんのアイディアなんだけどね。起業当初から彼女、弁当を介した高齢者のコミュニティ作りがどうのって、ノリノリだったもんで」

修平が頭を掻(か)いたそのとき、噂をすれば影とばかりに「いた！」と蘭の声がした。

「修平、なにそんなところで油売ってんのよ」

人の群れをぬってずんずん迫ってくるなり、修平の首ねっこをつかむ勢いで腕を捕まえる。

「パーティーは顧客拡大のまたとない商機よ。今ね、お父さんの元教え子だっていうリハビリ施設の経営者と話してたんだけど、うちのお弁当に関心をもってくれてるの。大口の契約になりそうだから、社長からもプッシュしてちょうだい。早く！」

いつもながらヴァイタリティのありあまっている叔母にあれよあれよと修平を連れ去られ、一郎はその場に一人立ちつくした。頭の中には今しがた聞いた話が焼きつくように残っていた。

お客さん同士の交流会。コミュニケーションツールとしての新聞。なんだかおもしろいことになりそうな気がする。

クレセントの代表として多忙な日々を送りながらも、一郎はけっして配達の仕事をおざなりにしていたわけではなかった。次から次へ勃発する子どもたちの問題でへとへとになるたび、知恵と愛情にあふれた顧客たちの激励にどれだけ救われてきたかわからない。

もしかしたらいつか、お年よりたちのコミュニティとクレセントに通ってくる子どもたちのあいだに、なにかしらの接点が生まれる日が訪れるかもしれない。菓子や弁当と同様、子どもたちにはおじいちゃんおばあちゃんの存在も必要なのではないか。

考えるほどに夢がふくらんでいく。

すっかりテンションの上がった一郎はじっとしていられずに広間をうろつき、今日の司会を務める国分寺にクレセントの近況報告をしたり、吾郎の仕事関係者に挨拶をする蕗子に伴ったりと、いつにない積極性を発揮した。途中、少なからぬ数の来賓たちから「学習支援がんばって」「少額ながら寄付させてほしい」などとエールを送ってもらったことも、彼の胸をいや増しに高ぶらせた。

その高揚が最高潮に達したのは、祝典の終わり、壇上にあらわれた吾郎の謝辞を聞いたときだった。

「皆さま、本日はお忙しいところご足労いただきまして、誠にありがとうございます。これまで長年にわたり文筆の仕事に携わって参りましたが、出版記念パーティーなる晴れがましい会をもちましたのは今回が初めてです。なぜ、今回にかぎってこんな分不相応を思いたったのか。疑問をおもちの方もおられるでしょうが、じつは、このたびの新刊は、この三十余年のあいだに私が携わってきた評伝、教育本、対談集、共著、子どもむけの啓蒙書などをすべてひっくるめまして、五十六冊目の刊行物となるのです」

五十六。その中途半端な数字をあげた瞬間にふくれた吾郎の小鼻を見て、一郎は背中にぞくっと悪寒を走らせた。じいちゃん、まさか。

悪い予感は的中した。

「勘のいい方はもうお気づきでしょうか。五十六冊、五十六、五、六、ゴロ、ゴロ、吾郎……ぷ、ぷぷぷぷ」

もはや抑えきれぬとばかりに盛大に吹きだし、腹を抱えた吾郎の肩が下へ、下へと沈んでいく。

まさかこの晴れの舞台で一人笑いをやってのけるとは。立ちくらみをおぼえる一郎の横で、蕗子が「お父さん……」と額に手を当てた。肩の震えが止まらない吾郎とは対照的に、駄洒落（だじゃれ）のために招待された来賓たちは硬直した氷像と化している。

しかし、笑うだけ笑った吾郎はそんな空気をものともせずに、再び悠然と語りだした。

「しかしながら、その五十六冊目の刊行物が、私の初の自伝本であったことに、なにかしら運命のようなものを感じたのもまた事実であります」

千葉進塾の立ちあげ。その揺籃期（ようらんき）と成長期。文部省との対立と歩みより。自伝本でたどった軌跡にさらりと触れたあと、吾郎は話を塾業界の現状へ転じた。

「皆さんもご存じのとおり、塾産業は目下、きわめて厳しい冬の時代をむかえています。小学生の数は二十年前のおよそ七割、中学生は六割。この少子化時代を生きのびるのは並大抵のことではありません。しかし一方で、かつてなかった新たな可能性がこの業界に芽吹いている側面もあります」

しわがれた低声ながらも、長く教壇に立っていた吾郎の語りには独特の抑揚と律動があり、聞く者の耳を引きつける。語るにつれて来賓たちの氷は溶け、場内の温度は再びぬくもっていく。

「すでに報じられていることですが、今年で創設四十六年目となる千葉進塾は、この春から行政委託による公立学校での土曜日授業を開始しました。塾と文部省がいがみあってきた過去を思えば、まさに隔世の感、アメリカとロシアが共同で宇宙開発にでものりだしたような珍事とも申せましょう」

そのとおり！　会場の一角から声が飛び、笑いの波が立ちのぼる。

「しかしながら私は、この教育現場における官民連携の動きに賛同する者です。学校教員への負荷がここへ来てその限度をこえているのは無論のこと、この連携は塾側にとっても大いに益するものであると考えます。期待するのはかならずしも経営上の利益だけではありません。業界の皆さんには言わずもがなでしょうが、我々塾の人間というのは、すべての子どもに等しく勉強を教えられない現実に、絶えずある種の鬱屈を抱いているものです。商売であることの限界が、喉に刺さった小骨……いや、ナイフのようにつきまとう。故に、塾の看板を負ったまますべての子どもと等しくむきあう場を与えてくれる官民連携のとりくみに、私は新たな光を見る思いがするのです。そしてまた……」

きょろきょろと場内を見まわす吾郎の視線が止まった。その焦点は一郎に結ばれていた。

「新しい教育の動きはそれに留まりません。私事ながら、私の孫とそのお仲間たちは今、経済的に不利をこうむっている子どもたちを対象とした勉強会を続けています。それを知ったとき、私は、自分がどうしても手をのばすことのできなかった社会の暗がりに、彼らが代わって手をさしのべてくれた思いがしたものでした。と同時に、ごく一部の子どもたちが人目を忍んで通塾していた四十六年前と、塾へ通わない子どものほうが少数派となった今と、その教育環境の劇的変化を突きつけられた思いもいたしました」

時代はめぐる。塾を始めた当初には当初の、今には今の教育をとりまく問題があり、それに全力でかかずらってきた人々がいる。その盟友たちの粉骨の一端を、この自伝本に書き留めることができたらとの願いをこめて筆をとった。

　そんな執筆動機を語ったのち、吾郎はおもむろに声を落とした。

「じつは今日、お会いした皆さんから、私はなぜ本のタイトルを『みかづき』にしたのかと、口々に問われました。あえて言うほどのことではないと口を濁しておりましたが、恥をしのんで、ここで一度だけ申しあげます。このタイトルは、今は亡き妻を偲(しの)んでのものです」

　ざわりと、どよめきが会場を伝う。すでに自伝本を読んでいる者も、いない者も、かつて業界をにぎわせた大島夫妻のすったもんだを忘れてはいない。

「これまたご存じの方も多いでしょうが、私の妻は万事において烈(はげ)しい女性でした。とりわけ、事が子どもの教育に及ぶと歯止めのきかない猪突猛進(ちょとつもうしん)ぶりで、その熱量に関しては、私は生涯、彼女に遠く及ばなかったと思います。塾長として千葉進塾を守った約二十年間ののちも、彼女は塾の補習授業にしばしば顔を見せるかたわら、家では教育関連の書物を熱心に読みあさっていました。本の置き場がないと同居していた娘が悲鳴をあげるほど、朝も夕も本を手にしていたようです。いよいよ読むものがなくなると、今度は古書店に顔のきく知人に頼み、過去の教育本を網羅しはじめました。ほどほどを知らない人でした。病に倒れての入院中ですら、彼女は教育とのつながりを死守するように、可能なかぎり枕もとの本をめくろうとしていたのです」

　そういえば、たった一度だけ見舞ったときにも、祖母の枕もとには複数の本が積み重なっていた。壇上の吾郎を見上げる一郎の脳裏にその情景がよみがえる。

「ところが、亡くなる三日ほど前……私が最後に見舞ったとき、なぜだか妻の枕もとからは本が消えていました。そこにあったのは、幼い孫が描いた家族の似顔絵だけでした。読む本がなくなったのならば手配しようかと私が言うと、妻は妙にさばさばとした顔で、もういいのだと首をふりました。もう私、さすがに満ちるのはあきらめたわ、と」

常にしゃかりきに何かを追ってきた妻を、かつて自分は永遠に満ちることのない三日月にたとえたことがある。そんな断りをはさんで吾郎は続けた。

「それから、妻はこんな話をしました。これまでいろいろな時代、いろいろな書き手の本を読んできて、一つわかったことがある。どんな時代のどんな書き手も、当世の教育事情を一様に悲観しているということだ。最近の教育はなってない、これでは子どもがまともに育たないと、誰もが憂い嘆いている。もっと改善が必要だ、改革が必要だと叫んでいる。読んでも読んでも否定的な声しか聞かれないのに最初は辟易(へきえき)したものの、次第に、それはそれでいいのかもしれないと妻は考えはじめたそうです。常に何かが欠けている三日月。教育も自分と同様、そのようなものであるのかもしれない。欠けている自覚があればこそ、人は満ちよう、満ちようと研鑽(けんさん)を積むのかもしれない、と」

水を打ったようにしんとした場内に、エコーをおびた吾郎の言葉が沁みるように溶けていく。

「教育に完成はありません。満月たりえない途上の月を悩ましく仰ぎ、奮闘を重ねる同志の皆さんに、この場をお借りして心からの敬意を表します。また、今後も刻々と変容していくであろうこの日本社会で、官民を問わず、教育の欠落に立ちむかわんとするつわものたちの奮闘が未来永劫（みらいえいごう）に継承されていきますように、その祈りをこめてお礼の言葉と代えさせていただきます」

満月たりえない途上の月。その光を皆が無言でふりあおぐように、吾郎の声がとだえた会場はひとときの静寂に包まれた。それが万雷の拍手に変わったのは、深々と一礼した吾郎が壇上を去る直前だった。

「いい会でしたね」

「大島先生らしいわ。来てよかった」

「しかし、よもや語呂合わせの記念パーティーだったとは……」

一様に笑みをたたえた来賓たちが三々五々散りはじめても、一郎は余韻さめやらず、なかなかその場から動きだせずにいた。

教育界の新たな波を見つめる祖父の心情や、闘病中の祖母の姿。初めて知ったそれらが胸をしめつける。じいちゃんはあんな気持ちでクレセントの活動を見てくれていたのか。ばあちゃんは満ちるのをあきらめたとき、もしかしたら満たされていたのではないか。とりとめのない思いが浮かんでは消える。しまいには頭がヒートアップしたようにぽっぽと熱くなってきた。

退場する人々の波にのって外へ出たのは、頭を冷やすためだ。

シャンデリアではなく、月光の下で初夏の風に当たりたい。そんな思いで見上げた空は、しかし、あいにく曇っていた。

ヴェールを重ねたような雲のむこうに、かろうじて光の暈は見える。はたしてそこにあるのは三日月か、半月か、満月か——。

「一郎くん？」

食いいるように空を見上げていた一郎は、ふいに名前を呼ばれてハッとした。

視線をおろしてふりむくと、白いワンピースにベージュのスプリングコートをはおった阿里が目の前に立っている。

「阿里ちゃん？」

なぜ阿里がここに？　今夜は先輩の引っ越し祝いでは？

突然のことに頭がついていかない一郎に、阿里が肩をすくめて笑う。

「やっぱり、気になったから、ぬけてきちゃった」

「いいの？」

「『みかづき』を読んだら、どうしても、一郎くんのおじいちゃんにひと目会いたくなっちゃって」

鎮静するために外へ出た。はずが、結果的に、阿里のひと言は一郎にますます火をつけた。

祖父に会いたいという彼女を、ぜひとも、今すぐ会わせたい。この子を祖父に紹介したい。腹からこみあげる衝動のままに一郎は動いた。

「来て」

阿里の手をとり、会館から出てくる人々の波に逆行して正面玄関をくぐる。エレベーターを待ちきれず、階段で三階へ駆けあがる。

人気（ひとけ）の引いた広間にもはや吾郎の姿はなく、急ぎ、そのつま先を控え室へむけた。

「じいちゃん！」

勢いこんで扉を開けるなり、花束や贈りものに埋もれたテーブルを囲んでいた人影がいっせいにふりむいた。吾郎、蕗子、蘭、菜々美、修平、杏、さくら――要するに親戚一同である。

突如、女の子連れであらわれた彼に驚く視線にもひるまず、一郎は阿里の手をしかとにぎりしめたまま、一番奥の席で茶をすすっている吾郎のもとへ歩みよった。

「じいちゃん、紹介したい人が……」

一郎がその名を口にするよりも早く、横から阿里がすっと頭をさげて言った。

「井上阿里と申します。初めまして。クレセントでは一郎さんに大変お世話になっています」

そのしっかりとした物言いに、ほほうと吾郎が瞳を笑ませる。

「一郎のお仲間ですか」

あろうことか、一郎はとっさに口走っていた。

ぎょえーっと奇声を放ったのは杏とさくらだ。大人たちは皆、耳を疑るようにぽかんと両目を見開いている。あまりにも唐突に飛びだした宣言に、一郎本人も自分の耳を疑った。俺、今なに言った？　なんかすごくいろんなプロセスをすっとばさなかった？

無数のクエスチョンマークが飛び交う室内で、唯一、吾郎と阿里だけが動じることなく、その瞳を静かに交わらせたままでいた。

「孫はああ申しておりますが」

「結婚は私も初耳でしたけど、いいおつきあいをさせていただいているのは本当です」

「そうですか。こんな孫ですが、どうか一つよろしくお願いします」

「こちらこそお願いします。あの私、生意気かもしれませんけど、『みかづき』を拝読して、一郎さん、やっぱりどこかおじいさまに似てるって思いました」

「ああ、奇遇だ」

「はい？」

「私も、ちょうどあなたを見て、誰かに似ていると思っていたところですよ」

吾郎はまぶしげに目を細め、いともうれしそうにほほえんだのだった。

主な参考資料

『格差社会という不幸』神保哲生、宮台真司他著（春秋社、二〇〇九年）
『格差社会と教育改革』苅谷剛彦、山口二郎著（岩波ブックレット、二〇〇八年）
『学習塾百年の歴史——塾団体五十年史』佐藤勇治編（全日本学習塾連絡会議、二〇一二年）
『機会不平等』斎藤貴男著（文藝春秋、二〇〇〇年）
『教育改革はアメリカの失敗を追いかける——学力テスト、小中一貫、学校統廃合の全体像』山本由美著（花伝社、二〇一五年）
『教育と教師について』スホムリンスキー著／ソロベイチク編／福井研介、伊集院俊隆、川野辺敏訳（新読書社、一九七七年）
『教育の仕事』スホムリンスキー著／笹尾道子訳（新読書社、一九八七年）
『教育をめぐる虚構と真実』神保哲生、宮台真司他著（春秋社、二〇〇八年）
『教師』森口秀志編（晶文社、一九九九年）
『競争原理を超えて——ひとりひとりを生かす教育』遠山啓著（太郎次郎社、一九七六年）
「月刊私塾界」（私塾界全国私塾情報センター）

『子どもを伸ばす生活綴方』佐古田好一、河野幹雄編（青木書店、一九八四年）
『新編　綴方教室』豊田正子著／山住正己編（岩波文庫、一九九五年）
『日本の教育政策過程――1970～80年代教育改革の政治システム』レオナード・J・ショッパ著／小川正人監訳（三省堂、二〇〇五年）
『日本を滅ぼす教育論議』岡本薫著（講談社現代新書、二〇〇六年）
『新版　人間教育の省察』小森健吉他著（法律文化社、一九八三年）
『文部科学省――「三流官庁」の知られざる素顔』寺脇研著（中公新書ラクレ、二〇一三年）

本書の執筆に際しましては、多くの方々にお力添えをいただきました。

塾に関する取材にご協力くださった株式会社市進ホールディングスの下屋俊裕社長、ＹＧＤスクールの山田徹雄塾長、元山田義塾塾長の山田圭佑氏、児童文学作家の芝田勝茂氏、貴重な資料等もご提供くださった株式会社私塾界の山田未知之社長、松本晃氏、嶋田真貴氏、松本暁氏、学習支援活動に関する取材にご協力くださったＮＰＯ法人キッズドアの渡辺由美子代表と先生方、皆さまのおかげで遠くおぼろな月影のようだった「教育」という世界の熱に触れさせていただくことができました。この場をお借りして厚く御礼申しあげます。

又、懐かしの谷津遊園に関する情報をご提供くださった山岸直孝氏、そして執筆準備期間からの長い道のりを併走してくださった集英社の稲葉努氏、栗原佳子氏、伊藤亮氏、武田和子氏、城裕也氏にも心からの感謝を捧げます。

尚、本書はあくまでもフィクションであり、文責はすべて作者の私にあります。

森 絵都

解説

斎藤美奈子

地方の町のいわゆるシャッター商店街を歩くと、それでも開いている店が必ず何軒かあります。私は敬愛を込めて「オバハンの服の店」と呼んでいるのですけれど、ひとつは中高年女性向けのブティックです。若い人たちは郊外のショッピングモールにクルマで直行するか、ネット通販を利用するのでしょうけれど、それができない高齢の女性だって服は欲しい。そして、もうひとつが学習塾です。暗くなりかけた夕方の商店街で明かりがついている場所は、たいてい学習塾です。もともとそこにあったというより、空いた店舗が塾に転用されたのかもしれません。

そんな光景を見ると、私はちょっと胸が熱くなるような思いがします。どんなに人口が減った町でも、オバハンは服を買うし、親は子どもを塾に通わせる。日本人はやっぱり教育熱心なのだなあ、子どもに希望を託しているんだな、と。

統計的にみると、二〇一七年度の小学生の通塾率は全国平均で四五・八パーセント、中学生は六一・四パーセント（文部科学省・全国学力テスト時の調査）。

首都圏などの大都市周辺では通塾率が高く、北東北や南九州では低いといった地域差はあるものの、今日の子どもたちにとって、塾がいかに身近な存在であるかが理解できます。私が小学生だった一九六〇年代（まさにこの小説で八千代進塾が設立されたころです）には、まあ田舎だったこともありますが、塾に通っているクラスメートはひとりもいなかった、ような気がするのですが。

さて、本書『みかづき』は、塾など影も形もなかったそんな時代から、通塾率がめきめき上がった高度経済成長期を経て、少子化が進み、塾経営にも翳（かげ）りが見えはじめた二〇〇〇年代後半までを、ひとつの学習塾を通して描いた長編小説です。

第一二回中央公論文芸賞に輝き、二〇一七年の本屋大賞では第二位となり「王様のブランチ」というテレビ番組の「ブックアワード2016」にも選ばれた人気作。ね、ほら、塾はやっぱりみんなの関心事なのよ。

物語は、昭和三〇年代からはじまります。

大島吾郎（おおしまごろう）は二二歳。千葉県習志野（ならしの）市の小学校の用務員です。家庭の事情で大学には進学できなかったものの、勉強の教え方が上手で子どもたちに慕われています。そんな吾郎を強引にスカウトしたのが二七歳。シングルマザーの赤坂千明（あかさかちあき）。吾郎の小学校に通う蕗子（ふきこ）の母でした。戦時中の公教育に疑問を感じていた千明は学習塾を開くことを計画し、吾郎に目をつけていたのでした。千明はいいます。

〈大島さん。私、学校教育が太陽だとしたら、塾は月のような存在になると思うんです。太陽の光を十分に吸収できない子どもたちを、暗がりの中で静かに照らす月。今はまだ儚げな三日月にすぎないけれど、かならず、満ちていきますわ〉

こうして一九六二年、千葉県八千代町で「八千代塾」がスタートします。吾郎と千明はまもなく結婚。蕗子の下には、蘭、菜々美という妹が誕生します。そしてここからじつに五〇年近くにも及ぶ波瀾万丈の物語がはじまるのです。

いうも野暮でしょうけれど、本書のおもしろさには二つの側面があります。

ひとつはもちろん、個人経営の小さな塾が進学熱の上昇とともにビジネスとして急成長する過程が、町の発展や戦後の教育の変転とともに描かれていることです。

千明は学校を「太陽」、塾を「月」にたとえていますが、それは「陽」と「陰」ともいえます。学校が表なら塾は裏。学校が陽向なら塾は日陰。

作中にも、「子どもを食いものにする悪徳商売」「受験競争を煽る受験屋」「実のない教育界の徒花」といった塾に対する罵倒の言葉が出てきますが、塾は実際、けっして学校より「上」にはなれない存在です。

したがって、塾を舞台にした『みかづき』は、そもそも屈折を含んでいることになります。学校と学校教師を描いた小説なら、壺井栄『二十四の瞳』とか、灰谷健次郎『兎の眼』とか、過去にも数々の名作が書かれてきました。学校を舞台にしたテレビドラマも「熱中時代」とか「三年B組金八先生」とか、枚挙にいとまがありません。学校のドラマは、ある意味、単純なんですよね。公立の学校はひとまずつぶれる心配はなく、教師は子どもの教育のことだけ考えていればいい。

塾はそうはいきません。学校とちがって、塾はそもそもなくてもいい存在ですし、ライバルは続々と参入するし、文部省（文科省）の方針もころころ変わる。千明と吾郎がはじめた八千代塾は、やがて八千代進塾、千葉進塾と名前を変えて県内に四つの教場を持つ塾に成長しますが、目的は教育なのかビジネスなのか、だんだんわからなくなってくる。塾開設から十数年、抑えきれずに吾郎はいいます。

〈千葉進塾は受験のための進学塾じゃない。学校の授業だけでは事足りない子どもたちを補佐して、真に役立つ学力を培う。それがぼくらの領分だろう。最初に君が言ったんだ。太陽が照らしきれない子どもたちを照らす月、それが塾だと〉

対する千明は冷たかった。〈いったい、あなたはいつまで月だの太陽だのと言っているんです。最初に私が言った？　ええ、言ったかもしれません。でも、いつの話？　塾が小学校の数を上まわったこのご時世に、太陽も月もあるものですか。あなたがそうやって空を仰ぎながらきれいごとを言っているあいだに、私は税金対策やら同業者対策や

らに駆けずりまわってきたんです〉

方針が異なる二人は、こうして別々の道を歩むことになりますが、どちらの言い分が正しいともいいきれません。『みかづき』には、経営と教育を同時に考えなければならない「月」ならではの悩みや対立がたっぷりと描かれます。ちなみに小説の舞台になった千葉県は、実際にも塾の激戦区として知られています。「太陽」である学校のドラマではけっして味わえない、企業小説にも似たおもしろさです。

『みかづき』のもうひとつのおもしろさは、三世代にわたる家族、それも血のつながらない親子を含んだステップファミリーの物語である点です。

戦後の日本は、会社員の父と専業主婦の母と子ども二人という性別役割分業家族（近代家族ともいいます）を「家族のモデルケース」としてきました。

ですが、大島家は最初からちがっていた。シングルマザーである千明に押し切られるような形で、恋愛したのかどうかもわからないまま、吾郎と千明は結婚し、しかも二人は同じ塾の経営者。一家をリードするのは圧倒的に妻の千明で、夫の吾郎は後ろからあたふたついていっている感じ。赤坂千明は結婚して大島姓となりますが。大島家ではいわば妻の千明が「太陽」で、夫の吾郎が「月」なのです、どこまでもパワフルなビジネスウーマン体質の千明と、理想を捨てきれない万年青年みたいな年下の吾郎は、昭和の時代にあっては、異色のカップルです。

母が母なら、娘たちも娘たち。長女の蕗子は母に反発して小学校の教師になるといいだし、次女の蘭は塾経営者の子が成績不振ではカッコ悪いとばかり常にトップをめざすモーレツなガリ勉娘。そんな姉たちに比べてマイペースに見えた三女の菜々美は、中学に入ると不登校になりかけ、高校には行かないといいだした。

親が塾なんか経営してたら、そりゃあ子どもは大変ですよね。それでも三人の娘たちは、それぞれの道をみつけて巣立っていく。蕗子は千葉進塾の教師だった男性・上田と勝手に結婚し、秋田で公立小学校の教師になる。蘭は母が経営する千葉進塾から独立して「オーキッドクラブ」なる個別指導の塾を立ち上げる。菜々美はカナダにわたって環境保護団体のスタッフになる。以上は三人の途中経過で、彼女たちの人生はこの後も波瀾の道をたどるのですが、母の千明も簡単に引退なんかしない。

赤坂家の祖母・頼子の血を継ぐ千明と三人の娘たちの物語は、戦前の大阪・岸和田で洋裁店をはじめた小篠綾子とデザイナーになった三人の娘たち（コシノヒロコ、コシノジュンコ、コシノミチコ）をちょっと思い出させます。

千明も吾郎も世間並みの母親や父親ではありませんが、わが道を行くという点では人後に落ちません。だからこそ、おもしろいのです。

塾の創業者である千明と吾郎の物語、二代目に当たる三姉妹の物語に比べると、蕗子の息子である上田一郎を主人公にした「第八章　新月」は少し毛色が異なります。あるいは独立した別の小説のようにも見えます。しかし、この章によって、『みかづき』ははじめて小説として完結する。小学校の用務員室で子どもたちに勉強を教えていた吾郎の教育の原点に、一郎は立ち戻る存在だからです。

大島家（赤坂家）の一族は、女性陣がパワフルな分、吾郎といい一郎といい、男性陣はちょっとヘタレです。しかし、吾郎と血のつながりがない一郎が祖父の血をもっとも濃く受け継いでいた。教育の世界にだけは近づくまいと思っていた一郎が、貧困家庭の子どもたちのために無料の勉強会「クレセント」を立ち上げる。それは物語を着地させるための重要なモチーフであると同時に、現実の日本社会でも何より求められている「塾＝学習支援」のあり方ではないでしょうか。

冒頭で、小学生の通塾率は四五・八パーセントだと申しましたが、残り五四・二パーセントの中には、本当は学習支援が必要な子ども、経済的な理由で塾に通えない子どもも当然、含まれているはずなのですから。

「森絵都さんの作品は小学生のときに読んだよ」という人も多いのではないでしょうか。一九九〇年に『リズム』でデビューした森絵都は、二〇〇六年に『風に舞いあがるビニールシート』で直木賞を受賞しますが、大人向けの小説に幅を広げる以前は、児童文学の賞を総なめにする、人気児童文学作家でした。

と同時に、じつは中学入試の国語の試験問題への出題数がトップクラスの作家でもありました。大手学習塾が毎年発行する「よく出題された作者・作品」の上位には、重松清と並んでいつも森絵都の名前があり、『永遠の出口』『宇宙のみなしご』『アーモンド入りチョコレートのワルツ』『クラスメイツ』などの作品名が並んでいた。入試によく出る作家だっていうことは、小学校や塾の先生が薦める作家でもあるわけで、森絵都で小説のおもしろさを知った、という人が多いのも当然なのです。

その森絵都が、塾を舞台にした小説を書く。興味深いめぐり合わせといえますが、めぐり合わせというより、それは彼女が小学生にも伝わる物語を書いてきたこととの、ひとつの帰結点、または達成と考えるべきでしょう。だって子どもを主人公にしたお話を書いてきたんだもん。教育に無関心でいられるわけがないじゃないの。

商店街の明かりの灯った塾の中では、どんな形で子どもたちが学んでいるのか。この本を読んだ後では、とても気になります。小説の力というべきでしょう。

（さいとう・みなこ　文芸評論家）

本書は、二〇一六年九月、集英社より刊行されました。

初出「小説すばる」
二〇一四年五月号〜十一月号
二〇一五年二月号〜九月号
二〇一五年十二月号〜二〇一六年四月号

本文デザイン　鈴木久美
本文イラスト　水谷有里

森絵都の本

ショート・トリップ

珍妙なステップを踏みながら〈刑罰としての旅〉を続けるならず者18号。「眉毛犬ログ」が世界中を旅したあと目指した先は？　ユーモア溢れる、48の旅をめぐる小さな物語。

集英社文庫

森絵都の本

永遠の出口

小さい頃、私は「永遠」という言葉にめっぽう弱い子供だった――。ナイーブでしたたかで、どこにでもいる普通の少女、紀子の10歳から18歳までの成長をめぐる、きらきらした物語。

集英社文庫

森絵都の本

屋久島ジュウソウ

のんびり楽しいグループ旅行のつもりで臨んだ屋久島。しかし待っていたのはハードな登山だった！　世界中を回って出会った悲喜こもごものエピソード14本を含む旅エッセイ集。

集英社文庫

集英社文庫　目録（日本文学）

S 集英社文庫

みかづき

2018年11月25日　第1刷
2023年10月11日　第6刷
定価はカバーに表示してあります。

著　者　森　絵都（もり　えと）
発行者　樋口尚也
発行所　株式会社 集英社
東京都千代田区一ツ橋2-5-10　〒101-8050
電話　【編集部】03-3230-6095
【読者係】03-3230-6080
【販売部】03-3230-6393（書店専用）

印　刷　TOPPAN株式会社
製　本　TOPPAN株式会社

フォーマットデザイン　アリヤマデザインストア　　マークデザイン　居山浩二

ISBN978-4-08-745806-0 C0193